ullstein

## Das Buch

Charlotte ist fünfzehn, als ihr Vater während eines Sommerurlaubs in der Normandie spurlos verschwindet und nie wieder auftaucht – eine Welt bricht für sie zusammen. Sie studiert Kunstgeschichte und wird Kuratorin in einem Museum, doch der Verlust des Vaters lässt sie einfach nicht los. Spontan entscheidet sich Charlotte, noch einmal in das kleine malerische Fischerdorf Barfleur zu reisen und sich auf Spurensuche zu begeben. Sie findet heraus, dass ihr Großvater Johann als Besatzungssoldat eine verbotene Liebesbeziehung zu der jungen Französin Mathilde führte. Schritt für Schritt erkundet Charlotte deren tragisches Schicksal und kommt dabei auch ihrer eigenen Familiengeschichte immer näher …

## Die Autorinnen

Claire Bonamy ist ein Pseudonym, hinter dem sich zwei Autorinnen verbergen:

Die Kunsthistorikerin Eva Philippon ist freie Redakteurin und lebt in Frankreich. Nebenher ist sie als Personenfinderin in einer Suchagentur tätig. Diese Arbeit diente als große Inspirationsquelle für den Roman.

Andrea Russo hat ihren Beruf als Lehrerin aufgegeben und ist freie Autorin. Sie lebt in Oberhausen.

Die beiden arbeiten schon seit vielen Jahren als eingespieltes Autoren-Lektoren-Team erfolgreich zusammen. Als sie sich im Jahr 2014 das erste Mal persönlich trafen und ins Geschichtenerzählen kamen, entstand sofort die Idee zu dem gemeinsamen Buchprojekt.

Claire Bonamy

# *Wiedersehen in Barfleur*

Roman

Ullstein

Besuchen Sie uns im Internet:
www.ullstein-taschenbuch.de

MIX
Papier aus verantwortungsvollen Quellen
FSC® C083411

Originalausgabe im Ullstein Taschenbuch
1. Auflage Juni 2016

Umschlaggestaltung: ZERO Werbeagentur, München
Titelabbildung: © FinePic®, München
Satz: Pinkuin Satz und Datentechnik, Berlin
Gesetzt aus der Fairfield
Druck und Bindearbeiten: CPI books GmbH, Leck
Printed in Germany
ISBN 978-3-548-28763-8

*Für meine Tochter*

# Prolog

Der Emailleeimer wog schwer in ihrer Hand. Mathilde blies sich die dunklen Locken aus dem Gesicht und watete zurück an den Strand. Der Maler arbeitete konzentriert weiter, er schien keine Notiz von ihr zu nehmen. Aufrecht stand er an seiner Staffelei, das Meer und den Leuchtturm von Gatteville fest im Blick. Sie näherte sich ihm in einem weiten Bogen und stellte den Eimer mit den gesammelten Muscheln und Krabben im Sand ab.

Mathilde reckte den Hals, um an seinem breiten Rücken vorbei auf die Staffelei zu sehen, und was sie auf dem Blatt Papier entdeckte, ließ ihr den Mund offen stehen. Das Bild zeigte in lebhaften Pinselstrichen die lichthelle Schönheit der Landschaft um sie herum. Es war kraftvoll und lebendig und schillerte in ungeheurer Farbenpracht. Ihr war, als wären die Bewegungen der sich bauschenden Wolken und des langsam einfließenden Wassers auf dem Papier eingefangen.

Der Maler drehte den Kopf und warf ihr ein Lächeln zu, das Mathilde als Einladung auffasste, sich zu seinen Füßen niederzulassen. Sie zog die Knie an und bohrte ihre feuchten Zehen in den warmen Sand. Fasziniert sah sie zu, wie er die Farben auf seiner Palette mischte und mit kurzen, schnellen Strichen rhythmisch Licht- und Farbflecken nebeneinandersetzte, die zu einem Ganzen verschmolzen, wenn sie die Augen ein wenig zusammenkniff. Die Sonne stach auf die helle Haut ihrer Unterarme, doch sie wagte nicht, sich auch nur einen Zentimeter zu rühren.

Der Maler trat einen Schritt zurück, zog die schwarze Fischermütze vom Kopf und strich sich über den weißen Kinnbart. »Außergewöhnlich warm heute, nicht wahr?« Er nahm einen Schluck aus einer kleinen Silberflasche. »Ich bin trotzdem lieber am Meer als drinnen im Atelier. Das Farbenspiel wechselt ständig, je nach Tageszeit und Witterung.« Er blickte hinüber zum Leuchtturm. »Es wird wohl bald ein Gewitter geben. Siehst du, wie sich die Wolken auftürmen?«

Mathilde folgte seinem Blick und nickte.

»Gefällt dir das Bild?«

»Oh ja.« Sie stand auf und klopfte sich den Sand vom Rock. »Ich habe ehrlich gesagt noch nie so etwas Schönes gesehen.« Mathilde fühlte, wie tief sie das Gemalte bewegte. »Es ist so bunt, so lebendig … Was sind das für Zauberfarben, die so kräftig sind und doch durchsichtig scheinen?«

»Das sind Aquarellfarben, sie werden mit Wasser verdünnt lasierend auf das Blatt aufgetragen.«

»Sie machen das sicher schon sehr lange. Sind Sie sehr berühmt, Monsieur?« Mathilde spürte, wie ihr die Röte in die Wangen schoss.

»Ich gebe zu, ich habe es zu einem gewissen Ansehen gebracht, aber die Leute haben im Moment wenig Geld, um sich mit schönen Dingen zu umgeben. Die Zeiten, *ma fille*, mein Mädchen, sind momentan nicht die besten.« Er sah sie aufmerksam an. »Du bist die Enkelin von Louis, nicht wahr?«

Sie nickte.

»Wie heißt du?«

»Mathilde.«

# 1.

»Das ist Henriette, Ihre Tochter«, sagte ich und reichte Monsieur Laurent das Foto.

Er stutzte, die Farbe wich aus seinem Gesicht. Man konnte sehen, wie sehr ihn die Nachricht überrollte.

Wir saßen auf einer Bank unter einer ausladenden Kastanie in dem kleinen Park, der sich an das Museum anschloss. Es war Anfang September und noch warm, das Laub verfärbte sich bereits. Erste braun glänzende Kastanien lagen auf dem Kiesweg.

»Aber woher haben Sie …« Er stockte.

»Henriette hat es mir geschickt, damit ich es Ihnen gebe. Sie war natürlich überrascht, hat sich aber unglaublich gefreut, als ich ihr erzählt habe, dass Sie schon lange nach ihr suchen. Sie will Sie unbedingt kennenlernen. Ein Leben lang hat sie Sie vermisst.«

»*Ce n'est pas possible* … Das ist nicht möglich.« Monsieur Laurents Hand zitterte, als er nach dem Foto griff. »Sind Sie wirklich sicher?«

Dieser Augenblick war so ergreifend, dass mir für einen Moment die Sprache versagte. Ich räusperte mich, dann sagte ich leise: »Ganz sicher. Henriette ist 1976 in Berlin-Reinickendorf geboren.«

»Aber wie … wie haben Sie sie so schnell gefunden?«

»Über Eleonore, die Mutter. Mit den Daten, die Sie mir

genannt hatten.« Er hatte mir die Geburtsdaten von Mutter und Tochter gegeben, mir erzählt, wie sie sich kennengelernt hatten, als er beim französischen Militär in Berlin gewesen war.

»Ich hätte nie gedacht, dass Sie tatsächlich …« Monsieur Laurents Augen füllten sich mit Tränen, gegen die er gar nicht erst versuchte anzukämpfen. Auf den ersten Blick sah man ihm seine vierundsechzig Jahre gar nicht an. Sein schwarzes, mit grauen Strähnen durchzogenes Haar war noch immer voll, seine Statur aufrecht, sein Blick klar und lebendig.

Als unsere Augen sich trafen und er sah, dass auch ich weinen musste, lächelte er.

»Sie haben mich angesteckt.« Ich schniefte und rieb mir mit dem Finger die Tränen aus den Augen. Vor einem halben Jahr hatte ich Monsieur Laurent in Paris kennengelernt, es war sein letztes Jahr als Konservator im Musée Marmottan. Nachdem die organisatorischen Dinge geklärt waren, hatte er mir bei unserem gemeinsamen Mittagessen ganz unvermittelt sein großes Geheimnis anvertraut, und ich hatte spontan beschlossen, ihm bei der Suche nach seiner deutschen Tochter zu helfen. Ich war bei einem Berliner Archiv vorstellig geworden, hatte soziale Netzwerke durchstöbert, einige Telefonate geführt und schließlich Erfolg gehabt. Als ich ihn anrief, um ihm die freudige Nachricht zu übermitteln, hatte er sich sofort auf den Weg nach Köln gemacht. Und jetzt saß er hier neben mir auf der Parkbank und blickte auf das Foto seiner Tochter.

»Es war dumm von mir, die Vaterschaft damals zu verleugnen.« Monsieur Laurent seufzte. »Aber ich wäre in die größten Schwierigkeiten gekommen, schließlich war ich verheiratet und bei der Armee. Eleonore muss sehr enttäuscht gewesen sein.«

»Die Dinge sind, wie sie sind, Monsieur.« Ich deutete auf das Bild, das eine dunkelhaarige Frau mit sympathischem Lächeln zeigte. Henriette war jetzt neununddreißig. »Ihre Telefonnummer steht auf der Rückseite.«

Monsieur Laurent schüttelte ungläubig den Kopf. »Sie ist sehr hübsch. Ganz die Mutter.«

Ich überlegte einen Moment, ob ich ihm erzählen sollte, dass ich Henriette nur gefunden hatte, weil ihre Mutter Eleonore vor zwei Jahren gestorben war und ich über die Friedhofsverwaltung die Adresse ihrer Tochter erfahren hatte. Aber ich entschied mich dagegen, zumal er nicht danach fragte. Ich wollte den einzigartigen Moment nicht zerstören, das glückliche Ende dieser spontan eingefädelten Suche, und außerdem sollte er das besser von seiner Tochter erfahren.

»Henriette wartet auf Ihren Anruf. Sie lebt immer noch in Berlin, ganz in der Nähe des Flughafens Tegel, wo die französische Luftwaffe damals stationiert war.« Ich legte kurz meine Hand auf seine Schulter, dann stand ich von der Bank auf. »Sind Sie mir sehr böse, wenn ich Sie jetzt alleine lasse? Ich muss zurück ins Museum. Wir schließen gleich, und ich will überprüfen, ob der Monet noch an seinem Platz hängt.«

Monsieur Laurent lachte über meinen kleinen Scherz. Mitte der achtziger Jahre war das millionenteure Bild tatsächlich einmal aus dem Pariser Musée Marmottan gestohlen worden. Erst fünf Jahre später war es im Haus eines korsischen Ganoven wieder aufgetaucht.

»Nein, nein, natürlich nicht. Gehen Sie nur. Sie haben schon so viel für mich getan. Ich weiß gar nicht, wie ich

Ihnen das jemals vergelten soll.« Monsieur Laurent erhob sich und ergriff meine Hand.

»Das haben Sie doch schon«, sagte ich und lächelte ihn an. »Sie haben sich für die Ausleihe dieses so wichtigen Gemäldes eingesetzt. Der ›Sonnenaufgang‹ ist das Glanzstück hier in Köln.«

»Das war rein beruflich. Und die Zusage haben Sie bekommen, weil Sie uns durch Kompetenz und Verhandlungsgeschick überzeugt haben, Charlotte.«

Ich mochte es, wie Monsieur Laurent meinen Vornamen aussprach. Es klang sehr elegant. Überhaupt hörte ich ihn gerne reden. Er sprach perfektes Deutsch, aber der französische Akzent war nicht zu überhören.

»Mein Angebot steht, wenn ich irgendetwas für Sie tun kann … Ich stehe tief in Ihrer Schuld.«

»Wie wäre es mit einer schönen Flasche Champagner?«, sagte ich. »Dann denke ich an Sie und Ihre Tochter, wenn ich sie öffne. Und informieren Sie mich bitte bei Gelegenheit, wie das Treffen zwischen Ihnen gelaufen ist.«

»*Mais oui, bien sûr*! Aber ja, sicher doch!« Monsieur Laurent hielt noch immer meine Hand, dabei lächelte er charmant, und um seine braunen Augen bildeten sich feine Lachfältchen. »*On se fait la bise?*«

Als ich nickte und er mich an sich zog und meine Wangen küsste, nahm ich den dezenten Duft eines zitronigen Rasierwassers wahr. Ich konnte auf einmal verstehen, dass Eleonore sich damals in ihn verliebt hatte. Bestimmt hatte er vor vierzig Jahren umwerfend ausgesehen in seiner schneidigen Uniform.

»Ich wünsche Ihnen alles Gute, Monsieur Laurent. Für Sie – und Ihre Familie.« Beinahe geriet ich in Versuchung, ihm zu erzählen, dass Henriette mir von einer sechzehnjährigen Tochter erzählt hatte. Er war also nicht nur Vater, sondern auch gleich Großvater geworden. Aber schöner wäre es, wenn er auch das von Henriette erfahren würde. Also lächelte ich ihm ein letztes Mal zu, dann machte ich mich auf den Weg zurück ins Museum.

Ich war erst ein paar Schritte gegangen, da rief er mir hinterher: »Charlotte!«

»Ja?« Ich drehte mich um und sah, wie er das Foto seiner Tochter hoch in die Luft hielt und sich mit der anderen Hand ans Herz fasste.

*»Merci, merci beaucoup!«*

Die Begegnung mit Monsieur Laurent berührte mich so sehr, dass ich Mühe hatte, mich zu fangen. Ein Vater und seine Tochter konnten nun endlich zueinanderfinden und sich kennenlernen. Als ich das erste Mal mit Henriette telefoniert hatte, war es mir nicht leichtgefallen, mein Anliegen zu formulieren, obwohl ich ja nur die Position der Vermittlerin hatte. Aber ich war mir sehr wohl des Ausmaßes dieser Ankündigung bewusst: Ihr Leben war nach dieser Nachricht ein anderes.

Ich drückte die schwere Glastür des Museums auf. Im Eingangsbereich lächelte mir die ältere Dame zu, die jeden Freitag als Aushilfe am Empfang arbeitete, bevor sie sich wieder der Kasse zuwendete. Sie war zum Glück zu beschäftigt, um mich in einen Plausch verwickeln zu können.

Auf der Treppe zum großen Ausstellungssaal kam mir die letzte Gruppe des Tages entgegen. Ich nickte meinem Kollegen Tom zu, der abwechselnd mit mir die Führungen durch die Ausstellungen übernahm. Er war mit einem Teilnehmer ins Gespräch vertieft und bildete den Schluss der Gruppe.

Ich liebte diesen Moment, in dem es still wurde im Museum – wenn die letzten Besucher in Richtung Ausgang gingen und bald darauf weder Stimmen noch Schritte zu hören waren. Der Sicherheitsdienst würde bald seinen ersten Kontrollgang vornehmen, und kurz darauf erschienen die Reinigungskräfte auf der Bildfläche. Aber die Zeit bis dahin hatte ich ganz allein für mich.

Ich stellte mich in die Mitte des großen Raumes und ließ ihn in seiner Gesamtheit auf mich wirken. Ich kannte jedes der Gemälde in- und auswendig, ich hatte mich ja um die Zusammenstellung gekümmert, aber der unmittelbare Kontakt mit den Kunstwerken faszinierte mich jedes Mal aufs Neue. Das hatte rein gar nichts mit den Abbildungen in irgendwelchen Katalogen oder auf Webseiten gemein. Die Farben leuchteten intensiver, die Gemälde schienen lebendiger. Und es kam mir sogar vor, als würde sich durch das Zusammenspiel der verschiedenen Werke im Raum ein neuer einzigartiger Geruch bilden.

Langsam machte ich die Runde und ging von Bild zu Bild, bis ich wie magisch angezogen dicht an den zentral gehängten Monet herantrat. Das nicht sehr große Gemälde mit der orangerot aufgehenden Sonne war ein wahrer Meilenstein der Kunstgeschichte. *»Impression, soleil levant«*, hieß es auf Französisch, »Impression, Sonnenaufgang« war der deutsche Titel. Man hatte das Gemälde erst abfällig so genannt, aber letztlich hatte es den Impressionismus eingeläutet.

Monsieur Laurent hatte im Musée Marmottan der Entstehung des Bildes sogar eine eigene umfangreiche Ausstellung gewidmet, um seiner Bedeutung gerecht zu werden, und hatte mir den Katalog dazu mitgegeben. Das pastellige, violettblaue Seestück strahlte eine einzigartige Atmosphäre aus. Die Baukräne und Schiffe im alten Hafen von Le Havre verschwammen diffus im Nebel, das Licht der orangeroten Morgensonne spiegelte sich im aufgewühlten Wasser. Ich konnte meinen Blick nicht von den grüngrauen Wellen abwenden, die von weißlichem Lichtschimmer durchzogen waren und lebhaft um die Fischerboote herumplätscherten.

Auf einmal schlich sich die sonore Stimme meines Vaters in meine Gedanken. »Sei aufmerksam, Charlotte! Du musst dich nur richtig konzentrieren, dann kannst du die Sprache des Meeres verstehen und in den Wellen lesen.«

Ich kniff die Augen zusammen und versenkte meinen Blick in das bewegte Wasser des Hafenbeckens. Es kam mir auf einmal so vor, als könnte ich in der Ferne das Meer rauschen hören, als spürte ich seinen salzigen Geschmack auf meinen Lippen. Ein Frösteln erfasste mich, und ich zog unwillkürlich meine Strickjacke zu.

»Was ist los, Charlotte?«, ertönte es da hinter mir. »Hat dich die Meeresbrise kalt erwischt?«

Ertappt zuckte ich zusammen. Tom kam mit langen Schritten auf mich zu. Er konnte ja nicht ahnen, wie recht er mit seiner Vermutung hatte, welche Wirkung das Gemälde bei mir auslöste. Wie sollte er auch? Er kannte meine Familiengeschichte ja nicht. Er wusste nicht, dass ich meine gesamten Schulferien nicht weit von Le Havre in einem kleinen Küstenort in der Normandie verbracht hatte – bis dort vor fünfzehn Jahren das Schreckliche geschehen war.

»Es berührt mich einfach, dass wir das Bild doch noch bekommen haben«, wiegelte ich ab. »Die Leihverhandlungen waren ja ausgesprochen zäh.«

»Dass es jetzt hier hängt, haben wir in erster Linie dir

zu verdanken«, sagte Tom. »Dir und deiner Hartnäckigkeit. Du bist schließlich nach Paris gefahren und hast sie überzeugt.«

Als ich an den Brief mit der Zusage dachte, dem bereits zwei Jahre zuvor ein offizieller Antrag unserer Direktion vorausgegangen war, spürte ich einen Anflug von Stolz in mir aufsteigen. Nicht nur, weil das weltberühmte Gemälde jetzt tatsächlich hier hing, sondern auch, weil ich dafür einen Schritt in meine Vergangenheit gewagt hatte, um vor Ort mit den Museumsleuten zu verhandeln. Früher hatten wir auf dem Weg in unser Ferienhaus oft einen Stopp in Paris eingelegt, um uns eine Sehenswürdigkeit oder eine Ausstellung anzusehen. Und ich hatte es all die Jahre nicht übers Herz gebracht, nach Frankreich zu fahren, aus Angst, die alten, nie richtig verheilten Wunden könnten wieder aufreißen.

Tom betrachtete mich stirnrunzelnd von der Seite. »Du siehst ziemlich durcheinander aus, wenn ich das mal so bemerken darf.«

»Mich holt nur der Stress der letzten Wochen ein«, erwiderte ich. »Es war wohl alles ein bisschen viel, die Vorbereitungen, der Termindruck, dann die Eröffnung. Wir wussten doch gar nicht, wie das Konzept bei Presse und Besuchern ankommt und ob alle Werke rechtzeitig angeliefert werden …«

Diese Ausstellung zu kuratieren war für mich, am Ende meines Volontariats, eine große Aufgabe gewesen. Noch bis vor ein paar Monaten hatte ich nächtelang auf der Suche nach den letzten Exponaten Kataloge gewälzt und Leihanfragen verschickt. Doch seit Monsieur Laurent die Anlieferung des Monet in unser Haus begleitet und ich mit meinen weißen Stoffhandschuhen ehrfürchtig über den Rahmen des Bildes gestrichen hatte, hatte mich ein fiebriges Gefühl erfasst, das mich nicht mehr zur Ruhe kommen ließ.

»Die Vernissage war ein voller Erfolg, Charlotte, den Kritikern hat die Zusammenstellung gefallen. Das ist doch wirklich ein Grund, sich zu freuen.«

»Du hast recht.« Ich lächelte Tom an, der sich nun in den Nebenraum aufmachte, um die mit einer Wasserpumpe betriebene Lichtinstallation auszuschalten.

Auf einmal merkte ich, wie dringend ich hier rausmusste. Die Bilder schienen mich zu erdrücken, die Erinnerung verfolgte mich.

Ich war schon fast auf der Treppe, als ich mich noch einmal umdrehte und meine Augen wieder Monets Sonnenaufgang fixierten. Es war nicht der Gedanke an die mühsamen Leihverhandlungen oder der glückliche Abschluss der Tochtersuche, was mich erschauern ließ. Es hatte mit der Normandie zu tun, mit dem Verschwinden meines Vaters in jenem Sommer, als er am frühen Morgen mit dem Boot hinausgefahren und nicht wieder zurückgekommen war.

»Ich fahre raus aufs Meer«, hatte er zu mir gesagt und war in der Tür stehen geblieben. »Keine Lust«, hatte ich erwidert und demonstrativ meine Kopfhörer wieder aufgesetzt.

Ich war fünfzehn Jahre alt, und die ewigen Streitereien meiner Eltern machten mir zu schaffen. Und ich war frisch verliebt: Den ganzen Morgen schon hatte ich an Matthieu denken müssen, seine schwarzen verwuschelten Haare und die schönen grüngrauen Augen – und an den Kuss, der nach Meer, Salz und Pfefferminz geschmeckt hatte. Immer wieder hatte ich dasselbe Lied von Louise Attaque in Schleife gehört, und so nach und nach war es mir auch gelungen, mit meinem Schulfranzösisch die Liedzeilen zu entschlüsseln: *Je t'emmène au vent, je t'emmène au dessus des gens, et je voudrais que tu te rappelles, notre amour est éternel et pas artificiel … Der Wind nimmt uns mit, weg von den anderen … unsere Liebe ist ewig und echt …*

Ich weiß nicht, ob mir mein Vater damals noch etwas hatte sagen wollen. Ich hatte ihn nicht weiter beachtet und ihm einfach den Rücken zugedreht. Erst Jahre später ist mir klargeworden, dass er mich gar nicht gefragt hatte, ob ich mitkommen möchte. Aus heutiger Sicht hatte es eigentlich wie eine Ankündigung geklungen. Und ich war jahrelang davon ausgegangen, dass er meine Begleitung gewünscht hatte. Wir waren damals oft gemeinsam aufs Meer hinausgefahren, und ich hatte unsere Ausflüge geliebt. Meist waren wir ohne meine Mutter unterwegs, die leicht seekrank wurde und lieber am Strand blieb. Sobald die Flut kam, fuhren wir raus, angelten um die Wette, sprangen ins Wasser, besuchten eine wilde Seehundkolonie weiter unten im Süden oder ankerten einfach unweit der felsigen Küste, um die Füße über Bord zu hängen und dem Klang des Meeres zu lauschen.

Mein Vater hatte viel Phantasie. Er bezeichnete das Meer immer als sein Lieblingskunstwerk, voller Rätsel und Geschichten. In der ersten Zeit nach seinem Verschwinden hatte ich unzählige Stunden damit verbracht, am Strand zu sitzen und auf das Meer hinauszustarren, am Quai und an der Mole auf und ab zu laufen, bis das Wasser sich wieder zurückzog, in der Hoffnung, eine Antwort auf all das zu finden. Aber die Wellen gaben ihr Geheimnis nicht preis.

# 2.

Ich fühle mich immer noch fremd hier, dachte ich, als ich den hell beleuchteten Flur unserer Wohnung betrat und meine Jacke auf dem Designerbord ablegte. Eine Garderobe gab es hier nicht. Gregor fand, Kleidungsstücke an der Wand würden vom Wesentlichen ablenken und den Gesamteindruck stören. Aus der Sicht eines Innenarchitekten mochte das ja stimmen, aber ich war nun mal Kunsthistorikerin und damit eher Nostalgikerin. Ein paar schön geschwungene Haken hätten sich sicher gut gemacht – und praktisch wären sie zudem.

Prompt vibrierte mein Handy. Gregor schickte mir eine Nachricht: *Das Sofa gehört dir! Es wird wohl später werden. Okay*, antwortete ich, *aber wundere dich nicht, wenn ich es nicht mehr bis ins Bett schaffe. Ich bin hundemüde.*

Von den hohen Fenstern unserer Maisonettewohnung hatte man einen herrlichen Blick über die belebte Straße mit den vielen Lokalen und kleinen Läden. Jederzeit konnte man in das quirlige Geschehen eintauchen, wenn man es denn wollte. Aber heute hatte ich einfach das Bedürfnis nach Ruhe. Ich holte mir ein Glas Wasser aus der Küche und beobachtete, wie der Hund des Cafébesitzers gegenüber alleine die Straße überquerte, um wie immer seine Erkundungstour durchs Viertel zu machen, und wie die Bedienung draußen auf die Tische Kerzen für den Abend stellte.

Es lag nicht an der Gegend, dass ich mich nach zwei Jahren noch immer nicht richtig eingelebt hatte. Ich kannte die Stadt gut, ich war hier zur Uni gegangen, ich mochte Köln und die Menschen, die hier lebten. Aber es war nicht meine Wohnung, sondern Gregors. Sie trug eindeutig seine Handschrift, er lebte ja auch schon seit zehn Jahren hier. Ich hatte sozusagen den Platz seiner Exfrau eingenommen, mitsamt dem Mobiliar.

Auf dem gläsernen Esstisch lag eine Postkarte neben dem *Kölner Stadtanzeiger.* Gregor musste heute Mittag hier gewesen sein und den Briefkasten geleert haben. Sein Büro war nur ein paar Straßen entfernt. *Es ist Zeit, schreiend im Kreis zu laufen*, stand in weißen Buchstaben auf der giftgrünen Karte. Sie konnte nur von meiner Freundin Tessa aus Berlin kommen. Tessa hatte ein Faible für verrückte Karten, und ich kannte sonst niemanden, der wichtige Nachrichten nicht nur per Mail oder SMS, sondern noch ganz altmodisch mit der Post verschickte.

Ich drehte die Karte um und erkannte ihre geschwungene Handschrift. *Ich habe JA! gesagt*, las ich.

»Das glaub ich jetzt nicht!«, entfuhr es mir freudig, und ich griff nach meinem Handy.

Tessa ging sofort ran. »Das hat ja Ewigkeiten gedauert!«, beschwerte sie sich.

Als ich ihre Stimme mit dem unverkennbaren Berliner Tonfall hörte, ging es mir sofort besser. »Ich habe die Karte eben erst bekommen. Mensch, ich freu mich so! Los, erzähl schon!«

»Er hat mich tatsächlich gefragt, Charlie! Stell dir vor, so ganz klassisch, mit Kniefall, roten Rosen und Ring! Ich hätte nie gedacht, dass mir das mal gefallen würde, aber anscheinend habe ich doch eine romantische Seite.«

Ich konnte deutlich hören, wie Tessa im Raum herumlief, und stellte mir vor, dass sie sich mit der freien Hand durch die blonde Kurzhaarfrisur fuhr. Es war wirklich eigenartig, dass ausgerechnet sie, die nie lange still sitzen konnte, sich in den bodenständigen Frank verliebt hatte. Sie schien in ihm ihren Hafen gefunden zu haben. Schmunzelnd ließ ich mich auf das Ledersofa fallen und stopfte mir ein großes Kissen in den Rücken.

Tessa gab mir gerade die Termine für Polterabend und Trauung durch, als das Festnetztelefon klingelte. Nicht sehr oft wählte jemand diesen Anschluss, und wenn doch, war es meistens für Gregor. Ich stand trotzdem auf, um wenigstens auf das Display zu schauen. In Notfällen konnte es auch mal ein Mitarbeiter des Museums sein, der sich auf diesem Weg meldete.

Ich erkannte die französische Landesvorwahl sofort. Für die Nummern danach brauchte ich einen Moment, aber der Anfang kam mir bekannt vor. 0033 2 … Mein Herz begann hart gegen meine Brust zu klopfen. Der Anruf kam nicht aus Paris, wie ich im ersten Moment angenommen hatte, sondern aus … Nordwestfrankreich. Womöglich aus der Normandie.

»Was ist?«, fragte Tessa an meinem Ohr. »Klingelt da dein Festnetz? Du kannst ruhig rangehen. Dann telefonieren wir gleich noch mal.«

»Nein, bleib kurz dran, da ruft jemand aus Frankreich an …« In diesem Moment verstummte das Klingeln, und die Nummer verschwand.

Ich starrte auf das Telefon, das rot blinkend einen Anruf in Abwesenheit anzeigte.

»Charlie, ist alles in Ordnung bei dir? Hast du gesehen, wer das war?«

»Ich weiß nicht, vielleicht jemand aus der Gegend, in der wir früher immer Urlaub gemacht haben«, sagte ich fassungslos.

»Echt? Hattest du denn zwischenzeitlich wieder Kontakt zu irgendjemandem dort?«

»Nein, seit damals nicht mehr.« Ich nahm das Telefon aus der Ladestation und starrte wieder auf die blinkende Mitteilungstaste.

»Ruf zurück, dann weißt du, wer es war«, sagte Tessa pragmatisch. »Und zwar bevor du dir lang und breit darüber Gedanken machst, wer es gewesen sein könnte. Ich bleibe so lange am Handy, wenn du willst.«

Tessa war eine der wenigen, die über das Verschwinden meines Vaters Bescheid wussten. Genau genommen war sie die Einzige, der ich damals wirklich alles erzählt hatte, auch die Details. Es erleichterte mich, dass sie jetzt im Moment für mich da war, so wie sie es früher schon zu Schulzeiten gewesen war.

»Ach, Tessa …« Ich rutschte am Sideboard nach unten und ließ mich im Schneidersitz auf dem Fischgrätparkett nieder. »Es ist jetzt so lange her, und es gibt Phasen, da denke ich nur noch sehr selten an ihn. Aber gerade in der letzten Zeit, da war wieder alles so dermaßen präsent, dass mir fast die Luft weggeblieben ist.«

»Du Arme! Das liegt sicher an den Nachforschungen zu der unehelichen Tochter des Franzosen. Da ist es doch ganz normal, dass alles wieder in dir hochkocht.«

»Ja, stell dir vor, ich habe mich heute mit Monsieur Laurent getroffen. Du hättest mal sein Gesicht sehen sollen, als ich ihm ihr Foto gegeben habe. Ich habe selten so einen bewegenden Moment erlebt. Erst konnte er es gar nicht fassen, dass ich mich wirklich auf die Suche nach

Henriette gemacht und sie aufgespürt habe. Er war einfach nur glücklich.«

»Wie schön! Da hast du wirklich dem Schicksal auf die Sprünge geholfen … Aber jetzt fasst du dir ein Herz und drückst die Rückruftaste. Vielleicht gibt es ja eine ganz simple Erklärung für den Anruf.«

»Du hast recht.« Ich atmete tief durch. »Und wenn es jemand ist, mit dem ich nicht reden möchte, lege ich einfach wieder auf.«

»Glaubst du, es könnte Matthieu gewesen sein?«, fragte Tessa in ihrer direkten Art.

Kurz zögerte ich, dann sagte ich: »Eigentlich nicht. Dazu habe ich ihn damals zu sehr verletzt. Ich wollte nichts mehr mit ihm zu tun haben, und er hat sich bis heute daran gehalten.«

»Okay, ruf an und melde dich danach sofort bei mir.«

Mein Herz schlug dumpf, als ich die Nummer in mein Handy tippte und dann eine gefühlte Ewigkeit dem entfernten monotonen Piepen des Freizeichens lauschte. Zuerst hörte ich ein Knacken in der Leitung – und kurz darauf eine helle weibliche Stimme. *»Oui, allô?«*

*»Bonsoir … Je … je m'appelle … Charlotte Berger«*, stammelte ich. *»Vous êtes qui, s'il vous plaît*? Wer sind Sie, bitte?«

»Charlie!«, rief die Stimme erfreut. Es gelang mir nicht gleich, sie zu identifizieren. »Charlotte, hier ist Sophie, deine Cousine.«

Ich brauchte einen Moment, um zu begreifen, wen ich da am anderen Ende der Leitung hatte. Dann blitzte das Bild eines Mädchens mit kurzgeschnittenen braunen Haaren in mir auf, das man auf den ersten Blick für einen Jungen hätte halten können. Sie war dreizehn, als ich sie das letzte Mal bei der Beerdigung meines Großvaters Johann gesehen hatte. Ich war damals sechzehn gewesen.

»Sophie?« Meine Cousine oder vielmehr meine Großcousine musste jetzt siebenundzwanzig sein, denn ich war dreißig.

»Ja, ich bin es wirklich. Es tut mir leid, dass ich dich einfach so überfalle, Charlotte. Aber ich bin gerade in Barfleur … Oma will immer noch den Sommer hier verbringen. Und weil sie schon so alt ist und manchmal ein bisschen …«, sie senkte die Stimme, »tüdelig, hat Mama mich dazu verdonnert, auf sie aufzupassen. Es sind ja gerade Semesterferien, also passt das ganz gut. Charlotte, ich weiß gar nicht, wie ich es dir sagen soll …«

Sophie zögerte. Mit geschlossenen Augen erwartete ich ihre Nachricht, ich hatte plötzlich das Gefühl, es könnte mir den Boden unter den Füßen wegziehen.

»Ich glaube, ich habe deinen Vater gesehen«, sagte sie.

Es dauerte einen Moment, bis ich verstand, was sie da von sich gab. Ich atmete bewusst tief ein und aus, um mich zu beruhigen, mein Herz raste. Ich saß auf dem Boden und meine Beine fühlten sich taub an. Ich ließ meinen Kopf nach hinten fallen, er stieß gegen den metallenen Schubladenknopf des Sideboards, und ich stöhnte vor Schmerz auf.

»Charlotte, alles okay bei dir?«

Mein »Ja« klang kratzig und fremd. Ich rieb mir den Hinterkopf und räusperte mich. »Was heißt das, du *glaubst*, du hättest ihn gesehen?«

»Pass auf: Ich war gestern am Hafen, und danach bin ich noch ins *Café du Port*. Da ist mir ein älterer, grauhaariger Mann mit zwei kleinen Mädchen aufgefallen, vielleicht seine Enkelinnen. Ich habe mich noch gewundert, weil doch die Schule schon wieder angefangen hat und nicht mehr viele Touristen unterwegs sind. Und jetzt kommt's: Er hat mit den Mädchen aus buntem Papier kleine Figuren gefaltet, so wie wir das früher mit deinem Vater auch immer gemacht haben. Weißt du noch?«

»Ja klar, die Origamifiguren. Natürlich erinnere ich mich daran.« Wir hatten Stunden damit verbracht, kleine Tiere und Blumen zu falten, und hatten ganze Zoos aus buntem Papier zum Leben erweckt.

»Als sie gegangen sind, habe ich unter ihrem Tisch eine der Figuren liegen sehen, und ich habe sie mir geholt. Es ist ein kleiner Schmetterling, einer von der Sorte, in dem sich ein Fach für eine Botschaft versteckt, wenn man die Flügel auseinanderzieht. Charlotte, es ist ein Geheimnishüter!«

Das Bild meines Vaters erschien vor meinen Augen. Ich sah ihn vor mir, wie er in seiner grauen Sweatjacke mir gegenüber am Wohnzimmertisch saß, die blonden Haare leicht zerzaust. Geheimnisvoll lächelnd blickte er mich über die Brille auf der Nasenspitze an und zeigte auf die Reihe gefalteter Origamifiguren vor sich. »Was meinst du, Charlotte, welches der Tiere kann eine Botschaft am besten verstecken, der Kranich, der Fisch oder der Schmetterling?«

Ich blinzelte und setzte mich aufrecht hin. »Okay, sie haben also ähnliche Schmetterlinge gebastelt wie wir damals.« Sosehr ich mir auch wünschte, Sophie hätte wirklich meinen Vater gesehen, versuchte ich doch realistisch zu sein. Meine Cousine hatte früher schon viel Phantasie gehabt und die kleinsten Begebenheiten zu den wunderbarsten Geschichten ausgeschmückt. Schon als Kind wollte sie Drehbuchautorin werden. Ob sie tatsächlich an der Filmakademie gelandet war?

»Sophie«, sagte ich, »du hast sicher nicht meinen Vater gesehen, sondern einfach einen Mann, der mit seinen Enkelkindern Papierfiguren gebastelt hat. Bestimmt hat er dich nur an ihn erinnert.«

»Ja, das habe ich zuerst auch gedacht. Aber ich habe heimlich mit dem Handy ein Foto von ihm gemacht.«

Ich hielt die Luft an.

»Als ich es später am Rechner vergrößert habe, konnte ich es kaum glauben«, fuhr Sophie fort. »Der Mann sieht tatsächlich aus wie dein Vater, Charlotte, nur eben älter. Glaub mir, ich hätte dich nicht angerufen, wenn die Ähnlichkeit nicht so frappierend wäre.« Sie machte eine kleine Pause. »Und da ist noch was … Aber das solltest du dir selbst anschauen. Kann ich dir die Fotos schicken? Dann bräuchte ich nur noch deine E-Mail-Adresse.«

Ich gab Sophie die Adresse durch und versprach ihr, mich gleich wieder zu melden.

Mit wackeligen Knien ging ich hinauf ins Arbeitszimmer, das neben Schlafzimmer und Bad in der oberen Etage lag. Ich konnte nicht fassen, dass sich meine Cousine nach so vielen Jahren Funkstille meldete und behauptete, sie hätte meinen Vater in Barfleur gesehen. Jahrelang hatte ich auf so eine Nachricht gewartet, und nun kam es mir vor wie ein surrealer Traum. Wieder und wieder hatte ich die Geschehnisse dieses Tages rekonstruiert und immer neue Theorien ausgebrütet, die sein Verschwinden erklären könnten. Ich wollte einfach nicht akzeptieren, dass er nicht mehr Teil meines Lebens sein sollte.

Eine meiner Lieblingstheorien war die, dass eine große Welle ihn über Bord gespült und die Strömung ihn fortgezogen hatte. Und als er irgendwo an die Küste gespült wurde, konnte er sich an nichts erinnern. Das gab es ja:

Menschen, die durch einen Unfall das Gedächtnis verloren, woanders Fuß fassten – und plötzlich, nach Jahren, waren die Erinnerungen wieder da. Jede Möglichkeit, war sie auch noch so abwegig, lag mir näher als der Gedanke, mein Vater könnte tatsächlich ertrunken sein und hätte die letzten Minuten seines Lebens einen panischen Todeskampf geführt. Diese Vorstellung war bis heute unerträglich für mich.

Trotzdem konnte ich mir nicht vorstellen, dass er nach all den Jahren einfach so wiederauftauchte und am helllichten Tag ein Café in Barfleur besuchte, dem Ort, von dem er damals losgesegelt war. Oder hatte ich einfach nur Angst, enttäuscht zu werden, wenn sich herausstellte, dass es sich doch nicht um ihn handelte?

Mit zitternder Hand öffnete ich den Anhang von Sophies Mail und starrte kurz darauf auf einen ungefähr siebzigjährigen Mann, der mit zwei fast gleichaltrigen kleinen Mädchen an einem hölzernen Bistrotisch saß. Er war gut angezogen, trug einen schwarzen Lederblouson und eine modische Brille mit eckigen Gläsern und einem schwarzen Gestell. Sophie hat recht, dachte ich fassungslos, als ich das Foto vergrößerte und den Mann genauer betrachtete. Er war im Halbprofil zu sehen und sah meinem Vater wirklich unfassbar ähnlich. Die gleiche etwas breite Nase, die blaugrauen Augen, das volle Haar, das weiß war bei diesem Mann und hinten bis tief in den Nacken wuchs. Meine Mutter musste meinem Vater diese Stelle früher regelmäßig sauber rasieren, und auch Opa hatte diesen Haarwuchs.

Ich öffnete das zweite Foto, das meine Cousine mir geschickt hatte. Es zeigte den aus orangefarbenem Papier gefalteten Schmetterling in Großaufnahme. Sophie hatte die Flügel auseinandergezogen und ins Innere hineinfotografiert. Mit schwarzem Stift stand auf einem hineingelegten Zettelchen geschrieben: *Cherche dans l'armoir! – Such im Schrank*! Es war, als setzte mein Herzschlag kurz aus. Genau solche Nachrichten hatte mein Vater damals in den Geheimnishütern für mich versteckt.

Ich klickte zurück auf das erste Foto, betrachtete noch einmal den Mann, und diesmal zoomte ich die beiden Mädchen heran. Das eine hielt den Kopf gesenkt, es schien etwas zu schreiben und war vielleicht sieben Jahre alt, das andere sah in die Kamera und mochte etwas jünger sein, vielleicht fünf. Ich stutzte, dann sprang ich auf und zog das Fotoalbum meiner Kindheit vom oberen Regalbrett. Ich blätterte vor bis zu meinem Einschulungstag, und ein zaghaft lächelndes Mädchen mit dunkelblonden geflochtenen Zöpfen sah mir mit aufmerksamen blaugrauen Augen entgegen. Das Mädchen war ich – und man könnte glatt glauben, dass das ältere Kind auf Sophies Foto auch ich war, so ähnlich sah es mir.

Ich griff nach der Holzkiste im Regal, in der ich allerhand Erinnerungsstücke meiner Kindheit und Jugend aufbewahrte, und förderte neben ein paar uralten braungelben Herzmuscheln ein paar verblasste und zerdrückte Origamifiguren zutage, die ich notdürftig in Form brachte und nebeneinander auf die gläserne Schreibtischplatte stellte. Es war auch ein Schmetterling darunter, und ich wusste genau, was auf dem Zettel darin stand. Vorsichtig zog ich die Flügel auseinander und nahm das Papier heraus. Ich hielt die Luft an, als ich es auseinanderfaltete und auf den Schreibtisch legte.

Es war die letzte Faltfigur, die mein Vater mir in jenem Sommer hinterlassen hatte. *Such in der Küche*!, stand auf dem Zettel. Ich hatte damals die gesamte Küche auf den Kopf gestellt, aber nichts finden können, was ich irgendwie in Zusammenhang mit seinem Verschwinden hätte bringen können.

Ich sah mir noch einmal die beiden Fotos an, druckte sie aus und rief Sophie an.

»Das kann doch nicht wahr sein!«, rief ich atemlos. »Genau solche Botschaften hat er mir auch immer hinterlassen! Nur die Handschrift sieht anders aus, es könnte die eines Kindes sein, vermutlich eines französischen. Die Buchstaben stehen enger zusammen und …«

»Es könnte sein, dass eins der Mädchen den Zettel geschrieben hat. Schade, wenn er es gewesen wäre, hätte man die Schriften von einem Fachmann vergleichen lassen können«, sagte Sophie.

»Ja, stimmt … Hast du dir die Mädchen genauer angeschaut? Vor allem das ältere sieht genauso aus wie ich früher!«

»Ja, ich weiß! Das hat Oma auch gesagt. Warte mal, ich gebe sie dir. Sie steht direkt neben mir.«

Noch bevor ich etwas erwidern konnte, hatte Sophie den Hörer weitergegeben. »Charlotte? Wie geht es dir, Liebes?«

Sophies Oma, meine Großtante Anna, war die Lieblingsschwester meines verstorbenen Großvaters Johann gewesen. Ihre etwas kratzige, laute Stimme versetzte mich sofort zurück in meine Kindheit. Ich hatte Anna immer gerngehabt. Sie war ein quirliger Gegenpol zu meinem einsilbigen Großvater gewesen, der oft mit sich selbst beschäftigt schien.

»Du musst nicht so laut schreien, Oma«, sagte Sophie im Hintergrund. »Charlotte ist zwar in Deutschland, kann dich aber genau verstehen.« Sophies Kommentar verschaffte mir etwas Zeit, mich wieder zu fassen.

»Hallo, Tante Anna«, sagte ich und ertappte mich dabei, dass auch ich lauter redete als notwendig. »Das sind ja wirklich unglaubliche Neuigkeiten!«

»Ja, nicht wahr?«, sagte Anna. »Also was ist, wann kommst du?«

# 3.

Ich öffnete den Kleiderschrank im Schlafzimmer und zog den grobgestrickten petrolfarbenen Pullover mit dem großen Rollkragen heraus, den Gregor mir letztes Jahr geschenkt hatte. Es war meine Lieblingsfarbe, sie passte gut zu meiner hellen Haut und meinen Augen. Ein paar warme Kleidungsstücke würde ich gut gebrauchen können. In der Normandie war das Wetter unbeständig, zumeist windig, und es war nie richtig heiß. Ich wollte gleich morgen früh losfahren, um nach dem Mann zu suchen, den Sophie gesehen hatte. Wenn es Antworten auf all meine Fragen gab, konnte ich sie nur in Barfleur finden.

Eine Gänsehaut überzog meine Arme. Ich schlüpfte in den flauschigen XXL-Pulli, der mir bis über die Oberschenkel reichte, und strich mir die fliegenden Haare glatt. Mein Blick fiel in den großen Schrankspiegel, und ich ließ mich überrascht auf die Bettkante fallen. Ich sah aus wie damals, als ich fünfzehn war, schoss es mir durch den Kopf. Vor zwei Wochen hatte ich mir aus einer Laune heraus einen Pony schneiden lassen, und bis jetzt war es mir noch nicht ganz gelungen, mich daran zu gewöhnen. Ich legte die Stirn in Falten und zupfte mir die Fransen zurecht. Als Teenager hatte ich eine ganz ähnliche Frisur gehabt, Haare bis über die Schultern, meist zum Pferdeschwanz gebunden, und dazu einen Pony … Heute trug ich sie meist hochgesteckt. Mein Gesicht war noch blasser als sonst, und ich hatte Ringe unter den Augen. Die aufreibenden letzten Wochen waren nicht spurlos an mir vorübergegangen.

Plötzlich hörte ich Gregors Rufen unten im Flur. Ich zuckte zusammen, ich hatte gar nicht mitbekommen, dass er nach Hause gekommen war.

»Charlotte?«, rief er und kam die Treppe herauf. Als er mich in meinem warmen Strickpulli auf dem Bett sitzen sah, stutzte er. »Was ist denn mit dir los? Willst du in den Skiurlaub fahren?«

»Nein, im Gegenteil. Ich will nicht in die Berge, sondern ans Meer. Nach Barfleur, unseren früheren Urlaubsort am Ärmelkanal. Stell dir vor, meine Großcousine Sophie hat mich vorhin von dort aus angerufen. Sie glaubt, meinen Vater gesehen zu haben, und hat mir vorhin dieses Foto hier geschickt …« Aufgeregt hielt ich Gregor den Ausdruck unter die Nase. »Die Ähnlichkeit ist wirklich frappierend. Und das Mädchen hier, guck doch mal! Sophie war in einem Café, und dort hat sie …« Ich stockte.

Gregor hatte mir still zugehört, ohne mich zu unterbrechen. Jetzt zeigte er auf meinen Koffer. »Du willst wirklich Hals über Kopf nach Frankreich? Bekommst du so kurzfristig überhaupt Urlaub?«

»Ja, ich muss da hin. Ich nehme mir frei. Das wird nach all den Überstunden bestimmt kein Problem sein. Ich will morgen ganz früh los. Was ist, kommst du mit? Stell dir mal vor, es könnte wirklich sein, dass …«

»Jetzt mal langsam, eins nach dem anderen.« Gregor setzte sich neben mich. »Ich dachte, du wolltest nach all dem, was passiert ist, keinen Fuß mehr in dieses Haus setzen? Das hast du zumindest immer gesagt.«

»Ja, das stimmt schon. Aber jetzt, mit diesen Neuigkeiten?« Ich zog den Ausdruck mit der Faltfigur hervor. »Ich weiß, das muss verrückt klingen, aber was ist, wenn diese Nachricht an mich gerichtet ist? Mein Vater hat früher oft Botschaften in kleinen Origami-Schmetterlingen versteckt, so wie in diesem hier ...« Auf der ausgestreckten Hand hielt ich ihm das Papiergebilde hin.

»Charlotte ...« Gregor runzelte die Stirn. Wenn er diesen leicht väterlichen Ton anschlug, machten sich die zwölf Jahre Altersunterschied zwischen uns bemerkbar. Er nahm mir den Schmetterling aus der Hand und strich mit dem Daumen kreisend über meinen Handrücken. »Denk doch mal logisch, Schatz. Wenn das wirklich dein Vater wäre, dann hätte er sich doch längst bei dir gemeldet. Es sei denn, deine Theorie stimmt und er hat tatsächlich sein Gedächtnis verloren, aber so etwas gibt es doch nur im Film. Ich weiß, dass du das jetzt nicht hören willst, aber was ist, wenn er sich damals ganz bewusst aus dem Staub gemacht hat und gar nicht gefunden werden will?«

Gregors Verdacht erschütterte mich bis ins Mark. Dass mein Vater absichtlich verschwunden sein sollte, konnte ich mir beim besten Willen nicht vorstellen. »Du kennst meinen Vater nicht«, sagte ich scharf. »Er hätte sich niemals einfach aus meinem Leben gestohlen.«

Gregor stand auf. »Natürlich kenne ich ihn nicht. Aber du solltest diese Möglichkeit in Betracht ziehen, wenn du unbedingt dort hinfahren willst. Lass uns gleich noch mal in Ruhe darüber reden, ja? Ich muss jetzt erst einmal was essen.«

»Du kommst also nicht mit?«, fragte ich.

»Nein. Ich kann es mir nicht leisten, so kurz vor Abgabe ein paar Tage im Büro zu fehlen. Was hältst du davon, wenn du eine Nacht darüber schläfst? Vielleicht glätten sich ja dann die Wogen wieder.« Das Wortspiel hätte er sich sparen können. Wütend funkelte ich ihn an, aber er schaute nur belustigt zurück. »Außerdem würde ich meine Reisegarderobe noch mal überdenken, in Frankreich ist es bestimmt noch ein paar Grad wärmer als hier. Du solltest lieber auch ein Sommerkleid einpacken.«

Damit ging Gregor hinaus. Er hatte keine Ahnung, die Normandie war nicht das Mittelmeer, wer dort Urlaub machte, liebte einsame Spaziergänge an der Küste, die Natur, das Meer. Und er hatte immer warme Klamotten dabei, sogar im Sommer. Fassungslos schaute ich ihm hinterher, ein erdrückendes Gefühl von Verlust rollte heran.

»Bist du dir wirklich sicher, dass es eine gute Idee ist?«

Ich nickte Gregor vom Fahrersitz aus zu. Ich war entschlossen. Entgegen meiner Befürchtung, ich könnte vielleicht die ganze Nacht kein Auge zutun, hatte ich erstaunlich gut geschlafen, zum ersten Mal seit langem tief und traumlos.

»Pass auf dich auf«, sagte Gregor und klopfte hart aufs Autodach. Einen kurzen Moment hoffte ich, er würde mich aufhalten und spontan mit mir kommen, aber stattdessen sagte er nur: »Gut, dass du dir das neue Auto geleistet hast, mit deiner alten Möhre wärst du nicht einmal bis Belgien gekommen.«

Ich lächelte ihm schief zu und ließ den Motor an. Wenig später fädelte ich mich auf der Autobahn Richtung Aachen ein. Wenn alles gutging, würde ich heute Abend gegen acht, neun Uhr ankommen. Ich war die Strecke noch nie alleine gefahren, immer nur mit meinen Eltern oder zusammen mit meinem Vater, damals von Berlin aus. Meistens hatten wir uns zu zweit gleich zu Beginn der Sommerferien auf den Weg gemacht, manchmal war auch Sophie mitgekommen. Meine Mutter hatte damals als Angestellte bei einer Versicherung maximal zwei Wochen Urlaub am Stück bekommen und war uns deswegen später mit dem Zug nachgereist. Wir hatten sie dann in Cherbourg abgeholt, der Bahnhof in Barfleur war schon seit Jahrzehnten stillgelegt. Die Hinfahrten mit meinem Vater über Paris hatte ich immer geliebt, die Rückfahrten mit meiner Mutter waren meist weniger schön gewesen. Wenn sich meine Eltern nicht gerade stritten, herrschte eine unangenehme Stille im Auto. Ich setzte mir dann den Walkman auf und tauchte in meine Welt ab. Nur wenn Sophie dabei war, rissen sie sich zusammen, und ich hatte Verstärkung auf der Rückbank.

Ich durchquerte in einem Rutsch Belgien und machte hinter der französischen Grenze Pause. In einer Raststätte holte ich mir am Automaten den ersten *café crème* und kaufte mir ein Tomaten-Ziegenkäse-Sandwich. Dabei lauschte ich den französischen Worten rings um mich herum und überflog mit dem Pappbecher in der Hand kauend die Schlagzeilen der französischen Tageszeitungen. Schon als Kind hatte ich auf unseren Reisen die ersten Worte Französisch gelernt, wir hatten immer Kontakt zu den Leuten aus Barfleur gehabt, später wählte ich es in der Schule als Leistungskurs. Es hatte mir schon immer Spaß gemacht, ausländische Zeitungen durchzublättern. Ich stieß auf der letzten Seite auf die Wetterprognose und fühlte mich bestärkt darin, meine Garderobe richtig zusammengestellt zu haben. Für die kommenden Tage war ein Sonne-Wolken-Mix angekündigt, die Temperaturen würden frisch bleiben.

Wenn mir gestern jemand gesagt hätte, dass ich mich

heute auf den Weg an den Ärmelkanal machen würde, hätte ich es niemals geglaubt. Aber ich befand mich bereits auf französischem Boden und würde auf jeden Fall bis nach Barfleur durchfahren, würde Sophie und Tante Anna wiedersehen und eventuell auch … Hastig trank ich den Kaffee aus, ging zum Parkplatz zurück und warf den Becher in einen Abfallkorb.

Im Auto angelte ich mein Handy aus der Umhängetasche und rief Tessa an. Gestern hatte ich noch mit ihr telefoniert und ihr versprochen, mich zwischendurch zu melden. Danach war meine Chefin an der Reihe, die zum Glück im Museum war und mir die ganze nächste Woche freigab, als ich ihr erklärte, ich hätte dringende persönliche Angelegenheiten in Frankreich zu klären und keine Zeit mehr gehabt, den Urlaub zu beantragen.

Von der Autobahn aus konnte ich später in der Ferne die mächtigen Kathedralen von Amiens und Rouen sehen. Ich musste etwa zehn, elf Jahre alt gewesen sein, als ich sie mit meinem Vater auf unserer Gotik-Tour besichtigt hatte. Wie sehr hatte ich unsere Kunsttouren geliebt, wie viel Schönes hatten wir unterwegs entdeckt. Mein Vater hatte gern Besichtigungsabstecher in alle Richtungen gemacht und mich das Sehen gelehrt. Wir hatten vor verschiedensten Kunstwerken gestanden, vor Bauten, Gemälden und Skulpturen, und ich wunderte mich heute, wie er es immer wieder geschafft hatte, mein Interesse zu wecken und mich bei Laune zu halten.

In Caen verließ ich die A13 und orientierte mich im Département Calvados Richtung Norden. Dort fuhr zum ersten Mal ein Auto mit der Vierzehn auf dem Nummernschild vor mir her, und mir fiel wieder ein, dass dies eine der Kennziffern der Basse-Normandie war, unserer ehemaligen Urlaubsregion. Gregor hatte recht, eigentlich hatte ich das Ferienhaus nie wieder betreten wollen.

Nur ein Jahr nach dem Verschwinden meines Vaters war mein Großvater an Herzversagen gestorben, an gebrochenem Herzen, war ich mir damals sicher. Mein Vater war sein einziger Sohn gewesen. Die beiden hatten ein nicht immer einfaches, aber inniges Verhältnis zueinander gehabt. Mein Großvater hatte das Haus in der Normandie testamentarisch seiner Schwester Anna, meiner Großtante, vererbt, was meine Mutter damals überhaupt nicht einsehen wollte. Sie meinte, es stünde meiner Großmutter Edith zu und dann eben irgendwann mir. Aber Oma legte gar keinen Wert auf das Haus, sie war sowieso nur selten dort gewesen. Sie sagte immer, dass sie den Wind nicht vertrug und die alten Geschichten ihr Kopfschmerzen bereiteten. Damals kam es zu einem bösen Streit zwischen Anna und meiner Mutter. Und ich hing mittendrin und war einfach nur verzweifelt, weil mein Vater nicht mehr bei uns war. Und Großvater auch nicht.

Ich atmete auf, als ich gegen Abend endlich in Barfleur ankam. Wie selbstverständlich nahm ich die Abzweigung in Richtung Norden nach Gatteville-le-Phare, das Ferienhaus lag am nördlichen Ortsausgang. Mein Blick blieb an der Hinweistafel der Segelschule *Skipper* hängen. In letzter Sekunde wich ich einem heftig gestikulierenden Fahrradfahrer aus, weil ich dabei auf die Gegenseite der schmalen Straße geraten war. Beinahe hätte ich so kurz vor dem Ziel noch einen Unfall verursacht!

Ich hielt am Fahrbahnrand an, atmete tief ein und aus, um mich nach diesem Schreck zu beruhigen. Die Segelschule von Matthieus Eltern existierte also noch. Aber warum auch nicht? Ihre Lage war geradezu ideal, Wind gab es hier genug, und sie lief früher schon sehr gut.

»Entspann dich mal«, sagte ich zu mir selbst. »Du bist fast achthundert Kilometer weit gefahren, und jetzt machst du schlapp, weil du an der Segelschule vorbeifährst, in der du damals Matthieu kennengelernt hast?«

Langsam fuhr ich weiter, zwei Kilometer die Landstraße entlang, an der Mühle ließ ich die Abzweigung zum Ferienhaus links liegen. Ich war magisch angezogen vom Phare de Gatteville, dem markanten Leuchtturm an der Pointe de Barfleur. Von der äußeren Plattform ganz oben hatte man einen einmaligen Blick über den Ärmelkanal und die gesamte Calvadosküste. So manches Mal hatte ich mich hier mit Matthieu getroffen, und einmal durften wir sogar nach Betriebsschluss noch zum Sonnenuntergang hinauf, weil Matthieu den Wärter kannte. Ich erinnerte mich noch ganz genau, wie aufgeregt ich gewesen war, weil ich jede Minute hoffte, Matthieu würde mich oben auf dem Turm zum ersten Mal küssen … Und als es so weit war und er mir seine Liebe schwor, hatte uns buchstäblich die Welt zu Füßen gelegen. Es war der Tag, an dem mein Vater nicht mehr heimkam.

Ich entschloss mich spontan, Gatteville-le-Phare zu durchqueren und an den kleinen Hafen an der meerumtosten Landspitze zu fahren. Es fühlt sich gut an, wieder in der Normandie zu sein, dachte ich, als ich das Fenster herunterließ und tief die salzige Luft einatmete. Der Wind pfiff ins Auto. Es roch nach Tang, Muscheln und feuchtem Sand. Ein Mann ging mit seinem Schäferhund den Quai entlang, das Fell des Tieres war gesträubt. Ich hob die Hand zum Gruß, der Mann nickte mir zu.

Die Wellen brachten die wenigen Fischerboote im Hafen zum Schaukeln und klatschten in sanftem Rhythmus an die Hafenmauer. Dieses kraftvolle Geräusch hatte ich schon früher immer geliebt. Ich griff nach meinem Mantel und stieg aus. Das Meer lag glitzernd vor mir in der Dämmerung. In Richtung Cherbourg verfärbte sich der Himmel über dem Horizont tieforange. Eine Weile blieb ich einfach so stehen, zutiefst ergriffen, aufgewühlt, bis der monotone Klang des Meeres mein Inneres erreichte. Mein Atem wurde ruhiger, der Herzschlag regelmäßig, ich war angekommen. Als eine laut schreiende Möwe mich aufschreckte, straffte ich meine Schultern. Es war an der Zeit, die Vergangenheit neu zu begehen.

Das alte Steinhaus mit dem grauen Schieferdach und den weißgestrichenen Läden lag am Ende einer Anliegerstraße. *Sauf riverains*, hieß es auf dem Schild. Ich parkte etwas abseits an der Steinmauer, die das Grundstück begrenzte, hinter einem cremefarbenen Beetle mit Frankfurter Kennzeichen und schaltete die Scheinwerfer aus. Das Auto gehörte sicher Sophie.

Ich nahm Tasche und Jacke vom Beifahrersitz und stieg aus. Leise drückte ich die Autotür zu und näherte mich dem grauen Haus mit dem beleuchteten Eingang. In meiner Erinnerung war es größer gewesen, aber es war so lange her, seit ich das letzte Mal hier gewesen war, und damals hatte ich wahrscheinlich noch einen ganz anderen Blick auf die Dinge gehabt. Das Gartentor war nur angelehnt. Tiefhängende blassrosa Hortensien standen üppig an der Hauswand, dazu roter wilder Salbei und verblühte Stockrosen mit letzten Knospen, hinter den kleinen Sprossenfenstern brannte Licht. Ich war schon fast an der Haustür, als sich ein mulmiges Gefühl in mir breitmachte. Ich war noch nicht so weit. So schlich ich mich erst einmal am Haus vorbei nach hinten. Dort setzte ich mich auf die Steintreppe, die mit wenigen großen Stufen direkt nach oben in die beiden kleinen Schlafzimmer führte, die uns Kindern vorbehalten gewesen waren. Als ich daran dachte, wie Sophie und ich an dem alten Außenbackofen unter der Treppe Hänsel und Gretel gespielt hatten, musste ich schmunzeln.

Mein Blick schweifte über das ruhig daliegende weitläufige Grundstück. Auf der von einer Straßenlaterne gelblich beleuchteten Kiesterrasse standen noch immer dieselben gusseisernen Gartenmöbel, die so kalt waren, wenn man sich ohne Polster daraufsetzte. Die Stechpalmen in der Ecke waren erheblich gewachsen. Als Kind hatte ich mich gewundert, dass in diesen Breitengraden auch Palmen wuchsen. Aber das Mikroklima am Meer war milder, auch wenn abends das ganze Jahr über die Temperaturen empfindlich sanken. Mich fröstelte. Es war mittlerweile halb neun. Der tief dunkelblaue Himmel wölbte sich über dem Grundstück, die Nacht griff um sich. Ich stand auf und ließ meine verspannten Schultern kreisen. Plötzlich meldete sich mein Magen mit einem Knurren. Als ich am Haus vorbei nach vorne ging, starrte ich geradeaus und vermied den Blick ins Innere.

Sekundenlang stand ich mit erhobener Hand an der hölzernen Eingangstür unter der Laterne und starrte die an manchen Stellen abgeplatzte Farbe an. Dann klopfte ich an – und versuchte gleichzeitig, den Kloß im Hals hinunterzuschlucken. Kurz darauf hörte ich erst ein Poltern, dann schlurfende Schritte.

Die Tür ging auf, und Tante Anna stand vor mir. Am liebsten hätte ich mich in ihre Arme geworfen, so wie ich es früher als Kind so oft getan hatte. Meine eigene Oma war nicht annähernd so herzlich wie sie gewesen, ich hatte Sophie manchmal um ihre Großmutter beneidet. Anna kam mir kleiner vor als früher, sie wirkte gebrechlich und stützte sich am Türrahmen ab.

»Kind!« Lächelnd breitete sie ihre Arme aus. »Komm her, lass dich drücken.«

Sie roch noch immer nach der gleichen Lavendelseife, die sie damals schon benutzt hatte, bemerkte ich, als sie mich mit überraschend festem Griff an sich zog. Plötzlich liefen Tränen über mein Gesicht.

»Na, wer wird denn da weinen?« Anna schob mich ein Stück weit von sich und betrachtete mich wohlwollend mit ihren hellen Augen, über denen ein feiner Schleier zu liegen schien.

»Tante Anna …« Ich wischte mir mit dem Handrücken die Tränen ab, als ich mich von ihr löste. Ihr mittlerweile schlohweißes Haar trug sie noch immer zu einem Knoten gebunden, feine Strähnen hatten sich ringsum daraus gelöst und verliehen ihrem Gesicht im Gegenlicht einen Strahlenkranz. Ich lächelte sie an. Einladende Wärme strömte aus dem Haus und mischte sich mit der kühlen Abendluft.

Die ganze Fahrt über hatte ich mir darüber Gedanken gemacht, was ich empfinden würde, wenn ich wieder da war, und ob ich überhaupt den Mut aufbringen würde, den Fuß über diese Türschwelle zu setzen. Niemals hätte ich damit gerechnet, dass es sich so gut anfühlen würde. Es war wie heimkommen.

# 4.

»Charlie!«

Sophie stand in der Küchentür und wischte sich die Hände an einem bunten Küchentuch ab, das locker im Bund ihrer Jeans steckte. Ich wusste nicht, ob ich sie auf der Straße wiedererkannt hätte, wenn wir uns zufällig begegnet wären. Sie war schlank und trug ihr braunes Haar kinnlang. Ihre braunen Augen blitzten mich hinter einem schwarzen Brillengestell erfreut an, bevor sie mir um den Hals fiel. »Schön, dass du da bist! Wir haben uns wirklich Ewigkeiten nicht gesehen … Den Aperitif lassen wir heute mal ausfallen, du hast sicher großen Hunger. Das Essen ist gleich fertig. Es gibt eine Quiche, hinterher Salat, Käse und Baguette, alles frisch vom Markt. Und als Dessert eine Apfeltarte mit Vanilleeis.«

Lachend befreite ich mich aus Sophies Umarmung. Aus der Küche zog der würzige Duft gebratener Zwiebeln zu uns herüber, und ich machte eine fächernde Handbewegung vor meiner Nase. »Es riecht jedenfalls phantastisch.«

»Jetzt lass sie doch erst einmal ankommen«, sagte Anna. Dann fiel ihr Blick auf Sophies Füße, und sie legte ihre Stirn in Falten. »Sophie!«, polterte sie los. »Du sollst nicht in Strümpfen auf dem kalten Steinboden stehen.«

»Oma schenkt mir dauernd neue Hausschuhe.« Sophie

zog die Augenbrauen hoch und angelte nach den Schlappen unter dem runden Esstisch. »Wenn du keine Puschen dabeihast, gebe ich dir gerne ein Paar ab, damit du keinen Ärger bekommst.« Sie zwinkerte mir zu, dann hielt sie Anna den Arm hin. »Und jetzt setzt du dich erst einmal hin und ruhst dich aus. Du hast heute schon genug herumgewerkelt.« Sophie begleitete ihre Großmutter zum Tisch. Anna kippte bei jedem Schritt etwas zur Seite, als machte ihr die Hüfte zu schaffen. »Wenn du zum Spazierengehen deinen Stock benutzt, lasse ich im Haus auch die Schlappen an, versprochen«, sagte Sophie.

»Pah!« Anna ließ sich auf einem der Holzstühle nieder. Dann schaute sie zu mir auf und klopfte neben sich auf die geflochtene Sitzfläche. »Setz dich zu mir, Liebes.«

»Ja, das mache ich gleich, Tante Anna. Ich verschwinde nur schnell mal, um mir die Hände zu waschen, wenn das in Ordnung ist.«

»Du weißt ja, wo du hinmusst«, sagte Sophie und zwinkerte mir zu. »Alles ist noch an Ort und Stelle.«

Ich ging den engen Flur entlang zum Bad und drückte geräuschlos die Tür auf. Früher knarrte sie beim Öffnen, so dass man immer hören konnte, wenn jemand hinein- oder hinausging. Der Plastikvorhang vor der altertümlichen Brause war einer gläsernen Schiebewand gewichen. Aber über dem Waschbecken hing noch immer der dreiflügelige Medizinschrank mit den Spiegeltüren, und für einen Moment sah ich meinen Vater vor mir, wie er den Kopf ins Badezimmer steckte und mich fragte, ob er mir beim Haarewaschen helfen solle ... Ich blinzelte die Erinnerung weg und wusch mir die Hände.

Kurz darauf setzte ich mich an den gedeckten Tisch mit dem rot-weiß karierten Wachstuch. Sowohl das Besteck mit den dunklen Holzgriffen als auch die verwaschenen roten Stoffservietten mit dem baskischen Muster kamen mir bekannt vor.

»Hier hat sich ja kaum was verändert.« Ich ließ meinen Blick durchs Wohnzimmer wandern. Die unverputzten Wände aus grauem, grob behauenem Naturstein waren typisch für diese Region. Vor dem gemauerten Kamin, in dem ein Feuer flackerte, standen noch immer dieselben Korbstühle mit den bunten Siebziger-Jahre-Stoffkissen. Auf dem Kaminsims lehnten eine Messingschüssel und allerhand altes Backzubehör. Ein Getreidesieb, eine Mehlschaufel, ein Backtrog für Baguettestangen und verschiedene Holzmodeln … All das hatte mein Großvater früher zusammengesammelt, weil er Brot in sämtlichen Variationen liebte. Wie ein Franzose verzehrte er es zu allen Mahlzeiten. Es war bezeichnend gewesen, dass er ausgerechnet eine alte Bäckerei gekauft hatte.

»Ja, hier ist immer noch alles beim Alten«, sagte Anna. »Das ist einer der Gründe, warum ich so gerne hier bin. Um uns herum verändert sich alles rasend schnell. Da kann eine alte Frau wie ich nicht mehr mithalten.« Sie zeigte auf das nostalgische Kofferradio auf dem dunklen Eichenholzbuffet, das noch von meinem Großvater stammen musste. Er wollte hier keinen Fernseher haben, und auch meine Eltern hatten dagegen gestimmt, als wir Kinder lautstark für den Kauf eines solchen Gerätes plädierten. So hatten wir uns gefügt und uns eben die Zeit im Haus mit Lesen und Gesellschaftsspielen vertrieben.

»Es funktioniert immer noch«, sagte Anna. »Manchmal ist der Empfang vom *Deutschlandfunk* schlecht, dann rauscht es ein wenig. Und bei *France Inter* reden sie viel zu schnell … Jetzt erzähl du mal. Wie ist es dir ergangen?

Bist du verheiratet, hast du Kinder?« Sie streichelte meine Hand.

Die Frage brachte mich aus dem Konzept. Gregor hatte eine dreizehnjährige Tochter aus erster Ehe, die alle zwei Wochen zu uns kam und uns mit ihren Pubertätslaunen auf Trab hielt. Im letzten Jahr war ich schwanger gewesen, es war nicht geplant, aber ich hatte mich überraschend schnell an den Gedanken gewöhnt, ein Kind zu bekommen. Für kurze Zeit war ich in Hochstimmung gewesen. Doch nach ein paar Wochen hatte ich es verloren ... Die ganze Sache war mir sehr nahegegangen. Ich musste schlucken. »Nein, Tante Anna, verheiratet bin ich nicht«, sagte ich. »Ich habe einen Freund, wir wohnen zusammen, aber wir haben noch keine Kinder. Nach dem Abitur bin ich nach Köln gezogen und habe dort Kunstgeschichte studiert und promoviert. Jetzt arbeite ich in einem Museum und habe gerade meine erste Ausstellung organisiert.«

Anna nickte. »So ist das heute bei euch jungen Frauen. Erst die Karriere, dann die Familie. Bei deiner Cousine geht es auch nicht voran ...«

»Redet ihr etwa über mich?« Sophie erschien in der Küchentür. »Die Quiche ist fertig, wir können essen.«

»Kann ich dir helfen?« Ich sprang auf und ging zu ihr. Über Familienplanung wollte ich im Moment keine weitere Rechenschaft ablegen müssen.

»Wenn du schon mal das Baguette schneiden möchtest ... Das Brotmesser ist in der Schublade.« Sophie zog den verblichenen Vorhang unter der Spüle zur Seite und reichte mir den Brotkorb.

*Such in der Küche*, schoss es mir wieder durch den Kopf. Die letzte Botschaft meines Vaters am Tag seines Verschwindens. Er musste längst draußen auf dem Meer gewesen sein, als ich den kleinen Papierschmetterling vor meiner Zimmertür gefunden und erst mal achtlos beiseitegelegt hatte. Ich wusste später gar nicht mehr, warum ich an dem Tag so schlecht auf meinen Vater zu sprechen gewesen war. Ich hatte den ganzen Vormittag unter meinem Kopfhörer gehangen, hatte Musik gehört und nur an Matthieu gedacht. Ich hatte mich nicht von meinem Vater verabschiedet, als er segeln gegangen war. Und sein Abschiedsgruß war eher eine Mitteilung als die Frage, ob ich ihn begleiten wollte. Doch das war mir erst viel später bewusst geworden.

Als er damals in der Dämmerung immer noch nicht von seinem Bootsausflug zurückgekehrt war, fingen wir an, uns Sorgen zu machen. Erst da fiel mir der Schmetterling wieder ein. Ich war mir auf einmal sicher gewesen, dass die Botschaft darin der Schlüssel zu seinem Verbleib sein musste. Als ob er mir ein Rätsel aufgeben wollte. Aber so war es nicht: Ich entdeckte in der Küche, genau hier hinter diesem Vorhang unter der Spüle, eine Papiertüte mit gezuckerten *Chouquettes*, eine Flasche naturtrüben Apfelsaft – und einen Zettel: *Lasst es euch schmecken, du und Matthieu. Papa.*

»Alles klar?«, fragte Sophie auf einmal neben mir.

Ich war so in meine Gedanken versunken, dass ich ganz vergessen hatte, das Baguette aufzuschneiden.

»Ja … Nein. Auf einmal wieder hier zu sein – und dann die Sache mit meinem Vater, die für mich abgeschlossen war … Meinst du, er war es wirklich?« Forschend sah ich sie von der Seite an.

»Ganz ehrlich, Charlie, ich weiß es nicht«, sagte Sophie leise und nahm mir das Messer aus der Hand. »Ich möchte nicht, dass du enttäuscht bist, falls sich herausstellt, dass er es doch nicht gewesen ist. Er hat mich allerdings wirklich sehr an ihn erinnert. In allem! Aber lass uns nachher in Ruhe darüber reden, ja? Oma würde es niemals zugeben, aber die ganze Sache nimmt sie ziemlich mit. Sie hat darauf bestanden, dir dein altes Zimmer alleine herzurichten. Es sollte alles ganz gemütlich werden, damit du dich auch ja wohl fühlst. Gestern Abend hat sie geweint, als sie gehört hat, dass du herkommst. Du kannst dir nicht vorstellen, wie sehr sie sich darüber freut, dich nach all den Jahren wieder hierzuhaben.«

Ich lächelte meine Cousine an. »Du hast recht, lass uns später reden.«

Die Quiche war köstlich. Der buttrig-knusprige Boden mit dem üppigen Belag zerging förmlich auf meiner Zunge. In Köln schmeckten französische Gerichte eindeutig anders. Ob es daran lag, dass die Zutaten hier im Land einfach besser schmeckten? Auch das Baguette und der Wein waren um Klassen geschmackvoller.

Während des Essens erfuhr ich mehr über meine Cousine und ihr Leben in Frankfurt. Sophie war weder Schriftstellerin noch Drehbuchautorin geworden, aber ihr zukünftiger Beruf hatte zumindest etwas mit Film zu tun: Sie studierte im achten Semester Schauspiel an der Hochschule für Darstellende Kunst, war also kurz vor dem Examen.

Wir waren gerade beim Käse angelangt, Sophie erzählte von ihrer letzten Rolle in einem Theaterstück, als das Telefon klingelte.

Meine Cousine warf einen Blick auf die Standuhr, dann stand sie auf. »Schon nach zehn. Wer ruft denn jetzt noch an?«

Als ich das letzte Mal hier das Telefon um diese Uhrzeit

hatte klingeln hören, war ich fünfzehn gewesen. Matthieus Vater war am Apparat gewesen. Er war es, der uns sagte, dass die Küstenwache Papas Boot gefunden hatte … *Sans équipage*, unbemannt.

Mit klopfendem Herzen beobachtete ich, wie Sophie den Hörer abnahm. »*Oui, allô?*«

Als ihr Blick meinen traf und sie mich zu sich winkte, blieb ich zunächst reglos sitzen. Erst als sie »Charlotte, da ist ein Gregor für dich« sagte, spürte ich wieder Leben in meinen Gliedern und kurz darauf ein schlechtes Gewissen. Ich hätte mich längst bei ihm melden müssen, ihm sagen, dass ich gut angekommen war.

»Mensch, Charlotte, ich habe mir Sorgen gemacht«, sagte er prompt, als ich den Hörer aufnahm. »Du antwortest nicht auf meine Nachrichten, und dann geht bei deinem Handy sofort die Mailbox an. Ist das die Retourkutsche dafür, dass ich nicht mitgekommen bin?«

»Nein, natürlich nicht. Es tut mir leid«, wiegelte ich ab. »Ich habe gar nicht mitbekommen, dass du angerufen hast.«

»Es gibt keinen Handyempfang hier im Haus«, rief Sophie vom Tisch herüber, und ich gab die Information an ihn weiter.

»Tja, das Festnetz scheint aber zu funktionieren. Gut, dass mir der Anruf deiner Cousine eingefallen ist. Die Nummer war noch gespeichert.«

Gregor hatte absolut recht. Vor allem, weil sonst immer ich diejenige war, die darauf bestand, informiert zu werden, wenn er länger unterwegs war oder es mal später wurde. Es gab für mich nichts Schlimmeres, als auf ein Lebenszeichen zu warten. Und jetzt war ich selbst so nachlässig. Auch Tessa rechnete sicher noch mit einer Nachricht.

Ich verabschiedete mich von Gregor und versprach, mich wieder bei ihm zu melden, sobald es Neuigkeiten gäbe.

Dass Anna und Sophie unsere Unterhaltung mitbekommen hatten, war mir etwas peinlich. »Ich habe schlichtweg meinen Freund vergessen.« Entschuldigend hob ich die Schultern und setzte mich wieder zu ihnen.

»Matthieu?«, fragte Anna. »Wie geht es ihm denn?«

Ich war viel zu überrascht, um auf die Frage zu reagieren, aber da griff Sophie schon nach Annas Hand. »Das war nicht Matthieu, Oma, das war Gregor, Charlottes Freund. Er hat sich Sorgen gemacht, weil sie sich noch nicht bei ihm gemeldet hat.«

»Dein Freund?« Anna sah mich prüfend an. »Du bist noch nicht verheiratet?«

Ich trug mein Gepäck hinauf über die steile Holztreppe, die vom Wohnzimmer ins obere Geschoss führte. Zwischen den beiden kleinen Schlafzimmern stand eine Kommode mit einer Stehlampe, deren orangegelber Schirm warmes Licht verströmte. Ich stellte den Koffer ab und öffnete die Tür zu meinem damaligen Zimmer. Im Schein der Flurlampe erkannte ich die verwaschene bunte Bettwäsche auf dem alten Kiefernbett wieder, genauso die altmodische gemusterte Tapetenbordüre ringsum. Es roch nach staubiger Radiatorenluft, wie damals, und ein bisschen modrig. Ich ging über den knarzenden Holzboden und den flach gedrückten Flickenteppich zum Fenster, öffnete es weit und atmete tief durch. Der vertraute Geruch von Kiefernnadeln und kühler salziger Luft stieg mir in die Nase. Das Meer grollte, die Flut musste jetzt auf dem Höchststand sein.

Ich legte den Kopf in den Nacken und schaute in den

nächtlichen Himmel. Die Sterne über der durchhängenden Stromleitung funkelten viel heller als bei uns in der Stadt. Ich rieb mir den Nacken und blieb noch einen Moment stehen. Dann schloss ich das Fenster und tastete nach dem Schalter auf dem Nachttisch. Als ich meinen Koffer aufs Bett hievte, entdeckte ich auf dem dicken Kopfkissen das Betthupferl, das Anna mir auf einem Porzellanteller hingelegt hatte. Es waren zwei pastellfarbene *macarons*, ein grüner und ein rosafarbener. Pistazie und Himbeere. Oder Erdbeere. Das leckere Mandelbaisergebäck, gefüllt mit verschiedenen Cremes, war früher eine ihrer Spezialitäten gewesen, aber ich bezweifelte, dass sie sie heute immer noch selber machte. Ich schob mir einen in den Mund, er zerging auf meiner Zunge, so wie damals. Wir waren als Kinder ganz verrückt danach gewesen.

Hier hat sich wirklich kaum etwas verändert, dachte ich. Aber ich war eine andere geworden. Und das lag nicht nur daran, dass ich jetzt dreißig war. Die Lücke, die mein Vater so plötzlich hinterlassen hatte, prägte jeden weiteren Tag meines Lebens. Dass ich nicht verheiratet war, hatte nichts damit zu tun, dass ich erst meine Karriere unter Dach und Fach bringen wollte. Die Beziehung zu Gregor funktionierte gut, weil wir viele gemeinsame Interessen hatten. Tiefe Gefühle oder Liebesschwüre spielten aber keine große Rolle zwischen uns. Wir hatten ein harmonisches Leben gehabt, bis vor einem Jahr. Mit der Fehlgeburt hatten sich die Dinge zwischen uns plötzlich verschoben, meine Gefühle waren durcheinandergeraten. Sobald ich schwanger war, wollte ich mehr, vor allen Dingen emotionale Sicherheit, vielleicht sogar heiraten. Und dann verlor ich das Kind nach drei Monaten – und damit den Boden unter den Füßen. Gregor gab zu, dass er sich nicht unbedingt weiteren

Nachwuchs wünschte, er hatte ja schon eine Tochter. Im Gegenteil, ich hatte das Gefühl, dass es ihm sogar ganz recht gewesen war, nicht wieder Vater zu werden. Er wirkte fast erleichtert, während ich nur tieftraurig war. Und er kam mit dem Schmerz, der mich so sehr aushöhlte, nicht zurecht. Zwar kam ich nach und nach einigermaßen darüber hinweg, aber meine Gefühle für Gregor hatten sich abgekühlt, die Enttäuschung über sein Verhalten saß zu tief. Ich dachte über Trennung nach, brachte es aber dann doch nicht übers Herz. Unser gemeinsames Leben funktionierte, also lief es irgendwie weiter. Vieles blieb unausgesprochen. Ich konzentrierte mich ganz auf die Arbeit an der Ausstellung und lenkte mich damit von unseren Problemen ab. Und jetzt war ich hier auf dieser schwierigen Mission, ohne Gregor …

Ich öffnete den alten Kiefernschrank, die Tür quietschte nicht mehr. Jemand musste sie geölt haben. Anna hatte ein paar Handtücher hineingelegt, und unter der Kleiderstange standen – fein säuberlich nebeneinandergestellt – ein Paar Filzpantoffeln. Ich zog meine Schuhe aus und schlüpfte schmunzelnd hinein. Dann griff ich nach meinem warmen Pulli und räumte meine wenigen Sachen in den Schrank.

Ich hatte das eigenartige Gefühl, dass sich mit meiner Ankunft hier in Frankreich weitere Bahnen in meinem Leben auftaten, dass ich noch nicht da angekommen war, wo ich eigentlich hinsollte. Als ich nach unten ging, spürte ich, wie sehr mich dieser Gedanke auf einmal beflügelte und ermutigte. Ich fühlte mich lebendig wie schon lange nicht mehr.

Das alte Steinhaus war nicht sehr groß. Auf der oberen ausgebauten Etage unter dem Dach befanden sich zwei

Schlafzimmer und eine Abstellkammer, im Erdgeschoss das Wohnzimmer mit dem Essbereich, die Küche, ein winziges Bad und zwei weitere kleine Schlafzimmer. In dem einen brannte jetzt Licht, und durch die offene Tür konnte ich von der Treppe aus sehen, dass Anna auf dem Bett saß. Sophie kniete vor ihr, wie es aussah, half sie ihr dabei, Stützstrümpfe anzuziehen. Dabei redete sie laut und mit ruhiger Stimme auf sie ein.

»Du musst ein bisschen besser auf dich aufpassen, Oma. Deine Beine sind ganz geschwollen. Der Arzt hat doch gesagt, dass du sie immer mal wieder zwischendurch hochlegen sollst.«

Anna war dreiundachtzig. Meine Großmutter Edith war gestorben, als ich zwanzig war, an einem Schlaganfall kurz vor ihrem achtzigsten Geburtstag. Sie hatte bis zum Schluss alleine in dem Häuschen in Grunewald gewohnt und wurde zu spät ins Krankenhaus eingeliefert. Ihre Nachbarin hatte sich gewundert, dass die ganze Nacht hindurch der Fernseher lief, aber sie hatte erst morgens Alarm geschlagen. Als ich davon erfahren hatte, war ich sofort nach Berlin gefahren, aber ich kam zu spät und konnte mich nicht mehr von ihr verabschieden.

Dass meine Cousine sich so liebevoll um ihre alte Großmutter kümmerte, berührte mich. Ich blieb noch einen Moment lang stehen, bis Anna den zweiten Strumpf anhatte und mich bemerkte.

»Liebes, wir sind hier!« Sie winkte mich heran.

»Ich habe euch schon gesehen. Sag mal, Tante Anna, darf ich dein Festnetz benutzen? Ich muss unbedingt noch mal telefonieren.«

»Aber da musst du doch nicht fragen!«, rief sie. »Du bist doch hier zu Hause.«

Sophie stand auf. »Wenn du ungestört mit dem Handy telefonieren oder deine Nachrichten checken möchtest … Auf der Steintreppe draußen hat man bei klarem Wetter meistens einen ganz guten Empfang. Auf der dritten oder vierten Stufe klappt es am besten.«

»Okay, das versuche ich mal.«

Anna wendete sich an Sophie. »Du musst …«, sie schaute mich an, überlegte, als hätte sie meinen Namen vergessen, dann seufzte sie, »… deiner Cousine noch erklären, wie der Boiler im Badezimmer funktioniert.«

Sophie warf mir einen vielsagenden Blick zu. »Mach ich, Oma, ich erkläre es Charlotte.«

»Gute Nacht, Tante Anna.« Ich trat ins Zimmer und drückte ihr einen Kuss auf die Wange. »Es ist schön, wieder hier bei euch zu sein.«

Früher hatten Sophie und ich uns manchmal zum Einschlafen zusammen in ein Bett gelegt, um noch ein bisschen zu quatschen. Nur in dem letzten Sommer nicht. Da war ich verliebt, fühlte mich erwachsen, und Sophie kam mir plötzlich kindisch vor. Tagsüber traf ich mich mit Matthieu in der Segelschule oder am Strand, und nachts wollte ich allein sein, um im Schein meiner Nachttischlampe mit dem Französischlexikon auf den Knien Liebesbriefe zu schreiben … Das alles war so lange her.

Ich entriegelte die Eingangstür und setzte mich auf die oberste Treppenstufe. Nach ein paar Sekunden erschien der Name des französischen Anbieters auf dem Display, und der Verbindungsbalken baute sich auf. Wie nicht anders zu erwarten war, hatte auch Tessa versucht, mich zu erreichen. Die letzte Nachricht war erst vor ein paar Minuten eingetroffen.

*Liebelein, hab gerade von Gregor gehört, dass du heil an-*

*gekommen bist. Der hätte dich ruhig mal begleiten können! Melde dich, wenn du Empfang hast, ein ☺ reicht mir! Tessa*

Ich liebte meine Freundin dafür, dass sie immer auf meiner Seite war. *Alles gut! Bis ganz bald*, tippte ich ins Handy. Dann schickte ich noch eine Nachricht an Gregor. *Sorry noch mal, dass ich mich in der ganzen Aufregung nicht sofort bei dir gemeldet habe.*

Ich blieb noch einen Moment auf der Treppe. Die frische Luft hier draußen tat gut. Ich streckte meine Beine lang aus und sah nach oben. Die Sterne über mir glitzerten und funkelten, der Große Wagen neigte sich zur Seite … *La Grande Ourse*, hatte Matthieu mir damals beigebracht, als wir gemeinsam in einer Augustnacht am Strand auf einer Decke lagen und den Sternschnuppenregen über uns bewunderten. *La Voie lactée*, die Milchstraße, das hatte ich mir all die Jahre über gemerkt …

Ich sah in den Himmel und lauschte den Wellen. Als ich das tiefe Tuten einer Schiffssirene vernahm, beschloss ich, dies als Willkommensgruß zu deuten. Plötzlich mischte sich ein anderes, ein kratziges Geräusch darunter, das immer näher kam. Es hörte sich fast so an, als würde jemand einen Einkaufswagen über Rollsplitt schieben. Ich stand auf, ging um das Haus herum und spähte über das Gartentor auf die schwach beleuchtete Straße hinaus. Da wurde es wieder still. Ich zuckte zusammen, als ich die Silhouette eines Mannes wahrnahm, der ganz in der Nähe stand und mit einer Zigarette im Mund zu mir herüberstarrte. Er trug einen dunklen Parka mit ausgebeulten Taschen und eine tief ins Gesicht gezogene Fischermütze, darunter lugten wilde weiße Haare hervor. Langsam ging ich einen Schritt rückwärts und erschrak fast zu Tode, als auf einmal die Tür hinter mir aufging.

»Charlotte?«

»Sophie, weißt du, wer das ist?«, flüsterte ich und deutete mit dem Kopf in Richtung Straße.

Sie reckte den Hals und hob die Hand, worauf der Mann uns zunickte und den Wagen wieder in Bewegung setzte. »Das ist Vincent. Er hat uns doch früher immer schaurige Geschichten erzählt. Wahrscheinlich trägt er Prospekte aus. Heute ist er allerdings spät dran. Er wohnt noch immer in demselben Haus unten an der Küste …«

»Vincent, den gibt es noch? Wie alt ist denn der?«

»Na ja, in den Siebzigern, denke ich«, sagte Sophie. »Komm, lass uns reingehen.«

Wie könnte ich Vincent je vergessen? Er hatte Matthieu und mich damals mit seinem Zodiac abgeschleppt, als wir uns ein letztes Mal auf die Suche nach meinem Vater gemacht hatten. Wind und Strömung hatten unser Segelboot gegen die Klippen gedrängt. Nur mit viel Kraftaufwand hatten wir es geschafft, das Boot wieder unter Kontrolle zu bekommen. Und dann war ich über Bord gegangen, weil ich für einen kurzen Moment nicht aufgepasst hatte. Nur weil der kauzige Fischer zufällig vorbeigekommen war, war es glimpflich ausgegangen. Aber davon wusste niemand außer uns dreien.

# 5.

Ich sah Sophie zu, wie sie eine Flasche Rotwein entkorkte und zwei bauchige Gläser befüllte. Sie reichte mir ein Glas und setzte sich neben mich.

»Und ich dachte schon, es gibt heiße Honigmilch auf dem Zimmer.« Ich lehnte mich im Korbstuhl zurück und schwenkte den Rotwein in meiner Hand. Im Schein des Kaminfeuers leuchtete er purpurfarben.

Sophie lächelte. »In Anbetracht der Tatsache, dass wir längst erwachsen sind, dachte ich, ein guter Tropfen vor dem Kamin sei die schönere Alternative.«

Ich schnupperte an dem Glas. »Weißt du noch, die Party der Segelschule unten am Strand? Ich habe damals ganz schön Ärger bekommen wegen dir.«

Sophie grinste schief. »Wie könnte ich das je vergessen? Ich hatte den Kater meines Lebens.«

»Ja, du wolltest unbedingt mitkommen und hast so lange auf meine Mutter eingeredet, bis sie mich genötigt hat, dich mitzunehmen. Und dann hast du dich auf dieses blöde Trinkspiel mit den Jungs eingelassen. Du warst sternhagelvoll. Mit zwölf!« Ich hatte damals absolut keine Lust, den Babysitter für meine kleine Cousine zu spielen, und mir war nicht aufgefallen, dass ihr irgendjemand einen ordentlichen Schuss Wodka ins Glas geschüttet hatte.

»Das erste und letzte Mal in meinem Leben. Ich glaube,

ich war zwei Tage krank danach. Die Lektion hat gesessen. Heute trinke ich in Maßen und nur zu besonderen Anlässen. Auf unser Wiedersehen!«

»Auf unser Wiedersehen«, sagte ich und hielt meiner Cousine das Glas entgegen. Der Wein schmeckte herb und rund. »Seit wann ist Anna denn so vergesslich?«

Sophie seufzte. »Vor zwei Jahren hat sie sich den Oberschenkelhals gebrochen, und die Ausfälle kommen meiner Meinung nach von der Narkose. Zumindest hat es kurz darauf angefangen. Das Kurzzeitgedächtnis lässt empfindlich nach, aber an die Vergangenheit erinnert sie sich noch sehr gut, da kennt sie auch kleinste Details. Weißt du, was sie zu dem Mann auf dem Foto gesagt hat?«

»Na, was? Erzähl schon!«

»Sie hat spontan gedacht, das sei ihr Bruder Johann, dein Opa, nicht ihr Neffe. Dann hat sie den Kopf geschüttelt und mit zitternder Stimme gesagt, es könne durchaus David sein. Da wusste ich, dass ich dich anrufen muss.«

»Weißt du, Sophie, ich habe in den ersten Jahren fest daran geglaubt, dass mein Vater noch lebt. Ich dachte, dass ich es einfach spüren würde, wenn dem nicht so wäre. Nach all den Jahren ist mir das Gefühl aber irgendwie abhandengekommen, und ich habe mich mit der Ungewissheit arrangiert. Und jetzt auf einmal gibt es einen Hoffnungsschimmer, sogar einen ganz konkreten Anhaltspunkt. Ich hoffe so sehr, dass wir den Mann finden, den du gestern im Café gesehen hast.« Ich stellte das Glas etwas zu schwungvoll auf dem Marmortisch ab und wischte mit dem Finger die verschütteten Tropfen auf. »Ich brauche endlich Gewissheit.«

»Das kann ich verstehen, Charlie. Ich mache mir solche Vorwürfe, dass ich nicht einfach an ihren Tisch gegangen bin und ihn angesprochen habe. Mir ist die Ähnlichkeit zwar aufgefallen, ich musste ja auch immer wieder hinsehen, aber wirklich klargeworden ist sie mir erst, als ich die Fotos später genau angesehen habe.«

»Damit konntest du doch nicht rechnen. Immerhin hast du Bilder gemacht und mich angerufen. Dafür bin ich dir wirklich sehr dankbar.«

»Quatsch, das war doch selbstverständlich. Heute Morgen bin ich übrigens gleich noch mal zum Café, aber es war geschlossen. Ich dachte, wir könnten vielleicht morgen zum Frühstücken hin. Was meinst du?«

»Oh ja, das ist eine gute Idee. Die Vorstellung, dass er sich ganz hier in der Nähe aufhalten könnte, macht mich ganz nervös.« Ich griff wieder nach meinem Glas.

»Ja, das kann ich mir vorstellen.« Sophie stand auf und legte ein Holzscheit nach. »Warte mal kurz, ich hole nur eben was.« Ich schaute ihr hinterher, wie sie flink zwei Stufen auf einmal nehmend nach oben verschwand.

Mein Vater war fünfzig gewesen, als ich ihn das letzte Mal gesehen hatte. Würde ich ihn wiedererkennen und er mich? Immerhin hatte auch ich mich sehr verändert. Ich war kein Teenager mehr, sondern eine erwachsene Frau, ich lebte mein eigenes Leben.

»Den wollte ich dir schon die ganze Zeit geben!« Sophie kam auf mich zu und hielt mir den kleinen orangefarbenen Schmetterling hin.

Ich nahm ihn entgegen und zog mit zitternden Händen die Flügel auseinander. Ich war mir sicher, dass das nicht die Schrift meines Vaters sein konnte. Jetzt, im Original betrachtet, sah ich sofort, dass ein Kind die Botschaft geschrieben hatte. Aber könnte sie nicht trotzdem für mich bestimmt sein? Was, wenn Gregor recht hatte und mein Vater gar nicht gefunden werden wollte, zumindest nicht von offizieller Seite, und er deswegen das Kind die Nachricht hatte schreiben lassen? Oder er hatte doch das Gedächtnis verloren und der Zufall – oder das Schicksal – wollte, dass wir wieder zusammenfinden? Ich wusste, es war absurd, und doch musste ich der Spur nachgehen …

»Wie viele Schränke gibt es hier im Haus?«, fragte ich Sophie.

Sie schaute mich mit großen Augen an. »Du meinst … Warte mal – unten sind drei. Einer in Omas Zimmer, der Küchenschrank und der Buffetschrank. Und oben die beiden Kleiderschränke in den Zimmern. Halt, in der kleinen Abstellkammer gibt es auch noch einen. Darin bewahrt Oma noch ein paar Dinge von Johann auf, von denen sie sich einfach nicht trennen kann.«

Ich sprang auf. »Dann lass uns sofort nachsehen!«

»Okay, wenn du meinst …« Sophie stand auf und folgte mir die Stufen hinauf.

Als ich die Tür zur Kammer öffnete, flüsterte sie: »Wir müssen leise sein, Omas Schlafzimmer liegt genau darunter. Sie hört zwar schlecht, hat aber irgendwie das seltene Talent, alles mitzukriegen, was nicht unbedingt für sie bestimmt ist.«

»Wir tun doch nichts Verbotenes.« Ich tastete nach dem Lichtschalter, und eine herabhängende nackte Glühbirne erhellte den Raum. Opa hatte damals in die Schräge Regale eingebaut, die mit Kisten und allerhand Werkzeug gefüllt waren. Die Kommode an der Wand kannte ich noch von früher, darauf lag der heruntergefallene verstaubte Lampenschirm, daneben eine tote Motte. Den Hocker hatten wir früher als zusätzliche Sitzgelegenheit für Besucher genutzt. An den Eichenholzschrank konnte ich mich nicht erinnern.

Ich ruckelte an der Tür, aber sie ließ sich nicht öffnen. »Abgeschlossen, und der Schlüssel fehlt.«

»Warte mal …« Sophie zog die obere Kommodenschublade auf und kramte ein wenig darin herum, bis sie kurz darauf triumphierend einen kleinen Eisenschlüssel hochhielt. »In ihrem Zimmer macht Oma es genauso, wenn sie nach Deutschland zurückfährt.«

Der Schlüssel hakte ein bisschen, doch dann sprangen die Türen auf.

»Das alles soll noch von Opa sein?«, fragte ich erstaunt. Die Schrankfächer waren voll mit grauen Pappschachteln.

Sophie sah mir über die Schulter. »Ich vermute es, aber ich habe noch nie hier reingeguckt.« Sie zog wahllos eine Schachtel heraus und hob den Deckel an. »Irgendwelche alten Papiere und Dokumente.«

Neben den Fächern war eine Metallstange eingepasst, an der ein paar Kleidungsstücke hingen. Ich erkannte die derbe Wachsjacke meines Großvaters und seine grobgestrickte dunkelblaue Wolljacke. Auch an das rotkarierte Flanellhemd erinnerte ich mich, aber – es hatte nicht meinem Opa gehört, sondern meinem Vater! Anna hatte es tatsächlich aufgehoben. Ich zog es heraus und schnupperte mit geschlossenen Augen an dem dicken Stoff. Es roch … nach Staub und Mottenpulver. Was hatte ich erwartet? Dass ich nach fünfzehn Jahren noch immer den Geruch meines Vaters wahrnehmen würde?

Sophie legte mir eine Hand auf die Schulter. »Es ist Davids Hemd, nicht wahr?«

Ich nickte und griff in die Brusttasche. Sie war leer. »Weißt du, ich kann mich nicht mal erinnern, was er an dem Tag anhatte, als er aufs Boot ging, weil ich ihn gar nicht beachtet habe. Ich habe ihm nicht mal ins Gesicht gesehen, ich war viel zu sehr mit mir selbst beschäftigt.«

»Hast du noch mal mit deiner Mutter darüber gesprochen?«

Ich verzog den Mund und schüttelte den Kopf. »Sie hat sich all die Jahre geweigert, mit mir darüber zu reden. Die beiden haben zum Schluss doch sowieso ständig gestritten. Ich glaube nicht, dass sie sich noch geliebt haben. Sonst hätte meine Mutter nicht im Sommer darauf schon wieder geheiratet. Und dann ist ja Opa gestorben, und für meine Mutter war die Sache erledigt. Sie hatte mit den Geistern der Vergangenheit abgeschlossen, zumindest hat sie es so immer formuliert.«

Sophie strich mir über den Arm. »Es tut mir so leid. Du musst dich sehr einsam gefühlt haben. Ich wollte mich ja mal zwischendurch bei dir melden, aber mit den Jahren ist der Graben immer tiefer geworden.«

»Ich verstehe ehrlich gesagt nicht, warum Anna sich nach der Beerdigung nie mehr gemeldet hat.«

Sophie sah überrascht aus. »Oh doch, das hat sie! Du solltest sie unbedingt danach fragen. Soviel ich weiß, war es deine Mutter, die sich quergestellt und den Kontakt verweigert hat.«

Ich seufzte und sah die anderen Kleidungsstücke durch. »All die Jahre, was für eine Zeitverschwendung … Was meinst du, ob ich das Hemd haben kann? Die anderen Sachen scheinen nicht von ihm zu sein.«

»Natürlich kannst du es haben«, sagte Sophie. »Du solltest noch mal mit Oma reden, an lang zurückliegende Dinge erinnert sie sich wie gesagt ganz gut. Das wird dir vielleicht eine neue Sicht auf die Dinge geben.«

»Wie meinst du das?«, fragte ich und klemmte mir das Hemd unter den Arm.

»Ich weiß es nicht genau. Aber es ging bei dem Streit nicht allein um die Erbschaft, ich glaube, es steckte mehr dahinter …«

Jetzt, da ich Sophie so vor mir sah, bedauerte ich, dass ich den Kontakt zu ihr nicht aufrechterhalten hatte. Sie war immer wie eine kleine Schwester für mich gewesen, ein Teil meiner Familie. Und von der war nicht mehr viel übrig geblieben. Mein Vater war verschwunden, zu meiner Mutter hatte ich kaum noch Kontakt, meine Großeltern waren beide tot. Aber Sophie war noch da – und Tante Anna, ihre Großmutter. Ich war oft sehr einsam gewesen, und jetzt fühlte sich alles so vertraut an, als wäre ich nie weg gewesen. Eine Welle der Dankbarkeit überrollte mich, und ohne dass ich etwas dagegen tun konnte, schossen mir die Tränen in die Augen.

»Was ist denn, Charlie?« Sophie umarmte mich fest, und wir blieben einen Moment so stehen.

»Es ist nur … Danke, dass du mich angerufen hast«, sagte ich mit brüchiger Stimme. »Ihr habt mir gefehlt.«

Sophie streichelte mir über das Haar. »Du hast mir auch gefehlt. Und ich freue mich wahnsinnig darüber, dass du jetzt wieder hier bist.«

Sie unterdrückte ein Gähnen. »Was meinst du, sollen wir nicht morgen weitersuchen? Du musst doch auch müde sein nach der langen Fahrt.«

»Ja, das machen wir.« Ich verschloss den Schrank und sah mich noch einmal in der Kammer um. »Einen Moment noch …« Ich zog den Hocker vor den Schrank. Dann stieg ich hinauf und griff über die geschwungene Blende.

»Was ist da?«, fragte Sophie.

»Warte mal …« Als meine Finger einen leicht geriffelten Karton und eine gespannte Gummischnur ertasteten, zog eine Gänsehaut über meinen Körper. Ich wusste sofort, was da oben auf dem Holzschrank lag. »Das gibt es doch nicht!« Ich hielt die Luft an und griff nun mit beiden Händen über die Blende.

Staub segelte auf uns herunter. Als die dunkelgraue Zeichenmappe meines Vaters zum Vorschein kam, stieß Sophie einen Pfiff aus. Dann hustete sie und wedelte mit der Hand den Staub von sich. Ich starrte auf die Mappe.

»Komm runter.« Sophie fasste nach meinem Arm. »Vorsichtig, nicht dass du gleich umkippst.«

Mit wackeligen Beinen stieg ich mit ihrer Hilfe vom Hocker. Ich hatte immer vermutet, dass seine Zeichnungen der letzten Jahre irgendwann wieder auftauchten, aber nach so langer Zeit?

»Das ist ja verrückt!« Sophie zog die Stirn in Falten. »Wir haben doch damals das ganze Haus auf den Kopf gestellt!«

Ich nickte und setzte mich. Wir hatten tatsächlich alles abgesucht, in sämtlichen Schränken, Truhen und Schubladen nachgesehen. Sogar draußen im Hänsel-und-Gretel-Backofen und hinter den aufgeschichteten Holzstößen. Wir hatten Kleidung und Laken durchwühlt und anschließend wieder notdürftig zusammengefaltet, als meine Mutter sich über die Stoffberge am Boden aufgeregt hatte. Unter den Betten, den Teppichen, zwischen den Badehandtüchern und der Bettwäsche, überall hatten Sophie und ich nachgesehen. Als wir schließlich abreisten, hatte mein Großvater mir versprochen, mich sofort zu benachrichtigen, wenn ihm die Zeichenmappe meines Vaters in die Hände fallen sollte. Aber sie blieb spurlos verschwunden. Und jetzt, da ich nach fünfzehn Jahren das erste Mal wieder hier im Haus war, tauchte sie auf einmal auf …

Schwer lag die dicke Mappe auf meinen Knien. Mein Blick fiel auf das geflochtene rot-weiß-blaue Band, mit dem sie verschlossen war. Ich hatte es meinem Vater geschenkt, als die ursprüngliche Gummikordel gerissen war und auch der Knoten nicht mehr gehalten hatte. Ich konnte mich ganz genau an den Tag erinnern. Zwei Jahre vor seinem Verschwinden, 1998, war Fußballweltmeisterschaft gewesen, und sie hatte nicht nur in Frankreich stattgefunden, die Franzosen hatten es auch bis ins Endspiel geschafft und schließlich die Brasilianer besiegt. Das ganze Land war damals im Freudentaumel. Das Finale war an unserem ersten Ferienwochenende im Juli, wir hatten kaum die Koffer ausgepackt, und alle waren im Fußballfieber. Es war einer der wenigen Tage, an denen mein Vater bereute, dass er nicht doch einen Fernseher für das Ferienhaus gekauft hatte. Und so sahen wir das Spiel bei einem seiner französischen Freunde, den er beim Segeln kennengelernt hatte.

Es war ein reicher Kerl aus Paris, ein Zahnarzt, ich weiß nicht mehr, wie er hieß, der in den Ferien mit seinen Töchtern einen alten Bunker an der Küste bewohnte. Angeblich war der Vorbesitzer ein Deutscher gewesen, der den Bunker schon in den sechziger Jahren gekauft hatte. Als Kind fand ich das spannend, wenn man drin war, merkte man gar nicht, was das für ein Gebäude war. Innen sah es aus wie ein ganz normales ebenerdiges Ferienhaus in bester idyllischer Meereslage. Nur eben mit besonders dicken Mauern. Die große Fensterfront zum Meer war nachträglich eingebaut worden. Ich hatte mich jedenfalls gewundert, dass mein Vater die Mappe an jenem Abend dabeihatte, und mich gefragt, ob er die Zeichnungen nur herzeigen oder seinem Freund auch eine verkaufen wollte. Der Salon war in den Farben der französischen Flagge dekoriert gewesen, ich hatte mit den beiden Mädchen aus den dünnen Stoffstreifen lange Bänder geflochten und eines davon um die Mappe gewickelt, die den ganzen Abend über auf dem Glastisch gelegen hatte.

»Charlie …« Sophie tippte auf meine Schulter, und ich sah sie an. »War die Mappe etwa all die Jahre da oben auf dem Schrank?«, fragte sie. »Haben wir damals vergessen, dort nachzuschauen?«

Statt einer Antwort drückte ich die Mappe an mich.

»Wahnsinn, dann war die Botschaft im Schmetterling doch gar nicht so verkehrt«, sagte sie und sah mich an.

»Ja, der Geheimnishüter hat mich gewissermaßen zu ihr geführt.« Ich runzelte die Stirn. »Auch wenn es *sur l'armoire*, auf dem Schrank, und nicht *im* Schrank hätte heißen müssen. Eigenartig ist das Ganze schon. Was denkst du, ob Anna davon wusste?«

Sophie zuckte mit den Schultern. »Keine Ahnung. Ich glaube aber nicht. Dann hätte sie sie dir doch längst zukommen lassen. Sie weiß doch, wie wichtig dir die Bilder sind.«

Plötzlich rauschte die Spülung in den alten Rohren des Hauses.

»Psst«, machte Sophie.

»Warum flüsterst du? Sie kann dich doch nicht hören.«

»Erstaunlicherweise hat sie ein scharfes Gehör, wenn man es nicht für möglich hält«, sagte Sophie. »Weißt du, es erinnert mich an alte Zeiten, als wir Verstecken gespielt haben und nachts durchs Haus gegeistert sind.« Sie grinste. »Vielleicht hätten wir doch besser warme Milch mit Honig trinken sollen.«

»Das nächste Mal«, sagte ich und stand auf. »Sei mir nicht böse, aber ich möchte jetzt gerne allein sein.«

Sophie nickte mir zu, und wir verließen die Kammer. »Ja, klar, das verstehe ich.«

Ich wünschte ihr eine gute Nacht und ging in mein Zimmer. Im Schneidersitz setzte ich mich aufs Bett. Minutenlang starrte ich die Mappe an und fuhr mit dem Finger über den geriffelten Karton und das geflochtene Trikolore-Band. Endlich hatte ich die Mappe, das Vermächtnis meines Vaters, wieder. Eine Träne schlich sich in meinen Augenwinkel. Ständig hatte er im Urlaub gezeichnet, hatte immer ein paar Stifte und den großen Block dabeigehabt, und so war die Mappe im Lauf der Jahre immer dicker geworden. Ich hatte als Kind oft gedacht, er hätte ein Ausnahmetalent und müsste unbedingt etwas daraus machen. Es gelang ihm so mühelos, das Wesentliche einer Landschaft, eines Gebäudes oder eines Menschen mit ein paar Strichen zu erfassen. Aber er sagte mir immer, dass er seinen Beruf als Kunstlehrer und das Unterrichten an der Schule liebte und es ihm die größte Befriedigung verschaffte, Kinder mit Spaß und Freude an die Kunst und das Malen heranzuführen.

Ich atmete tief, dann löste ich vorsichtig das Stoffband. Als ich den Deckel aufklappte, staunte ich nicht schlecht: Zuoberst lag nicht etwa eine der typischen Skizzen oder Zeichnungen meines Vaters, sondern ein kleineres, in kräftigen Ölfarben gemaltes Bild in ungewöhnlichem Querformat, wie es mein Vater nie gemalt hätte. Es zeigte eindeutig den Leuchtturm von Gatteville und seine Umgebung, mit kräftigem Pinselstrich gemalt.

Gebannt nahm ich das Bild näher in Augenschein. Es hatte ein gewisses Alter, war auf Karton gefertigt, der an manchen Stellen zwischen den fleckigen Wellen hindurchschimmerte. Die aneinandergesetzten Farbtupfer mischten sich erst auf der Netzhaut zu einem bunten Ganzen. Was war das nur für ein Bild?

Ich zog den Metallschirm meiner Bettlampe heran. In der rechten unteren Ecke war eine Signatur zu sehen – *»P. Signac«*. Elektrisiert strich ich vorsichtig mit dem Finger über den Namen. Paul Signac? Der französische Neoimpressionist, der berühmt war für seine atmosphärische, lichtdurchflutete Malweise?

Ich brauchte einen Moment, bis mir klarwurde, welch einen Schatz ich hier vor mir liegen hatte, wenn es sich tatsächlich um einen echten Signac handelte. Dass mein Vater es gefälscht hatte, schloss ich aus. Mit Ölfarben hatte ich ihn nie arbeiten sehen. Er bevorzugte Kohle, Kreide und andere Materialien, mit denen er flink zeichnen konnte. Für die Arbeit mit langsam trocknenden Farben fehlte ihm die Geduld.

Zaghaft strich ich mit der Fingerkuppe über die Bildoberfläche mit dem pastosen Auftrag. Farbauswahl, Pinselführung und die dunstige Luftperspektive zeugten von echter Könnerschaft. Das Gemälde war stimmungsvoll, atmosphärisch aufgeladen und einfach wunderschön, es zeigte auf unvergleichliche Weise diesen einmaligen Landstrich an der nördlichen Calvadosküste … Nur wie um Himmels willen war es in diese Mappe gekommen, wie war es in den Besitz meines Vaters gelangt? Hatte er es vielleicht auf einer Auktion erstanden? Er hatte einen ausgeprägten Hang zu schönen Dingen gehabt und die besondere Atmosphäre und den Nervenkitzel auf Versteigerungen geliebt. Nicht selten waren sich meine Eltern über diese teure Leidenschaft meines Vaters in die Haare geraten. Unsere Wohnung war tapeziert mit Druckgraphiken und alten Aquarellen. Aber ein Signac? Das war unmöglich, so ein Bild musste auch vor vielen Jahren schon unbezahlbar gewesen sein.

Ich drehte das Bild um, und mein Blick fiel auf einen vergilbten Papierstreifen am rechten unteren Rand. Es sah aus, als hätte jemand den Streifen nachträglich auf den Karton geklebt. Ich kratzte ein wenig mit dem Fingernagel daran und zog vorsichtig an dem dünnen Papier. Ein Buchstabe kam zum Vorschein, ein schwungvoll geschriebenes »A«. Der Kleber war alt, der Streifen ließ sich ganz leicht ablösen.

Als der mit Tinte geschriebene verblasste Schriftzug komplett zum Vorschein kam, flatterte mein Herz. Ich beugte mich ganz nah über das Blatt und entzifferte die in alter Schönschrift verfasste Widmung:

*»A mon amour pour toujours, Mathilde.«*
»In Liebe für immer, Mathilde.«

# Barfleur, Sommer 1933

Als Mathilde zum Hafen hinunterlief, herrschte bereits rege Betriebsamkeit. Matrosen in Lederstiefeln und Holzpantinen trugen Reusen von den Booten, hängten Seile und Netze zum Trocknen auf. Möwen kreischten über den ankernden Fischerbooten, begierig, etwas vom morgendlichen Fang abzukriegen. Schon bald würden sich die Kähne auf dem schlickig-sandigen Boden des Hafenbeckens zur Seite neigen. Noch zwei bis drei Stunden, so schätzte Mathilde, dann würde sich das Meer zurückziehen. Sie hatten gerade Vollmond, sie war nachts vom weißen Licht aufgewacht, die Springflut mit den extremen Gezeiten zeigte ihre Wirkung und bescherte den Fischern einen besonders guten Fang.

Als sie nach dem Zweimaster »Saint-Louis«, auf der ihr Vater mit anderen Fischern arbeitete, Ausschau hielt, fiel ihr Blick auf die Terrasse des Straßencafés am Quai Henri Chardon. Dort saß auf einem wackeligen Dreibein ihr Großvater, die schwarze Fischermütze tief in die Stirn gezogen. In seinen Händen hielt er eine dampfende Tasse Kaffee, dem sicherlich ein guter Schuss Calvados beigemischt war. Mathilde strich sich eine dunkle Locke aus dem Gesicht und hob die Hand zum Gruß, ließ sie jedoch gleich wieder sinken, als sie den fülligen Mann neben ihm entdeckte. Mit seinem gestutzten weißen Kinnbart und dem abgenutzten Pullover sah er aus wie ein alter Seemann. Aber sie wusste, er war Maler und hieß Monsieur Signac. Er lebte nicht immer hier, nur die warmen Monate über bewohnte er das hübsche Granithaus an der Ecke Rue Saint-Nicolas gleich neben der Kirche. Zwar waren sie hier an reiche Urlauber aus Paris gewöhnt, die sich in Barfleur eine Sommerresidenz zugelegt hatten und in weißen Kleidern und modernen Badeanzügen den dorfnahen Strand bevölkerten, aber keiner mischte sich derart unters Volk wie er. Oft sah sie ihn am Hafen ins Gespräch vertieft, aber auch allein an der Küste war sie ihm schon begegnet. Es war ihr ein Rätsel, wie jemand bis ins hohe Alter unermüdlich das Meer malen konnte, um sich seinen Lebensunterhalt zu verdienen, statt darin zu fischen wie die anderen Männer.

»Wo bleibst du denn, Träumerin!«, rief eine helle Stimme hinter ihr, und Mathilde konnte gerade noch einen Satz zur Seite machen, um dem schwerbeladenen Schubkarren ihrer Mutter auszuweichen. »Glaub bloß nicht, nur weil Ferien sind, könntest du dich auf die faule Haut legen! Du hättest schon zum Entladen da sein sollen und deinen Brüdern zur Hand gehen.«

Da ihre Mutter Célène keine großen Stücke auf den Großvater hielt, verzichtete Mathilde darauf, ihr zu erzählen, wen sie gerade im Café gesehen hatte, und murmelte nur ein schlichtes »Pardon«. Bevor die Mutter, eine resolute Frau mit kräftigen Armen, der immer eine widerspenstige Haarsträhne ins Gesicht hing, den Karren wieder aufnahm und ihn durch die Menge zu den Marktständen am hinteren Quai schaukelte, warf Mathilde noch schnell einen Blick hinein, um zu sehen, welche Fische sie heute im Angebot hatten: Schollen, Heringe, Makrelen, kleine

Tintenfische, dazu die hellen Muscheln, die sich wegen ihres festen Fleisches besonders gut verkauften. Der Fang der Fischer war wie erwartet gut gewesen.

Die Sonne stand schon hoch am Himmel, als Mathilde sich mit einem Eimer in der Hand auf den Weg hinunter zur Bucht machte. Sie kam durch die Rue des Écoles, die im Norden aus dem Dorf hinausführte, und blieb kurz an ihrer Schule, einem flachen Backsteinbau, stehen. Wehmütig warf sie einen Blick durch das dunkle Fenster. Neben dem Lehrerpult stand der kleine Holzofen, den sie den Winter über mit mitgebrachten Scheiten befeuerten, davor die vielen tintenverschmierten Holzpulte mit den angeschraubten Bänken, auf denen sie immer zu zweit saßen. Mathilde liebte die Schule und den Unterricht, Französisch und Geographie waren ihre Lieblingsfächer, und auch wenn Mademoiselle Simon streng war, hatte sie doch das Gefühl, der Kargheit ihres Elternhauses mit jeder Lehrstunde ein wenig mehr zu entfliehen. Wenigstens noch drei, vier Jahre würde sie zur Schule gehen können, und diese Zeit wollte sie nutzen.

Mathilde setzte ihren Weg zum Meer hinunter fort und ging am Strand entlang. Es war verhältnismäßig warm heute, doch wie immer wehte ein leichter Wind. Der warme Sand rieselte durch ihre Zehen, und hin und wieder entfuhr ihr ein kleiner Schrei, wenn sie auf ein Distelblatt trat. Ein streunender Hund kam ihr entgegen, schnüffelte kurz an ihrem Eimer, in den sie einen kleinen Rechen gepackt hatte, einen Kanten Brot und zwei Äpfel, die munter gegen das Blech rollten. Sie nahm den hölzernen Griff des Eimers von einer Hand in die andere, vergewisserte sich, dass der Hund weitergelaufen war, und fischte das Brot heraus.

Als sie davon abbiss, krümelte die Kruste trocken in ihrem Mund. Sie ging weiter und aß einen der beiden Äpfel, den anderen schob sie in ihre Schürzentasche.

Hier auf Höhe des Ortes waren etliche Menschen im Watt unterwegs, die in gebückter Haltung Muscheln suchten und durch den Dunst und die Entfernung aussahen wie dunkle Miniaturfiguren. Mathilde hatte entschieden, noch ein Stück weiterzugehen, bis die Silhouette des Leuchtturms von Gatteville vor ihr in die aufgebauschten Wolken aufragte. An dem Raz de Barfleur, das wusste sie von den Fischern aus ihrer Familie und auch aus der Schule, gab es gefährliche Felsen und unberechenbare Strömungen. Die Lehrerin hatte ihnen vom größten Schiffbruch aller Zeiten erzählt, als vor vielen Jahrhunderten die »Blanche Nef«, das »Weiße Schiff«, mit dem Sohn und Thronfolger des englischen Königs Heinrich I. und mehreren Hundert Edelleuten an Bord den Felsen von Quillebeuf gerammt hatte und auf der Höhe von Gatteville in den Fluten versunken war. Das Boot konnte nicht unter dem Schutz der heiligen Muttergottes gestanden haben, dachte Mathilde und sah im Geiste das Bild der Schutzmantelmadonna vor sich, die die Fischerboote und die ins Wasser gefallenen Seeleute beschirmte. Ihre Großmutter hatte ihr von dem Bild erzählt, und Mathilde dachte an Théodore, den älteren Bruder ihres Vaters, der wie alle Duvals Fischer war und der bei einem bösen Sturm gerade noch aus dem Meer hatte gerettet werden können.

Mathilde schauderte bei dem Gedanken. Sie blickte auf das Meer hinaus und kniff die Augen zusammen. Das Licht war gleißend hell und spiegelte sich auf der fernen Wasseroberfläche. Hier draußen, so weit weg vom Ort, waren kaum noch Leute. Bedächtig setzte sie einen Fuß vor den anderen, ging weit ins Watt hinaus, bis ihre Füße schließlich im nassen Sand versanken und das kühle Wasser ihre Knöchel umspielte. Mathilde war gern draußen am Meer, sie liebte das Spiel des Lichts und die Weite des Horizonts, die Einsamkeit machte ihr nichts aus. Bei Springflut legte die große Ebbe Muscheln frei, die normalerweise meterhoch von Wasser bedeckt waren, dann dauerte es nicht lange, den Eimer zu füllen. Aber die Eltern hatten ihr auch eingeschärft, nicht zu lange draußen zu bleiben, weil das Wasser mit eintretender Flut blitzschnell die Sandbank umspülen konnte, auf der man sich gerade befand.

Mathilde griff nach dem Rechen in ihrem Eimer und machte sich ans Werk. Man musste die sandige Oberfläche genau betrachten, um die vergrabenen Muscheln aufzuspüren. Die fingerlangen Messermuscheln zum Beispiel erkannte sie an dem kleinen Loch, das sich über ihnen bildete, graue Venusmuscheln und gelbbraune Herzmuscheln hinterließen ein verräterisches flaches Häufchen, wenn sie sich in den Sand gruben. Mathilde bohrte mit den Fingern und harkte mit dem Rechen nach. Sie schnalzte mit der Zunge, denn sie wurde schnell fündig, und ihr Eimer füllte sich zügig. Bei dem Gedanken an gekochte Muscheln mit ein bisschen Butter und Salz lief ihr das Wasser im Mund zusammen. Sie bückte sich unter einen von Algen verhangenen ausgehöhlten Felssockel, an dem kleine Wellen unablässig leckten, und löste ein paar Wellhornschnecken und Miesmuscheln ab. Dazu kamen noch ungefähr zwei Dutzend graue Krabben, die lustig ein paarmal in die Luft schnellten, bevor sie sich schließlich greifen ließen. An guten Tagen konnte man auch schon mal einen hübschen Taschenkrebs finden, und einmal hatte sie eine rote Schaufelspitze aus dem Sand ragen sehen und gehofft, sie hätte einen Hummer aufgespürt, aber es war nur dessen abgebrochene Schere gewesen.

Auf einmal war Mathilde, als spürte sie Blicke in ihrem Rücken. Sie wendete sich dem Ufer zu und stutzte. Unverkennbar mit seiner imposanten Figur und der schwarzen Mütze auf dem Kopf stand der Maler am Ufer, den Leuchtturm und das Meer fest im Blick. Er musste nach ihr an den Strand gekommen sein, sie hatte ihn vorhin nicht gesehen.

Mathilde watete an den Strand, stellte den Eimer ab und ließ sich im warmen Sand nieder. Fasziniert beobachtete sie ihn bei der Arbeit. Das vibrierende, leuchtende Bild hatte nichts gemein mit der zerfurchten hölzernen Schmerzensmutter in Saint Nicolas oder den geschnitzten Kreuzwegbildern an den Kirchenwänden, es zeigte schlicht die Schönheit der Küstenlandschaft und mittendrin den Leuchtturm von Gatteville.

»Wie heißt du, Mädchen?«, fragte er sie.

»Mathilde.«

»Du erinnerst mich an meine Tochter Ginette, sie war auch immer sehr interessiert. Wie alt bist du, Mathilde?«

»Ich bin gerade zehn geworden.«

Er zeigte auf ihren Eimer. »Du hast einen schönen Fang gemacht, deine Familie wird sich freuen. Weißt du, wer die Vielfältigkeit und den Reichtum der Natur schätzt, sich am Farbenspiel und am Licht erfreut, ist wirklich reich. Das kann man nicht mit Geld aufwiegen.« Er nahm den Pinsel wieder auf und tunkte ihn in die Palette mit den Aquarellfarben. »Aber nur in Friedenszeiten können wir die Harmonie, die uns die Natur vermittelt, wirklich auskosten. Wer den Krieg und das Elend gesehen hat wie dein Großvater Louis und ich, weiß das sehr zu schätzen.«

Mathilde nickte, obwohl sie nicht viel über den Großen

Krieg wusste. Er war kaum ein Thema bei ihnen zu Hause. Nur hin und wieder schimpfte ihr Großvater über die Deutschen und beklagte seine Kriegswunde, die ihm bei Gezeitenwechsel noch immer Schmerzen bereitete.

Sie erhob sich. »Ich muss jetzt gehen. Man wartet sicher schon auf mich. *Au revoir*, Monsieur.«

»*Au revoir*, Mathilde.« Monsieur Signac sah ihr lächelnd hinterher.

Am Abend lag Mathilde in der dunklen Stube auf dem Kanapee, ihre Arme glühten noch von der Sonne, und lauschte dem schweren Klang der Standuhr, während im Zimmer nebenan ihre beiden älteren Brüder leise miteinander redeten. Die beiden steckten eng zusammen, sie musste immer alles allein ausmachen. Mathilde dachte wieder an den Maler. Bis in den Schlaf hinein hatte sie die leuchtenden Aquarellfarben vor Augen, die vor Lebendigkeit nur so vibrierten, und sie spürte eine Wärme ums Herz, die sie vorher nur in den weichen Armen ihrer Großmutter erlebt hatte, wenn sie ihr am Kamin eine Geschichte erzählt oder ihr übers Haar gestrichen hatte. Eine Träne tropfte auf ihr Kissen. Vorletzten Herbst war ihre Großmutter hingefallen und bettlägerig geworden. Sie hatte sich von dem Sturz nicht mehr erholt und war nur Monate später an einer Infektion ihres gebrochenen Hüftknochens gestorben. Mathilde hatte täglich an ihrem Bett gesessen und ihr Geschichten von draußen erzählt, vom Meer, von der Schule und vom Fischmarkt. Und die Großmutter hatte ihre Hand gestreichelt und mit wässrigen Augen zugehört. Kurz nach Neujahr war sie für immer eingeschlafen. Wie schade, dass Mathilde ihr nicht mehr von der Begegnung mit Monsieur Signac erzählen konnte.

Nach dem Muschelessen am Abend, als sie mit einem Stück weichem Brot die letzten Reste der gewürzten Buttersauce aus ihrem Teller gewischt hatte, sprach Mathilde ihren Großvater Louis, der im alten Blaumann mit gebeugtem Rücken neben ihr auf der Holzbank saß, auf den Maler an. Doch der hatte nur den Kopf gehoben, sein Glas Cidre in einem Zug geleert und sie verwundert angesehen. Er unterhält sich wohl über andere Dinge mit ihm, dachte Mathilde, vielleicht über den Makrelenfang oder den brüchigen Deich, der der nächsten Sturmflut wohl nicht mehr standhalten würde. Er schien Monsieur Signacs Bilder gar nicht zu kennen. Mit ihrer Fragerei hatte sie sich einen missbilligenden Blick ihres Vaters eingefangen und war schließlich verstummt.

# 6.

Möwengeschrei weckte mich, und nach einem Moment wusste ich wieder, wo ich mich befand. Sofort war ich hellwach. Mein Blick fiel auf die dunkelgraue Zeichenmappe meines Vaters, die ich gestern auf dem Stuhl abgelegt hatte. Das rot-weiß-blaue geflochtene Band lag auf dem Boden. Durch die Lamellen der Fensterläden fielen Lichtstrahlen auf den geriffelten Karton.

Ich zog den Stuhl ans Bett und klappte den Deckel auf. Der Signac lag obenauf, ich hatte es also nicht geträumt. Bei Tageslicht sah das Gemälde noch schöner aus. Die Farben leuchteten, als wäre das Bild erst vor kurzem gemalt worden, sie ließen das Meer und die Landschaft lebendig und frisch erscheinen. »Das ist doch alles verrückt«, sagte ich laut. Da fiel mir der Geheimnishüter wieder ein. Sollte die Botschaft wirklich an mich gerichtet gewesen sein? Hatte mein Vater das alles etwa geplant? Wollte er, dass ich das Bild finde? Aber er konnte doch gar nicht wissen, dass Sophie in dem Café am Hafen auftauchen würde! Und was, wenn der Mann gar nicht mein Vater war, sondern nur irgendein Franzose, der ihm zufällig ähnlich sah?

Ich rieb mir die Schläfen und versuchte mich zu konzentrieren. Irgendetwas musste ich übersehen haben, da war ich mir sicher. Aber ich kam einfach nicht darauf, also beschloss ich, Sophie und Anna erst einmal nichts von dem kostbaren Fund zu erzählen. Ich nahm das Ölgemälde heraus, legte es behutsam zur Seite und sah die restlichen Bilder in der Mappe durch. Mein Vater musste sie in den letzten zwei, drei Sommern gemalt haben.

Es mochten dreißig, vierzig Skizzen und Studien sein, gezeichnet oder gemalt in verschiedenen Techniken. Etliche waren schnell und treffsicher hingeworfen in Rötelkreide oder schwarzer Kohle, andere in bunter Kreide skizziert. Die meisten allerdings hatte er sorgsam mit Bleistift gefertigt, wobei er die Schatten mit weicher Mine nachgedunkelt hatte. Ich erkannte viele der Motive sofort wieder. Perspektivische Architekturstudien, die Kirche Saint Nicolas mit ihrem massiven Granitturm und dem kleinen Tourismusbüro gleich nebenan, die Seemannsgräber auf dem Friedhof, Dorfansichten mit schmucken Fischerhäusern, dazu ein paar Ansichten aus Paris mit dem kleinen Triumphbogen an den Tuilerien, die wuchtige steinerne Pont Neuf, eine Straßenszene aus dem Marais und das Musée d'Orsay mit seinen großen Bahnhofsuhren.

Dann Landschaftsbilder in Aquarell und Kreide, die geschwungene Crabec-Bucht, der Strand, die schwarzen Kormorane, die sich auf dem vorgelagerten Felsen hinter der Kirche die Flügel trockneten, der Leuchtturm von Gatteville, der Hafen von Barfleur in mehreren Perspektiven, Möwen, die sich im Hafenbecken um die Reste einer toten Krabbe stritten, Fischer in Wachslatzhosen beim Ausladen ihrer Fracht und immer wieder unser Segelboot, die *Goéland* … Ich schluckte. Das Durchblättern der Bilder war für mich, als würde unser letzter gemeinsamer Urlaub wie ein Film vor mir ablaufen.

Es folgte eine Reihe von Porträts, offenbar hatte er seine Werke nach Motiven sortiert. Mein Großvater, wie er mit seiner Fischermütze melancholisch aufs Meer hinaussah, die typische Pfeife und das Grübchen im Kinn, dann im Kopfstand auf einer weichen Matte, so kannte man ihn. Anna bei der Gartenarbeit und auf der Bank vor dem Haus in der Sonne, Zeichnungen von Sophie und immer wieder ich. Mit Haaren bis über die Schultern, langem Pony und Pferdeschwanz, mit Kopfhörern und nachdenklichem Gesicht, mit Schirmmütze und Schwimmweste beim Segeln. Meine Mutter, dick eingepackt mit einem Buch im Liegestuhl am Strand und beim Mittagschlaf auf der Terrasse, wobei mein Vater sich da eher an den Palmen abgearbeitet zu haben schien. Das letzte Bild zeigte die Rückenansicht einer Frau im Dreiviertelprofil mit schwingendem Kleid am Hafen von Barfleur, nein, das könnte eher das größere Honfleur sein …

Moment mal, dachte ich auf einmal und setzte mich auf, die Frau im Vordergrund wirkte eleganter als meine Mutter, die sich im Urlaub eher leger und bequem gekleidet hatte. Sie hielt ihren Strohhut mit der breiten Krempe fest, dessen Band im Wind flatterte, sie hatte schwarzes längeres Haar und trug eine große Sonnenbrille. Ratlos glitten meine Augen über das Blatt. Es war nicht datiert, aber in den gleichen Aquarelltönen gemalt wie die vorherige Ansicht meiner Mutter im Garten. War das eine Unbekannte, eine Zufallsbekanntschaft, die er da porträtiert hatte?, fragte ich mich. Nein, die Frau lächelte und war zu prominent platziert, als dass sie nur als Staffage für die Hafenansicht gelten könnte. Aber wer konnte das sein? Ich nahm mir vor, Tante Anna bei Gelegenheit danach zu fragen.

Ich brachte die Blätter auf gleiche Höhe, bevor ich sie zurück in die Mappe steckte, legte den Signac obenauf und verschnürte die Mappe wieder mit dem geflochtenen Band. Dann steckte ich sie in meinen Koffer.

Kaffeegeruch zog durchs Haus und vermischte sich mit dem Duft der Croissants auf dem Esstisch. Ich strich mir eine noch feuchte Haarsträhne zurück und hielt meine Nase dicht über die buschigen Hortensienblüten in der weißen Porzellanvase. Sie waren vertrocknet, rochen aber noch ganz leicht würzig. Mir wurde jetzt erst klar, wie sehr ich all das hier vermisst hatte.

Anna hielt sich an der Stuhllehne fest. Ihre Haare waren frisch frisiert. »Hast du gut geschlafen, Liebes?«

»Ja, wie ein Stein.« Eine Weile hatte ich mich im Bett herumgewälzt, aber die Anstrengung der langen Autofahrt und der schwere Wein hatten ihre Wirkung gezeigt, das monotone Meeresrauschen in der Ferne hatte mich trotz der Aufregung in den Schlaf gewiegt.

»Das ist schön. Trinkst du Kaffee?«

Anna konnte nicht wissen, dass wir gleich ins Café wollten, aber da Sophie offensichtlich noch schlief und ich Anna nicht enttäuschen wollte, sprach nichts gegen ein erstes kleines Frühstück vorab.

»Ja. Soll ich ihn holen?«, fragte ich.

»Mach das, er müsste schon durch sein.« Anna zog den Stuhl heraus und setzte sich. »Füll ihn doch bitte in die Warmhaltekanne. Ein Topf mit warmer Milch steht auf dem Herd.«

»Warst du schon beim Bäcker?«, fragte ich.

»Nein, die Croissants sind von gestern. Ich habe sie nur aufgebacken.«

Ich füllte zwei der bauchigen Tassen mit Milchkaffee und stellte die Kanne auf den Tisch zu dem Lavendelhonig und der selbstgemachten Erdbeermarmelade. Dann setzte ich mich und strich über die rot-weiße Wachstuchdecke.

Anna beobachtete mich aufmerksam. »Du warst schon immer ein zartes, hübsches Ding, du kommst ganz nach deiner Mutter. Die Berger-Linie hat sich bei dir so gar nicht durchgesetzt.«

»Findest du?« Ich setzte mich und griff nach meiner Tasse. »Eigentlich dachte ich immer, ich sei eine gesunde Mischung aus beiden.« Meine Eltern hatten ein durchaus gegensätzliches Paar abgegeben: Meine Mutter mit ihrem kurzen braunen Haar wirkte immer klein und zierlich gegen meinen dunkelblonden, stattlichen Vater, der sie um mindestens einen Kopf überragt hatte.

»Du hast Brigittes Mundpartie, das zarte Kinn und auch ihre kleinen Ohren geerbt, zum Glück nicht die riesigen Lauscher deines Großvaters …« Sie schaute mich weiterhin prüfend an. »Die ausdrucksstarken hellen Augen hast du von David.«

»Opa hatte auch schöne blaue Augen.« Ich drehte die Tasse in meinen Händen.

»Ja, das stimmt. Johann war immer stolz auf dich, weil du so ein wissbegieriges Kind warst.«

»Er hat oft gesagt, dass ich später bestimmt mal Professorin werden würde – oder Kriminalkommissarin … Jetzt ist eine Kunsthistorikerin aus mir geworden, die auch viel recherchieren muss.« Ich lächelte sie an und trank von meinem Kaffee. »Sag mal, Tante Anna, wir waren gestern Abend noch oben in der kleinen Kammer. Ich hoffe, du bist nicht böse deswegen. Jedenfalls ist mir in dem Schrank Papas rotkariertes Flanellhemd in die Hände gefallen …«

»Johann konnte sich nicht davon trennen«, sagte Anna traurig. Er hat es sogar getragen, als er damals noch Wochen später rausgefahren ist aufs Meer und nach seinem Sohn gesucht hat …«

»Opa ist rausgefahren, um nach Papa zu suchen? Nachdem die ganze Aktion offiziell abgeblasen wurde? Aber doch nicht etwa alleine, oder?« Es fiel mir schwer, mir vorzustellen, dass mein achtzigjähriger Großvater noch in der Lage gewesen war, bei diesen Naturgewalten auf eigene Faust aufs Boot zu gehen, auch wenn er für sein Alter noch rüstig und ein guter Segler gewesen war.

»Nein, er war nicht alleine. Der Chef von der Küstenwache war bei ihm. Sie sind mit dem Rettungsboot raus, mehrmals noch. Johann hat die Hoffnung bis zum Schluss nicht aufgegeben. Er blieb den Winter über hier und hörte erst mit der Sucherei auf, als sein Herz nicht mehr mitspielte.«

Das hatte ich nicht gewusst. Meine Großeltern waren damals sofort hergekommen, aber wir hatten uns nur kurz gesehen. Was hatte ich darum gebettelt, bei ihnen bleiben zu dürfen, aber meine Mutter war hart geblieben. »Schule ist Schule«, hatte sie gesagt und unnachgiebig unsere Sachen zusammengesucht und die Koffer gepackt.

Ich schüttelte den Kopf, ich wollte den unangenehmen Gedanken an unsere überstürzte Abfahrt wieder loswerden. »Ich habe nie verstanden, warum wir Hals über Kopf nach Berlin zurück sind und sie sich so schnell mit Papas Todeserklärung abgefunden hat. Sie hat überhaupt nichts mehr unternommen!«

»Liebes, ihr konntet doch hier nichts mehr ausrichten. Ich war mit Brigitte ganz bestimmt nicht immer einer Meinung, das weißt du ja, aber es war die einzig richtige Entscheidung. Die Ferien gingen schließlich zu Ende.«

»Dafür hätte sich schon eine Lösung gefunden«, sagte

ich und starrte über ihren Kopf hinweg aus dem Fenster. »Ich hatte den Eindruck, sie war richtig froh, als wir das Gepäck im Auto hatten und endlich losfuhren.« Der alte Trotz kam wieder in mir hoch. Es war die schlimmste Autofahrt meines Lebens gewesen. Ich hatte die ganze Zeit über nur geweint, stundenlang. Sophie hatte auf der Rückbank meine Hand gehalten. Ich hatte versucht, mit meiner Mutter über Papas Verschwinden zu reden, darüber, dass wir jetzt ohne ihn nach Deutschland zurückfuhren. Aber sie hatte abgeblockt und behauptet, sich auf den Verkehr konzentrieren zu müssen. Ich erinnerte mich genau an das Bild ihrer dünnen Finger am Lenkrad, die an den Knöcheln weiß hervortraten. Bis heute fragte ich mich, warum meine Mutter in dieser Zeit keine einzige Träne vergossen hatte. Ihre Trauer schien wirklich nicht allzu groß gewesen zu sein. Warum nur? Bis heute hatte ich keine Antwort darauf gefunden. Zwischen mir und meiner Mutter war Funkstille, seit Jahren schon. Nur an Geburtstagen und Feiertagen sahen wir uns noch.

»Ach, Kind«, sagte Anna. »Das war alles so furchtbar damals …«

»Du und Mama«, fragte ich, »warum habt ihr euch eigentlich nach Opas Tod so zerstritten? Doch nicht nur wegen des Hauses hier, oder?«

Annas Mund öffnete sich, und ihr Unterkiefer schob sich leicht nach vorne, so dass ich die untere Zahnreihe sehen konnte. Es schien so, als würde sie angestrengt nachdenken. Doch nach einer Weile sagte sie nur: »Ich weiß es nicht mehr.« Ihr Blick schweifte abwesend über den Esstisch, bis er schließlich am Brotkorb hängenblieb. »Möchtest du nicht ein Croissant? Greif doch zu, solange sie noch warm sind!«

Ich seufzte und nahm ein buttriges Hörnchen, tunkte es in meinen Kaffee und biss davon ab. Wusste sie wirklich nichts mehr von dem familiären Zwist, der zu dem großen Bruch in unserer Familie geführt hatte?

Noch während ich kauend darüber nachdachte, hörte ich Anna fragen: »Wie geht es eigentlich Edith? Ich habe schon lange nichts mehr von ihr gehört.«

Ich verschluckte mich und musste husten. Hatte Anna vergessen, dass ihre Schwägerin verstorben war? Oder hatte meine Mutter es ihr vielleicht gar nicht mitgeteilt? Zur Beerdigung war Anna auf jeden Fall nicht erschienen, was mich damals sehr enttäuscht hatte. »Oma ist vor zehn Jahren gestorben, Tante Anna«, sagte ich und beobachtete ihre Reaktion. »Sie hatte einen Schlaganfall.«

»Das tut mir leid, das wusste ich gar nicht.« Anna sah betroffen aus. »Ein Schlaganfall, sagst du?«

»Ja, er wurde leider zu spät erkannt.« Der Gedanke, dass meine Oma stundenlang hilflos auf dem Parkettfußboden ihres Wohnzimmers gelegen hatte und ihr die ganze Nacht niemand zu Hilfe gekommen war, tat mir immer noch in der Seele weh.

»Sie war Johann eine gute Ehefrau. Sie hat getan, was sie konnte.« Anna griff nach einem Croissant und strich etwas Marmelade auf die Spitze. »Die Erdbeeren hier schmecken anders als die wässrigen Dinger in Deutschland. Du kannst dir ein Glas mitnehmen, wenn du möchtest.«

»Ja, das mache ich gerne.«

Es hatte keinen Sinn, weiter nachzufragen, Anna würde im Moment nicht mehr erzählen.

Ich pickte mit dem Finger die Brösel vom Tischtuch, als Sophie die Treppe herunterkam. Sie schien gut gelaunt und war gerade dabei, ihre Brille zu putzen.

»Guten Morgen, ihr beiden. Was macht ihr denn für Gesichter?« Sie setzte die Brille auf, steckte einen Finger in das Marmeladenglas und schleckte ihn genüsslich ab. »Ist etwas passiert?«

»Nein, nein«, wiegelte ich ab und stand auf. »Komm, lass uns gleich ins Dorf fahren. Ich habe schon auf dich gewartet. Langsam werde ich wirklich unruhig. Das Café ist sicher schon offen.« Zu Anna sagte ich: »Du hast doch nichts dagegen, wenn wir dich alleine lassen, oder? Wir wollen nach dem Mann auf dem Foto suchen …«

»Ja, natürlich.« Anna nickte uns zu. »Ich hoffe, ihr habt Erfolg.«

Wenig später parkten wir auf dem weitläufigen Besucherparkplatz am Hafen, auf dem jetzt in der Nachsaison nur wenige Autos standen. Große Wolken türmten sich über der Mole und verdeckten die Sonne. Einen Moment lang blieben wir noch im Auto sitzen.

»Es ist wirklich stimmungsvoll hier«, sagte ich und sah durch die Windschutzscheibe. Im Moment war Flut, die Boote schaukelten sanft auf dem Wasser im Hafenbecken.

Sophie sah mich prüfend von der Seite an. »Sag mal … Du bist irgendwie komisch, so still. War was vorhin?«

»Anna wusste eben nicht, dass Oma gestorben ist«, sagte ich, »und von einem Familienstreit schien sie auch keine Ahnung mehr zu haben.«

»Sie hat es wohl vergessen.« Sophie wirkte ratlos. »Damals lag sie wegen ihrer Gallensteine im Krankenhaus und konnte deswegen nicht zur Beerdigung kommen. Es hat ihr echt leidgetan.« Sie sah mich an. »Sorry, aber keine Ahnung, warum deine Mutter dir das nicht gesagt hat. Oma hat sogar Blumen schicken lassen.«

»Oh Mann«, sagte ich und haute mit der flachen Hand auf das Lenkrad, »es kann doch nicht so schwer sein herauszufinden, warum sich die Familie so spinnefeind geworden ist. Das war doch nicht immer so.«

»Wir bleiben dran, versprochen.« Sophie deutete mit dem Kopf in Richtung Café. »Aber jetzt lass uns erst mal versuchen, das Rätsel um den Mann im Café zu lösen, okay?«

Ich nickte ihr zu und wir stiegen aus.

Es war Sonntagmorgen, nur ein paar versprengte Touristen mit Wanderschuhen und Rucksäcken bummelten am Hafen entlang. Fischer reinigten ihre Reusen, ein paar Rentner unterhielten sich am Quai. Im *Café du Port*, dem einzigen Restaurant direkt am Hafen, herrschte mäßig geschäftiger Betrieb. Der Barmann nickte uns zu, als wir eintraten, drei Einheimische standen am Tresen. Kaffeetassen klapperten auf ihren Untertellern, der Dampf der Espressomaschine zischte über die wenigen Stimmen hinweg. Es war warm und roch gut, nach gerösteten Kaffeebohnen und frischem Baguette.

Von den Gästen im Café sah keiner dem Mann auf dem Foto ähnlich. Eine Familie mit zwei blassen Kindern frühstückte im Raum nebenan, vielleicht Engländer, ein älteres Paar saß Seite an Seite auf der roten Polsterbank und blickte aufs Wasser hinaus. Wir setzten uns an einen kleinen Tisch am Fenster und hängten unsere Mäntel über die Stuhllehnen. Ich verschränkte die Arme und sah hinaus. Zwei große Fischerboote ankerten am Quai, davor stand ein kleiner mobiler Verkaufsstand mit aufgemaltem Schwertfisch auf hellblauem Grund.

»Gibt es eigentlich keinen Fischmarkt mehr?«, fragte ich. »Ich mochte die geschäftige Atmosphäre an den Ständen immer sehr.«

»Doch, doch, den gibt es noch, aber nur zur Hauptsaison im Sommer, im Herbst ist die Nachfrage nicht so groß. Außerhalb der Ferienzeit verirren sich nur wenige Urlauber hierher.«

Der Barmann winkte uns zu. »*J'arrive* … Ich komme gleich.«

Ich sah in seine Richtung und nickte ihm lächelnd zu, dann wandte ich mich an Sophie: »War er auch hier, vorgestern, als du da warst?«

Sophie blickte über ihre Schulter und grinste mich dann schelmisch an. »Nein. An so einen gutaussehenden Kerl würde ich mich erinnern.«

Sie hatte recht. Der Mann hatte was, fast erinnerte er mich ein wenig an Matthieu mit seinem dunklen Haar und dem netten Lächeln. Allerdings dürfte er mit seinem leicht ergrauten Vollbart ein paar Jahre älter sein als er. Ich ließ meinen Blick durchs Café schweifen. »Wo haben sie gesessen?«

Sophie deutete mit dem Kopf in den rückwärtigen Teil. »Dahinten, direkt unter dem Schiffsrelief an der Holzwand. Und ich habe da gesessen, wo jetzt das Pärchen sitzt.«

Ich sah zu den beiden hinüber. Ob das Franzosen waren? Ich ging davon aus. Sie waren im Hippie-Look gekleidet, der Mann mit runder Metallbrille und gestricktem Mützchen auf dem Kopf, die Frau mit krausem rötlichem Haar und viel Silberschmuck an den Fingern. Als sie den Kopf zu mir drehte, lächelte ich sie kurz an und schaute schnell weg. Ich fühlte mich ertappt und war froh, dass in diesem Moment der Barmann zu uns an den Tisch kam.

»Möchtest du auch Baguette mit Marmelade?«, fragte Sophie. »Und einen Orangensaft?«

»Ja, und einen Milchkaffee dazu.«

Sophie bestellte für uns *des tartines avec confiture, deux jus d'orange* und *deux cafés crème*.

Der Kellner nickte, seine dunklen Augen blitzten Sophie an. »*Vous desirez autre chose*? Noch etwas anderes?«

Bewundernd studierte ich sein Gesicht und den perfekt gestutzten Bart. Ich habe die französischen Männer schon immer gemocht. Sie haben einfach mehr Charme als die deutschen, und sind Weltmeister im Flirten.

»Äh … *oui, s'il vous plaît*«, sagte Sophie und lächelte ihn an. »Vielleicht können Sie uns helfen. Wir suchen einen Mann, der hier im Café war …« Sie sah mich an, und ich zog hastig den Ausdruck aus meiner Handtasche, faltete ihn auseinander und reichte ihn dem Kellner.

Er nahm das Blatt, studierte die abgebildeten Personen, zog die Mundwinkel nach unten und die Augenbrauen nach oben, so wie es nur Franzosen können, und sagte: »*Désolé*, tut mir leid, den habe ich noch nie gesehen.«

»Und die Mädchen?«, fragte ich. »Sie waren vor zwei Tagen hier im Café.«

Der Kellner schüttelte bedauernd den Kopf und gab mir das Foto zurück.

»Es ist wirklich wichtig«, setzte Sophie hinzu.

»*Vendredi, vous dites*? Am Freitag, sagen Sie? Warten Sie mal, ich frage Annabelle, ich war nicht den ganzen Tag hier.«

Er verschwand, und wir warfen uns vielsagende Blicke zu. Kurz darauf kam er mit einer jungen Frau aus der Küche zurück. Sie wechselten ein paar Worte, dann sagte sie: »Ja, ich erinnere mich, er saß mit den Kindern dort drüben.« Sie zeigte zu dem Tisch unter dem Schiffsmodell.

Ich wusste plötzlich nicht mehr, was ich sagen sollte.

»Haben Sie ihn vorher schon mal hier gesehen?«, kam

Sophie mir zu Hilfe. »Oder kennen Sie ihn sogar und wissen, wo wir ihn finden können?«

»Nein, leider nicht.« Die Frau schüttelte den Kopf. »Sie waren nicht lange da, die Mädchen haben eine heiße Schokolade getrunken und er einen kleinen *café*. Sie haben nur einen Schauer abgewartet und sich ein bisschen aufgewärmt. Als die Sonne wieder rauskam, sind sie wieder losgezogen.«

»Danke.« Enttäuscht steckte ich den Ausdruck wieder ein, und die junge Frau ging zurück in die Küche. »Meinst du, es hat Sinn, den Leuten auf der Straße das Foto zu zeigen?«, fragte ich. »Vielleicht erkennt ihn ja jemand.«

»Warum nicht? Einen Versuch ist es allemal wert. Wir könnten auch in den Hotels nachfragen, und in den Pensionen. Womöglich hat er im Ort übernachtet.«

»Ja, das ist eine gute Idee … Ah, da kommt schon das Frühstück.«

Der Kellner, er hieß Philippe, wie wir hörten, stellte das Tablett mit Kaffeetassen, Orangensaftgläsern, Tellern, Brotkorb und allerlei kleinen Marmeladen auf dem Tisch ab und verschwand wieder hinter der Bar.

»Er erinnert mich irgendwie an Matthieu«, sagte ich.

Sophie wedelte mit der Hand über ihrer Tasse. »Mmhh … Jetzt brauche ich erst mal dringend meinen Kaffee.« Sie trank und griff dann nach einem knusprigen Stück Baguette, wählte eine Marmelade und strich sie dick darauf. »Weißt du, Charlie, ich habe Matthieu danach noch oft gesehen.«

»Du hattest Kontakt zu ihm?«, fragte ich überrascht und verschluckte mich fast.

»Na ja«, sagte Sophie, »zwangsläufig. Ich habe was mit seinem Bruder.«

## 7.

Als wir nach einer halben Stunde das Café verließen, brach auf einmal der Himmel über der Hafenmole auf. Die Sonnenstrahlen stachen durch die dicken Wolken und tauchten die Umgebung in warme, kräftige Farben. Der Himmel färbte sich zwischen den gebauschten Wolken goldgelb. Wir gingen vor zum Hafenkreuz, dessen Christus dem Meer und nicht dem Ort zugewandt war. Für einen Moment ließen wir die wildromantische Stimmung auf uns wirken. Der Wind blies uns ins Gesicht. Zwei Fischerboote bahnten sich schwankend den Weg aus dem Hafen, ein paar Möwen verfolgten sie.

»Ich weiß nicht, ob das Segeln heute noch was für mich wäre«, sagte ich und schlang mir mein Tuch um den Hals. »Die Kraft der Wellen muss man aushalten können.«

»Naturgewalten, die sich seit Jahrhunderten nicht geändert haben«, sagte Sophie. »Wer einmal Fischer war, kann wahrscheinlich gar keinen anderen Beruf ausüben.«

»Ein ziemlich archaisches Handwerk, ja.« Ich deutete auf die mannshohe Granitstele vor uns. »Gewidmet all denen, die auf dem Meer zu Tode gekommen sind«, las ich vor, und Sophie legte mir stumm den Arm um die Schulter.

»Wenn ich malen könnte«, sagte ich und hob den Kopf, »würde ich jetzt meine Staffelei hier aufstellen und versuchen, diese Stimmung festzuhalten. Leider habe ich kein Talent dazu.«

»Dein Vater konnte toll malen.« Sophie sah mich von der Seite an. »Hast du die Mappe schon ganz durchgesehen? Du hast gar nichts erzählt davon. Sind die Bilder gut erhalten?«

Sofort bekam ich ein schlechtes Gewissen, dass ich ihr den außergewöhnlichen Fund verheimlicht hatte, aber ich wusste selber noch zu wenig darüber. »Die Bilder sind in Ordnung«, sagte ich ausweichend. »Zum Glück ist die Kammer trocken, vielleicht weil genau darunter das Bad mit dem warmen Boiler ist. Es ist übrigens auch eine Zeichnung von dir dabei. Möchtest du sie dir später ansehen?«, fragte ich.

»Eine Zeichnung von mir, echt? Oh ja, natürlich würde ich mir die Bilder gerne angucken. Ich platze ehrlich gesagt vor Neugierde.«

Ich musste schmunzeln. Sophie war schon als Kind beim Spielen ungeduldig gewesen. Dass sie sich nun in ihren Semesterferien um ihre alte Großmutter kümmerte, musste ihr so manches abverlangen.

Wir gingen am Office du Tourisme und den Erinnerungstafeln zur Befreiung Barfleurs nach dem Krieg vorbei und bogen in einen kleinen Weg ein, der so schmal war, dass wir hintereinander gehen mussten. Feigenbaumblätter ragten über die Mauer, ich zog an einem Ast, es waren aber keine Früchte mehr daran. Am Ende des Weges öffnete sich uns der Blick auf den Leuchtturm von Gatteville, der am dunstigen Horizont stand. Wir traten in den Wind hinaus. Die Gischt spritzte über die kleine Mauer, das Meer war jetzt auf dem Höchststand. Auf einem vorstehenden Felsen lagerten Dutzende schwarze Seevögel. So eine Ansicht befand sich auch in der Mappe. Die salzige Luft drang uns in die Lungen, der Wind machte das Atmen schwer. Aber es fühlte sich trotzdem ungemein gut an.

Sophie fischte ihre Mütze aus der Jackentasche.

»Fast hatte ich vergessen, wie stürmisch es hier sein kann.« Ich zog mir das Tuch über die Ohren.

Wir gingen am Friedhof vorbei und bogen nach rechts in die Rue Saint-Nicolas. Die meisten der ehemaligen Fischerhäuschen mit den schmuckverzierten Giebeln und den getöpferten Hausnummern waren verschlossen, manch eines wurde gerade renoviert. Wir sahen in sämtliche Querstraßen, an deren Ende immer wieder das Meer auftauchte. Von dem Mann auf dem Foto war weit und breit nichts zu sehen.

»Wie ausgestorben!«, sagte ich, als wir schließlich wieder am Parkplatz ankamen. »Nur du und Annabelle aus dem Café, nur ihr beide habt ihn bisher gesehen. Man kann auch niemanden fragen, weil kaum jemand auf der Straße ist.«

Während Sophie noch Tante Annas Arzt einen Besuch wegen eines Rezeptes abstattete, lief ich weiter zum Hotel *Le Moderne* auf der anderen Seite des Ortes. Ich wollte meine Suche dort fortsetzen, in der Hoffnung, der Mann könnte vielleicht dort übernachtet haben. Aber das Hotel mit dem halbrund vorgewölbten Mittelbau war geschlossen. Es sah unbelebt aus, an der Fassade hing ein großes Schild: *À vendre*, zu verkaufen, dazu die Telefonnummer eines Immobilienbüros. »Wie schade!«, entfuhr es mir. Wir mochten das Restaurant immer sehr, früher hatten wir hier oft Muscheln mit *frites* gegessen, und ich hatte vorgehabt, Sophie und Anna an einem Abend dorthin einzuladen.

Ich trat näher heran, schirmte mit der Hand die Augen ab und sah durch die Fensterscheibe. Das Mobiliar stand noch im Gastraum, ein Stuhl war umgekippt, auf dem verstaubten Buffet lag ein Stoß Tischtücher. Wir hatten nicht oft draußen auf der Terrasse gesessen, weil dann das Essen so schnell abkühlte. Lieber machten wir nachher noch einen Spaziergang hinunter an den Strand oder auf die große Mole hinaus. Ich erinnerte mich, dass wir als Kinder nur die Fritten gegessen hatten und danach immer Lollis von der Bedienung bekamen. Und Komplimente, wie hübsch wir doch seien …

Ein Hund kam bellend näher, ich fuhr herum und sprach beruhigend auf ihn ein, dann setzte ich meinen Erkundungsgang fort. Ich folgte der halbrunden, niedrigen Mauer um das südliche Hafenbecken herum und stieß nach ein paar hundert Metern auf eine Hinweistafel mit historischem Foto, wie sie überall im Ort an zentralen Punkten zu finden waren. Es waren Frauen und Mädchen darauf abgebildet, die im Hafen ihre Wäsche wuschen. Das Bild musste vor dem Krieg aufgenommen worden sein. Damals war das Leben noch beschwerlich, dachte ich und blickte in die Gesichter der Frauen, die sicher älter wirkten, als sie tatsächlich waren. Ein einzelnes Mädchen sah mit ernster Miene dem Fotografen direkt in die Linse. Es war schön angezogen, trug ein weißes Kleid und einen Strohhut, es stach durch seine Garderobe ein wenig hervor. Das Mädchen berührte mich auf eigenartige Weise, ich konnte kaum meinen Blick von ihm abwenden.

Ich kam an einem Bunker vorbei, die runden grauen Betonformen waren überwuchert, es war meines Wissens der einzige hier im Ort. Die anderen Bunker standen weiter oben im Norden bei Gatteville an der Pointe de Barfleur, dort hatten die Deutschen wohl eher mit der Alliiertenlandung gerechnet. Früher gingen wir oft in der Gegend spazieren, nachdem der Freund meines Vaters dort seinen Zweitwohnsitz genommen hatte. Sein Name war mir immer noch nicht eingefallen. Die Küste war dort besonders wild. Ich nahm mir vor, noch dorthin zu fahren.

Ich ging zurück in die Hauptstraße, die Grande Rue, wobei ich versuchte, den paar älteren Männern, die meinen Weg kreuzten, unauffällig ins Gesicht zu sehen. Zwischendurch streifte mein Blick flüchtig die Schaufensterauslagen der wenigen Geschäfte, eine Bäckerei, ein Käseladen und ein Antiquitätengeschäft, und ich ging die Kleiderstange vor einem Souvenirladen durch. Die typisch gestreiften Marineshirts der Marke Armor-Lux gefielen mir, und ich überlegte, Gregor eines davon zu kaufen. Der Blick auf das Preisschild hielt mich jedoch davon ab.

Da fiel mein Blick auf einen Postkartenständer vor dem Tabakladen gegenüber, ich überquerte die Straße und fand eine witzige Karte mit einem Iglu und dem Spruch »*Achetez votre résidence secondaire dans le Nord-Pas-de-Calais*«, »Legen Sie sich einen Zweitwohnsitz im Nord-Pas-de-Calais zu«. Die muss ich unbedingt Tessa schicken, dachte ich. Tatsächlich war es in der Normandie ständig kühl, und es gab nur wenige Wochen im Jahr, an denen es mal bis zu fünfundzwanzig Grad warm wurde. Regenschauer gab es zwar zuhauf, auch leichten englischen Sprühregen, aber der Regen hielt nie lange an. Jedenfalls amüsierte sich das restliche Frankreich gerne über das miese Wetter hier im Norden.

Warum mein Großvater, der Großstädter, ausgerechnet an diesem Landstrich am Ärmelkanal geankert und eine Immobilie erworben hatte, habe ich nie richtig begriffen.

Er war zwar im Krieg in der Normandie gewesen, aber ob das der Grund gewesen war, hierher zurückzukommen, weiß ich nicht. Barfleur zählte heute zu den schönsten Dörfern Frankreichs, auch der Hafen war ausgezeichnet worden, aber als er Ende der siebziger Jahre ein Ferienhaus gesucht hatte, machten noch kaum Deutsche hier an der Küste Urlaub. Vielleicht ertrug er die Hitze des Südens nicht.

Als ich im Laden zur Kasse ging, um die Postkarte zu bezahlen, wurde ich auf einen älteren Mann aufmerksam, der draußen am Geschäft vorbeiging. Ich legte hastig ein Zweieurostück auf den Tresen, lief hinaus und steckte die Karte in meine Tasche. Der Inhaber rief mir etwas hinterher, wahrscheinlich hätte ich noch Wechselgeld bekommen. Ich hielt jedoch meinen Blick auf den grauhaarigen Mann gerichtet, und mit ein paar langen Schritten holte ich ihn ein. Er hatte die Statur meines Vaters, trug eine braune Cordjacke und auf dem Kopf eine schwarze Baskenmütze. In diesem Moment begann das Mittagsläuten der Dorfkirche. Der Mann ging zielstrebig zu dem einzigen Fischstand am Hafen, dessen Angebot sich mittlerweile nur noch auf ein paar Fische und rund ein Dutzend Jakobsmuscheln beschränkte.

Mit klopfendem Herzen blieb ich mit einigen Metern Abstand stehen, den Blick auf das leicht strubbelige, nackenlange graue Haar des Mannes gerichtet, das unter der Mütze herausschaute. Er wechselte ein paar Worte mit der Verkäuferin, bevor er die letzten vier Exemplare einer bestimmten Fischsorte verlangte. Angestrengt versuchte ich, die Diskussion zu verfolgen, ohne zu nahe heranzutreten. Als er bezahlt hatte, die Tüte entgegennahm und sich mir zuwandte, musste ich feststellen, dass er es nicht war, dass er es schlichtweg nicht sein konnte! Er sah ganz anders aus als mein Vater und war garantiert auch nicht der Mann, den Sophie gesehen hatte. Er hatte braune Augen, buschige Augenbrauen und eine ganz andere Gesichtsform mit einer hohen Stirn und einer etwas gebogenen, schmalen Nase.

Der Mann warf mir einen fragenden Blick zu, doch ich trat nur mit einem stummen Lächeln zur Seite. Enttäuscht sah ich ihm hinterher.

»*Vous désirez*, Madame? Was wünschen Sie?« Die Fischverkäuferin schaute mich an.

Ich brauchte ein paar Sekunden, dann zog ich den Fotoausdruck hervor und zeigte ihn ihr. »Kennen Sie vielleicht diesen Mann?«, fragte ich sie.

Die Frau warf einen schnellen Blick darauf, dann schüttelte sie den Kopf und begann, das Eis an ihrem Stand zusammenzukratzen. »*Non, je suis désolée.* Es tut mir leid. Wer soll das denn sein?«

»Nicht wichtig«, sagte ich. »Danke trotzdem.«

Ich stand ein wenig ratlos herum, bis mein Blick auf die im Hafen ankernde *Amiral de Tourville* fiel. Das signalrote Motorboot war mir vorhin gar nicht aufgefallen! Es war damals schon im Einsatz gewesen, als wir meinen Vater vermisst gemeldet hatten. Mehrmals war die Rettungsmannschaft hinaus aufs Meer gefahren, bis am nächsten Tag schon ein Stück weiter die Küste hinauf sein leeres Segelboot gefunden worden war. Patrice, Matthieus Vater, hatte daraufhin die freiwilligen Einsatzkräfte zurückgepfiffen und den Befehl gegeben, die gesamte Suchaktion einzustellen. Er war damals der Chef der Küstenwache und hatte in der Station das Sagen gehabt. Und nun erfuhr ich von Anna, dass er mit meinem Großvater noch Wochen danach aufs Meer hinausgefahren war. Vielleicht sogar mit der *Amiral de Tourville*.

Ich ließ das Boot links liegen und steuerte das Feinkostgeschäft *Les Délices du Phare* an, das mir vorhin bei meiner Runde aufgefallen war, kaufte mir ein Meerforellen-Rillettes-Sandwich und setzte mich vor der Landungsbrücke der ehemaligen Seenotrettungsstation auf einen Felsvorsprung. *Les sauveteurs en mer* stand über dem grünen verrosteten Rolltor, die Schienen der alten Gleitrinne führten geradewegs vom Bootshaus ins tosende Meer hinunter. Der Einsatz des alten Rettungsbootes war unabhängig von den Gezeiten möglich gewesen, während die im Hafen liegende *Amiral de Tourville* nur bei hohem Wasserstand ausrücken konnte. Der Einsatz von Hubschraubern war damals noch nicht üblich gewesen. Vielleicht hätte man ihn sonst rechtzeitig gefunden.

Der Wind zerrte unablässig an mir. Ich griff nach der Papiertüte, biss in das herzhaft duftende Baguette mit knackigen Cornichons und ließ meinen Blick über das Meer wandern. Hinter der Pointe de Barfleur im dunstigen Norden lag die legendäre strömungsreiche Stelle, zu der die Einheit der Seenotstation den Sommer über immer wieder ausrücken musste, weil dort die meisten Unfälle passierten. Matthieu und ich waren heimlich losgesegelt, als die Suche abgeblasen worden war. Mit dem Fernrohr hatten wir Wellen und Horizont abgesucht, Seemeile um Seemeile die Küste entlang. Doch wir konnten unsere Touren nicht lange geheim halten. Sophie war uns auf die Schliche gekommen und hatte nichts Besseres zu tun gehabt, als uns bei der Küstenwache zu verpfeifen. Vielleicht hatte sie auch nur Angst, dass uns etwas zustieß. Jedenfalls bekam Matthieu einen Heidenärger mit seinem Vater. Er habe unser beider Leben aufs Spiel gesetzt, sagte Patrice und verbot seinem Sohn weitere Ausfahrten mit mir aufs Meer hinaus. Und Matthieu hatte sich daran gehalten.

Ich erinnerte mich ganz genau an die Worte, die Matthieu in den Wind hinausschrie, als ich in meiner Verzweiflung alleine die Segel setzen wollte: »*Ça te sert à quoi* … Was nützt es dir, wenn du ertrinkst, dann wirst du ihn erst recht nie wiedersehen!« Aus heutiger Sicht hatte Matthieu mich vor einer Riesendummheit bewahrt, aber damals warf ich ihm Feigheit vor und beendete die Beziehung kurzerhand. Und nun erfuhr ich, dass Sophie Jahre später mit seinem jüngeren Bruder Antoine zusammen war.

Mir war der Hunger vergangen. Missmutig stand ich auf und verfütterte den Rest des Brotes an die Möwen, die sich sogleich kreischend um die paar Happen stritten.

Ich sah zu der runden Bronzeplakette hinaus, die ein paar Meter weiter an einem vorgelagerten Felsen angebracht war. William der Eroberer soll sich von hier aus im Jahr 1066 aufgemacht haben, England zu erobern. An genau dieser Stelle hatte Matthieu mir damals von seinem Traum erzählt, später nach England zu gehen. Einfach so über den Ärmelkanal.

Ich steckte die Hände in die Hosentaschen und ging zurück zur Kirche. Ich hätte Handschuhe brauchen können, so kalt war es auf einmal. Ich stieg die Stufen empor, doch das Portal war verschlossen. Einen Moment lang stand ich unschlüssig herum, dann fiel mein Blick auf das graue, wohlproportionierte Graniteckhaus mit dem Schieferdach und den hohen weißen Fensterläden gleich gegenüber.

Eine marmorne Gedenktafel war an der Hauswand angebracht, ich trat heran, um sie zu lesen:

*Hier lebte der Maler PAUL SIGNAC von 1932 bis 1935. Er liebte die Gesellschaft der Fischer und arbeitete dem Meer und dem Leuchtturm von Gatteville zugewandt.*

»Das gibt es doch nicht!«, rief ich aus. Natürlich war mir Paul Signac schon vorher ein Begriff gewesen, und ich hatte sofort gewusst, um wen es sich handelte, als ich die Signatur auf dem Bild entdeckte. Auch bei meinen Recherchen für die große Ausstellung war ich auf ihn gestoßen. Wenn man sich mit Licht, Farbe und Wasser in der Malerei beschäftigte, kam man um französische Pointillisten und Divisionisten nicht herum. Wir hatten uns schließlich für Paul Signacs »Beflaggte Fischerboote im Hafen von Saint Tropez« aus deutschen Beständen entschieden, ein buntes Ölgemälde aus seiner frühen Mittelmeer-Phase, das er lange vor den Normandie-Meeresbildern gemalt haben musste. Wenn ich mich recht erinnerte, hatte Signac das Bild seinerzeit gegen ein Fahrrad eingetauscht. Das musste man sich mal vorstellen! Er schien in argen Geldnöten gewesen zu sein. Dass er allerdings einmal hier in Barfleur gelebt hatte, war mir neu. Oder hatte mein Vater mir davon erzählt, und ich hatte es nur vergessen? Sicher hatte er es gewusst.

Gleich um die Ecke war das Office du Tourisme. Wenn ich Glück hatte, erwischte ich vor der hier meist sehr langen Mittagspause noch jemanden. Ich legte mich ins Zeug und sprintete die wenigen Stufen zum Büro hinauf.

Eine Dame mittleren Alters mit blonden Strähnen war gerade dabei, ihre Tasche zu packen. Um sie herum standen allerhand Postkarten- und Prospektständer. »Wir schließen gleich«, sagte sie in leicht unfreundlichem Ton.

»*Bonjour*, ich weiß, es dauert auch nicht lange«, sagte

ich und schloss die Tür hinter mir. »Ich habe nur eine kurze Frage. Kann man das Signac-Haus besichtigen?«

Die Frau schüttelte den Kopf. »Nein, das ehemalige Wohnhaus und das Atelier sind zwar noch in Familienbesitz, aber für die Öffentlichkeit nicht zugänglich. Wenn Sie sich für Paul Signac interessieren: Im *Musée d'Arts Thomas Henry* in Cherbourg hängt ein Original, das er hier am Strand vom Leuchtturm gemalt hat.«

»Ein Bild mit Leuchtturm, sagen Sie? Das … das wusste ich ja gar nicht«, stotterte ich.

»Warten Sie, ich glaube, ich habe einen Prospekt von dem Museum. Es ist gerade frisch renoviert worden.« Sie kam hinter dem Tresen hervor und ging mit ihren gepflegten, rotlackierten Nägeln den Ständer mit den Broschüren durch. »Ah, das ist er ja …« Sie reichte mir das Faltblatt und brachte mich zur Tür. »*Au revoir*, Madame.«

»Hätten Sie auch noch ein Verzeichnis mit allen Hotels und Pensionen in Barfleur?«, fragte ich.

Sie nahm ein Exemplar des hiesigen Fremdenverkehrsführers und reichte es mir mit den Worten: »Hinten stehen die Unterkünfte drin.«

Ich bedankte mich und wünschte ihr noch einen schönen Tag. Nun wusste ich, wie ich mein Nachmittagsprogramm gestalten würde. Ich würde ins benachbarte Cherbourg fahren, um mir das Bild mit dem Leuchtturm anzusehen. Der Flyer verhieß, dass das Museum eine der bedeutendsten Gemäldesammlungen der Normandie aufwies. Ich brannte vor Neugierde. Am liebsten hätte ich den Signac aus der Mappe mitgenommen, um ihn gleich vor Ort mit dem Museumsbild zu vergleichen.

# 8.

Der halbstündige Weg nach Cherbourg führte meist auf schnurgerader Strecke an Weiden und Feldern vorbei, die durch Hecken voneinander abgegrenzt waren. Der Geruch von Kohlfeldern und blaugrauem Lauch drängte sich zu mir ins Auto. Fischreiher standen auf durchnässtem Gras, Vögel sammelten sich auf den Stromleitungen. Schwarzköpfige Schafe weideten in großen Herden, Möwen saßen auf dunkler, umgepflügter Erde. Ich musste mich zwingen, meinen Blick nicht andauernd von der Fahrbahn abschweifen zu lassen, so sehr sog ich das alles in mich auf.

Eine kleine Pause würde mir guttun, also fuhr ich in eine Parklücke am Straßenrand. Ich stieg aus und lehnte mich gegen das Auto. Der Wind pfiff mir um die Ohren, ich schlang mir mein Tuch um den Kopf und versuchte meine Gedanken zu sortieren. Ich konnte mir einfach keinen Reim darauf machen, wie mein Vater an das Bild gekommen war.

Ein Überlandbus näherte sich und rauschte an mir vorbei. Ein paar Kinder in der letzten Reihe winkten mir übermütig zu. Damals war ich mit Matthieu und seinen Freunden auch ab und zu mit dem Bus nach Valognes oder Cherbourg gefahren, wenn wir Lust auf Stadtleben hatten und nicht genug Mopeds zur Hand. Barfleur war arg dörflich für uns gewesen, auch wenn es am Meer so stimmungsvoll war. Matthieu wollte jedenfalls immer weg, und ich kam ja sowieso aus der Großstadt … Meine Erinnerungen an unsere Sommer in Barfleur waren einfach wunderschön – bis zu dem Tag, als mein Vater verschwand.

Das alles war schon so lange her – und der Signac musste all die Jahre verborgen bei seinen Zeichnungen gesteckt haben. Mein Vater konnte das kostbare Bild erst kurz vor seinem Verschwinden dort hineingelegt haben, denn hätte es sich schon länger in seinem Besitz befunden, hätte er es doch sicher an einem anderen Ort aufbewahrt. Die Existenz eines derart wertvollen Originals in unserem alten Ferienhaus stellte ein absolutes Rätsel für mich dar. Zum Glück schien es unter der Lagerung in der staubigen Kammer nicht gelitten zu haben.

Und wer war Mathilde? Der Signac musste einmal ihr gehört haben, dann hatte sie ihn aus Liebe weiterverschenkt, so stand es auf der Rückseite des Bildes. *A mon amour pour toujours* … Der altmodischen Schönschrift nach zu urteilen, war das Ganze schon Jahrzehnte her. Aber wer war der Glückliche, dem die Widmung galt?

Ich wusste von keiner Frau mit dem Vornamen Mathilde in unserer Familie oder dem Bekanntenkreis. Eines konnte ich aber mit Gewissheit sagen: Mein Vater liebte die französische Moderne. Er hätte das Bild stolz umhergezeigt und dann im Haus aufgehängt, wenn er es irgendwo erworben hätte. Stattdessen hielt er es in der Mappe verborgen. Befand es sich womöglich gar nicht rechtmäßig in seinem Besitz? Und hatte sein Verschwinden vielleicht sogar etwas mit dem Bild zu tun?

Ich stieg wieder ins Auto und fuhr weiter. Ein Besuch im Pariser Musée d'Orsay kam mir in den Sinn, an den ich jahrelang nicht gedacht hatte. Ich sah mich an der Seite meines Vaters die schattigen Tuilerien durchqueren und über eine eiserne Seinebrücke auf das imposante ehemalige Bahnhofsgebäude mit den Rundbögen und den beiden großen Zifferblättern zugehen. Ich musste zwölf oder dreizehn gewesen sein, als mein Vater mich für die Werke der Impressionisten und ihrer Nachfolger begeisterte. Es war seine Strategie gewesen, immer nur einzelne Werke herauszugreifen, damit ich mich auf das Wesentliche konzentrierte. So hatten wir im Musée d'Orsay vor einer Reihe von Gemälden gestanden, lichtdurchfluteten Werken der französischen Neoimpressionisten. Er hatte mich angehalten, so nah wie möglich an die Leinwände heranzutreten, um das Zusammenspiel der Farbnuancen zu studieren, dann waren wir wieder zurückgewichen, um zu sehen, wie sich die Farben auf unserer Netzhaut zu einem Gesamteindruck mischten. Maler wie Seurat, Pissarro und Signac hatten ihre Farben nicht auf der Palette gemischt, erklärte er mir, sie setzten pure Lichttropfen auf die Leinwand. Hinterher hatten wir oben im Museumscafé auf hohen Barhockern gesessen, bei *chocolat chaud* und *tarte tatin* die Beine baumeln lassen und auf die Seine-Ausflugsboote hinuntergesehen. Und nun, so viele Jahre später, hatte ich in seinem Besitz eines dieser Werke entdeckt, für die er damals so sehr glühte.

Am Hafen von Cherbourg musste ich mit Fahrradfah rern und Fußgängern warten, bis der Fischkutter ins Hafenbecken gefahren war und der bewegliche Brückenarm die Fahrbahn wieder schloss. Ich parkte am Quai und holte mir im nahe gelegenen Touristenbüro einen Stadtplan. Der fünfminütige Weg dorthin führte mich über einen fast menschenleeren Platz vor dem pompösen klassizistischen

Stadttheater zu dem frisch renovierten Museumsbau aus den achtziger Jahren, der im Schatten des Theaters lag und dessen Fassaden mit einem kletterpflanzenähnlichen Metallgitter überspannt waren.

Auf dem neu gepflasterten Vorplatz stand eine zeitgenössische Bronzeplastik, die von einem hohen Marmorsockel auf mich herunterblickte. »Metamorphose« hieß die kniende Figur, auf deren Inschriftentafel ein Zitat von Nietzsche stand: »*Tu dois devenir l'homme que tu es. Fais ce que toi seul peux faire. Deviens sans cesse celui que tu es, sois le maître et le sculpteur de toi-même.* Du musst der Mensch werden, der du bist«, übersetzte ich. »Tu das, was nur du allein tun kannst. Werde ohne Unterlass derjenige, der du bist, sei der Meister und der Bildhauer deiner selbst.« Na, dann wollen wir mal weiter zu dem vordringen, was uns ausmacht, dachte ich und drückte die Glastür zum Museum auf.

Im Eingangsbereich neben der Kasse hing ein Plakat der Vereinigung der Museumsfreunde, das voller Stolz die Wiedereröffnung Anfang September verkündete. Ich hatte Glück gehabt, die Farbe roch noch ganz frisch, die Säle konnten gerade erst fertig geworden sein. Ich löste ein Ticket und machte mich zielstrebig auf die Suche nach der Malerei der Moderne. Als ich die Säle mit den Realisten passierte, stach mir eine düstere Version des »Leuchtturms von Gatteville« ins Auge. Das Gemälde von Jean-Louis Petit stammte aus der Mitte des 19. Jahrhunderts und beschwor mit dramatischen Mitteln die Feindlichkeit der stürmischen See herauf. Über Bord gegangene Matrosen standen verloren auf einem Felsplateau vor weißen Gischtwellen, neben dem großen Leuchtturm stand noch ein zweiter, kleinerer, der wohl irgendwann abgerissen worden war. Aufgrund der lebensgefährlichen Strömungen, die seit Jahrhunderten die Schifffahrt an dieser Stelle beeinträchtigten, nannte man die Pointe de Raz westlich von Gatteville auch »das normannische Kap Hoorn«.

Mein Vater hatte gewusst, wie gefährlich die See sein konnte, er war wie mein Großvater ein erfahrener Segler gewesen. Das Wetter am Tag seines Aufbruchs war herrlich, die Sonne schien den ganzen Tag, und es war für die Gegend hier relativ warm und klar gewesen. Und doch war er mit dem Segelboot draußen auf dem Meer verunglückt. Hatte er sich zu weit in gefährliche Strömungen vorgewagt? War etwa doch die legendäre Pointe de Raz sein Ziel gewesen, auch wenn wir uns sonst immer nur bis zur Pointe de Barfleur bei Gatteville vorgewagt hatten? War er etwa bewusst ein Risiko eingegangen? Plötzlich fröstelte es mich, der Anblick der über Bord gegangenen verzweifelt winkenden Matrosen berührte mich. Auch das Atmen fiel mir auf einmal schwer. Ich lockerte mein Tuch und knöpfte mir den Mantel auf. In den ersten Jahren nach dem Verschwinden meines Vaters hatte ich dieses Gefühl oft gehabt, besonders nachts, wenn ich schweißgebadet aufgewacht war. Ich hatte davon geträumt, ich müsste selber im Wasser um mein Überleben kämpfen. Auch wenn ich mich nie damit hatte abfinden können, wurde mein Vater schon nach sechs Monaten für tot erklärt. Sein Ableben galt als unzweifelhaft, so hieß es damals von offizieller Seite. Erbarmungslos hatte meine Mutter daheim ausgemistet und nur seine persönlichsten Dinge in zwei, drei Kisten gepackt und in den Keller gestellt. »Das Leben geht weiter, Charlotte«, hatte sie zu mir gesagt, »auch ohne ihn.« Und für mich brach damit zum zweiten Mal die Welt unter meinen Füßen weg.

Ein älteres, offenbar gutsituiertes Ehepaar trat nahe an das Bild heran und drängte mich ein wenig ab.

»Wie düster«, sagte die Frau und rückte sich die Goldrandbrille zurecht.

»Ein Werk spiegelt nicht nur das Gesehene wider«, hatte mein Vater immer gesagt, »es wirft auch ein Licht auf den Betrachter, auf seine persönliche Lesart.« Der Rezipient nimmt entscheidenden Einfluss auf das, was er sieht … Das konnte ich ohne weiteres unterschreiben.

Ich ließ die beiden stehen und machte mich auf den Weg in den angrenzenden Saal. Der Signac stach mir sofort ins Auge, das Licht war auf den zierlichen gerahmten Karton gerichtet. Gebannt trat ich näher. Es hatte genau denselben Titel wie das realistische Bild von eben, »Der Leuchtturm von Gatteville«, doch der Stil war ganz anders. Ich bekam eine Gänsehaut, als ich es näher unter die Lupe nahm, denn es glich dem Ölbild in der Mappe auf geradezu verblüffende Weise. Die beiden Gemälde könnten wirklich in einer Folge entstanden sein, dachte ich, sie ähnelten sich so sehr in Sujet und Aufbau, Technik und Format, dass einem schwindelig werden konnte.

Die Bildaufteilung und das ungewöhnliche Format, doppelt so breit wie hoch, waren genauso wie bei dem Bild in Vaters Mappe. Das Motiv des Leuchtturms in unterschiedlicher Atmosphäre musste den Maler fasziniert haben. Es war fast zur selben Zeit entstanden, 1934, Signac hatte es nur ein Jahr später gemalt. Die Stimmung hingegen war düsterer und dynamischer, der Tag weiter fortgeschritten. Die Wetterwand war bedrohlich, der kleine, weißstrahlende Leuchtturm stand mittig vor lilablauem Himmel unter schweren Wolken. Die kräftigen Pinselstriche gaben das atmosphärische Lichtspiel auf Boden, Wasser und Luft wieder, ganz wie auf Vaters Bild, nur dass seines bei hellem Sonnenschein mit aufgetürmten weißgrauen Wolken gemalt wurde.

Ich widerstand dem Reflex, mit der Fingerkuppe über den pastosen Farbauftrag zu streichen, so wie ich es bei dem Bild in Vaters Mappe getan hatte. Ich ging ganz nah an das Ölgemälde heran, betrachtete die sorgsam gesetzten Pinselstriche im Detail, um dann wieder ein paar Schritte zurückzutreten, damit sie auf meiner Netzhaut miteinander verschmolzen. So, wie mein Vater es mir gezeigt hatte.

»Klein, unscheinbar, aber wunderschön.«

Eine melodische, sanft klingende Männerstimme schreckte mich auf. Ich war so vertieft in die Betrachtung gewesen, dass ich gar nicht mitbekommen hatte, dass ein Museumsmitarbeiter im Raum war und mich augenscheinlich von der Seite beobachtet hatte.

»Ja, das stimmt.« Ich nickte dem Mann mit dem schwarzen Haar zu, als er zu mir herüberkam. Er war nicht sehr groß, eher schmächtig, musste ungefähr Ende fünfzig sein und strahlte Gelassenheit aus.

»Verzeihen Sie, ich wollte Sie keinesfalls erschrecken«, sagte der Mann. »Ich habe mich nur gefreut, dass Sie genau dieses Bild so intensiv betrachtet haben. Ich mag es auch gerne. Paul Signac ist nicht allen Besuchern ein Begriff. Monet, Renoir, Seurat kennen schon mehr ... Sie alle sind Meister ihres Faches.« Der Mann lächelte mich mit seinen sanften braunen Augen an. »Und dabei hat Signac ganz in der Nähe von hier einige seiner schönsten Hafenaquarelle geschaffen.«

»Ja, ich weiß«, sagte ich, »in Barfleur. Ich bin Kunsthistorikerin in Deutschland und habe gerade an einer Ausstellung mitgearbeitet, in die wir auch französische Neoimpressionisten aufgenommen haben. Paul Signac ist mit einem Mittelmeerbild aus Saint Tropez dabei.«

»Ah, dann brauche ich Ihnen ja gar nichts zu erzählen.« Er zwinkerte mir zu.

»Ich muss allerdings gestehen, dass ich bis heute nicht wusste, dass Signac am Ende seines Lebens ein paar Jahre lang den Sommer über hier gemalt hat. Und das, obwohl ich als Kind und Jugendliche fast meine gesamten Schulferien in Barfleur verbracht habe.«

Der Mann winkte schmunzelnd ab. »Als Jugendliche hat man andere Dinge im Kopf. So sollte es zumindest sein.«

»Ja, das stimmt schon. Allerdings hat mein Vater mich schon früh an die Kunst herangeführt.«

»Dann haben Sie es ihm zu verdanken, dass Sie diesen schönen Beruf ausüben.« Er seufzte. »Meine Tochter hat auch studiert«, sagte er mit einem gewissen Stolz in der Stimme. »Sie ist Lehrerin geworden, Geographie und Geschichte am Collège. Und jetzt ärgert sie sich Tag für Tag mit den Schülern herum …«

»Für mich wäre das auch nichts.« Ich deutete auf den Signac. »Mein Herz hängt an der Kunst.«

»Wie das meine.« Der Mann trat etwas näher an das Bild heran. »Es ist erstaunlich, wie hervorragend die alten Werke heute noch erhalten sind. Signac pflegte übrigens eine gute Beziehung zu den Fischern im Ort, obwohl er Marinemaler mit Offiziersrang gewesen war. Er hatte seine Überzeugungen, war Kommunist und Antifaschist wie Marcel Cachin, sein Schwiegersohn, der Herausgeber der Zeitung *L'Humanité.* Man sagt, er sei einmal fast aus dem Restaurant Hôtel du Phare geflogen, als die beiden mit erhobener geballter Faust die Internationale gesungen haben …«

Der Mann schien sich auszukennen. »Monsieur«, fragte ich, »wissen Sie zufällig, ob es eine Mathilde in Signacs Leben gegeben hat? Vielleicht hieß ja seine Frau so – oder seine Tochter.«

»Mathilde? Lassen Sie mich überlegen … Nein, die Tochter hieß Ginette, das weiß ich sicher, die Frau Berthe. Wieso fragen Sie danach?«

Am liebsten hätte ich ihm von der Widmung auf dem Bild erzählt. Zu gerne hätte ich in seine erstaunten Mandelaugen geblickt, wenn ich das Gemälde einfach so aus der Tasche gezogen und es ihm unter die Nase gehalten hätte. Ich hatte keinen Zweifel mehr, dass es sich um ein Original handelte. Trotzdem konnte ich es nicht einfach herzeigen, ich würde wahrscheinlich der Hehlerei bezichtigt werden.

»Ich habe von dem Namen nur gelesen«, sagte ich.

Das ältere Paar kam in den Saal, dahinter eine Familie mit zwei Kindern. Der Museumsmann lächelte mir zu.

»Es war mir ein Vergnügen, Frau Kollegin«, sagte er höflich und wünschte mir noch einen schönen Tag.

Ich verabschiedete mich von ihm und wendete mich noch einmal dem »Leuchtturm von Gatteville« zu.

Mathilde hatte das Bild an ihre große Liebe weitergegeben, das sagten zumindest ihre handgeschriebenen Worte und der Wert des Geschenkes aus. Hatte Paul Signac es ihr verkauft oder gar geschenkt? War sie vielleicht seine Geliebte gewesen? Hatte sie es selbst von irgendjemandem geschenkt bekommen und dann weitergegeben? Ja, der Gedanke gefiel mir. Es fühlte sich irgendwie richtig an. Aber es erklärte noch immer nicht, wie das Kunstwerk in den Besitz meines Vaters gekommen war.

Als ich wieder in Barfleur auf den großen Parkplatz fuhr, sah das Hafenbecken ganz anders aus. Sämtliches Wasser war abgeflossen, die Fischerboote lagen metertief weiter unten komplett auf dem Trockenen und neigten sich schwer zur Seite, ihr blankes Schwert an der Luft. Es war totale Ebbe.

Ich schrieb Sophie eine SMS, dass ich noch unterwegs war, und schickte Gregor ein Foto vom Hafen. Dann stieg ich aus und schloss das Auto ab. Der Himmel war wieder voller schwerer grauer Wolken, die Luft roch nach Jod, Schlick und Feuchtigkeit. Auf dem algenbewachsenen grünen Meeresboden stritten sich Möwen um einen Krabbenrest, drei Fischer in gelben Wachslatzhosen standen um einen Schiffsmotor herum und diskutierten.

Ich beschloss, noch einmal auf einen Sprung im Café vorbeizuschauen. Am Quai stieg ich über ein Schleppnetz mit großem metallenem Rahmen hinweg, das die Fischer für den Muschelfang nutzten. Der Stand der Fischverkäuferin war geschlossen.

Vor dem *Café du Port* war Annabelle gerade dabei, den gläsernen Windschutz auf der Terrasse zu putzen. »*Ça va?*«, fragte sie mich, als ich auf sie zuging, doch dann schüttelte sie bedauernd den Kopf. »Nichts Neues.«

»Okay, merci.« Ich nickte ihr zu und ging an einem rauchenden Pärchen vorbei, das mit zwei Gläsern Bier an einem Tisch vor dem Café saß und mich interessiert musterte. Ich drückte die Tür auf und stellte mich an die Bar.

»*Rebonjour*«, sagte Philippe. »Schon was rausgekriegt?«

»Nein, leider nicht. Es ist fast so, als hätten meine Cousine und Annabelle ein Phantom gesehen, niemand sonst kann sich an den Mann mit den Kindern erinnern. Er scheint auch nicht hier im Ort übernachtet zu haben.« Ich hatte vorhin sämtliche Nummern der Unterkünfte durchtelefoniert und vergebens nach einem älteren Mann in Begleitung zweier Mädchen gefragt.

»Was möchten Sie trinken?«, fragte er.

»Einen Espresso bitte. Mit einem kleinen Schuss Milch.«

»Nicht mit Calva?«, fragte er grinsend.

Ich schüttelte den Kopf. *»Non, merci.«*

»Einen *noisette* also.« Philippe wendete sich der Kaffeemaschine zu.

Als er mir nur wenig später die kleine Porzellantasse mit einem Zuckertütchen und einer Schokobohne auf dem Unterteller hinstellte, fragte ich ihn: »Kennen Sie eigentlich die Familie Delahaye?«

»Meinen Sie Antoine, der die Segelschule betreibt?«

»Hat er die Schule von seinem Vater übernommen?«, fragte ich und nippte an meinem nussbraunen Kaffee. Er war heiß und stark, ich spürte seine Kraft.

»Ja, Patrice hat sich letztes Jahr erst zur Ruhe gesetzt, mischt aber wohl noch immer im Betrieb mit.«

»Und Matthieu?«, fragte ich möglichst beiläufig.

»Sein älterer Bruder?« Philippe zog die Mundwinkel nach unten. »Soweit ich weiß, lebt er in England. Soll sich dem Bootsbau verschrieben haben.«

Da haben wir es ja, dachte ich und trank aus. Offensichtlich hatte Matthieu seine Pläne verwirklicht.

Ich bezahlte und machte mich erneut auf den Weg zu Saint Nicolas. Diesmal war die Kirche geöffnet. Ich drückte die Tür auf, trat hinein und bewunderte die gewellte Weihwassermuschel am Eingang – dann fiel mein Blick auf den reichgeschnitzten vergoldeten Altar. Ich ging über den blaugemusterten Steinboden nach vorne, besah mir die Patroziniumsfigur des heiligen Nikolaus mit Bischofsstab und den Rochus, den Heiligen der Pestkranken, mit Pilgerstab und Hundekopf. Ich setzte mich in die vordere Kirchenbank und musterte den kunstvoll geschnitzten und bemalten Bogen, der den Chor in der Höhe zierte. Ein Schiffsmodell hing von der gewölbten Holzdecke. Das gab es häufig in Sakralräumen an der Küste, wusste ich, es handelte sich dabei meist um Objekte, die Privatleute als Dank für eine Seerettung oder die Geburt des lang erwarteten Stammhalters gestiftet hatten. Ich schloss die Augen und dachte an meinen Vater. Was hätte ich dafür gegeben, wenn er damals unversehrt zurückgekommen wäre. War er wirklich ertrunken? Ich schüttelte unwillkürlich den Kopf.

Einen Moment lang blieb ich noch sitzen, dann verließ ich die Kirche und trat durch das dunkelrot gestrichene Holztor auf den Friedhof, der um Saint Nicolas herumführte. Über die einheitlich ausgerichteten flachen Steingräber mit den wenigen Kreuzen und die niedrige Friedhofsmauer hinweg fiel mein Blick auf den Leuchtturm von Gatteville. Wie ein stummer Zeuge, dachte ich und bekam eine Gänsehaut. Man entkam ihm einfach nicht. Langsam ging ich durch die Grabreihen. Mir fiel auf, dass das eine oder andere Grab mit winzigen grün-weißen Scherbenstückchen bedeckt war. Ich fragte mich, ob Aberglaube dahintersteckte oder ob das einfach gemacht wurde, damit sich kein Unkraut ansiedeln konnte.

Ich bückte mich zwischen zwei Gräbern, um ein paar kleine längliche Blätter einer frischgrünen Pflanze zu pflücken. Ist das etwa wilder Rucola?, dachte ich und biss in eines der Blätter. Tatsächlich, es war der typisch würzige Geschmack der Gartenrauke. Ich merkte, dass ich Hunger hatte, und fragte mich, was wir heute essen würden. Früher hatten wir unsere Essenswünsche manchmal auf

Listen geschrieben, als Anregungen für Tante Anna, der es große Freude bereitet hatte, uns unsere Lieblingsgerichte zu kochen. Dunkle Galettes aus Buchweizen mit Spinat und Schafskäse, das wäre was, dachte ich, und als Nachtisch süße Crêpes mit …

Ich stolperte über die Ecke eines schlichten breiten Steingrabes. *Joséphine und Louis Duval*, las ich beiläufig, *Célène, Alain und Alphonse Duval*, die beiden Männer waren 1944 während des Krieges gestorben. Mein Blick fiel auf eine rosafarbene Porzellanrose, die auf der Grabplatte abgelegt war, und den Namen … *Mathilde Reynel*.

## Barfleur, Sommer 1933

Der öffentliche Waschplatz am südlichen Hafenbecken lag nicht gerade um die Ecke. Mathilde begleitete ihre Mutter Célène, die in einem Holzbottich auf dem Schubkarren die gesamte nasse Schmutzwäsche der Familie transportierte: Schürzen und Blusen, Unterkleider und Hosenröcke, Leinenhemden und Kniehosen. Vor zwei Tagen schon hatten sie Wasser in den Zinkzuber gefüllt und es mittels eines kleinen Feuers erhitzt, die Wäsche darin eingeweicht und sie mit gesiebter Asche und Marseille-Seife vorgereinigt.

Der Weg führte sie am Quai Henri Chardon entlang, und Mathilde hatte Mühe, mit ihrer Mutter Schritt zu halten. Sie trug selbst eine schwere Last, den Wäscheklopfer aus hartem Buchenholz und das gepolsterte Kniebänkchen, darin lag das wellige Waschbrett. Fieberhaft suchte sie im Gehen mit den Augen den Hafen nach dem Maler ab und prallte dabei prompt gegen einen eisernen Schiffspoller. »Autsch!«, entfuhr es ihr. Ihre Mutter warf ihr über die Schulter hinweg einen strafenden Blick zu. »Kind, hast du keine Augen im Kopf?«

Mathilde rieb sich das Knie und klemmte sich das Bänkchen wieder unter den Arm, das ihr heruntergefallen war. Es war noch früh am Tag, ein morgendlicher Dunstschleier lag über dem Hafenbecken. Wie gern hätte sie sich jetzt auf das Mäuerchen gesetzt und beobachtet, wie sich Wolkentürme und Masten im gekräuselten Wasser spiegelten. Und da sah sie ihn, in der Nähe des Cafés inmitten der Fischer. Er lehnte an einem umgedrehten Boot und hatte die Hände in den Hosentaschen vergraben. Soviel sie erkennen konnte, stand ihr Großvater nicht dabei, aber da musste sie auch schon dem Schubkarren hinterherlaufen, um den Anschluss nicht zu verlieren. Missmutig und mit schmerzendem Knie stapfte sie der Mutter hinterher.

Am Waschplatz waren bereits mehrere Frauen und ein paar kleinere Kinder. Sie begrüßten einander und erkundigten sich nach dem Befinden der gesamten Familie. Man half sich gegenseitig, die schweren Bottiche über die Stufen ans Wasser zu hieven. Mathilde stellte das Bänkchen an einen abfallenden flachen Felsen, ihre Mutter krempelte sich die Blusenärmel auf und kniete sich ins Wasser. Madame Corbet kam mit ihren beiden Töchtern und nahm sich den Weidenkorb vom Rücken. Das größere Mädchen schob einen mit Laken und Tüchern beladenen Schubkarren heran. Mathilde kannte die jüngere Schwester, Adeline, ein braunhaariges blasses Mädchen mit Sommersprossen, sie war ein Jahr älter als sie selbst und im letzten Schuljahr in ihre Klasse gegangen. Kurz lächelten sie einander zu. Mathilde bewunderte den Auftritt des Mädchens, es hatte ein schönes weißes Kleid an und einen Strohhut auf. Doch da hörte Mathilde auch schon ihre Mutter nach ihr rufen, und so machte sie sich daran, die gesamte Wäsche Stück für Stück einzuseifen.

Danach verlangte Célène nach dem flachen Wäscheklopfer, Mathilde reichte ihn ihr, und sie schlug auf das Leinen ein, damit die Seife den Stoff durchdrang. Die Frauen schwitzten und lachten, schimpften und lästerten, doch Mathilde hatte kein Gehör für ihr Gerede, sondern beobachtete nur aufmerksam das Mädchen, mit dem sie erst gegen Ende des Schuljahres ein wenig in der Pause gespielt hatte. Sie selbst war nie jemand gewesen, der leicht Anschluss fand, aber Adeline war ihr stets freundlich begegnet.

Während ihre Brüder einmal das Fischerhandwerk des Vaters erlernen sollten und seit kurzem mit ihm und Großvater Louis aufs Meer hinausfuhren, war es normal, dass Mathilde der Mutter im Haushalt zur Hand ging. Die Männer mieden die öffentlichen Waschplätze, und nur gelegentlich schauten ein paar Jungen vorbei. Diese Orte waren den Frauen vorbehalten, an ihnen wurde, wie ihr Vater sagte, »die Wäsche zwar gereinigt, aber die Leute vom Geschwätz der Weiber beschmutzt«.

Am Ende der langwierigen Prozedur wurde die Wäsche im eiskalten Meerwasser geschwenkt und mehrmals auf einem Holzbrett zusammengelegt, um das Wasser herauszudrücken. Mit roten schrumpeligen Händen klopfte Célène ein letztes Mal die saubere Wäsche aus. Beim Auswringen der großen Laken halfen sich die Frauen gegenseitig. Sie luden zusammen mit Madame Corbet und einer anderen Frau den schweren Bottich auf den Schubkarren und gingen mit dem Zwölfuhrläuten durch den Ort nach Hause. Der Hafen war zur Mittagszeit fast ausgestorben.

Am Nachmittag, als die Wäsche hinter dem Haus auf der Leine in der Sonne trocknete und sie gegessen und sich ein wenig ausgeruht hatten, verspürte Mathilde das Bedürfnis, ans Grab ihrer Großmutter zu gehen. Sie hatte gestern am Strand einen besonders schönen zirkelrunden Stein mit glitzernden Einsprengseln gefunden, den wollte sie ihrer Großmutter bringen. Und so machte sich Mathilde auf den

Weg zur Kirche. Am Friedhof drückte sie das Holztor mit dem quietschenden Scharnier auf und ging über den Kiesweg durch die Gräberreihen. Die Sonne schien kräftig. Sie liebte den kleinen friedvollen Friedhof von Saint Nicolas, der einen Blick rundum aufs Meer erlaubte und verstorbenen Dorfbewohnern die letzte Ruhestätte bot. Sie las sich die Namen und Lebensdaten auf manch einem Grabstein durch, betrachtete die kleinen ovalen Schwarzweißbilder und malte sich das Schicksal der Menschen aus, die sie nicht gekannt hatte. Besonders berührte sie die verwitterte Gedenktafel an der rückwärtigen Kirchenwand: Sie galt den Seeleuten aus dem Ort, die nicht vom Meer zurückgekehrt waren und deren Gebeine man nicht hatte bergen können.

Am Grab ihrer Großmutter drückte sich Mathilde den runden Kieselstein ans schmerzende Knie, bevor sie ihn zu der Schneckenversteinerung auf die Steinplatte legte. Die Platte wies ein großes Kreuz auf und fiel zu den Seiten hin leicht ab. Die Versteinerung mit dem spiralförmig gewundenen Gehäuse hatte sie neulich erst am Strand gefunden und ihr das letzte Mal mitgebracht. Mathilde setzte sich auf die warme Grabplatte und verharrte einen Moment lang andächtig. Mit dem Finger fuhr sie die in den Grabstein gemeißelte Inschrift nach, so als würde sie sie zum ersten Mal entziffern: *Joséphine Duval*, 1864–1931. Nächstes Jahr, so rechnete sie aus, wäre ihre geliebte Großmutter siebzig geworden. Mathilde hob den Kopf und beobachtete zwei Möwen, die sich am Strand unten wild schnäbelnd um einen Fischkopf stritten. Sie hing ihren Gedanken nach, sah hinüber zum Leuchtturm und döste mit dem monotonen Geräusch der Fischkutter und Brandungswellen ein bisschen vor sich hin. Der Waschtag hatte sie ermattet. So bemerkte sie nicht, wie sich dunkle Wolken bedrohlich in ihrem Rücken auftürmten. Als schlagartig Wind aufkam und die ersten dicken Tropfen fielen, flüchtete sie kurzerhand in die Kirche.

Es war niemand da, der bekannte Geruch von feuchtem Moder und einem Hauch Weihrauch, den sie so gut von der sonntäglichen Messe her kannte, stieg ihr in die Nase. Mathilde tunkte zwei Finger in die gewellte Weihwassermuschel und bekreuzigte sich. Dann ging sie nach vorne und setzte sich in die erste Kirchenbank, den heiligen Nikolaus, den Patron der Gemeinde, den sie so gern mochte, weil er ein Freund der Kinder war, im Auge. Den ganzen Tag über war es außergewöhnlich schwül gewesen, und so streifte sie ihre Holzpantinen ab und kühlte ihre Fußsohlen auf dem bunten blaugrauen Steinboden. Das Gewitter schien schnell näher zu kommen, und schon bald erhellten zuckende Blitze den dunklen Kirchenraum. Angespannt wartete Mathilde auf jeden neuen Donnerschlag, der das dünne Fensterglas erzittern ließ. Sie schlüpfte wieder in ihre Schuhe und murmelte hastig ein Vaterunser, wobei sich ihre gefalteten Hände im Schoß verkrampften. Es blieb ihr wohl nichts anderes übrig, als das Gewitter hier durchzustehen.

Mathilde konzentrierte sich darauf, sich vorzustellen, wie sie jeden Sonntag in gestärkter Bluse und mit Strohhut neben ihrer Mutter in der Kirchenbank saß. Wie schmerzlich sie ihre Großmutter an ihrer Seite vermisste! Zur Ablenkung besah sie sich dann immer die Skulpturen an Altar und Wänden und das von der Decke hängende Schiffsmodell, einen beeindruckenden Dreimaster, und das tat sie auch jetzt. Ein Blitz streifte das Schiff, und Mathilde wartete angespannt, dass der grollende Donner ihm folgte. Ihre Großmutter hatte ihr erzählt, dass vor vielen, vielen Jahren ein Elternpaar das Schiff als Dank für die Geburt des lang ersehnten Kindes gestiftet hatte. Sie sagte, sie hätte diese Sehnsucht selbst gut nachvollziehen können, denn sie sei damals schon ein paar Jahre verheiratet gewesen und habe selber sehnsüchtig auf Nachwuchs gewartet. Bis sie ihre zwei Söhne Théodore und Alain endlich bekommen hätte, sei ihre Geduld noch eine Weile auf die Probe gestellt worden.

Es donnerte laut, Mathilde zuckte zusammen und fragte sich, ob sie wohl auch einmal aus Dankbarkeit ein Schiff stiften würde. Oder irgendetwas anderes. Sie wünschte sich wohl einmal Kinder und eine eigene Familie, aber wie der Mann, den sie einmal heiraten würde, ausschauen sollte, konnte sie sich auch nach längerem Überlegen nicht vorstellen. Mademoiselle Simon hatte sich in der Klasse einmal zu den Worten hinreißen lassen, man würde es schon wissen, wenn der Richtige vor einem stünde, und war dabei seltsam errötet …

Mathilde hing noch eine Weile ihren Gedanken nach, bis sie bemerkte, dass sich das Gewitter langsam verzog und die Wolkenfetzen lichter wurden. Sie trat vor die Kirche und sah auf Hafen und Meer hinaus. Die Luft hatte sich abgekühlt, ein Frösteln ergriff sie. Die aufgewühlte Brandung peitschte gegen die Mole, die Gischt spritzte über das Mauerwerk. Leuchtend hell hoben sich die Schaumkronen von den dunklen Wellen ab. Mathilde rieb sich die nackten Arme. Dann lief sie mit ihren Holzpantinen die Stufen hinunter und durch die Pfützen den Hafen entlang, dass es nur so hallte und spritzte. Auf einmal stand der Maler in alter dunkler Pelerine mit Regenhut vor ihr. Mit klopfendem Herzen hielt sie vor ihm an. Er hatte einen schwarzen Kohlestift in der Hand und zeichnete mit schnellen Strichen auf einen Block.

»*Bonsoir*, Monsieur Signac«, sagte sie atemlos. »Sie haben ja heute Ihre Farben gar nicht dabei.«

»*Bonsoir*, Mathilde. Die Farben habe ich alle hier drinnen.« Er tippte sich lächelnd unter seinem breitkrempigen Hut an die Schläfe. »Ich merke sie mir ganz genau und übertrage meine Skizze später auf großes Format. Dann erst wird es richtig bunt. Siehst du, wie tief blaugrau der Himmel hinter Saint Nicolas ist, wie golden die Häuserzeile am Quai schimmert und wie das Wasser im Hafenbecken glitzert?«

Mathilde folgte seinem Blick, dann nickte sie. »Wissen Sie, Monsieur«, sagte sie, »ich habe auch zu malen begonnen, aber es ist schwer.« Sie hatte tatsächlich ein paar Malversuche auf ihrer Schultafel gemacht und dazu einige Gegenstände auf dem Tisch drapiert. Dabei hatte sie sich den Spott ihrer Brüder eingefangen.

»Man darf sich, wenn man bei einer Sache ein Glücksgefühl im Herzen verspürt, nicht entmutigen und vom Weg abbringen lassen, Mathilde. Schau, jetzt kommt die Sonne wieder heraus, und die Farben werden noch intensiver.«

»Ich würde so gerne etwas mehr Licht und Heiterkeit in unsere dunkle Stube bringen …«, sagte sie und stockte. Es war ihr eine Idee gekommen. Sie verabschiedete sich hastig von dem Maler und lief eilig nach Hause.

Die Gelegenheit war günstig. Alle waren aus dem Haus. Mathilde rückte leise das Kanapee im Salon zur Seite und hob das Dielenbrett an, unter dem sie ihre flache bunte Pappschachtel versteckt hatte. Darin lagen ein paar Gedenkmünzen, die sie letztes Jahr von ihrer Patin Sylvaine zur ersten heiligen Kommunion geschenkt bekommen hatte, ein Heiligenbildchen mit Goldrand und ein feines Spitzentaschentuch, zum Säckchen zusammengebunden mit einer dunkelroten Kordel. Mathilde holte es heraus und wog es in ihrer Hand. Es hatte kaum Gewicht, aber sie wusste, es war überaus wertvoll. Ihre Großmutter hatte es ihr geschenkt, mit den Worten: »Verkaufe das Gold erst, mein Kind, wenn du dir damit einen Traum erfüllen kannst.« Mathilde haderte mit sich. Sollte sie diesen Schatz wirklich aus der Hand geben? Vielleicht auch nur einen davon? Sie schüttelte ihre Bedenken ab und knüpfte die Kordel auf.

Wenig später stand Mathilde mit klopfendem Herzen, das weiße Säckchen fest in ihrer Hand, vor dem letzten Haus in der Rue Saint-Nicolas. Die Wellen rauschten in der Ferne, ihr Atem ging schnell. Mathilde blieb vor der weißen Holztür stehen und schaute auf die eingewickelte Kostbarkeit hinab. Noch während sie überlegte, ob sie es wirklich wagen sollte, öffnete sich die Tür.

Aber nicht der Maler stand vor ihr, sondern ein vornehm gekleideter Mann im Alter ihres Vaters, den sie nicht kannte.

»Monsieur Signac …«, stammelte Mathilde. »Ist er nicht da?«

»Doch, doch«, sagte der Fremde, tippte sich an den Hut und ging strammen Schrittes an ihr vorbei.

Mathilde lugte schüchtern durch die geöffnete Tür und zuckte ertappt zusammen, als der Maler mit seiner imposanten Statur plötzlich im Türrahmen auftauchte. »Mathilde, das ist aber eine Überraschung!«

»Entschuldigen Sie die Störung, Monsieur. Ich wollte nicht … Ich hätte nur gern …« Sie verstummte und hielt ihm auf der ausgestreckten Hand das Säckchen hin.

»Mit dem Galeristen war ich sowieso fertig«, sagte er

und machte eine abwertende Handbewegung. »Komm doch erst mal rein.« Sie trat ins Haus, er schloss die Tür hinter ihr und wartete ab, was sie vorzubringen hatte.

Doch Mathilde konnte erst einmal nichts sagen, ihre Augen weiteten sich, als sie sich im Salon umsah. Überall hingen und lehnten bunte Bilder an den Wänden und am Kaminsims. Dicke Zeichenmappen lagen auf dem schweren Eichentisch, einzelne Blätter mit farbigen Segelbooten waren zwischen zwei Gläsern und einer Flasche Calvados ausgebreitet. Sie drehte sich einmal um die eigene Achse, bis sie schließlich in einer Ecke das Bild auf einer Staffelei entdeckte, das er bei ihrer Begegnung am Strand gemalt hatte. Aber es sah doch ein bisschen anders aus. Waren das noch dieselben Aquarellfarben?

»Was hast du auf dem Herzen, Mathilde?«, fragte der Maler und sah sie aufmerksam an.

»Ich … ich wünsche mir so sehr eines Ihrer Bilder, Monsieur Signac«, schoss es aus ihr heraus, und sie zeigte auf die Staffelei. »Am liebsten das hier mit der Küste und dem Leuchtturm, das ich schon kenne. Und meine Großmutter würde es bestimmt verstehen, wenn ich Ihnen dafür dies hier gäbe.« Sie hielt ihm wieder das Taschentuch hin. »Der Goldzahn ist sehr wertvoll, müssen Sie wissen. Sie werden in Paris sicherlich einen guten Preis dafür bekommen.«

Der Maler sah sie weiterhin aufmerksam an und machte keine Anstalten, das Säckchen entgegenzunehmen. Dann kratzte er sich lange das bärtige Kinn. Mathilde ließ entmutigt die Hand sinken.

»Ich würde es natürlich verstehen, wenn Sie mein Angebot ablehnen«, sagte sie mit leiser Stimme. »Ich … ich bin nur ein Kind, die Tochter eines einfachen Fischers, und vielleicht nicht der richtige Käufer. Aber Sie müssen wissen, es würde mir sehr viel bedeuten.« Sie sah auf ihre Fußspitzen, und ihre zarten Schultern sanken nach vorne.

Als sie den Kopf wieder hob, nickte Monsieur Signac ihr bedächtig zu. »Einverstanden, Mathilde.«

Sie strahlte ihn an. »*Merci beaucoup*, Monsieur. Ich danke Ihnen so sehr! Bitte, sehen Sie selbst …« Mathilde machte sich daran, die Kordel um das Taschentuch aufzuknüpfen, doch der Maler winkte lachend ab.

»Schon gut, leg ihn nur dort drüben hin.«

»Haben Sie das Bild irgendwie verändert?«, fragte Mathilde. »Es sieht anders aus.«

»Ich habe das Aquarell als Vorlage für dieses Ölgemälde hier genutzt.« Er ging zur Staffelei und nahm das kleine Bild auf. Mathilde beobachtete mit roten Wangen, wie Signac seine Signatur und die Jahreszahl 1933 daruntersetzte. Dann holte er eine kartonierte Mappe, prüfte, ob die oberste Farbschicht auch wirklich getrocknet war, und legte das auf dünne Pappe gemalte Bild hinein. Er überreichte es ihr mit einer kleinen Verbeugung.

Mathilde war glückselig und platzte schier vor Stolz. Sie bedankte sich überschwänglich und verabschiedete sich mit einem Knicks.

An der Tür drehte sie sich noch einmal zu dem Maler um. »Nur noch eines, Monsieur … Würden Sie bitte meinen Eltern nichts davon erzählen? Und auch Großvater Louis nicht?«

Der Maler lächelte sie an, und statt einer Antwort legte er den Finger an seine Lippen und schloss kurz die Augen.

Als Mathilde mit der Mappe unter dem Arm im Abendlicht die Rue des Fours hochkam, hätte sie die ganze Welt umarmen können. Sie summte leise »*Alouette, gentille alouette*«

vor sich hin, das Lerchenlied, das ihr so gut gefiel, und grüßte fröhlich Paulette, die junge hübsche Nachbarin mit dem rötlich braunen welligen Haar und den grünen Augen, die mit ihrer kleinen Tochter Simone auf der Schwelle vor dem Haus saß. Am Gartentor verlangsamte sie ihren Schritt und verstummte. Sie hörte ihre Mutter durch das offene Fenster in der Küche klappern und schlich sich leise in den Salon. Dort ließ sie die Mappe erst einmal hinter dem Kanapee verschwinden.

Mathilde wusste, dass sie den Anblick ihres Bildes mit niemandem würde teilen können, es musste ihr heimliches Vergnügen bleiben. Keinesfalls könnte sie das Bild offen liegen lassen oder es gar in der Stube aufstellen. Ihre Eltern hatten keine Ahnung von Großmutters großzügigem Geschenk und würden sicher wissen wollen, wie sie um alles in der Welt an das Bild gekommen sei. Und auch ihre Brüder wären von Neid geplagt, würden sie erfahren, dass sie selbst nicht von der Großmutter bedacht worden waren. Den zweiten Zahn wollte sie für eine Notlage aufbewahren.

Mathildes Augen wanderten im düsteren Zimmer umher auf der Suche nach einem geeigneten Versteck. Schließlich fiel ihr Blick auf den zweiflügeligen Eichenbuffetschrank, und sie holte den großformatigen Atlas heraus, der darin zusammen mit einem alten Samtfotoalbum aufbewahrt wurde. Mathilde blätterte ihn durch, besah sich eine Weile gedankenverloren die bunten Karten, die Länder um Frankreich herum, ihre Hauptstädte und ihre Grenzen, und beschloss, das Gemälde ganz hinten hineinzulegen. Es passte fast genau hinein und ragte nur eine Spur über den Goldschnitt hinaus. Sie würde irgendwann ein besseres Versteck für das Bild finden und es zeitlebens hüten wie ihren Augapfel.

# 9.

Ich saß wieder mal draußen auf der Treppe, eingemummelt in die grobgestrickte dunkelblaue Wolljacke, die einst meinem Großvater gehört hatte. Tante Anna hatte sie mir gegeben, zusammen mit dem rotkarierten Flanellhemd meines Vaters. Die Jacke war mir viel zu groß, ich versank fast darin. Ein leichter Duft von Lavendel kroch mir in die Nase. Tante Anna hatte früher schon gerne die wohlduftenden getrockneten Blüten in kleine Säckchen genäht und sie haufenweise in den Kleiderschränken verstaut, ein natürliches Mittel gegen Ungeziefer, sagte sie immer. Ich zog den dicken Wollstoff über beide Knie und schlang meine Arme darum. Das weitläufige Grundstück lag verschwiegen in der Dunkelheit, das Meer rauschte im Hintergrund, und eine Katze huschte lautlos über das Gras. Mein Großvater hatte das französische Ferienhaus mit dem grauen Schieferdach und den Hortensien geliebt, es war für ihn ein ruhiger Gegenpol zur quirligen Großstadt gewesen. Er hatte seinem Sohn und mir, seiner Enkeltochter, diese Liebe für Frankreich und die Natur weitergegeben, und dennoch hatte er das Haus seiner Schwester Anna vermacht. Meine Großmutter war durch die Ersparnisse abgesichert gewesen und konnte bis zum Schluss im Grunewalder Haus wohnen. Sie schien mit seinem Testament gut klargekommen zu sein. Zumindest hatte sie sich vor mir nie darüber beklagt.

Auch ich hatte die testamentarische Entscheidung meines Großvaters nie angezweifelt und gönnte Tante Anna das Haus in Barfleur, zumal sie allein in der Nähe von Frankfurt in einer kleinen Erdgeschosswohnung lebte. Ihr Herz hatte schon immer an dem Ferienhaus gehangen, sie liebte die französische Küche und war besonders innig mit ihrem zwölf Jahre älteren Bruder verbunden gewesen. Aber nun fragte ich mich, ob nicht vielleicht doch noch mehr dahintergesteckt hatte als reine Geschwisterliebe. Warum hatte er meine Großmutter nicht als Erbin benannt? Und warum hatte meine Mutter den Kontakt zu Anna und schließlich auch zum Rest seiner Familie abgebrochen?

Ich griff nach meinem Handy, atmete tief durch und wählte ihre Nummer.

»Kuhlmann.«

»Berger.« Schon ärgerte ich mich über sie. Ich hatte meiner Mutter nie verziehen, dass sie schon kurz nach dem Verschwinden meines Vaters ihren neuen Lebenspartner, einen Versicherungsvertreter, den sie von der Arbeit her kannte, mit nach Hause brachte. Ich hatte Norbert, in meinen Augen ein geschwätziger Wichtigtuer, von Anfang an nicht als Stiefvater akzeptiert. Er hatte zwei Söhne aus erster Ehe, blasse Computernerds, die mir nie ans Herz wuchsen, solange wir die Hälfte unserer Wochenenden gemeinsam verbringen mussten. Jedenfalls hatte sich meine Mutter erstaunlich schnell an ihren neuen Familiennamen gewöhnt, sie schien sich geradezu gefreut zu haben, den Namen Berger endlich wieder losgeworden zu sein.

Aber heute wollte ich etwas von ihr, daher musste ich nett sein, sonst würde ich gar nichts erfahren. Also schob ich schnell noch hinterher: »Hallo, Mama, schön, dass du da bist.«

»Charlotte … ist etwas passiert?«, fragte sie. »Geht es dir gut?«

Ich telefonierte nicht oft mit meiner Mutter, da ich nie wusste, worüber ich mit ihr reden sollte, und auch sie war im Lauf der Jahre immer einsilbiger geworden. Oft hatte ich mir gewünscht, unser Verhältnis würde sich bessern, aber immer, wenn ich den Versuch machte und auf sie zuging, dauerte es nicht lange, bis ich wieder einsehen musste, dass wir aus unseren festgefahrenen Verhaltensmustern beide nicht herauskamen. Seit jenem Sommer vor fünfzehn Jahren fühlte ich mich abgeschrieben, zusammen mit meinem Vater, und dieses Gefühl war ich bis heute nicht losgeworden.

»Ja, mir geht es gut«, sagte ich nun. »Die Ausstellungseröffnung war ein toller Erfolg … Du wolltest sie dir doch noch anschauen, oder?« Ich biss mir auf die Unterlippe, weil ich mir den kleinen Nachsatz nicht hatte verkneifen können. Meine Mutter hatte kein sonderliches Interesse an meiner Arbeit, das wusste ich. Ihr gegenüber fühlte ich mich mit meinen dreißig Jahren wieder wie ein kleines Kind, das auf sich aufmerksam machen möchte. Sie gab mir auch damals mit ihrer kühlen Art das Gefühl, nicht von großer Bedeutung zu sein. Das tat weh, auch heute noch.

»Jaja, das werde ich noch machen«, sagte sie. »Wenn Köln nur nicht so weit weg wäre. Ich habe nie verstanden, warum du unbedingt dort studieren wolltest.«

»Weil das Kunsthistorische Institut dort einen sehr guten Ruf hat«, sagte ich. In Wahrheit wollte ich von zu Hause fort. Und zwar so schnell wie möglich. Ganz früher hatte ich davon geträumt, in Paris zu studieren, aber daraus wurde ja nichts. Meine Mutter hatte gewusst, dass ich wegwollte, da war ich mir sicher. »Ich würde mich auf jeden Fall sehr freuen, wenn du dir die Ausstellung ansehen würdest. Komm doch mit Norbert«, schlug ich vor, um guten Willen zu zeigen. »Er hat doch Verwandte im Ruhrgebiet. Das ist nicht weit, und ihr könntet sozusagen zwei Fliegen mit einer Klappe schlagen.«

»Ach ja, das wäre eigentlich eine gute Idee. Wir wollten seine Schwester in Essen schon lange mal wieder besuchen. Ich frage ihn mal.«

»Ja, mach das. Aber weswegen ich eigentlich anrufe … Stell dir vor, ich bin in Barfleur.«

»In der Normandie?« Ich konnte hören, wie überrascht sie war.

»Ja, jetzt im Augenblick. Sophie hat sich bei mir gemeldet, und da habe ich sie ganz spontan besucht.« Ich brachte es nicht über die Lippen, ihr von meiner Hoffnung zu erzählen, mein Vater könnte noch am Leben sein. Bestimmt hätte sie versucht, mich von der Aussichtslosigkeit der Unternehmung zu überzeugen.

»Sophie? Wie kommt sie denn so plötzlich dazu, bei dir anzurufen?«, fragte meine Mutter.

»Ach, wir haben uns doch früher gut verstanden. Und sie fand es schade, dass wir uns aus den Augen verloren haben.«

»Und deswegen bist du extra nach Barfleur gefahren?«, fragte sie mich, und ihr Unverständnis drang durch. »Sophie wohnt doch in Frankfurt, oder?«

»Ja, aber momentan ist sie hier. Und ich dachte, nach dem ganzen Stress mit der Ausstellung würde mir ein wenig Abwechslung guttun.«

»Wenn du meinst …«

»Sophie hat sich sehr gefreut, mich wiederzusehen. Mama, wir haben auch über das Ferienhaus gesprochen und die Erbschaft damals …« Ich schwieg einen Moment, doch meine Mutter sagte erst einmal nichts. Also fuhr ich fort: »Ich frage mich noch immer, warum Oma es damals nicht bekommen hat …«

»Da hatte dein Großvater wohl andere Vorstellungen«, unterbrach mich meine Mutter und verfiel in diesen keifenden Tonfall, der mir früher schon Gänsehaut verursacht hatte. »Uns hat er jedenfalls nichts hinterlassen.«

»Das stimmt aber so nicht, das weißt du.« Nach dem Tod meiner Großmutter hatte ich das Einfamilienhäuschen in Grunewald geerbt. Die Mieteinnahmen hatten mir eine sorgenfreie Studienzeit gewährt, ohne meine Mutter um irgendwas bitten zu müssen, und schenkten mir auch heute noch Sicherheit, auch wenn mich die häufigen Mieterwechsel mitunter Nerven kosteten. Insofern hatte also mein Großvater sehr gut für mich gesorgt. Dass er meiner Mutter nichts hinterlassen hatte, wunderte mich nicht. Wieso sollte er auch? Die beiden hatten nie ein sonderlich gutes Verhältnis gehabt.

»Hattest du wegen der Erbschaft Stress mit Anna?«, fragte ich nun geradeheraus und versuchte, meine Stimme möglichst unbeteiligt wirken zu lassen. »Oder warum wolltest du keinen Kontakt mehr mit ihr?«

»Lebt Anna noch?«, fragte meine Mutter.

»Ja. Sie ist jetzt dreiundachtzig, etwas gebrechlich, aber ansonsten noch wohlauf.« Ich zögerte einen Moment. »Sie ist auch hier.«

»Die Bergers haben schon immer zusammengehalten«, sagte meine Mutter spitz, und ich sah sie vor mir, wie sie mit zusammengekniffenen Augen auf dem Kanapee saß. »Bis über den Tod hinaus.«

»Wie meinst du das?«, fragte ich.

»Ich möchte mir heute keine Gedanken mehr darüber machen, Charlotte, versteh das bitte. Das sind alte Geschichten. Wie lange willst du überhaupt dort bleiben? Geht wieder so ein scheußlicher Wind?«

»Ich weiß nicht, ein paar Tage«, sagte ich. »Am Montag muss ich wieder arbeiten.«

»Dann pass auf dich auf«, sagte sie. »Ich muss jetzt Schluss machen, wir essen gleich.«

Ich sah auf meine Armbanduhr, es war Viertel nach acht. In Wahrheit wollte sie sicher nur den Anfang vom *Tatort* nicht verpassen, so war es zumindest früher immer gewesen. Ich verabschiedete mich und blieb enttäuscht draußen auf den Stufen sitzen. Wie unbefriedigend das Gespräch mit ihr wieder verlaufen ist, dachte ich. Aber hatte ich etwas anderes erwartet? Nein, wohl nicht – nur gehofft hatte ich es.

Ich sah auf mein Handy, Gregor hatte mir auf das Hafenfoto hin noch nicht geantwortet. Sophie war nicht da, sie hatte mir eine Nachricht geschickt, sie sei noch unterwegs und würde erst gegen neun wieder zurück sein. Ich solle schon mal mit Anna zu Abend essen. Zuerst war ich etwas enttäuscht, aber dann hatte ich entdeckt, dass sie uns einen großen Topf Ratatouille gekocht hatte. Sogar den Tisch hatte sie schon gedeckt. Das Ratatouille hatte himmlisch geschmeckt, nach frischen Kräutern und einem Hauch Rotwein. Es war ein Genuss gewesen, das frische Baguette einzutauchen. Dabei hatte ich Tante Anna zugehört, die ungewöhnlich gesprächig gewesen war und viel über unsere gemeinsam verbrachten Urlaube hier erzählt hatte. Auf meine Eltern oder die aufgefundene Mappe hatte ich sie allerdings nicht angesprochen, weil ich sie nicht wieder verwirren wollte.

Als ich dann den Tisch abräumte, fand ich unter meinem Teller ein gefaltetes Briefchen. *Schau in den Kühlschrank!*, stand darauf, geschrieben mit einem pinkfarbenen Stift. Ich musste schmunzeln. Eine Schüssel Panna Cotta mit rotem Fruchtcoulis war darin gewesen – Sophie meinte es gut mit uns.

Meine spontane Reise nach Barfleur hatte sich jetzt schon gelohnt. Ich hatte zwei liebe Menschen aus meiner Familie wiedergefunden, trug die wärmende blaue Strickjacke meines Großvaters, und oben in meinem Zimmer waren Vaters Zeichnungen – und dazu das Original von Signac mit der historischen Widmung, die mich nicht mehr losließ. Ich hatte mir im Museumsshop in Cherbourg eine Postkarte von seinem »Leuchtturm von Gatteville« gekauft und zu Hause mit dem Bild aus der Mappe verglichen. Wieder hatte ich ungläubig den Kopf geschüttelt, so sehr ähnelten sich die beiden Werke. Ich musste unbedingt mit jemandem über meinen Fund reden.

Ich rief Tessa an.

»Störe ich dich gerade?«, fragte ich sie.

»Nein, gar nicht, ich sitze hier gemütlich mit dem Laptop auf dem Sofa … Was gibt es Neues bei dir, erzähl! Ich habe schon den ganzen Tag auf eine Nachricht gewartet.«

»Also, meinen Vater, oder besser gesagt, den Mann auf dem Foto, haben wir bisher nicht gefunden. Es ist wie verhext. Niemand scheint ihn zu kennen. Aber stell dir vor, ich habe seine Zeichenmappe aufgestöbert, und das ist noch nicht alles …« Ich holte tief Luft. »In der Mappe lag ganz obenauf ein signiertes Bild von Paul Signac. So wie es aussieht, ein Original. Ich habe mir heute die Gemäldesammlung in Cherbourg angesehen, dort hängt ein ganz ähnliches Werk.«

»Paul Signac? Kenne ich nicht, warte mal kurz …« Ich hörte, wie Tessa auf ihrem Laptop tippte. »Sehen hübsch aus, die Bilder, farbenfrohe Hafenlandschaften und Segelboote«, sagte sie kurz darauf, dann pfiff sie leise durch die Zähne. »Die sind total viel wert. Ich bin hier in einem Auktionshaus gelandet, da wurden gerade erst vor kurzem Aquarelle aus einer Hafenserie für gut dreißigtausend Euro pro Stück versteigert.«

»Das wundert mich gar nicht«, sagte ich. »Dieses hier ist ein Ölgemälde, die sind grundsätzlich noch wertvoller, wahrscheinlich sogar um ein Vielfaches. Auch wenn das Bild ausgesprochen klein ist, so circa fünfzehn mal dreißig Zentimeter.«

»Das ist unglaublich, Charlie!«

»Ja. Ich habe keine Ahnung, wie mein Vater an das Bild gekommen sein könnte. Kannst du etwas für mich nachschauen? Hier ist die Internetverbindung total schlecht, und ich habe nur das Smartphone dabei.«

»Klar, was denn?«

»Ich brauche Infos zu einer Verstorbenen. Ich muss wissen, ob im Netz etwas über sie zu finden ist, ob sie vielleicht in irgendeinem Zusammenhang mit Paul Signac steht. Sie heißt Mathilde Reynel, R-e-y-n-e-l«, buchstabierte ich. »Geboren 1923, gestorben 1978, begraben auf dem Friedhof in Barfleur.«

»In Ordnung. Ich versuche etwas herauszukriegen und melde mich gleich wieder bei dir.«

Ich bedankte mich und beendete das Gespräch. Es begann zu nieseln, ich ging ins Haus zurück. Die Luft war feucht und frisch. Um die Zeit bis zu Tessas Rückruf zu überbrücken, räumte ich in der Küche das abgewaschene Geschirr weg. Tante Anna hatte sich bereits hingelegt.

Nach einer Viertelstunde nahm ich ihren schwarz glänzenden Regenmantel vom Haken und ging wieder hinaus auf die Treppe, um zu überprüfen, ob Tessa sich gemeldet hatte. Genau in diesem Moment klingelte das Handy.

»Ja, Tessa?«, fragte ich gespannt.

»Tut mir leid, ein Gespräch mit der Mutter eines Schülers ist mir dazwischengekommen«, sagte sie. »Ich hätte meine Handynummer auf dem Elternabend niemals herausgeben dürfen. Jetzt rufen die um jede Uhrzeit an, sogar am Sonntagabend.« Sie seufzte. »Pass auf, viel habe ich auf die Schnelle nicht über diese Mathilde finden können. In einer französischen Kunstzeitschrift war die Rede von einer Bühnenbildnerin, die so hieß, sie war wohl eine der wenigen Frauen, die in den sechziger Jahren bei verschiedenen Ensembles in Paris am Theater aktiv waren. Ihr Markenzeichen waren geschlossene Räume, in denen das Leben Spuren hinterlassen hat, was auch immer das heißen mag. Vom Alter her könnte es sich um deine Mathilde handeln. Zu Paul Signac scheint es jedoch keine Parallele zu geben, zumindest habe ich bis jetzt nichts darüber gefunden.«

»Eine Bühnenbildnerin, sagst du, in Paris? Wenn sie in einer Kunstzeitschrift über sie berichtet haben, dann lässt sich bestimmt noch mehr herausfinden. Versuchst du es bitte weiter? Ich weiß nicht, warum, aber ich habe das Gefühl, sie hat irgendwas mit der ganzen Geschichte zu tun.«

»Klar, mache ich. Hat Gregor sich gemeldet?«, fragte Tessa.

»Nein, hat er nicht. Aber ich mich auch nicht bei ihm«, sagte ich und hatte ein schlechtes Gewissen dabei. Für ein Gespräch mit ihm hatte ich mir noch keine Zeit genommen.

»Hm«, machte Tessa. Ich wusste, dass meine Freundin nie richtig warm mit Gregor geworden war.

»Jetzt sag schon, was du denkst.«

»Ich denke, dass ich nach Barfleur komme, wenn du irgendwie meine Hilfe brauchst. Das weißt du, nicht wahr? Notfalls lasse ich alles stehen und liegen und mache in der Schule blau.«

Ich musste lachen, weil ich wusste, dass Tessa es absolut ernst meinte. Wenn es darauf ankam, war sie da, das war schon immer so. Auf sie konnte ich mich hundertprozentig verlassen. »Es ist schön, das zu wissen.«

»Hm …«

»Was?«

»Ganz ehrlich, Charlie. Du weißt, dass ich Gregor mag, auf seine Art ist er ein netter Kerl, aber ich kenne dich einfach zu gut – und ich weiß, dass du nicht glücklich mit ihm bist. Dass er dich alleine hat fahren lassen, spricht meiner Meinung nach Bände. Vielleicht solltest du die Zeit in Barfleur auch nutzen, um dir mal Gedanken darüber zu machen, ob er wirklich der Richtige für dich ist.« Sie seufzte tief. »So, jetzt ist es raus.«

»Ach, Tessa, ich weiß, darüber mache ich mir schon seit einiger Zeit Gedanken.«

»Aber irgendwie scheinst du zu keinem Ergebnis zu gelangen. Mir kommt es so vor, als ob du eine Entscheidung vor dir herschiebst. Du solltest dich nicht auf einen Kompromiss einlassen, dafür ist das Leben zu schön.«

»Das sagst du nur, weil dir Hochzeitsendorphine das Gehirn vernebeln«, sagte ich, und wir lachten.

Als ich das Gespräch beendet hatte und um das Haus herumging, kam ein Auto die Straße heruntergefahren. Es hielt ganz in der Nähe der Gartenpforte. Sophie, dachte ich und ging zum Tor. Da bemerkte ich, dass es kein Beetle war, sondern ein alter Peugeot. Die Autotür sprang auf, und ein dunkel gekleideter Mann stieg aus.

Ich erkannte ihn sofort. Meine Beine fühlten sich von einem Moment auf den anderen wie Gummi an. Ich war unfähig, mich zu bewegen.

»Charlotte, *c'est toi? Vraiment*? Bist du es wirklich?«

Er kam über die Straße, drückte die Gartenpforte auf und stellte sich dicht vor mich. Schließlich beugte er sich vor, legte seine Stirn an meinen Hals, nur einen Moment lang, dann trat er einen Schritt zurück, als wäre ihm plötzlich bewusst geworden, dass er eine Grenze überschritten hatte.

Ich war so überrumpelt, dass mir noch immer die Worte fehlten.

Langsam zog Matthieu mir die Kapuze vom Kopf.

*»Bonsoir, ma belle …«* Er strich mir eine feuchte Haarsträhne hinter das Ohr zurück. »Es freut mich, dich wiederzusehen.«

# 10.

»Matthieu … Was machst du denn hier? Ich … ich dachte, du lebst in England!« Endlich hatte ich meine Sprache wiedergefunden. All die Jahre hatte ich von ihm geträumt, hatte ihn nie vergessen, und nun stand er ohne Vorwarnung leibhaftig vor mir, nur wenige Zentimeter von mir entfernt.

»Ich weiß, du wolltest mich nie wiedersehen, aber ich wollte die Gelegenheit nicht verstreichen lassen.« Seine grüngrauen Augen blickten mich forschend an. »*Tout va bien*? Ist alles in Ordnung mit dir?«

Ich nickte. »Ich habe nur nicht mit dir gerechnet.« Einen kurzen Moment dachte ich daran, ihn ins Haus zu bitten, doch Anna schlief gleich nebenan, und auf mein altes Jugendzimmer wollte ich ihn nun wirklich nicht bringen. Wortlos musterte ich ihn. Er sah unverschämt gut aus, trug einen Dreitagebart, und das dunkle Haar war etwas länger als früher. Es war an den Schläfen und den Koteletten leicht ergraut, und in seinem Bart versteckten sich die ersten weißen Härchen, die im Laternenlicht gut zu erkennen waren.

»Ich hatte Angst, du könntest versuchen, mich abzuwimmeln, wenn ich vorher anrufe. Als Sophie erzählt hat, dass du hier in Barfleur bist, konnte ich es gar nicht glauben. Ich musste dich einfach wiedersehen. Sag, ist das okay für dich? Es ist so lange her.«

»Ja, natürlich …« Mit zittrigen Fingern strich ich mir durch das Haar.

»Sophie kommt übrigens gleich nach. Du sollst ihr nicht böse sein, meine Eltern haben sie überredet, nach dem Aperitif noch zum Essen zu bleiben. Ich bin schon vor dem Dessert gegangen. Ich konnte es nicht abwarten.«

»Quatsch, warum sollte ich? Sie kann doch tun, was sie will. Wohnt Antoine denn noch zu Hause?«

»Nein, aber ganz in der Nähe. Wenn ich zu Besuch bin, treffen wir uns immer bei den Eltern, wie in alten Zeiten. Platz ist ja genug. Ich überlege übrigens ernsthaft, wieder nach Barfleur zurückzukommen. Boote sind meine Leidenschaft, und Patrice will sich nun endgültig aus der Segelschule zurückziehen.«

Wir schwiegen eine Weile, wussten nicht recht, was wir noch sagen sollten. Es war fünfzehn Jahre her, dass wir uns gesehen hatten. Ich war eine andere geworden, und auch Matthieu war nicht mehr derselbe. Wir waren Teenager gewesen, *des ados*, total verliebt, mit der sprichwörtlichen rosaroten Brille auf der Nase. Aber unsere Welt war begrenzt gewesen, denn dass wir nur die Ferien hatten, war uns stets bewusst. Vielleicht hatten wir deswegen jede Minute so intensiv miteinander erlebt, weil uns klar war, dass es auf Dauer nicht funktionieren konnte. Barfleur war verdammt weit weg von Berlin, und über eine Fernbeziehung sprachen wir gar nicht. Wir hätten uns nicht einfach ins Auto oder in den Flieger setzen können, dafür waren wir zu jung gewesen.

»Sophie hat erzählt, dass du Kunsthistorikerin geworden bist und im Museum in *Cologne* arbeitest«, sagte Matthieu schließlich. »Das passt zu dir, du hast dich damals schon für Malerei interessiert. Greifst du auch manchmal selbst zu Pinsel und Farbe?«

»Nein, dazu fehlt mir leider die Begabung. Ich bin Theoretikerin.« Ich straffte die Schultern. Das unerwartete Wiedersehen hatte mich aus der Bahn geworfen. »Wollen wir ein paar Schritte gehen? Es hat aufgehört zu regnen.«

»*Bonne idée*, gute Idee.« Matthieu schlug den Kragen seiner Cabanjacke hoch. »Du sprichst übrigens sehr gut Französisch, hast Riesenfortschritte gemacht.«

»Danke für das Kompliment. Ich habe Kurse an der Uni belegt, und auch beruflich habe ich mit Frankreich zu tun. Wie steht es mit deinem Deutsch?«, fragte ich.

Er zuckte mit den Schultern. »Nicht besser als damals. Mein Englisch ist ganz gut.«

»Kunststück, du lebst in England …« Ich grinste und sah an mir herunter. »Ich hole nur schnell meinen Mantel, den hier habe ich mir nur ausgeliehen …« Dass mich Matthieu in dieser unförmigen schwarzen Regenhaut gesehen hatte, war mir auf einmal unangenehm. »Ich komme gleich wieder.«

Er nickte mir zu und trat auf die Straße hinaus. Ich lief ums Haus herum, nahm zwei Stufen auf einmal nach oben, warf Mantel und Strickjacke in meinem Zimmer aufs Bett und zog mir den petrolfarbenen Rollkragenpulli an. Was passiert hier gerade?, fragte ich mich, griff nach meinem Mantel und streifte ihn mir über.

Ich war gerade wieder über die Außentreppe auf dem Weg nach unten, als das Telefon in meiner Manteltasche klingelte. Ich rechnete mit Tessa und zog es heraus, doch *Gregor* blinkte im Display auf. Aua, das passte ja jetzt gar nicht. Den ganzen Tag über hatte er sich nicht gemeldet, und kaum traf ich meinen Exfreund wieder, rief er prompt an.

Ich wartete, bis das Klingeln verstummte, und hatte ein

schlechtes Gewissen, aber ich wollte das Gespräch jetzt nicht annehmen. Gregor würde sofort spüren, dass etwas nicht stimmte. Er würde an meiner Stimme hören, dass ich durcheinander war. Und ich konnte ihm ja schlecht erzählen, dass Matthieu unten auf mich wartete. Ich stellte mein Handy lautlos und entschied, ihn später zurückzurufen. Was war schon dabei? Matthieu war unerwartet hier aufgetaucht, und wir waren eine Runde spazieren gegangen, nachdem wir uns so lange nicht gesehen hatten.

»Fahren wir runter an den Strand?« Matthieu stand schon an seinem Auto.

»Ja, einverstanden.« Damals hatte er mich für kurze Strecken oft auf dem Gepäckträger seines alten, klapprigen Rades mitgenommen oder auf seinem frisierten Moped.

Matthieu öffnete mir die Beifahrertür, und ich setzte mich ins Auto. Er stieg ein und warf mir einen Blick von der Seite zu. »*Tu es prête*? Bist du bereit?«

Ich nickte.

Leise Jazzmusik ertönte aus dem Radio, und ich lehnte mich tief in den Sitz hinein. Angestrengt sah ich nach vorne, am liebsten hätte ich Matthieu die ganze Zeit angestarrt. Mir wurde schlagartig bewusst, wie sehr ich ihn all die Jahre vermisst hatte. Nach Matthieu hatte ich nie wieder so intensiv für einen Mann empfunden. Aber vielleicht war es nur der Zauber der ersten Liebe gewesen, die man nie wirklich vergessen kann.

Ein Moped kam uns entgegen, Matthieu hielt an, um es auf der schmalen Straße vorbeizulassen. Der Fahrer, der Silhouette nach zu urteilen ein junger Bursche, trug einen roten Helm mit dunklem Visier. Wir waren auf diesen Straßen meist ohne Helm unterwegs gewesen, das war damals so üblich. Ich ließ dann meine Haare im Wind wehen und legte meinen Kopf an seinen Rücken, die Arme um seinen Körper geschlungen.

»Sophie hat erzählt, dass sie einen Mann gesehen hat, der deinem Vater verdammt ähnlich sah«, holte Matthieu mich aus meinen Erinnerungen zurück. »Sie hat mir auch die Handyfotos gezeigt.« Er warf mir einen Blick zu und streifte meine Hand kurz mit seiner, dann legte er sie wieder ans Lenkrad. »Charlotte, wenn er hier ist, finden wir ihn, ganz sicher!«

Jetzt bloß nicht anfangen zu heulen, dachte ich. Matthieus Worte berührten mich. Er wollte mich in meinem Vorhaben unterstützen.

»Ich hoffe es«, sagte ich mit kratziger Stimme.

»Sophie wollte erst nichts erzählen, aber schließlich ist sie doch mit der Sprache herausgerückt. Du darfst es ihr nicht verübeln. Mir war sofort klar, dass du nicht ohne triftigen Grund nach Barfleur kommst …«

Ein Lächeln huschte mir übers Gesicht. Ich wusste nur zu gut, wie hartnäckig Matthieu sein konnte, wenn er etwas unbedingt erfahren wollte. »Was denkst du gerade?«, war früher eine seiner Lieblingsfragen gewesen, und er hatte sich nicht mit einer flauen Antwort abspeisen lassen. Er wollte immer alles ganz genau wissen und verstehen.

»Ist schon in Ordnung«, sagte ich. »Ich bin ja froh, dass sie mir hilft. Sophie hat mir gefehlt, all die Jahre, weißt du. Wir hatten ja auch gar keinen Kontakt mehr, irgendwie ist nach dem Tod meines Großvaters alles auseinandergebrochen. Ich hätte nicht für möglich gehalten, dass es sich so gut anfühlen würde, wieder hier zu sein.«

Matthieu hielt am Besucherparkplatz des Campingplatzes. Er war fast leer.

»Es war bestimmt nicht immer leicht für dich, nach all

dem, was passiert war. Ich habe oft an dich gedacht, Charlotte. Und auch meine Eltern. Sie würden sich übrigens wahnsinnig freuen, wenn du sie mal besuchen kommst.«

»Ja, das mache ich gern.« Ich hatte Patrice und Nicole sehr gemocht. Sie waren herzlich zu mir gewesen und hatten mich von Anfang an wie ein Familienmitglied behandelt.

Er griff hinter sich auf die Rückbank und hielt mir eine schwarze Wollmütze hin. »Hier, damit der Wind deinen hübschen Ohren nichts anhaben kann.«

Lächelnd setzte ich sie mir auf den Kopf. Die Ponyfransen ragten mir über die Augen, mit einem Finger strich ich sie zur Seite. »Hübsche Ohren? Der berühmt-berüchtigte Charme der Franzosen.«

»Wir lieben es einfach, die Frauen zu einem Lächeln zu verführen«, sagte er. »Es steht ihnen gut, weißt du. Und dir ganz besonders.« Matthieu öffnete die Autotür und stieg aus. »*On y va*! Los geht's!«

Wir überquerten die Straße und gingen an der Anlage vorbei, Rezeption und Schranke waren geschlossen, in ein paar weißen Bungalows brannte Licht. Der an den Strand angrenzende Weg führte an der Küste entlang. Es war gerade Flut, kräftige Wellen drängten sich in regelmäßigem Rhythmus ans Ufer und wichen dann wieder zurück. Wolkenfetzen standen am Himmel, der Mond kam durch. Nicht mehr lange, und wir würden Vollmond haben.

Wir gingen eine Weile schweigend und vom Wind angetrieben am Saum der Düne entlang, bis wir an ein verwittertes Kreuz kamen. Die vom Mondlicht erhellte Inschrift erinnerte an ein tragisches Ereignis im September 1944. Drei Menschen starben nach der Befreiung an diesem Ort durch Blindgänger. Zwei Männer aus dem Dorf waren Opfer einer Mine geworden, und Abbé Gaslonde, der damalige Pfarrer von Barfleur, starb, als er ihnen das letzte Sakrament erteilen wollte.

»Wie grauenhaft«, sagte ich und schauderte.

»Erinnerst du dich nicht mehr?«, fragte Matthieu. »Wir sind oft hier gewesen und haben uns darüber unterhalten, wie unglaublich das gewesen sein muss, als der Strand total vermint war.«

»Es muss ewig gedauert haben, bis die Leute wieder hier baden und spazieren gehen konnten«, sagte ich.

»Bei der Entschärfung sind sicher noch mal einige Männer gestorben. Wenn du mehr über die Besatzungszeit wissen willst … meine Mutter kennt sich ganz gut damit aus.« Matthieu bückte sich und hielt mir eine dicke, gewölbte Herzmuschel hin. »Die hast du früher haufenweise gesammelt. Du warst ganz vernarrt in ihre Optik.«

Ich nahm die Muschel und fuhr mit dem Finger über die gelbbraun ornamentierte Schale, in deren Rillen feuchter Sand steckte. »Bis du mir erklärt hast, dass es sich bei dem Gehäuse um das äußere Skelett der Muschel handelt und ich mir sozusagen einen Friedhof anlegte.«

Matthieu lachte. »Das hatte ich total vergessen. War ich damals wirklich so unromantisch?«

»Nein … Du hast dir nur gerne einen Spaß erlaubt. ›*Je rigole!*‹, hast du ausgerufen, wenn ich deine Sprüche für bare Münze genommen habe.«

»Ja, es war nicht immer leicht, sich zu verständigen. Aber wir brauchten nicht immer Worte.« Seine Stimme hörte sich auf einmal warm an, fast zärtlich. Er sah mir in die Augen, eine Gesichtshälfte lag im Dunkeln. Der Wind fuhr ihm in die Haare.

»Ja. Manchmal … manchmal ging es auch ohne«, stammelte ich. »Weißt du, es tut mir so leid, dass ich damals Schluss gemacht habe und so gemein zu dir war. Ich war nur so verletzt und …« Meine Stimme versagte.

Matthieu trat einen Schritt auf mich zu und umschloss mich fest mit seinen Armen. Er war größer als ich, mein Kopf lag an seiner Wange, seine Taille war immer noch schmal wie damals. Ich erwiderte die Umarmung und lehnte mich an ihn. Es fühlte sich so vertraut an, so warm, auch wenn so viel Zeit vergangen war.

»Du musst dich nicht entschuldigen, Charlotte«, sagte er leise. »Ich habe es schon richtig verstanden. Es war eine verdammt schwere Zeit für dich.«

Ich schloss meine Augen und gab mich ganz dem Meeresrauschen und dem Augenblick hin, losgelöst von allem Kummer. Die Zeit schien stillzustehen. Eine Wolke schob sich vor den Mond, schlagartig wurde es dunkler.

»Lass uns zurückfahren«, sagte ich und schlug die Augen auf. »Sophie ist bestimmt schon da.«

»*Oui, d'accord*, einverstanden.« Er legte seinen Arm um meine Schulter, als wäre es das Selbstverständlichste der Welt, und ich ließ es geschehen.

Wir gingen den kurzen Weg zurück, bis ich am äußeren Rand des schwach beleuchteten Parkplatzes plötzlich eine Zigarette aufglimmen sah. Ein Mann, wie aus dem Nichts aufgetaucht, stand nur ein paar Meter von dem Peugeot entfernt. Wie angewurzelt blieb ich stehen.

Matthieu musste ihn etwa zur gleichen Zeit bemerkt haben. Er nahm den Arm von meiner Schulter und sagte: »Alles in Ordnung, Charlotte. Das ist nur Vincent.«

»Den habe ich doch erst gestern gesehen«, murmelte ich. Es war, als würde er mir folgen.

Vincent schien uns nicht zu bemerken, er rauchte und

sah starr aufs Meer hinaus. Den Kragen seines dunklen Parkas hatte er hochgeschlagen, auf seinem Kopf trug er die schwarze Fischermütze.

»*Bonsoir*, Vincent«, sagte ich und trat einen Schritt auf ihn zu.

Wie in Zeitlupe drehte sich der alte Mann um und zeigte uns sein von Sonne und Wind gezeichnetes, faltiges Gesicht. Er nickte kurz, dann nahm er einen tiefen Zug von seiner Zigarette und wandte er sich wieder dem Horizont zu. »Manchmal gibt das Meer zurück, was es genommen hat«, sagte er mit tiefer, rauchiger Stimme. »Ihr seid auch zurückgekommen, du und der Delahaye.«

»Sie haben mich erkannt?«, fragte ich überrascht.

»Natürlich, du bist die kleine Deutsche, die damals Schiffbruch erlitten hat. Ich habe dich aus dem Wasser gefischt.«

»Ja, das stimmt. Sie haben mir das Leben gerettet.« Mein Hals schnürte sich zu bei dem Gedanken, was passiert wäre, wenn Vincent uns nicht mit seinem Zodiac zu Hilfe gekommen wäre. Ich hatte uns beide in Gefahr gebracht, mich und Matthieu.

Vincent trat die Zigarette aus und deutete zum Meer hin. »Es wollte euch nicht behalten, sonst hätte es mich nicht zu eurem Boot geführt. Normalerweise nehme ich eine andere Route, aber an diesem Tag entschied ich mich anders. Das Meer hat seinen eigenen Willen.«

»Das ist wahr«, sagte Matthieu, und ich spürte ihn in meinem Rücken.

Vincent hatte mich damals vorm Ertrinken gerettet. Ich hatte mich zu weit über die Reling gebeugt, um nach einer im Wasser treibenden Holzplanke zu greifen. Eine große Welle brachte das Boot ins Schlingern, und ich fiel kopfüber ins Wasser. Das Wasser war kalt, die Kleider hingen schwer an mir, und ich fing sofort an zu zittern. Und obwohl ich eine sehr gute Schwimmerin war, hatte die Strömung mich sekundenschnell vom Boot weggetrieben und mitsamt der Schwimmweste nach unten gezogen. Als ich strampelnd und prustend wieder aufgetaucht war, hatte ich gesehen, dass Matthieu mir hinterherspringen wollte. Ich wollte ihn davon abhalten, aber dabei war mir das Salzwasser in Hals und Nase geschossen, und ich hatte mich verschluckt. Auf einmal spürte ich von hinten zwei starke Arme nach mir greifen, die mich an Bord zogen …

»Es hat sich ja gelohnt«, sagte Vincent und entblößte leicht bräunliche Zähne. »Du bist eine schöne Frau geworden.« Er griff in die Manteltasche, zog ein Päckchen Gitanes hervor und hielt es Matthieu hin.

»Nein, danke.« Matthieu schüttelte den Kopf.

Vincent steckte sich eine neue Zigarette an und verstaute das Päckchen wieder in der Manteltasche. »*A plus*, man sieht sich. Und grüß mir deinen Vater. Ich habe den Banditen immer gemocht«, sagte er zu mir.

»Was? Aber …« Fassungslos sah ich ihn an.

Doch Vincent drehte sich einfach um und schlug den Küstenweg ein.

»Was meint er damit?«, fragte ich Matthieu. »Wie kann er vergessen haben, dass mein Vater damals verschwunden ist, wenn er mich sogar heute noch erkennt?«

»Vincent! Vincent, warte«, rief Matthieu ihm hinterher. Aber der Alte ging weiter, erstaunlich schnell für sein Alter. Der Wind zerfetzte die Rauchschwaden hinter ihm.

Wir liefen los und hatten ihn nach wenigen Metern eingeholt.

»Vincent!« Ich umrundete ihn und schnitt ihm den Weg ab. »Sie haben gerade gesagt, ich solle meinen Vater grüßen. Aber er kam nicht mehr vom Meer zurück, vor fünfzehn Jahren schon. Er fuhr raus an die Pointe. Erinnern Sie sich nicht mehr daran?«

»Ich höre zwar schlecht, aber meine Sinne habe ich noch alle beisammen.« Er tippte sich mit dem Zeigefinger gegen die Schläfe. »Natürlich erinnere ich mich daran. Diese sinnlose Suchaktion! Ich wusste, dass sie nichts bringen würde, aber auf mich wollte ja niemand hören …« Er pfiff durch die Zähne. »Was soll's, nun ist er ja wieder da.«

Ich schnappte nach Luft, starrte den alten Fischer mit den wirren Haaren einfach nur an, unfähig zu begreifen, was er da gerade gesagt hatte.

»Was meinst du damit, er sei wieder da?«, fragte Matthieu und fasste ihn bei der Schulter.

»Wollt ihr mich auf den Arm nehmen?« Vincent klang genervt.

»Nein, natürlich nicht.« Endlich hatte ich meine Sprache wiedergefunden. »Heißt das, Sie haben ihn wirklich gesehen?«

»Ja, mit seinen Enkeltöchtern. Sind das deine Mädchen?« Er grinste mich an. »Sie sehen dir verteufelt ähnlich. Du kannst sie nicht verleugnen. Aber dein Herr Vater ist alt geworden.«

»Wann war das, Vincent? Wann hast du sie gesehen?« Matthieu machte aufgeregte Gesten, ich konnte spüren, dass er versuchte, ruhig zu bleiben. Mir ging es ähnlich. Meine Kopfhaut prickelte unerträglich.

»Ich weiß nicht, vielleicht vorgestern.« Vincent trat seine Zigarette aus. »Was soll das, was hat das alles zu bedeuten? Ihr könnt ruhig aufhören mit der Schauspielerei. Erst taucht er hier auf und dann ihr beiden. Keine Sorge, ich halte dicht, wenn es sein muss.«

»Ich habe ihn nie wiedergesehen, Vincent«, sagte ich. »Er gilt seit diesem Tag als verschollen.«

Vincent hob die Hände. »Ich habe gesehen, was ich gesehen habe. Nicht mehr und nicht weniger. Sie kamen aus dem *Café du Port*, stiegen in ein Auto und fuhren weg.«

# 11.

Es klopfte an der Seitenscheibe. Erschreckt sah ich zum Fenster, hinter dem Sophie mich anlachte. Matthieu hatte mir gerade von seinem Plan erzählt, die hiesige Bootswerft zu übernehmen und Antoine bei der Segelschule unter die Arme zu greifen. Früher wollte er immer im Alleingang über den Atlantik segeln, dachte ich. Er hatte keine Familie und blickte auf eine gescheiterte Beziehung mit einer Engländerin zurück. Nach einer Dekade im Ausland war Matthieu bereit, neue Ufer zu betreten. Mir fiel schlagartig Gregor wieder ein, der auf meinen Rückruf warten musste. Meine linke Hand umfasste das kalte, abgeschaltete Telefon in meiner Manteltasche, die rechte bediente den Fensterheber.

»Wir wär's mit einem Gläschen Wein?«, fragte Sophie. »Oder wollt ihr lieber im Auto sitzen bleiben?«

Ich stieg aus und umarmte Sophie. »Danke für das leckere Menü.«

Sie lächelte mich an. »Gerne. Ich freue mich, dass es euch geschmeckt hat.«

Matthieu kam um das Auto herum. »Hast du Antoine zu Hause gelassen?«

»Er hat noch was in der Segelschule zu tun«, sagte Sophie und trat durch das Gartentor. »Wir müssen leise sein, Oma schläft.« Sie öffnete die Tür, und wir gingen ins Haus.

Ich zog mir den Mantel aus und setzte mich auf einem Korbsessel ans Kaminfeuer. Es war angenehm warm im Raum. Matthieu nahm auf dem zweiten Sessel Platz und hängte seine Wolljacke über die Lehne. Auf dem Marmortisch standen eine Flasche Rotwein und drei Gläser, die Sophie schon für uns bereitgestellt hatte.

»Wie schön, dass wir nach so vielen Jahren wieder hier zusammenfinden«, sagte sie und legte noch ein Holzscheit nach.

»Soll ich?«, fragte Matthieu und deutete auf die Flasche. Sie nickte und setzte sich uns gegenüber auf das kleine Sofa.

Matthieu studierte das Etikett. »Ein Syrah aus der Côtes-du-Rhône. Gute Wahl …« Er entkorkte die Flasche und schenkte uns ein, dann setzte er sich wieder. »Wisst ihr was? Eigentlich wollte ich erst nächstes Wochenende kommen, doch dann hat sich terminlich etwas verschoben, und ich habe in letzter Minute umgebucht. Ich hätte mich so sehr geärgert, wenn ich im Nachhinein erfahren hätte, dass Charlotte hier war.«

Verstohlen betrachtete ich ihn von der Seite. Er trug einen dunkelblauen Pullover und Jeans, dazu schwarze kurze Lederstiefel. Man konnte in ihm durchaus noch den sechzehnjährigen Matthieu finden, den ich von früher kannte und in den ich so unsterblich verliebt gewesen war. Allerdings war sein Gesicht markanter, die Züge ausgeprägter. Auch sein Blick war eindringlicher geworden. Aber da war noch etwas anderes … Im Feuerschein und im dämmrigen Licht der Stehlampe fiel es kaum auf. Ich musste schmunzeln.

»Du scheinst dich ja wirklich zu freuen«, sagte Matthieu und sah mich an.

»Entschuldige, mir ist nur gerade aufgefallen, dass du dir die Augenbrauen zupfst.« Ich machte mit Daumen und Zeigefinger eine Handbewegung über meinem Auge. »Die Form sieht so perfekt getrimmt aus.«

»Er ist total eitel, Charlie, echt!« Sophie grinste.

»Hauptsache, er kommt nicht auf die Idee, sich den Bart zu färben«, sagte ich.

»Nein, keine Sorge!« Matthieu tat entsetzt. »Außerdem war ich das nicht selbst. Ich hatte noch einen alten Gutschein für eine Massage mit Gesichtsbehandlung, den ich jetzt erst eingelöst habe, nachdem er fast abgelaufen war. Das mit den Augenbrauen habe ich zu spät mitgekriegt. Da war das Ding schon am Laufen …«

»Wer schenkt dir denn so was?«, fragte Sophie augenzwinkernd.

»Das weißt du ganz genau. Und jetzt sag nicht, dass die Geschenkidee zu Susan passt.«

»Ich sage gar nichts«, sagte Sophie. »Auch Deutsche können höflich sein.«

Susan, dachte ich. Ob er wirklich mit ihr abgeschlossen hatte? Sophie schien sie ja zu kennen. Ich musste zugeben, ich war ein bisschen neidisch zu sehen, wie vertraut die beiden miteinander umgingen. Und ich bedauerte, dass ich nicht viel früher in die Normandie zurückgekehrt war.

»Auf das Wiedersehen in Barfleur«, sagte Sophie, und wir hoben die Gläser.

»Und darauf, dass wir uns nicht wieder aus den Augen verlieren«, ergänzte ich, und sie schenkte mir ein strahlendes Lächeln.

Unsere Gläser trafen mit einem leisen melodischen Klirren aufeinander. Ich beobachtete, wie Matthieu erst seine Nase über den Wein hielt und dann die tiefrote Flüssigkeit ein paarmal herumschwenkte, bevor er einen kräftigen Schluck zu sich nahm. »Aromatisch und fruchtig«, stellte er fest.

»Franzosen und Wein«, sagte Sophie und stellte ihr Glas wieder ab. »Ab einem gewissen Alter quatschen alle mit. Und früher? Was haben wir da getrunken? Pappsüße Bowle, von der uns schlecht wurde.«

»Und Sangria«, fügte ich hinzu.

»Whiskey-Cola für die ganz Harten«, sagte Matthieu.

Sophie rollte mit den Augen. »Daran habe ich wirklich schlechte Erinnerungen …«

»Stell dir vor, Sophie«, unterbrach ich sie, »wir hatten vorhin eine eigenartige Begegnung mit Vincent unten am Strand. Er hat den Mann auch gesehen und scheint sich sicher zu sein, dass es mein Vater war. Er sagt, er habe gesehen, wie sie aus dem Café gekommen und mit dem Auto weggefahren sind!«

Sophie klatschte in die Hände. »Da haben wir's ja. Jetzt sind wir schon zu dritt.«

»Wer noch?«, fragte Matthieu und nahm noch einen Schluck.

»Annabelle aus dem *Café du Port*«, sagte ich zu ihm, und er nickte.

»Was hat Vincent noch gesagt?«, fragte Sophie.

»Er sprach davon, dass die Suchaktion damals sinnlos war, dass er das immer gewusst hätte«, sagte ich.

»Was meint er damit?«, fragte Sophie. »War die Suche aussichtslos, weil in den Strömungen hier sowieso niemand überlebt? Oder wusste er damals etwas, das dafür sprach, dass David gar nicht ertrunken war?« Sophie sah mir ins Gesicht. »Es tut mir leid, das zu sagen, aber das hieße, dass dein Vater sein Ableben nur vorgetäuscht hätte.«

Bevor ich protestieren konnte, fügte sie hinzu: »Das kann ich mir allerdings auch nicht vorstellen. Ihr wart immer so ein gutes Team.«

»Hast du schon mal darüber nachgedacht, umzuschulen und Detektivin zu werden? Oder Polizistin?«, fragte ich Sophie.

»Nein, aber die Rolle einer abgebrühten Kommissarin in einem Krimi wäre nicht schlecht. Am liebsten in einer Serie, dann wäre mein Auskommen gesichert.«

»*La femme flic*, Miou-Miou ist großartig darin«, sagte Matthieu. »Vincent meinte, er fühle sich bestätigt, dass David wieder aufgetaucht ist. Es schien wirklich keine Überraschung für ihn zu sein.«

»Vielleicht hat er ja zufällig das Kennzeichen des Wagens notiert oder kann sich zumindest an das Fabrikat erinnern?«, sagte Sophie.

Ich runzelte die Stirn. »Daran habe ich vorhin gar nicht gedacht, das müssen wir ihn unbedingt noch fragen … Was mich aber echt irritiert, ist, dass er meinen Vater einen Banditen genannt hat. Das verstehe ich nicht. Er hat doch keinerlei Geschäfte mit Vincent oder anderen Leuten hier gemacht. Er war Lehrer und hier im Urlaub …« Plötzlich wurde mir heiß. Was war mit dem Signac? Gab es da vielleicht einen Zusammenhang?

»*Enfin bon*, na ja …« Matthieu drehte das Glas in seinen Händen. »Er war mit Yves befreundet, und das spricht schon mal Bände. Der Gute war zumindest damals bekannt dafür, hin und wieder ein krummes Ding gedreht zu haben.«

»Was meinst du damit?« Ich sah ihn überrascht an. »Sprichst du von dem Zahnarzt, der seinen Zweitwohnsitz in einem der Bunker oben an der Küste hat?« Jetzt war mir der Name auch wieder eingefallen. Yves.

»Zahnarzt ja, aber auch Teilhaber eines Spielkasinos in Le Havre. Dass dein Vater mit ihm befreundet war, heißt natürlich gar nichts, Charlotte. Es tut mir leid, ich wollte dich nicht auf eine falsche Fährte bringen.«

Ich stand auf. »Ich möchte euch gern etwas zeigen.« Leise stieg ich die Treppe hinauf, holte die Zeichenmappe aus dem Koffer und kam wieder in den Salon zurück. Ich setzte mich und drehte die Mappe auf meinem Schoß herum. Dann klappte ich den Deckel auf und hob die Mappe leicht an. »Dieses alte Ölbild ist garantiert nicht von meinem Vater gemalt worden.«

Matthieu machte große Augen und pfiff leise durch die Zähne. »Ist das ein Original?«

»Ein Original von wem?«, fragte Sophie.

»Paul Signac.« Matthieu deutete auf die Signatur. »Das ist der Leuchtturm von Gatteville. Er hat in den Dreißigern ein paar Jahre hier gelebt. Ist das Bild echt?«

»Ich denke schon«, sagte ich.

»Ich mach mal besseres Licht.« Sophie stand auf und knipste die Deckenbeleuchtung an. »Ich kenne Signacs Haus in der Rue Saint-Nicolas, gleich bei der Kirche«, sagte sie und beugte sich über das Gemälde. »Es ist wunderschön.«

»Und bestimmt sehr wertvoll«, ergänzte Matthieu.

Ich seufzte. »Ja, das denke ich auch. Und wisst ihr was? Ich erinnere mich noch genau an einen Besuch bei diesem Yves – und mein Vater hatte seine Zeichenmappe dabei. Ich bin immer davon ausgegangen, er wollte ihm seine Sammlung zeigen, ihm vielleicht eines seiner Bilder verkaufen.« Ich deutete auf den Signac. »Was, wenn es dabei darum ging?«

»Du meinst, er hatte es von Yves?«

»Ich weiß es nicht«, sagte ich und ließ mich auf den Stuhl sinken. »Ich habe mir den Kopf darüber zerbrochen, wie er überhaupt in den Besitz eines derart wertvollen Bildes gekommen sein könnte.«

»Vielleicht war es ja auch seins, und er wollte es verkaufen?« Sophie setzte sich wieder. »Es ist doch in jedem Fall merkwürdig, dass das Bild genau dann ans Tageslicht kommt, wenn er wieder auftaucht. Vorausgesetzt natürlich, er war es und nicht irgendein Doppelgänger …«

»Aber warum ausgerechnet jetzt?«, fragte ich und fuhr mir durch die Haare. »Warum hat er sich all die Jahre nicht bei mir gemeldet? Nein, das traue ich ihm nicht zu, das hätte er mir nie angetan. Er wusste, wie sehr ich an ihm hänge. Ich bin seine Tochter …«

Sophie beugte sich nach vorne und legte mir ihre Hand aufs Knie. »Ich kann mir auch absolut nicht vorstellen, dass er sich einfach so aus dem Staub gemacht hat. Aber mal ganz ehrlich, Charlie … Wenn er es wirklich ist, wo war er dann die ganze Zeit?«

»Das weiß ich doch nicht, Sophie!«, sagte ich aufgebracht. »Ich weiß nur, dass ein zweites Bild dieser Serie im Musée d'Arts Thomas Henry in Cherbourg hängt, das habe ich mir heute angesehen. Es ist mir ein Rätsel, wie die Dinge zusammenhängen.«

»Darf ich es einmal herausnehmen?«, fragte Matthieu.

Ich nickte ihm zu, und er hob das Bild ganz vorsichtig hoch und hielt es gegen das Licht. Dann drehte er das Blatt um. »Hier ist eine Widmung«, sagte er.

»Ich weiß. Es hat einmal einer Mathilde gehört. Und die hat es ihrer großen Liebe geschenkt.«

Sophie riss die Augen auf. »Deinem Vater? Meinst du, dass er eine Geliebte hatte?«

Ich schüttelte den Kopf. »Die Schrift sieht älter aus.«

Matthieu rutschte unruhig auf seinem Sessel herum. Das Rattan knarrte unter seinen Oberschenkeln.

»Was ist?« Ich sah ihn an. »Jetzt sag schon!«

Matthieu schien sich auf einmal unwohl zu fühlen. Er legte das Bild zurück in die Mappe und schenkte uns noch einmal Wein nach. »Vielleicht solltest du morgen mal bei mir zu Hause vorbeifahren. Hundertprozentig sicher bin ich mir zwar nicht, aber ich meine, mal ein Gespräch zwischen meinen Eltern mitbekommen zu haben, in dem es um deinen Vater ging – und um eine andere Frau.«

»Eine andere Frau? Hier in Barfleur? Das kann ich mir nicht vorstellen!« Ich sprang auf und legte die Mappe auf den Esstisch. Dann knipste ich die Deckenlampe aus und ging im Raum auf und ab. Ob an der Sache was dran war? War das der Grund dafür, dass meine Mutter nie wirklich um meinen Vater getrauert hatte? Hatte er sie tatsächlich betrogen – und sie hatte davon gewusst?

»Das ist unglaublich!«, sagte ich.

»Vielleicht hat das auch gar nichts zu bedeuten.« Matthieu sah mich zerknirscht an. »Wir überlegen ja nur ...«

Ich lehnte mich an den Buffetschrank und rieb mir die Schläfen. »Er war tatsächlich in unserem letzten Sommer hier oft alleine unterwegs. Ich habe ihn ja nicht mal richtig wahrgenommen ...«

»Ach, Charlie, jetzt steigere dich da nicht so rein«, sagte Sophie. »Du wolltest was mit Matthieu unternehmen und nicht unbedingt mit deinem Vater.«

»Genau das habe ich mir jahrelang vorgeworfen. Hundertmal, tausendmal. Vielleicht wäre das alles nicht passiert, wenn ich an diesem Tag nicht nur an mich gedacht hätte.«

»Wir waren damals am Leuchtturm.« Matthieu sah mich an. »Der Tag hätte ein besonderer sein sollen, aber in ganz anderer Hinsicht.«

Meine Wangen waren rot, vom Feuer oder vom Wein oder von den Erinnerungen und den Gefühlen, die in mir erwachten. »Ich habe es nicht vergessen, Matthieu.«

»Ihr wart ganz schön verliebt«, sagte Sophie. »Aber dass ihr mich ständig ausgetrickst habt, weil ihr mich nicht dabeihaben wolltet, war richtig fies. Einmal habt ihr mich zurück ins Haus geschickt, um das Baguette zu holen, das angeblich noch auf dem Küchentisch lag. Aber da war keins. Und als ich wieder rauskam, wart ihr schon auf dem Weg zum Strandpicknick …«

»Das war meine Schuld, ich wollte allein sein mit Charlotte«, sagte Matthieu. »Verzeih mir bitte. Die Urlaubstage waren immerhin gezählt.«

»Okay, ist schon vergessen.«

»Möchtest du einen Blick auf die Zeichnung von dir werfen?«, fragte ich Sophie.

»Oh ja, gerne.« Sie stand auf, und ich suchte ihr das Blatt heraus, auf dem sie draußen mit angezogenen Knien auf der Treppe saß.

»Ich sehe aus wie ein Junge.« Sophie schüttelte den Kopf. »Aber es ist gut getroffen …«

Plötzlich stand Anna im Raum. In ihrem weißen Nachthemd wirkte sie fast wie ein Gespenst. Wir hatten nicht gehört, dass sie aus ihrem Zimmer gekommen war.

»Ihr seid noch wach, Kinder?«, fragte sie, und ich stellte mich schnell so vor den Tisch, dass sie die Mappe nicht sehen konnte.

»Wisst ihr schon, was ihr morgen essen möchtet?«

Sophie stand auf. »Nein, Oma, aber wir gehen erst mal

zusammen einkaufen, dann fällt uns schon was ein.« Sie reichte ihr den Arm und führte sie zurück zum Schlafzimmer.

»Mir war, als hätte ich Stimmen gehört.« Anna drehte sich zu uns um. »Ist das Matthieu?«, fragte sie. »Ein netter Junge.« Sie wechselte ins Französische. »Passen Sie gut auf Charlotte auf. Und sorgen Sie dafür, dass sie pünktlich zu Hause ist.«

»Das mache ich, Anna«, sagte Matthieu. »Sie können sich darauf verlassen.« Schmunzelnd warf er mir einen Blick zu.

»Wie bitte?« Sie hielt sich die Hand ans Ohr.

»Er macht das«, sagte Sophie laut.

»Weißt du, was komisch ist?« Ich sah den beiden nach. »Erst lässt sie sich von unseren Stimmen wecken, obwohl wir uns leise unterhalten haben, dann versteht sie dich nicht, obwohl du klar und deutlich mit ihr gesprochen hast.«

»Wie früher«, sagte Matthieu. »Da kam sie auch immer in dein Zimmer, wenn ich bei dir war. *Les gens sans bruit sont dangereux* – Leute, die keinen Lärm machen, sind gefährlich …« Seine Augen blitzten mich an. »Sie hat übrigens genau wie dein Großvater auch nie daran geglaubt, dass David ertrunken ist.«

»Aber dein Vater ist doch noch Wochen danach mit ihm aufs Meer raus. Nach so langer Zeit hätten sie ihn nie und nimmer lebendig finden können.«

»Ich glaube, dass er nach einer Bestätigung gesucht hat, auch wenn er wusste, dass so viele Seeleute eben nicht mehr aufgefunden werden. Solange sein Leichnam nicht da war, war er für ihn noch am Leben.«

Ich runzelte die Stirn. »Der Gedanke gefällt mir gar

nicht, dass er uns einfach so zurückgelassen haben könnte.«

Matthieu griff nach meiner Hand und streichelte mir mit dem Daumen über den Handrücken. »Ich denke, er muss schon einen triftigen Grund dafür gehabt haben, sein altes Leben zu verlassen, um ein neues zu beginnen. Vielleicht blieb ihm ja keine andere Möglichkeit. Denn eines weiß ich ganz sicher, er hat dich geliebt, Charlotte.«

»Und genau deswegen fällt es mir ja so schwer, so etwas ernsthaft in Erwägung zu ziehen.«

»Sprich doch mal mit meinen Eltern. Wie lange bleibst du eigentlich hier?«

»Ein paar Tage noch. Ich habe die ganze Woche frei.«

»Dann verlängere ich auch, wenn es dir recht ist.« Er sah mich fragend an. »Vielleicht bis Mittwoch?«

»Warum sollte es nicht?«

»Weil ich gar nichts über dein Privatleben weiß, außer dass du im Museum arbeitest und in Köln lebst. Sag, Charlotte, gibt es einen Mann an deiner Seite?«

Die direkte Frage überrumpelte mich. Noch vor wenigen Stunden hatte ich meine Beziehung zu Gregor in Frage gestellt, noch bevor ich Matthieu wiedergetroffen hatte. Ich wusste nicht, ob es eine Zukunft für uns geben würde, aber noch war er ein wichtiger Teil meines Lebens. »Ja«, sagte ich. »Er heißt Gregor und ist Innenarchitekt. Und er versucht sicher gerade wieder, mich zu erreichen.«

»Du bist nicht glücklich mit ihm.«

Ich drehte das leere Glas in meinen Händen. »Wie kommst du darauf?«

»Deine Augen, Charlotte. Ich sehe es an deinen Augen.«

»Du willst wie immer alles genau wissen, nicht wahr?«

»Ja.« Er lächelte und zuckte mit den Schultern. »Möchtest du nun, dass ich hierbleibe?«

Ich nickte.

Sophie kam wieder.

»*Ça va*? Alles in Ordnung?«, fragte Matthieu.

»Ja, sie schläft wieder. Habt ihr schon überlegt, wie wir jetzt weiter vorgehen?«

Sophie riss mich mit ihrer Frage aus meinen Gedanken. Die Aussicht, noch ein wenig Zeit mit Matthieu zu verbringen, beflügelte mich trotz meines latent schlechten Gewissens gegenüber Gregor.

»Ich gehe morgen früh zu Yves«, sagte ich.

»Wenn es dir recht ist, fahre ich noch mal zu Vincent.« Matthieu sah mich an. »Oder möchtest du dabei sein?«

»Nein, mach das ruhig, das ist eine gute Idee«, sagte ich. »Und später treffen wir uns dann bei deinen Eltern, ja?«

»Ich komme auch. Und diesmal lasse ich mich nicht von euch austricksen.« Sophie grinste.

»*D'accord*, einverstanden«, sagte Matthieu. »Ihr kommt beide zum Mittagessen. Nicole und Patrice werden sich freuen.«

»Und jetzt gehen wir schlafen, es ist spät.« Ich stand auf und griff nach der Zeichenmappe.

»Meinst du, dass das Gemälde hier sicher ist, Charlie?«, fragte Sophie und räumte die Gläser ab. »Sollten wir es nicht besser irgendwo anders aufbewahren? Vielleicht in einem Schließfach in der Bank?«

»Sophie hat recht.« Matthieu zog sich die Jacke an. »In der Segelschule ist ein Safe.«

»Nein, es bleibt hier in der Mappe«, entschied ich. »Auf euch kann ich mich ja verlassen, ich lege sie zurück auf den Schrank. Da hat sie schließlich die letzten fünfzehn Jahre auch niemand entdeckt.« Ich gähnte, mir fielen schon fast die Augen zu. Der Tag war lang gewesen.

»*A demain*, bis morgen. Bringst du mich noch raus?«

»Ja, natürlich.«

»Es regnet«, sagte Sophie und hielt mir einen Schirm hin. »Früher hast du ihn auch nur bis vor die Tür gebracht – und warst mindestens eine Stunde weg.«

Matthieu lachte. Ich fiel in das Lachen ein, es war nach all den schweren Themen befreiend.

»Jetzt macht schon«, sagte Sophie, »sonst steht Oma wieder auf der Matte.«

Matthieu verabschiedete sich von ihr.

Wir traten vors Haus, und ich spannte den Schirm auf. Matthieu stand dicht neben mir und sah mir tief in die Augen.

»Fahr vorsichtig«, sagte ich.

Er hob mit dem Finger mein Kinn an. »*Je peux*? Darf ich?«

Ich sah ihm in seine grüngrauen Augen, dann flatterten meine Lider, und ich spürte seinen weichen, sanften Kuss auf meinen Lippen, während der Regen auf den Schirm prasselte. Es war wie ein Hauch, aber mein Körper stand unter Strom.

## 12.

Ich parkte nah am Ortsrand an einem Gitterzaun in der kleinen Straße, die nur für Anwohner bestimmt war und hinunter zum Meer führte. In mehreren gepflegten Gärten standen propere Neubauten mit Satteldächern neben riesigen grauen Bunkeranlagen, die fast beiläufig in die Grundstücke integriert waren. Ihre begrünten Flachdächer waren mit Zierfelsen bestückt, an den grauen Wänden wuchs Efeu. Ich wusste nicht mehr, wo genau Yves wohnte, ob er überhaupt noch da war, aber ich würde sein Haus schon finden.

Bevor ich ausstieg, holte ich mein Handy aus der Tasche. Ich wollte mich noch bei Gregor melden. Um diese Uhrzeit, so wusste ich, war er schon im Büro, vielleicht hatte er aber auch eine Besprechung. Zweimal hatte er gestern noch angerufen, einmal, als ich mit Matthieu unten am Meer gewesen war, und später noch, als wir zusammen vor dem Feuer saßen. Kaum dachte ich an Matthieus Gutenachtkuss, schoss mir die Röte in die Wangen, und ich öffnete das Fenster einen Spalt. Frische Luft drang ins Auto. Ich musste unbedingt einen kühlen Kopf bewahren.

Ich wählte seine Nummer und ließ es läuten, bis die Mailbox ansprang. Dann räusperte ich mich und sagte: »Hallo, Gregor, ich bin's. Es ist alles in Ordnung so weit, bis auf die Tatsache, dass mich hier die Dämonen der Vergangenheit wieder einholen. Ich war den ganzen Tag unterwegs gestern. Es tut mir leid, aber meine Gedanken drehen sich momentan nur um meinen Vater … Kuss, und einen schönen Tag dir, tschüs.«

Ich legte auf und nahm mir ein Pfefferminzbonbon aus dem Handschuhfach. Beim Gespräch heute Morgen während des Frühstücks hatte ich es noch einmal wissen wollen und Anna auf die Erbschaft angesprochen. Sie sagte, sie hätte meinem Großvater das Ferienhaus abgekauft, allerdings ohne Vertrag. Sie habe ihm Geld gegeben, und er habe sie dafür in seinem Testament als Erbin eingetragen. Das war die Abmachung, so hatte sie es formuliert. Das alles war völlig neu für mich. Anna war erstaunlich klar gewesen, als sie darüber sprach. Sie erzählte, mein Großvater habe das Geld für meinen Vater gebraucht, der in ernsthaften Geldnöten steckte. Spielschulden hätte er gehabt. Ich konnte es erst gar nicht glauben, doch dann fielen mir die Streitigkeiten zwischen meinen Eltern wieder ein. Da ging es oft ums Geld und darum, dass mein Vater angeblich nicht damit umgehen konnte. Damals empfand ich meine Mutter als kleinlich, ich hatte mich immer auf die Seite meines Vaters gestellt. Und jetzt … Ich schüttelte den Kopf und fuhr das Fenster hoch. Sollte mein kunstliebender, kreativer Vater wirklich dem Glücksspiel verfallen gewesen sein?

Ich stieg aus und schloss das Auto ab. Hoffentlich konnte mir der alte Bekannte meines Vaters weiterhelfen. Der Wind pfiff vom Meer herauf, ich knöpfte mir den Mantel zu und sah mich um. Fünf weitere riesige Betonbunker duckten sich verstreut an der Küste entlang in die Landschaft. Gestrüpp und hohes Gras verdeckten ihr Fundament, an manchen Stellen kam das Stahlträgergerüst hindurch. Ich konnte beim besten Willen nicht mehr sagen, welches Yves' Ferienhaus gewesen war. Meerblick hatten hier alle.

Ein Mann mit Schäferhund kam mir entgegen. Er war ein paar Jahre älter als ich und trug einen Funktionsparka. Auf seinen Schuhen klebte Sand. War das derselbe Mann, den ich gleich bei meiner Ankunft am kleinen Hafen von Gatteville gesehen hatte?

»*Bonjour*«, sagte ich und ging auf ihn zu. »Stört es Sie, wenn ich das Auto hier parke?«

»Nein, Sie können es gerne hier stehenlassen«, sagte er und musterte mich. »Sie kommen aus Deutschland?«

Ich nickte, ließ den Hund, der sich mir neugierig genähert hatte, an meiner Hand schnuppern. Der Wind fuhr ihm in den dicken Pelz. »Wohnen Sie auch in so einem Bunker?«, fragte ich.

»Nein. Ich habe zwar auch einen auf dem Grundstück stehen, aber er dient mir nur als Materiallager. Ich wohne gleich hier …« Er wies in seinen Garten, in dem allerlei Plastikkinderspielzeug in der gekiesten Einfahrt herumlag, und zeigte auf den imposanten, halb unter der Erde liegenden langgezogenen Betonriesen vor dem Wohnhaus. »Möchten Sie ihn besichtigen?«

»Vielleicht ein andermal, danke, das ist sehr nett. Ich … ich war vor vielen Jahren einmal hier zu Besuch bei jemandem, der seine Zweitresidenz in einem Bunker hatte. Es muss ein Zahnarzt aus Paris gewesen sein. Er hieß Yves … Kennen Sie ihn?«

»Ja, natürlich. Wer kennt ihn nicht?« Der Mann zuckte mit den Schultern. »Er ist mittlerweile in Rente und fast die ganze Zeit hier. Wissen Sie, wir sind eine eingeschworene Gemeinschaft, es ist schon etwas speziell, in einem derartigen Umfeld zu wohnen … Ich habe ihn übrigens gerade gesehen.« Er zeigte in Richtung des kleinen gewundenen Fußwegs, der von Brombeersträuchern flankiert zum Meer hinunterführte. »Sein Haus liegt keine hundert Meter weit um die Kurve herum …«

»Das ist toll, vielen Dank.« Ich wollte mich gerade auf den Weg machen, da rief er mir hinterher:

»Verzeihen Sie die Indiskretion, aber Ihrem Alter nach zu schätzen … Ist Ihr Großvater vielleicht auch in der Normandie gewesen? Wissen Sie, die Alliiertenlandung, der Atlantikwall, die Besatzungszeit – all das interessiert mich sehr. Ich habe viel darüber gelesen, und als sich vor fünf Jahren die Gelegenheit ergeben hat, das Grundstück hier zu erwerben …«

Ich stutzte. Der Mann hatte offensichtlich Gesprächsbedarf, doch über den Krieg wollte ich jetzt ganz sicher nicht reden. »Ja, mein Großvater war hier in der Normandie, aber 1942 ging er an die Ostfront nach Russland«, sagte ich knapp. Die Präsenz der deutschen Besatzungssoldaten war sicherlich ein spannendes Thema, aber ich hatte im Moment wirklich anderes im Sinn. Ich wollte die Vergangenheit meines Vaters entschlüsseln, nicht die meines Großvaters.

»Ich hoffe, er hat den Krieg überlebt«, sagte der Mann. »Mein Großvater war in deutscher Gefangenschaft. Er hat Schlimmes durchgemacht …«

Unwillkürlich zog ich den Kopf ein und schlug meinen Kragen hoch. Ich vermochte die Ressentiments der Franzosen in dieser Hinsicht nicht einzuschätzen. Der Krieg hatte deutliche Spuren hinterlassen, und für viele war er noch immer ein Thema. Gerade hier an der Küste des Ärmelkanals, wo die Wehranlagen bis heute Zeugnis ablegten über den Größenwahn der Deutschen, die allen Ernstes geglaubt hatten, sie könnten Frankreich dauerhaft besetzt halten. Mein Großvater hatte nie viel über die Zeit erzählt, ich war zu jung gewesen, um ihn danach zu fragen, ich wusste nicht einmal, wo genau er stationiert gewesen war. Ich fand es gut, dass die Bunker noch da waren, aber auch, dass sie eine neue, friedliche Funktion bekommen hatten.

»Das ist ein interessantes Thema«, sagte ich ausweichend, »aber ich will jetzt zusehen, dass ich Yves noch antreffe. Danke für Ihre Hilfe. *Au revoir,* Monsieur, *merci beaucoup.*«

Der Mann sah etwas enttäuscht aus und ging zurück zu seinem Haus. Wahrscheinlich würde er sich bei Gelegenheit bei Yves erkundigen, um was es gegangen war, dachte ich. Wo sie hier doch so eingeschworen miteinander waren …

Gleich hinter der nächsten Wegbiegung stand ein von rotem wildem Wein bewachsener Bunker, der mir tatsächlich bekannt vorkam. Zahlreiche Fissuren und gelbgrüne Moosflechten überzogen die Betonoberfläche, das zum Meer hin in die Fassade eingelassene Fenster mit den weißen Spitzengardinen sah irgendwie unwirklich aus. Der Blick von der Terrasse auf die wilde Küste war unbeschreiblich, daran konnte ich mich noch gut erinnern. Jetzt, wo ich davorstand, kamen allmählich meine Erinnerungen zurück.

Ein älterer Mann im Blaumann mit einer schwarzen Wollmütze auf dem Kopf war dabei, ein Metallgeländer auf der Terrasse zu streichen.

»*Bonjour,* Monsieur«, sagte ich und trat an das Gartentor. Der Mann trug eine Brille, es war wohl Yves, ich hätte ihn aber nicht gleich wiedererkannt.

»*Bonjour.*« Es klang wie eine Frage. Er sah mich an und

sagte: »Die salzige Luft zersetzt einfach alles. Wenn man an einer Ecke aufhört, muss man wieder von vorne anfangen.«

»Waren die Bunker nicht mal für die Ewigkeit gebaut?«, fragte ich.

»Doch, doch, natürlich, sie sind ja auch im Grunde sehr robust, aber dennoch muss man ständig etwas ausbessern. Immer wieder bilden sich Risse im Beton, sehen Sie!« Er zeigte mit seinem Pinsel die Hauswand hoch. »Und dann rostet das Metall andauernd.«

»Entschuldigen Sie, aber … Sind Sie Yves?«, fragte ich.

Er kam ans Gartentor, stellte den Farbtopf ab und legte den Pinsel darüber. »Ja. Und wer sind Sie, wenn ich fragen darf?«

»Ich bin Charlotte Berger, die Tochter von David. David Berger aus Deutschland, aus Berlin. Erinnern Sie sich? Wir waren vor vielen Jahren bei Ihnen zu Besuch. Gemeinsam mit Ihren Töchtern haben wir uns das WM-Endspiel angesehen. Gegen Brasilien, glaube ich.«

Er nickte. »Ja, Frankreich ist damals Weltmeister geworden. 1998 war das … Wie heißen Sie noch gleich?«

»Charlotte.«

»Das ist ja was … Möchten Sie vielleicht reinkommen?« Er zog sich die Arbeitshandschuhe aus. »Wollen Sie einen Kaffee?«

»Ja, sehr gerne.«

Er öffnete mir das Tor, und ich betrat das Grundstück. Der hintere Bereich des Gartens war üppig bepflanzt, der sattgrüne Rasen stand in krassem Gegensatz zur glatten grauen Oberfläche der Bunkerfassade. Er führte mich durch dicke Mauern ins Haus und schloss die Tür hinter uns. Der Salon war kleiner, als ich ihn in Erinnerung hatte, aber es war erstaunlich hell, die weißen Wände reflektierten das einfallende Licht.

Yves streifte sich die Schuhe ab und nahm die Mütze vom Kopf. Sein Schädel war so gut wie kahl. Er knipste das Licht in der Küche an, Halogenlampen erhellten den Arbeitsbereich, der mit einem Tresen vom Salon abgetrennt war, und machte sich an der glänzenden Siebträgermaschine zu schaffen.

»Soll ich die Schuhe ausziehen?«, fragte ich.

»Nein, um Himmels willen, bloß nicht. Nehmen Sie Zucker?« Die Maschine zischte und dampfte.

»Nein, danke.« Interessiert sah ich mich um. Ich konnte mich nicht erinnern, ob die Einrichtung damals schon so luxuriös gewesen war. Trotz der beengten Raumverhältnisse herrschten schlichte Eleganz und klare Linien vor, der Salon war mit teuren Einzelstücken und exquisitem Mobiliar eingerichtet, das Interieur wäre für jeden Innenarchitekten ein Traum gewesen.

»Setzen Sie sich doch«, sagte er zu mir und deutete mit dem Kinn auf die Sitzecke mit den weißen Ledermöbeln.

Ich ließ mich an dem Glastisch nieder und hoffte, dass meine Schuhe auf dem hellen Teppich keine Spuren hinterließen. An den Wänden hingen aufwändig gerahmte Zeichnungen und Radierungen. Stillleben, italienische Landschaften, Porträts, Akte. Auf die Entfernung konnte ich aber keine Signaturen ausmachen.

Yves kam mit zwei Espressotassen aus der Küche und setzte sich auf einen der Sessel.

»Danke. Wenn man den Bunker von außen sieht, kann man sich gar nicht vorstellen, wie gemütlich es hier drinnen ist«, sagte ich.

»Ich wollte schon als Kind immer eine Burg haben.«

Er warf zwei Stück Zucker in seine Tasse und rührte um. »Und in gewissem Sinne ist das wie eine kleine Burg hier, ich lebe mit allem Komfort hinter dicken Festungsmauern.« Er lachte und entblößte dabei eine blendend weiße obere Zahnreihe.

»Sie lieben Kunst«, sagte ich und trank einen Schluck vom schwarzen Espresso. Er war bitter und stark.

»Ja, das ist wahr. Ich hatte schon immer ein Faible für gute Zeichnungen und Drucke. Ich habe sogar eine von David, möchten Sie sie sehen?«

»Ja, sehr gerne.« Ich stellte die Tasse mit dem Unterteller etwas zu laut auf dem Glastisch ab und zuckte zusammen.

Yves stand auf und ging zu dem großen Eichenholzschreibtisch im hinteren Bereich des Salons, auf dem eine teure Bürolampe mit grünem Glasschirm und zwei aufgeklappte Laptops nebeneinanderstanden. Er nahm eine gerahmte Zeichnung von der Wand und kam damit zurück.

»Ja, die ist von ihm«, sagte ich und nahm sie entgegen. »Eindeutig.« Ich erkannte den Stil meines Vaters sofort. Die Leichtigkeit, mit der er Yves' halbwüchsige Töchter in rotbrauner Kohle hatte lebendig werden lassen, beeindruckte mich wieder. Ich war mit Sicherheit nicht dabei gewesen, als er sie angefertigt hatte. »Wie geht es den beiden denn?«, fragte ich.

»Céline ist in Lille verheiratet, sie hat drei Kinder und ist Osteopathin, und Audrey lebt im Osten von Paris und arbeitet in einer Anwaltskanzlei.« Er trank seinen Kaffee. »Was machen Sie beruflich? Sind Sie auch Lehrerin geworden?«

»Nein, ich habe Kunstgeschichte studiert, in Köln, und dort arbeite ich auch in einem Museum.«

»Oh, das hätte ihm aber gefallen …« Er zog die Augenbrauen hoch. »Wissen Sie, mir hat das alles sehr zugesetzt, damals, als er mit dem Boot verunglückt ist. Wir haben ja viel Zeit miteinander verbracht, wenn er hier war. Und von einem Tag auf den anderen …«

»Ehrlich gesagt bin ich auch deswegen hier«, sagte ich. »Es sind nämlich ein paar Ungereimtheiten aufgetaucht. Das Verschwinden meines Vaters wurde ja nie aufgeklärt, und ich habe all die Jahre nicht verstehen können, was damals genau geschehen ist. Und nun möchte ich mir Klarheit verschaffen, soweit es eben möglich ist.«

»Das verstehe ich. Und wie kann ich Ihnen helfen?«

»Nun, wie es scheint, hat mein Vater Schulden gehabt. Wissen Sie vielleicht etwas davon?«

Yves sah mich einen Moment lang nachdenklich an, dann sagte er: »Er hatte Wettschulden.«

»Also doch«, entfuhr es mir.

»Aber er hat alles zurückgezahlt.« Er streckte die Beine unter dem Glastisch aus und zeigte auf die gerahmte Kohlezeichnung. »Na ja, fast alles, den Rest habe ich ihm erlassen. Das ist die teuerste Zeichnung im ganzen Haus, man sollte es kaum glauben.«

»Wieso, das verstehe ich nicht.«

»Ich hab ihren Wert auf symbolische fünfzigtausend Franc angesetzt und ihm das Bild dann abgekauft.«

»Fünfzigtausend Franc? Wie viel ist denn das in Euro?«

»Knapp achttausend.«

»Waren das die Restschulden? Wie hoch war denn dann die Gesamtsumme?« Ich hielt den Atem an.

»Das Sechsfache.« Er faltete die Hände hinter dem Kopf.

Ich rutschte auf dem Leder herum. Wie konnte er solche Schulden angehäuft haben?, dachte ich. »Was hat er denn gewettet?« Meine Stimme hörte sich dünn an.

»Pferderennen, Sportwetten … Ab und zu waren wir auch im Kasino. Er hatte oft mehr Glück als Verstand, aber alles in allem hat er natürlich nur draufgezahlt.«

»Ich habe gehört, dass Sie Teilhaber im Kasino von Le Havre sind.«

Yves lachte auf. »Die Leute erzählen viel hier. Sie sollten nicht alles glauben, was Sie hören. *Les rumeurs sont comme des rats*, Gerüchte sind wie Ratten, man kann sich nicht davon befreien. Kennen Sie das Sprichwort? Ich war Zahnarzt, im sechsten Arrondissement von Paris, mein Leben lang.«

So ganz konnte ich ihm das nicht abnehmen, aber letztlich war es auch nicht wichtig. »Sagen Sie, Yves, noch etwas ganz anderes: Sie kennen doch sicher Paul Signac, nicht wahr?«

»Natürlich. Er hat in Barfleur gelebt und gearbeitet.«

»Wissen Sie von einem kleinen Ölgemälde des Malers, das Motiv ist der Leuchtturm von Gatteville, das in den letzten Jahrzehnten irgendwo hier aufgetaucht sein könnte?«

Yves schüttelte den Kopf. »Nein, wie kommen Sie denn darauf?«

»Ach, ich habe nur ein Foto dieses Bildes gesehen, und da dachte ich, vielleicht wäre Ihnen das mal in die Hände gefallen«, sagte ich ausweichend.

»Und jetzt sind Sie auf der Suche nach dem Original?«, fragte Yves.

»Ja, so ungefähr.«

»Das dürfte für Sie als Kunsthistorikerin ja nicht so schwer sein.«

Ich überging den etwas überheblichen Unterton in seiner Stimme. »Eine letzte Frage noch, dann will ich Sie auch nicht weiter aufhalten: Kennen Sie zufällig eine Frau namens Mathilde, die hier aus der Region stammt?«

Yves zog die Mundwinkel nach unten. »Nein, tut mir leid, der Name sagt mir gar nichts.«

»Vielen Dank, Yves. Vielen Dank für Ihre Offenheit. Sie haben mir sehr geholfen.«

»Gerne.« Er stand auf und begleitete mich zur Tür. »Wenn Sie mal wieder in der Gegend sind …«

»Dann komme ich Sie gerne besuchen, ja.«

Ich verabschiedete mich von ihm und ging zu meinem Auto zurück. Der Wind trieb mich von hinten an, die Gedanken wirbelten in meinem Kopf herum. Das wird ja immer besser, dachte ich. Jetzt kamen zur Geliebten noch Wettschulden dazu. Mit welchem idealisierten Vaterbild hatte ich all die Jahre nur gelebt?

Ich setzte mich ins Auto und ließ den Motor an. Der Mann mit dem Schäferhund war nicht mehr zu sehen.

Bis zur Segelschule waren es nur ein paar Kilometer. Schwere dunkle Wolken türmten sich am Himmel, es kam mir nur ein einziges Auto entgegen. Ich parkte unter dem großen Schild *Skipper*, auf dem sich Segel in allen Farben auf dem blauen Meer blähten. Das Wohnhaus war ein schmuckes Granithaus mit weißen Fensterläden und dem typischen Giebelschmuck auf dem Dach. Große helle Hortensienbüsche standen im Vorgarten.

Ich stieg aus und trat durch das weiße Gartentor, das nur angelehnt war. »Matthieu, stell dir vor …«, rief ich, stoppte aber mitten im Satz, denn es war Antoine, der sich mit einem Schuh in der Hand, den er gerade putzte, zu mir umdrehte. Ich hatte Matthieu tatsächlich mit seinem nur eineinhalb Jahre jüngeren Bruder verwechselt.

»Sehe ich etwa so gut aus wie er?«, fragte er lachend und stellte den Schuh auf den Boden.

»Noch besser!«, antwortete ich und begrüßte ihn. Antoine war etwas größer als Matthieu, hatte breitere Schultern und war insgesamt durchtrainierter. Sein Kinn war glatt rasiert, das dichte Haar trug er im Nacken noch länger als Matthieu.

»Charlotte, lass dich mal anschauen …« Er hielt mich auf Abstand und musterte mich von Kopf bis Fuß. »*Très jolie*, sehr hübsch siehst du aus«, sagte er. »Wie schön, dass du heute zum Mittagessen bleibst. Sophie kommt später, nicht wahr?«

»Ja, ich bin etwas früher dran. Die Entfernungen sind hier nicht so groß.«

»Ihr seid Großstädter, aber wir leben nun mal in der Provinz, vergiss das nicht. Jetzt komm erst mal rein.«

Er öffnete die Eingangstür mit dem Buchsbaumkränzchen, und schon stand Nicole vor uns. Sie trug eine rote Brille, die dunklen Haare schulterlang, eine lange Kette baumelte an ihrem Hals. An den Handgelenken klimperten silberne Armreifen.

»Charlotte, ich freue mich ja so!« Sie kam strahlend und mit ausgebreiteten Armen auf mich zu. »Du bist sehr schön, Mädchen, hast dich kaum verändert!«

»Du übertreibst, Nicole! Wir sind alle älter geworden. Aber du siehst auch gut aus! Warte, ich habe dir etwas mitgebracht …« Ich kramte in meiner Handtasche und überreichte ihr ein Schächtelchen mit feinster handwerklich hergestellter Schokolade, das ich in Barfleut erstanden hatte.

»Das ist aber sehr aufmerksam von dir, vielen Dank.« Sie ging zur Treppe und rief: »Matthieu! Charlotte ist da! Er hat mir schon erzählt, was du so treibst im Leben«, sagte sie lächelnd zu mir.

Doch es war nicht Matthieu, der zuerst die Treppe herunterkam, sondern Patrice. Ich schluckte bei seinem Anblick, auch wenn er jetzt mit freundlichem Gesicht auf mich zukam und mich herzlich begrüßte. Er war groß und schlank geblieben, hatte aber schütteres ergrautes Haar. Matthieus Vater war damals schon streng gewesen, er hatte in Familie und Rettungsstation das Sagen gehabt. Seine Söhne waren ihm stets mit Respekt begegnet.

»Maman«, Antoine streckte den Kopf aus der Küche. »Soll ich den Aperitif schon mal vorbereiten?«

»Ja, ich komme schon. Leg doch erst mal ab, Charlotte.«

Ich hängte meinen Mantel an die Garderobe und sah noch einmal kurz auf mein Handy, als Matthieu die Treppe herunterkam und mich mit Wangenküssen begrüßte.

»*Ça va*? Alles klar?«, fragte er.

»*Ça va.*« Ich nickte.

Im Nebenzimmer knallte ein Sektkorken.

»Na, dann stoßen wir wieder mal an«, sagte Matthieu und führte mich ins Esszimmer zu einem großen Holztisch.

Nicole hatte kleine Häppchen für den Aperitif vorbereitet, hübsche Servietten aufgelegt und Cocktailtomaten, Cashewnüsse und Chips in kleine Schälchen verteilt. Antoine war dabei, sechs Gläser zu füllen. Ich setzte mich zu Matthieu auf die lange Bank, seine Eltern saßen uns auf Stühlen gegenüber. Unsere Oberschenkel berührten sich leicht unter dem Tisch.

Es klingelte, Nicole stand auf und kam mit Sophie an den Tisch zurück.

»Hallo, alle zusammen, da komme ich ja im richtigen Moment!« Sie ließ sich neben mir auf der Bank nieder und streifte ihre Tasche ab.

»Es ist schön, dass du gekommen bist«, sagte Patrice zu mir. Er wirkt irgendwie milder als früher, dachte ich. »Und du natürlich auch, *ma belle*!« Er prostete Sophie und mir zu, dann stießen wir mit den anderen an. Der Champagner perlte auf meiner Zunge und löste augenblicklich meine Anspannung.

»Und …«, Sophie nahm sich eine kleine Tomate, »was gibt's Neues?«

Sofort richteten sich alle Blicke auf mich.

Ich errötete und nahm gleich noch einen Schluck. Doch wieso sollte eigentlich ich mich dafür schämen, wenn *er* etwas auf dem Kerbholz gehabt hatte? »Mein Vater hatte Wettschulden«, sagte ich in die Runde und zuckte mit den Schultern. »Ich wusste davon nichts.«

Nicole legte ihre Hand auf meine. »Das tut mir leid zu hören.«

Ich sah ihr in die Augen und nahm dann mit meinem Blick auch Patrice ins Gebet. Es wurde ganz still am Tisch. »Bitte, seid ehrlich mit mir: Wusstet ihr etwas von einer Geliebten?«

Patrice machte ein schnalzendes Geräusch und griff nach den Nüssen. »Was soll man dazu sagen?«, meinte er nur.

»Die Wahrheit. Mich kann so schnell nichts mehr umhauen.« Matthieu warf mir einen Blick von der Seite zu, und ich spürte seine Hand kurz an meiner Schulter.

»Ja, wir müssen gar nicht um den heißen Brei herumreden«, sagte Nicole und spielte an ihren Armreifen. »Wir haben mal Freunde in Honfleur besucht, da haben wir ihn mit einer anderen Frau gesehen. Sie saßen in einem Restaurant am Hafen und wirkten, sagen wir mal, sehr vertraut miteinander.«

»Die Situation war eindeutig«, fügte Patrice hinzu.

Antoine pfiff durch die Zähne.

Ich atmete tief ein. »Wisst ihr ihren Namen?«

»Nein, aber sie arbeitete damals in einer kleinen Galerie in Le Havre«, sagte Nicole. »Meine Mutter wohnte dort, und wir haben sie zufällig Wochen später dort wiedergesehen.«

»Eine Galerie?« Sophie schaute mich an.

»Habt ihr die Adresse?«, fragte ich.

»Die können wir sicher ganz leicht im Internet raussuchen«, sagte Patrice.

»Wie lange braucht man denn nach Le Havre?« Ich trank vom Champagner.

»Zwei Stunden.« Antoine schenkte uns noch einmal einen Schluck nach.

»Ich begleite dich, Charlie.« Sophie legte mir die Hand auf den Unterarm.

»Und ich fahre euch.« Matthieu sah seine Eltern an. »Ihr braucht doch das Auto nicht, oder?«

»Du kannst es haben«, sagte Patrice und trank sein Glas leer. »Aber jetzt wird erst mal gegessen. Nicole hat sich ins Zeug gelegt …«

Als die Vorspeise aufgetischt war und Nicole die Reine mit dem knusprig gebratenen Huhn und den geschmorten Karotten und Kartoffeln im Backofen überprüfte, ging ich zu ihr. »Hat meine Mutter etwas davon gewusst?«, fragte ich sie. »Habt ihr es ihr gesagt?«

Sie sah mich entrüstet an. »Nein, natürlich nicht, Charlotte. Von uns wusste sie es nicht.«

# 13.

Wir fanden einen Parkplatz am Rathaus und gingen an unzähligen Springbrunnen vorbei über den monumentalen Vorplatz Richtung Rue de Paris, die zum Meer hin ausgerichtet war und in der die Galerie von Virginie Deschamps lag. Der Name der Besitzerin stand auf ihrer Homepage. Die breite Straße war gesäumt von einheitlich getönter Betonarchitektur, unter den hohen Kolonnaden lagen Geschäfte und Boutiquen. Auf der Internetseite der Galerie stand, dass sie alternierend anerkannte Künstler ausstellte und jungen Talenten aus verschiedenen Kulturen eine Plattform bot. Von historischen Gemälden war hier keine Spur. Ob diese Virginie die war, die wir suchten, und ob sie etwas mit dem Signac zu tun hatte, würde sich zeigen.

»Die Straße ist so breit und gerade, sie erinnert mich eher an eine Pariser Avenue als an eine Einkaufsstraße in der Normandie«, sagte Sophie, als wir nebeneinander auf dem ausgedehnten Trottoir gingen.

»Stimmt«, sagte ich und sah an den schlichten Gebäuden mit dem einheitlichen Sockelgeschoss entlang. »Alles ist groß angelegt, die Architektur öffnet sich zum Himmel hin.«

»Le Havre ist im Krieg total zerstört worden«, sagte Matthieu. »Die Nachkriegsbauten haben ein ganz eigenartiges Flair. Ich war früher oft hier, solange meine Großmutter noch gelebt hat. Sie hatte ein total funktionelles Appartement aus den fünfziger Jahren und wohnte hier ganz in der Nähe.« Matthieu zeigte in eine Seitenstraße. »Während des Krieges war sie nächtelang in einem Tunnel ausgelagert.«

»Unvorstellbar, wie die Bomben und Raketen im Krieg gewütet haben«, sagte ich. »Und herausgekommen ist dann eine Stadt ohne Geschichte.«

»Es ist schon ein Zufall, dass deine Eltern ihr hier noch mal über den Weg gelaufen sind«, sagte Sophie zu Matthieu und zog die Nase kraus. »Eine Stadt mit einem ganz speziellen Geruch. Findet ihr nicht auch, dass es hier total komisch riecht?«

Ich schnupperte in die Luft. »Ja, eine Mischung aus Öl, salziger Luft und … faulen Eiern.«

»Das liegt an den Erdölraffinerien«, sagte Matthieu.

»Es sieht hier ziemlich ausgestorben aus.« Ich deutete auf die geschlossene Ladenzeile. »Viele der Geschäfte haben zu, es sind kaum Leute unterwegs. Hoffentlich hat die Galerie überhaupt auf …« Ich hob den Kopf und suchte die Fassade nach einer Hausnummer ab. 136, 138, es war nicht mehr weit. Mein Puls begann, sich zu beschleunigen. Die Galerie hatte die Hausnummer 156, Patrice hatte die Adresse schnell im Stadtplan herausgefunden.

Ich fragte mich, wie lange das zwischen meinem Vater und der Französin schon gelaufen war. Wann hatten sie sich kennengelernt, wie viel Zeit hatten sie miteinander verbracht? Immerhin waren sie ja auf die Ferienzeit angewiesen gewesen …

»156, hier ist es«, sagte Sophie.

Wir blieben vor einer gläsernen Fensterfront stehen. Der

langgezogene Ausstellungsraum war hell erleuchtet, auf einem Messingschild an der Tür stand »Inhaberin V. Deschamps«. Eine dunkelhaarige Frau saß ganz hinten an einem Schreibtisch und sortierte irgendwelche Dokumente.

Meine Hände verkrampften sich in den Manteltaschen, und ich stellte mich mit dem Rücken zur Galerie. »Ich habe mir noch gar nicht überlegt, was ich zu ihr sagen soll«, sagte ich mit einem Anflug von Panik. »Ich kann doch schlecht einfach reinspazieren und sie fragen, ob sie früher mal was mit meinem Vater hatte.«

»Warum denn nicht?« Matthieu zuckte mit den Schultern. »Das ist doch das Ziel unseres Besuches.«

»Ich sehe das ähnlich«, sagte Sophie. »Das ist die beste Art, um eine ehrliche Reaktion zu bekommen. Die berühmte Holzhammermethode. Soll ich mit ihr reden? Ich habe damit keine Probleme.« Grimmig zog sie die Stirn in Falten.

»Nein, ich mache das schon. Wartet ihr auf mich?«

Matthieu nickte und legte mir kurz seine warme Hand an die Wange. »*Bonne chance*, viel Glück.«

Ich lächelte ihnen zu, dann sah ich in die Galerie. Es waren keine weiteren Besucher da, das traf sich gut. Plötzlich wurde ich unsicher, ich kam ich mir wieder vor wie ein pubertierendes fünfzehnjähriges Mädchen, das eine unangenehme Konfrontation vor sich hat. Ich atmete tief durch und öffnete die Tür. Im Eingangsbereich waren große runde Steine drapiert, dazwischen standen weiße und rote Tonskulpturen auf meterhohen Sockeln. Voluminös, dynamisch und mit polierter Oberfläche, sie gefielen mir auf Anhieb.

»*Bonjour,* Madame. *Je peux vous aider*? Kann ich Ihnen helfen?« Die Frau hinter dem Schreibtisch lächelte mich aus dunklen Augen an. Sie hatte ihre glänzenden Haare streng nach hinten frisiert, ihre Lippen waren rot geschminkt. Ich schätzte sie auf Anfang fünfzig.

»*Bonjour,* Madame. Ich würde mich gern ein wenig umsehen.« Ich fragte mich, ob sie meine Stimme zittern hörte.

Die Galeristin nickte und wendete sich wieder ihren Unterlagen zu.

Die Frau hatte was, das musste ich zugeben, als ich die Tonskulpturen umrundete und sie verstohlen beobachtete. Vor fünfzehn Jahren war sie sicher bildschön gewesen, sie war es heute noch. Mir kam das Aquarell der fremden Frau in der Zeichenmappe in den Sinn. Sie könnte ihm durchaus Modell gestanden haben, dachte ich. Mein Vater musste sich von ihr verstanden gefühlt haben, sie war sicher ganz anders als meine Mutter, eine Galeristin interessierte sich zwangsläufig für das Schöne und Ästhetische in der Welt.

Ich ging weiter und sah mir die Meeres- und Strandbilder eines jungen englischen Malers an. »Diese hier gefallen mir«, sagte ich spontan und blieb in ihrer Nähe stehen. »Man erkennt den Einfluss, den die Impressionisten heute immer noch auf die junge Generation haben.«

Die Galeristin sah auf. »Ja, er hat enormes Potential.« Sie stand auf und kam hinter dem Schreibtisch hervor. Sie war größer als ich, ihre Füße steckten in spitzen Stiefeln mit hohen Absätzen. Ihr Auftreten war sehr gepflegt, sie hatte Stil, das sah man sofort, ihre Kleidung zeichnete sich durch schlichte Eleganz aus.

»Sind Sie Engländerin?«, fragte sie.

»Nein, Deutsche.« Gespannt beobachtete ich ihre Reaktion. Hatten die Lider der Frau gezuckt? Ich war mir nicht sicher. »Ich bin das erste Mal seit langem wieder hier in Le Havre. Die Architektur im Zentrum hatte ich gar nicht so in Erinnerung. Sie ist ganz erstaunlich.«

»Ja, sie ist andersartig. Aber vielleicht ist das gerade die Stärke unserer Stadt.« Die Frau verschränkte die Arme. »Man sagt, entweder liebt man Le Havre oder man hasst es.«

»Ja«, sagte ich und errötete, »man fühlt sich gar nicht wie in einer traditionellen französischen Stadt. Es gibt weder eine gotische Kathedrale noch hübsche Fachwerkhäuser. Als ob das Universum ein anderes wäre.«

»Das Nachkriegsensemble steht als einziges weltweit auf der UNESCO-Weltkulturerbe-Liste«, sagte die Frau nicht ohne Stolz und balancierte mit einem Fuß auf ihrem Absatz. »Auguste Perret war ein Meister der Stahlbetonkonstruktion. Die Engländer haben damals die Stadt in zwei Tagen in Schutt und Asche gelegt, nachdem die Nazis den Hafen zuvor schon schwer bombardiert hatten«, sagte sie. »Im September 1944, drei Monate nach der Befreiung, das muss man sich mal vorstellen. Die neue moderne Stadt ist ein Symbol des wiedergeborenen Frankreichs.«

»Ich liebe die Architektur in all ihren Facetten, aber noch viel mehr die Malerei. Ich bin Kunsthistorikerin. Für unsere aktuelle Museumsausstellung haben wir Claude Monets *Impression, soleil levant* bekommen, das er ja im Hafen von Le Havre gemalt hat. Wahrscheinlich ist von der Ansicht nicht mehr viel übrig geblieben.«

»Ah, Sie sind also Kunsthistorikerin. Ich dachte mir schon so etwas. Sie haben einen aufmerksamen Blick, wenn Sie die Dinge betrachten. Man merkt, dass Sie vom Fach sind. Und deswegen sind Sie hier? Um zu schauen, wo Monet den ›Sonnenaufgang‹ gemalt hat?«

»Ehrlich gesagt nein, obwohl ich das auch noch vorhabe.« Ich trat von einem Fuß auf den anderen. »Es mag sich vielleicht eigenartig für Sie anhören, aber ich bin dabei, ein Stück meiner Vergangenheit aufzuklären. Ich habe mich noch gar nicht vorgestellt, verzeihen Sie. Mein Name ist Charlotte Berger. Ich bin David Bergers Tochter.«

Die Frau zog überrascht ihre Augenbrauen hoch. »David Berger aus Berlin?«

»Ja, genau. Es ist schon eine Weile her, er war vor fünfzehn Jahren hier in der Gegend.«

Sie sah mich einen Moment lang nachdenklich an, dann sagte sie: »Ja, ich erinnere mich an ihn. Meine Schwester war mit ihm … befreundet.«

Ich wusste erst nicht, was ich darauf sagen sollte. »Heißt sie vielleicht Mathilde?«, fragte ich dann und hielt den Atem an.

»Nein, wie kommen Sie darauf? Sie heißt Valérie, ich bin Virginie. Sie hat früher einmal diese Galerie hier geführt. Bis sie auf einmal ihre Zelte in Le Havre abgebrochen hat und nach Südfrankreich gezogen ist. Und wer einmal an die Côte d'Azur gegangen ist, kommt nicht mehr zurück in den Norden. Der Ärmelkanal ist nun einmal nicht das Mittelmeer.« Sie lächelte, wurde dann aber wieder ernst. »Es tut mir übrigens sehr leid, was damals passiert ist. Wir waren alle sehr geschockt.«

Ich nickte. »Danke. Können Sie mir vielleicht sagen, wo ich Ihre Schwester finde? Ich würde sehr gerne mit ihr sprechen.«

»Sie lebt in Mougins, im Hinterland von Cannes.« Virginies Gesichtsausdruck verschloss sich. »Was wollen Sie von ihr?«

»Ich will ihr keine Vorwürfe machen, wenn Sie das jetzt

meinen, aber ich hatte gehofft, etwas von ihr über meinen Vater zu erfahren. Wissen Sie, ich habe sein Verschwinden nie richtig überwunden. Deswegen bin ich noch einmal hergekommen. Ich möchte ein für alle Mal damit abschließen.«

Sie nickte und wirkte wieder etwas weicher. »Im Winter drauf ist Valérie weggezogen. Sie hat es hier nicht mehr ausgehalten, kam mit den vielen Fragen nicht mehr zurecht, die auch von offizieller Seite auftauchten. Sie hat Hals über Kopf einen Jugendfreund geheiratet und eine kleine Galerie im Süden übernommen.«

»Einen Jugendfreund, sagen Sie … Hat sie Kinder?«

»Ja, zwei Mädchen.«

Ich schluckte. Die beiden Kinder aus dem Café kamen mir in den Sinn. »Hätten Sie vielleicht eine Adresse für mich? Auch eine E-Mail-Adresse wäre ausreichend. Es ist wirklich wichtig.«

»Wissen Sie was, lassen Sie mir Ihre Rufnummer da, und ich gebe sie an meine Schwester weiter. Sie wird sich sicher bei Ihnen melden.«

Ich gab Virginie meine Visitenkarte vom Museum, auf der auch meine Handynummer stand. »Das wäre nett. Wie gesagt, ich habe keine bösen Absichten.«

»Warum sollten Sie auch? Es ist lange her, und außerdem …« Virginie sah auf die Karte hinunter. »Meine Schwester war damals alleinstehend, Ihr Vater nicht. Sie hat viel für ihn empfunden.«

»Ich bin wie gesagt nicht hier, um über jemanden zu urteilen. Dazu weiß ich auch zu wenig über ihre Beziehung. Aber was meinten Sie vorhin damit, als Sie sagten, es wären Fragen von offizieller Seite aufgetaucht?«

»Ich bin mir da nicht mehr ganz sicher, es ist schon so

lange her, aber eines Tages kam ein Versicherungsdetektiv hier in die Galerie und stellte ihr unangenehme Fragen«, sagte Virginie. »Es ging wohl um eine hohe Lebensversicherungssumme, die ausgezahlt werden sollte.«

»An Valérie?«, fragte ich ungläubig.

Virginie schüttelte den Kopf. »Soweit ich weiß, ging das Geld an Ihre Mutter.«

»Das glaubt ihr jetzt nicht!«, rief ich, als ich nach draußen auf die Straße kam. Sophie und Matthieu saßen auf einer Parkbank an einem Grünstreifen etwas weiter die Straße hinunter. Ich lief auf sie zu, setzte mich zu ihnen und erzählte ihnen, dass Virginie die Galerie von ihrer Schwester Valérie übernommen hatte, die inzwischen verheiratet in Südfrankreich lebte.

»Ich habe meine Karte dagelassen, dann kann sie mich anrufen«, sagte ich.

»Und wenn sie dich nicht anruft, bekommen wir ihre Adresse und die Telefonnummer auch so raus«, sagte Sophie. »Das sind doch schon ganz gute Angaben.«

»Mougins ist ein hübsch gelegenes Städtchen in der Nähe von Cannes, da war ich mal«, sagte Matthieu und legte seinen Arm wie zufällig hinter meinem Rücken über die Banklehne.

Ich ließ meinen Blick vage über den Rasen schweifen. »Ich habe da so einen verrückten Gedanken, ich traue mich kaum, ihn auszusprechen …«

»Was meinst du?«, fragte Matthieu.

»Valérie ist ein halbes Jahr nach dem Verschwinden meines Vaters in den Süden gezogen. Was, wenn das alles ein abgekartetes Spiel war? Wenn er wirklich noch lebt – und zwar in Südfrankreich, zusammen mit ihr?«

»Aber du sagtest doch, sie hätte einen Jugendfreund geheiratet?« Sophie runzelte die Stirn.

Ich zuckte nur mit den Schulten und rechnete nach. »Vor fünfzehn Jahren war mein Vater fünfzig Jahre alt. Valérie muss heute um die fünfzig sein, damals war sie also Mitte, Ende dreißig. Die beiden Mädchen im Café könnten durchaus seine Töchter sein …« Bei dieser Überlegung zog sich mein Magen zusammen.

»Das wäre natürlich der Hammer!« Sophie riss die Augen auf. »Er hat eine andere Identität angenommen und lebt an der Côte d'Azur mit einer neuen Familie … Und du hättest damit auf einen Schlag zwei kleine Halbschwestern.«

»Ich weiß nicht, irgendwie klingt das nach Verschwörung«, sagte Matthieu. »Das müsste sich doch alles irgendwie überprüfen lassen.«

Eine schwarzgekleidete Frau mit Handy am Ohr kam über das Trottoir geeilt. Ihre Stiefel hinterließen ein klackendes Geräusch auf dem Steinboden.

»Das ist doch Virginie!« Ich sprang auf und winkte ihr zu.

»Charlotte!«, rief sie und kam auf uns zu. »Da sind Sie ja noch … Ich habe gerade meine Schwester am Telefon, wenn Sie jetzt mit ihr sprechen möchten?«

Ich warf Sophie und Matthieu einen Blick aus geweiteten Augen zu, dann lief ich ihr entgegen. »Ja, gerne!«

»Ich bin in der Galerie«, flüsterte sie mir zu und reichte mir das Telefon.

Atemlos nahm ich ihr Handy ans Ohr. »Ja, bitte?«

»Charlotte? Hier ist Valérie. Valérie Duchamps. Virginie hat mir erzählt, weswegen Sie da sind. Hören Sie, ich habe anfangs nicht gewusst, dass David verheiratet war, das müssen Sie mir glauben.« Sie schien ein schlechtes Gewissen zu haben, sprach schnell, aber ihre Stimme klang warm und melodisch.

»Ich habe Ihrer Schwester schon gesagt, dass es mir nicht darum geht, irgendwelche Anschuldigungen zu machen«, sagte ich. »Ich finde es sehr nett von Ihnen, dass Sie dazu bereit sind, mit mir zu sprechen. Ich möchte nur gerne einige Dinge begreifen.«

»Ja, das verstehe ich. Wissen Sie ... David sagte mir, dass er Ihre Mutter verlassen und nach Frankreich auswandern wollte ... Und dann kam ja das schreckliche Bootsunglück. Ich konnte damals einfach nicht in Le Havre bleiben. Zu viele Erinnerungen hingen an dem Ort.«

Mein Vater wollte meine Mutter verlassen? Ich fuhr mir durchs Haar und versuchte ruhig zu bleiben. »Und dann haben Sie Ihren Jugendfreund geheiratet, das hat Virginie mir erzählt. Wie heißt er noch gleich?« Ich ging vor einem geschlossenen Laden auf und ab.

»Christophe. Er kommt aus Nizza. Wir haben uns nur Monate später wiedergetroffen, und im nächsten Jahr war ich auch schon schwanger.«

»Sie haben zwei Töchter bekommen, das freut mich für Sie. Ihre Schwester hat es mir erzählt. Wie alt sind sie denn?«, fragte ich so beiläufig wie möglich.

»Dreizehn und elf. Hören Sie, Charlotte, ich wollte die Ehe Ihrer Eltern nicht auseinanderbringen, ich ...«

»Wie gesagt, darum geht es mir gar nicht.« Nervös kaute ich an einem Nagel herum. »Ich wollte Sie noch fragen, ob Sie meinem Vater jemals ein Original von Paul Signac verkauft haben – oder vielleicht sogar geschenkt?«

»Ein Original von Paul Signac?« Sie wirkte irritiert. »Nein, wie kommen Sie darauf?«

»Nur so, es ist ein Detail ...«

»Davon weiß ich wirklich nichts.«

»Okay, vielen Dank für das Gespräch, Valérie. *Merci beaucoup. Au revoir.*«

»*Au revoir*, Charlotte.«

Ich drückte die rote Taste und brachte Virginie das Handy in die Galerie zurück.

»Alles klar?«, fragte sie mich.

Ich nickte ihr zu. »Ja. Ich denke, ich habe erfahren, was ich wollte. Vielen Dank für Ihre Offenheit ... Wenn wir jetzt noch zu Monets Ansicht an den Hafen runterwollen, gehen wir doch einfach die Rue de Paris weiter Richtung Süden, oder?«, fragte ich.

»Ja, die Adresse ist Quai de Southampton, aber machen Sie sich keine Illusionen, es sieht wirklich nichts mehr wie damals aus. Auf dem Weg dorthin ist übrigens noch der *Vulcan* interessant, das *Maison de la Culture du Havre*, es stammt von Oscar Niemeyer. Sie können es gar nicht verfehlen ...«

Ich bedankte mich für den Tipp und verabschiedete mich von ihr. So wie es aussah, hatte ich meinen Vater gar nicht richtig gekannt, dachte ich, als ich wieder zu den anderen zurückging. Ich hatte ein völlig falsches Bild von ihm.

Das Straßensystem war rechtwinklig angelegt, komplett auf dem Reißbrett konstruiert. Für uns ging es jetzt nur noch geradeaus, man fand sich leicht zurecht.

»Ich finde, es ist überhaupt nicht gesagt, dass David deine Mutter ernsthaft verlassen wollte.« Matthieu sah mich von der Seite an. »Du kennst nur Valéries Aussage. Vielleicht war alles ja auch ganz anders. Du weißt nicht, wozu

Menschen fähig sind, wenn Gefühle und verletzte Eitelkeit im Spiel sind.« Er klang auf einmal ungewöhnlich barsch.

Sophie legte ihm kurz die Hand auf die Schulter, als wollte sie ihn beruhigen. Womöglich hatte ich ihn damals mehr verletzt, als er mir gegenüber zugegeben hatte. Oder spielte er hier auf seine Exfreundin an, auf Susan?

»Vielleicht. Vielleicht aber auch nicht.« Ich wusste plötzlich nicht mehr, was ich denken sollte. Im Moment traute ich meinem Vater so ziemlich alles zu.

»Jedenfalls können wir jetzt davon ausgehen, dass die beiden Mädchen nicht deine Halbschwestern sind«, sagte Sophie. »Das ist doch auch schon mal was.«

»Wenn du meinst«, sagte ich. So ganz sicher war ich mir bei der Sache noch nicht. Ich habe meinen Vater immer bewundert, jetzt bröckelte auf einmal sein Ansehen, und zwar gewaltig. Hervor kam das Bild eines Mannes mit Ecken, Kanten – und dunklen Geheimnissen. Es schien, als hätte ich über all die Jahre an einem Trugbild festgehalten. Ich erfuhr, dass er Schulden hatte und eine Geliebte, vielleicht sogar zu ihr nach Frankreich auswandern wollte. Und ich wusste immer noch nicht, welche Rolle der Signac bei der ganzen Sache spielte …

Schweigend lief ich neben den beiden her und hing meinen Gedanken nach, bis wir zu einem großen Platz kamen, auf dem ein beeindruckender abgeschnittener Vulkankegel stand, dessen klar geschnittene weiße Form sich scharf von Perrets Betonarchitektur abhob. Ein zweiter kleinerer Kegel stand weiter hinten. Jugendliche sausten knatternd mit dem Skateboard auf dem Platz herum.

»Das ist ja mal erstklassige Architektur«, sagte ich, und Begeisterung klang in meiner Stimme mit. »Der *Vulcan* des brasilianischen Architekten Oscar Niemeyer.«

»Und was soll da drin sein?«, fragte Sophie.

»Ein riesiger halb unterirdischer Konzertsaal, in dem kleineren dort drüben ist ein Kino.« Nach ein paar Schritten deutete ich nach Westen, dort erhob sich weithin sichtbar ein wolkenkratzerähnlicher Kirchturm, der offensichtlich zum Nachkriegsensemble gehörte. »Wenn wir mehr Zeit hätten«, sagte ich, »müssten wir diese Kirche eigentlich noch besichtigen.«

»Und abends ins Kino gehen«, sagte Matthieu. »Machst du eigentlich auch Führungen?«

Mir fielen die Lachfältchen um seine Augen auf. »Ja, wenn sich Leute interessieren, mache ich das gerne. Ich führe bei uns im Museum Gruppen durch die Ausstellung.« Ich warf Sophie einen Blick zu, die ständig an irgendwelchen Schaufenstern stehen blieb und dann eilends wieder zu uns aufschloss. Es war schön, dass ich diesen Gang nach Le Havre nicht alleine unternehmen musste, sondern die beiden an meiner Seite hatte.

»Wisst ihr, egal, was bei der ganzen Geschichte letztlich rauskommt«, sagte ich und lächelte die beiden an, »ich habe jetzt schon ganz viel dabei gewonnen.«

Sophie drückte meinen Arm. »Wir haben gestern darauf angestoßen, dass wir uns nicht mehr aus den Augen verlieren. Und so soll es sein, ja?« Sie sah zu Matthieu.

*»Tout le monde mérite une deuxième chance, mais pas pour les mêmes erreurs«*, sagte er. »Jeder verdient eine zweite Chance, aber nicht, um die gleichen Fehler noch mal zu machen.«

Sophie zog die Augenbrauen hoch. »Franzosen lieben Sprichwörter«, sagte sie.

Wir gingen bis zum südlichen Ende der Rue de Paris, wo wir auf den stark befahrenen Quai de Southampton stießen. Vor uns lag der abgesperrte Parkbereich der Fährgesellschaft, Wohnmobile warteten auf die Überfahrt nach England oder Irland. Von einer Beschaulichkeit wie zu Zeiten Claude Monets war hier keine Spur mehr.

»Ich glaube eher, es muss hier links gewesen sein«, sagte ich. »Da liegen die hinteren Hafenbecken.«

Wir gingen an der langgestreckten beigegrauen Fassade entlang, doch wegen der Absperrung kam man nicht bis ans Hafenbecken heran. Vor der Terrasse des Cafés *Le Ferry Boat* blieb ich stehen und stellte mich auf Zehenspitzen. »Ungefähr hier muss das Hotel *Amirauté* gestanden haben. Claude Monet hatte sich damals dort einquartiert und vom zweiten oder dritten Stock aus seine berühmte orangerot aufgehende Sonne gemalt.«

»*Impression, soleil levant* wurde hier gemalt?«, fragte Matthieu und pfiff durch die Zähne. »Um sich das vorzustellen, braucht man aber Phantasie.«

»Ja. Angeblich hatte Monets Tante am Quai einen Handel mit Kolonialwaren, das muss für ihn wie eine Bühne des modernen Lebens gewesen sein. Er hat hier genügend Motive gefunden, um die Dynamik des Hafens zu dokumentieren«, sagte ich und fischte mein Handy aus der Tasche. »Wartet mal, ich habe ein Foto gemacht, als das Gemälde aus Paris angeliefert worden ist. Gleich hab ich's, hier ist es schon …« Ich hielt Sophie das Telefon hin.

»Das kenne ich aus dem Kunstunterricht«, sagte sie.

»Zuerst schuf Monet eine atmosphärische Stimmung«, fuhr ich fort, »dann legte er die topographischen Örtlichkeiten wie Quai und Hafen fest und verlieh dem Gemälde dadurch einen dokumentarischen Charakter. Schließlich bestückte er es mit Lastenkränen, rauchenden Schloten, Schleusen und Lagerarbeitern, die Kaffee und Baumwolle entluden. Ihm ging es nicht um pittoreske Ansichten, ihn interessierten die Lichtreflexe auf dem Wasser und der geschäftige Betrieb am Hafen …« Ich merkte, dass ich mich zu einem Vortrag hatte hinreißen lassen, und grinste die beiden an. »Wie gesagt, ich mache öfter Führungen durch die Ausstellung, und mit diesem Bild habe ich mich einfach besonders intensiv beschäftigt.«

»Es ist beeindruckend, wie du dich damit auseinandersetzt«, sagte Matthieu. »Ich finde es total spannend.«

»Das freut mich.« Ich sah Sophie an. »Vielleicht hast du ja Lust, dir die Ausstellung anzusehen?«, fragte ich sie. »Komm mich doch mal in Köln besuchen, von Frankfurt aus ist es nur ein Katzensprung.«

Sie gab mir das Handy zurück. »Oh ja, das mache ich gerne!«

Ich schaute auf das Display. »Es mag verrückt klingen, aber als ich das letzte Mal vor dem Gemälde stand, hatte ich das Gefühl, als hörte ich in der Ferne das Meer rauschen, als spürte ich seinen salzigen Geschmack auf meinen Lippen … Mein Vater hat mal gesagt, man müsse sich nur genug konzentrieren, um in den Wellen lesen zu können. Ich weiß nicht, was er damit gemeint hat, jahrelang habe ich mir den Kopf darüber zerbrochen. Vielleicht war es auch einfach nur so dahingesagt, so wie Vincent gemeint hat, das Meer habe seinen eigenen Willen.«

»Vielleicht wusstest du aber auch einfach intuitiv, dass Le Havre für ihn eine besondere Bedeutung hatte«, sagte Matthieu.

»Ja, das könnte sein. Nur dass mein Vater nicht der war, für den ich ihn immer gehalten habe, wusste ich nicht.«

# 14.

»Ich habe doch heute früh versucht, dich zu erreichen«, sagte ich und sah die Straße hinunter. »Ich habe dir sogar auf die Mailbox gesprochen. Hast du das nicht abgehört?«

»Doch, aber wo warst du heute den ganzen Tag über?«, fragte Gregor, und seine Stimme klang übellaunig.

»Wir sind nach Le Havre gefahren, dort hat sich eine Spur aufgetan. Die Rückfahrt über Caen hat drei Stunden gedauert, es war furchtbar viel Verkehr auf der Autobahn. Wir sind eben erst zurückgekommen.«

Gregor schwieg am anderen Ende der Leitung, dann räusperte er sich. »Und wo warst du gestern Abend? Ich habe ein paarmal versucht, dich zu erreichen, Charlotte, aber du bist nicht rangegangen. Und jetzt erzähl mir nicht, du hattest im Haus keinen Empfang, denn dann springt die Mailbox an.«

»Gestern? Also, tagsüber war ich in Barfleur unterwegs, dann nachmittags in Cherbourg, und abends ist noch ein Freund vorbeigekommen. Ein Jugendfreund. Er ist gerade bei seinen Eltern zu Besuch und schaute auf einen Sprung bei uns vorbei.« Ich sah über die Gartenpforte.

»Ist das der Kerl, mit dem du damals zusammen warst, Matthieu oder so?«

»Ja, aber da war ich gerade mal fünfzehn, Gregor. Ich

habe mich einfach gefreut, ihn nach so langer Zeit wiederzusehen, genau wie Sophie. Er ist Teil meiner Vergangenheit, wir haben zusammen Zeiten erlebt, in denen die Welt für mich noch nicht aus den Angeln war. Und dann hat uns schließlich das Bootsunglück zusammengeschweißt …«

»Ich erkenne dich kaum wieder, Charlotte. Du warst doch noch nie so nachlässig.« Er schwieg wieder einen Moment, dann sagte er: »Vielleicht sollten wir einfach in Ruhe darüber reden, wenn du wieder zurückkommst. Ich glaube ehrlich gesagt, dass dich diese ganze Suche total durcheinanderbringt.«

»Du hast recht«, lenkte ich ein. »Die Ereignisse überschlagen sich hier. Ich habe Dinge erfahren, die ich nicht für möglich gehalten hätte, Gregor! Stell dir vor …«

»Pass auf«, unterbrach er mich, »ich gehe gleich noch eine Runde laufen, sonst lohnt es sich nicht mehr. Morgen muss ich nämlich früh raus.«

»Ja, ist gut …«

Er hat mich nicht mal gefragt, was aus Sophies Foto geworden ist, dachte ich. Er hat mich noch nicht einmal ausreden lassen! Ich war erschöpft und angespannt. Die Neuigkeiten, die ich erfahren hatte, kratzten erheblich am Nimbus meines Vaters. Er hatte ein Doppelleben geführt mit geheimen Unternehmungen und uns auf Abstand gehalten. Das alles warf mich aus der Bahn. Und natürlich machte mir auch das unerwartete Wiedersehen mit Matthieu zu schaffen.

Er hatte weder einen dicken Bauch bekommen noch waren ihm die Haare ausgefallen, er gefiel mir wie damals. Ich fühlte mich immer noch zu ihm hingezogen. Wir hatten uns fünfzehn Jahre nicht gesehen, und jetzt stellte ich fest, dass all meine Gefühle für ihn tief in mir geschlummert hatten, dass er über all die Jahre hinweg das Ideal eines Mannes für mich verkörpert hatte. Nun waren die Gefühle auf einmal wieder da, in all ihrer Wucht. Und ich konnte spüren, dass es Matthieu ähnlich ging. Wo sollte das noch hinführen? Ich verdrängte den Gedanken, wie das Leben nach meiner Rückkehr nach Köln weitergehen sollte. Ich sollte mich besser auf die Suche konzentrieren, deswegen war ich schließlich hier …

Tessa hatte mir geschrieben, dass sie nichts weiter über Mathilde herausgefunden hatte. Es gab nur diesen einen Artikel in der Kunstzeitschrift, in dem sie erwähnt wurde. Die Spur führte mich also nicht weiter, genauso wenig, wie Yves und Valérie etwas mit dem Namen hatten anfangen können. Ich steckte meine Hände tief in die Taschen der blauen Strickjacke. Warum hatte mein Vater nicht einfach versucht, den Signac zu Barem zu machen, wenn er schon Schulden hatte? War er nicht mehr dazu gekommen? Und was hatte es mit der Lebensversicherung auf sich?

Ich ging über die Außentreppe zurück in mein Zimmer. Wie bei meiner Ankunft lagen zwei *macarons* auf dem Kissen, ein hellbrauner und ein zartgelber. Ich setzte mich auf die Bettkante und biss von dem gelben ab. Ich hatte mit Zitrone gerechnet, aber es war Vanille. Er schmeckte süß und klebrig und ungemein gut, der andere entfaltete ein köstliches Mokkaaroma in meinem Mund. Mir fiel auf, dass ich mich in den zwei Tagen noch kaum mit Tante Anna unterhalten hatte.

Ich war so mit mir und der Vergangenheit beschäftigt, dass ich noch nicht einmal auf den Gedanken gekommen war, mich auch mal um sie zu kümmern. Ich nahm mir vor, morgen Vormittag bei ihr zu bleiben. Ich darf die Bedürfnisse der Menschen um mich herum nicht vergessen, dachte ich, als ich im Bett lag. Ich hörte in der Ferne eine Schiffssirene, dann dämmerte ich weg.

Am nächsten Morgen klang leise Musik aus Sophies Zimmer. Ich klopfte bei ihr an. »Ich würde dir gerne noch ein Aquarell zeigen, das meiner Meinung nach Valérie darstellt. Du wirst sehen, sie sieht ihrer Schwester Virginie verdammt ähnlich …«

»Oh ja, sehr gerne«, sagte Sophie. Sie lag noch im Bett, die Musik kam aus ihrem Handy.

»Ich hole die Mappe …«, sagte ich.

»… und ich besorge uns mal zwei Tassen Kaffee.« Sophie warf die Bettdecke von sich.

Als ich die Tür zur Kammer öffnete, ging sie schon die Treppe hinunter. Ich zog den Hocker an den Schrank, stieg darauf und griff über die Zierleiste, tastete und – nichts! Ich stellte mich auf die Zehenspitzen, um weiter hinten zu tasten, aber die Mappe war nicht mehr da. Mir wurde heiß. Wie war das möglich? Ich versuchte, Ruhe zu bewahren.

Da stand auf einmal Sophie in der Tür, in der Hand hielt sie zwei *bols* Kaffee.

»Hast du die Mappe?«, fragte ich sie und kletterte vom Hocker.

»Nein, wieso?«

»Sie ist weg.«

»Das gibt's doch nicht! Ich habe wirklich keine Ahnung, wo sie sein könnte«, sagte sie. »Oma ist übrigens auch weg.«

Ich schüttelte den Kopf, immer noch fassungslos über den Verlust der Mappe. »Ich habe sie gestern oben auf den Schrank zurückgelegt, bevor wir nach Le Havre aufgebrochen sind – und jetzt ist sie nicht mehr da.«

Sophie stellte die Kaffeetassen auf die Kommode, stieg auf den Hocker und tastete wie ich zuvor den Schrank ab.

»Und?« Mein Kopf fühlte sich leer an.

»Nichts! Vielleicht hast du sie doch gestern noch zu dir ins Zimmer mitgenommen …« Sie stieg herunter.

»Nein, ich habe noch telefoniert, dann bin ich gleich ins Bett.« Ich zog eine Klammer aus der Hosentasche und steckte mir die Haare hoch. »All die Jahre war die Mappe verschwunden, dann haben wir sie endlich gefunden, und nun ist sie wieder weg. Es ist doch zum Verrücktwerden! Was ist, wenn er zurückgekommen ist und sie geholt hat?«

»Nein, das glaube ich nicht.« Unten fiel die Tür zu. »Vielleicht war es Oma?« Sophie ging die Treppe hinunter.

»Wo warst du denn?«, hörte ich sie fragen und lief hinter ihr her.

»Im Garten«, sagte Anna. »Was regst du dich denn so auf?«

Als sie mich sah, sagte sie: »Charlotte, ich habe etwas für dich, worüber du dich sehr freuen wirst. Setzt euch doch schon mal. Ich bin gleich wieder da, ich muss nur eben noch etwas holen.« Sie zog sich den Mantel aus und schlurfte an uns vorbei in ihr Schlafzimmer.

Ich stellte die beiden Kaffeetassen auf den Tisch, dann setzte ich mich an den bereits gedeckten Esstisch zu Sophie. Gespannt sahen wir uns an, bis Anna mit strahlendem Gesicht auf uns zukam. In Händen hielt sie die Zeichenmappe meines Vaters.

»Ich habe es geahnt«, flüsterte Sophie.

Ich atmete erleichtert auf und zog einen Stuhl für sie zurecht. Schwerfällig ließ sich Anna darauf nieder. Sie schob Marmeladengläser und den Brotkorb mit getoastetem Baguette zur Seite und legte die geriffelte graue Mappe auf die rot-weiße Wachstuchtischdecke.

»Für dich«, sagte sie in feierlichem Ton und schob sie mir hin.

Ich strich über das Trikoloreband, und eine Träne lief mir über die Wange.

»Na, na, Charlotte, wer wird denn da weinen? Dein Großvater wollte, dass du die Mappe eines Tages bekommst, wenn du wieder zurück in Barfleur bist. Und ich habe es ihm ganz zum Schluss noch versprochen.« Sie streichelte meine Hand, auf einmal sah sie ganz unglücklich aus. »Und beinahe hätte ich es vergessen. Auf mich ist langsam wirklich kein Verlass mehr.«

Ich wischte mir die Tränen ab. »Opa hat sie für mich aufgehoben, und du hast davon gewusst?«

Anna nickte mit zusammengekniffenen Lippen.

Wenn ich noch etwas von ihr wissen wollte, dachte ich, musste ich vorsichtig sein, sonst machte sie sofort wieder dicht und gab vor, sich an nichts mehr zu erinnern.

So stand ich auf und sah über den Tisch. »Fehlt noch etwas?«

»Nur die Kaffeekanne«, sagte Anna, und ich ging sie holen.

»Und die Butter!«, rief mir Sophie hinterher. »Wir müssen unbedingt heute noch zu Leclerc fahren und einkaufen.«

Ich holte die Porzellandose mit der gesalzenen Butter aus dem Kühlschrank und stellte sie mit der Kanne auf den Tisch. Anna bestrich sich eine Scheibe Baguette mit Butter.

»Und wir haben damals alles abgesucht«, sagte Sophie und füllte ihre Tasse mit Kaffee. »Die Mappe war wie vom Erdboden verschwunden. Und jetzt auf einmal …«

»Johann wollte sie Charlotte persönlich geben, aber dazu ist es ja leider nicht mehr gekommen.« Anna lächelte mich an. »Er hatte dich damit überraschen wollen und … und dann …«

»Dann hatte er den Herzinfarkt.« Sophie griff nach der faltigen Hand ihrer Großmutter.

»Ja, er hat ein ganz großes Geheimnis darum gemacht, und ich musste ihm vorher noch versprechen, sie Charlotte persönlich zu geben.« Anna schob den Unterkiefer nach vorne, dann sagte sie: »Sei mir nicht böse, Kind. Johann wollte nicht, dass deine Mutter die Mappe in die Finger bekommt. Er meinte, sie hätte schon genug Profit aus all dem Unglück geschlagen.«

»Meinst du die Lebensversicherung, die sie ausgezahlt bekommen hat?«, fragte ich.

Anna nickte. »Es muss wohl ein ganz nettes Sümmchen gewesen sein.« Sie biss in ihr Brot und deutete mit dem Kopf zu der Mappe, die ich auf den freien Stuhl neben mich gelegt hatte. »Schau mal nach, es ist etwas ganz Besonderes für dich darin«, sagte sie kauend. »Es war Johanns Wille, dass du dieses wertvolle Gemälde bekommst.«

Diese Nachricht haute mich allerdings um. Ich zog mir die Mappe auf die Knie und klappte den Deckel auf. Das kleinformatige Ölbild mit seinen kräftigen Farben und der atmosphärischen Malweise kam wie erwartet zum Vorschein. Ich nahm es heraus, es lag schwer in meinen Händen. Ich war sprachlos, auch Sophie war schweigsam geworden.

»Paul Signac hat es gemalt.« Anna freute sich wie ein kleines Kind und rieb sich die Hände. »Da staunt ihr, was?«

Sophie fand zuerst ihre Sprache wieder. »Das Bild gehörte Johann?«, fragte sie.

Anna nickte und wischte sich die Baguettekrümel aus den Mundwinkeln. »Er hat es all die Jahre über gehütet wie seinen Augapfel. Es sei sein wertvollster Besitz, hat er zu mir gesagt. Niemand wusste davon.«

Ich dachte an die Widmung und ahnte, was nun kommen würde.

»Er hat es von einer Frau bekommen«, sagte Anna. »Johann hat nie viel über sie gesprochen, aber ich weiß, dass sie ihm sehr viel bedeutet haben muss.«

»Mathilde«, sagte ich. »Sie war Französin, nicht wahr?«

»Ja. Sie haben sich wohl sehr geliebt.«

»Wann war das?«, fragte ich.

»Im Krieg«, sagte Anna. »Er war zwei Jahre Besatzungssoldat hier in der Normandie, bevor er 1942 an die Ostfront musste. Er hat wohl insgesamt recht gute Jahre in Frankreich verlebt. Jedenfalls kein Vergleich zu dem, was er später in Russland erleiden musste.«

Auf einmal fiel es mir wie Schuppen von den Augen. »Seine Einheit war in Barfleur stationiert, nicht wahr?«

Anna sah mich erstaunt an. »Ja, natürlich. Wusstest du das nicht?«

## Barfleur, Sommer 1940

Vergangenen September hatten allerorts die Sturmglocken der Dorfkirchen mit schnellen, düsteren Schlägen den Krieg eingeläutet. »Hoffentlich dauert es diesmal nicht so lange«, hatte eine alte Frau auf der Straße zu ihnen gesagt, als Mathilde mit ihrer Mutter vom Kartoffelacker gekommen war.

Der Himmel war unschuldig blau und klar gewesen an jenem Tag, doch ein böses Ahnen lag in der sommerlich warmen Luft. Ihr Großvater war voller Argwohn und Sorge, hatte er doch im Großen Krieg als junger Maschinengewehrinfanterist in den Schützengräben Schlimmes erlebt, wenn er auch nie darüber redete. Der Krieg war präsent in allen Häusern, durch das Radio und die Abwesenheit vieler Männer.

Mathilde hatte begonnen, im Gemischtwarenladen an der Grande Rue im Verkauf mitzuarbeiten, ihre Mutter war bei der Besitzerin vorstellig geworden, kaum dass sie die Schule abgeschlossen hatte. Sie hätte gerne Schneiderin gelernt, doch da hatte sich nichts ergeben, und da sie das Geld dringend brauchten und auch im Laden Not am Mann war, hatte Mathilde sich gefügt. Die Eigentümerin Madame Rémy, eine füllige Person mit rot geäderter Haut und strenger Hochfrisur, führte die Geschäfte mit energischer Hand, doch Mathilde mochte den Kontakt zu den Kunden. Sie fand, dass es eine ausgesprochen schöne *épicerie* war, mit bemalten Kacheln an den Wänden, und es gefiel ihr, dass die Kasse immer mit so einem lustigen Klingelton aufsprang, wenn es ans Zahlen ging.

Als im Frühjahr darauf die ersten Nahrungsmittelrestriktionen griffen und die Produktion in den Bäckereien und Patisserien heruntergefahren wurde, mussten sie im Laden an drei Tagen pro Woche Alkohol und Zucker aus den Regalen räumen. In den Restaurants gab es nur noch zwei Gerichte, eins davon mit Fleisch, und Mathildes beste Freundin Adeline, die eine Anstellung als Bedienung im Restaurant *Moderne* gefunden hatte, erzählte, dass die besten Plätze im Gastraum für das französische und englische Militär reserviert waren. Wie alle Betriebe bemühte sich auch das *Moderne* um die Aufrechterhaltung des normalen wirtschaftlichen Lebens und wies regelmäßig in seinen Inseraten im *Cherbourg-Éclair* darauf hin, dass »auf ausdrücklichen Wunsch der Regierung weiterhin schmackhafte Gerichte serviert werden«.

Wer familiäre Bande im Süden hatte, machte sich aus dem Staub, die restliche Bevölkerung glaubte nicht recht an die Ankunft der deutschen Besatzer. Mancherorts bildeten sich Bürgerwehren, die allabendlich mit Jagdgewehren Straßen und Wegkreuzungen bewachten, und manch einer tat offen seinen Widerwillen kund: Ihre zehn Jahre ältere Nachbarin Paulette, mit der sie sich angefreundet hatte, erzählte Mathilde, dass der Lehrer ihrer Tochter den Kindern befahl, keine Bleistifte »Made in Germany« mehr zu benutzen, um die Wirtschaft in Deutschland nicht noch mehr anzukurbeln. Dabei kontrollierte er morgens die Mäppchen, und wenn er fündig wurde, zerbrach er die Stifte vor den Augen der Schüler und warf sie in den Papierkorb.

An ihrem Schicksal konnten die Menschen auf der Halbinsel Contentin jedoch nichts ändern, die Engländer zogen sich über den Ärmelkanal zurück, während die Deutschen unaufhaltsam über Rouen in die Normandie vorrückten.

Am 18. Juni gegen Abend war es dann so weit, die ersten Motorradgespanne und Panzer der Besatzer rollten durch die Grande Rue am Rathaus vorbei ins Zentrum von Barfleur.

Madame Rémy beeilte sich, beim ersten Dröhnen das Geschäft zu verriegeln, den Laden zu schließen und das Licht zu löschen, um sodann angsterfüllt durch einen Schlitz nach draußen zu blicken und die Kolonne zu beobachten.

»Siehst du, Mathilde«, sagte sie, und ihre gewaltige Brust hob und senkte sich heftig, »jetzt kommen sie, um uns zu berauben und zu vergewaltigen. Und im schlimmsten Fall werden sie uns sogar töten.«

Mathilde ließ sich von Madame Rémy anstecken, knetete vor Aufregung ihre Schürze und verfolgte mit großen Augen, was da vor dem Geschäft draußen auf der Straße vor sich ging. Ein großer grauer Lastwagen hielt fünfzig Meter weiter an der Kreuzung, sofort liefen Frauen und Kinder heran und umringten das Fahrzeug. Wie unerschrocken sie doch sind, dachte Mathilde. Wie leichtsinnig!

»Wenn sie ihre Hände nicht sofort herunternehmen, werden sie sie ihnen noch abschneiden!« Madame Rémy schüttelte missbilligend den Kopf. »Man weiß doch, wie brutal und kaltblütig sie sind.«

Doch nichts dergleichen geschah, und Mathilde sah, wie die großgewachsenen behelmten Soldaten kleine Päckchen austeilten und die Leute mit ausgestreckten Armen danach griffen. Den zufriedenen Gesichtern der abziehenden Frauen und Kinder nach zu urteilen, musste es etwas sehr Feines sein.

»Ist das etwa Schokolade?«, fragte sie ungläubig.

»Und wennschon ...« Madame Rémy wandte sich der Kassenabrechnung zu. »Wir müssen vor ihnen auf der Hut sein. Wir haben niemanden, der uns gegen sie verteidigt.«

Mathilde konnte nicht ablassen von dem Spektakel, das sich da vor ihren Augen abspielte. Auf einmal löste sich ein stattlicher Soldat in graugrüner Uniform aus der Menge und kam zielstrebig die Straße herunter. Sie zuckte zusammen, als er geradewegs auf das Geschäft zuging, trat einen Schritt zurück und stieß gegen die Theke. Sie rieb sich die schmerzende Stelle am Rücken, ohne ihren Blick von dem jungen Mann abzuwenden. Der stellte sich vor den verschlossenen Laden, die Hand ruhte auf dem Bajonett. Mathildes Herz schlug schneller, sie konnte sein festes dunkelblondes Haar unter dem Helm und die graublauen Augen sehen. Sogar das Grübchen in seinem glattrasierten Kinn fiel ihr auf.

Es war ein *»coup de foudre«*, wie man sagte, ein Blitzschlag, der wie eine Himmelsmacht auf sie niederfuhr. War es das, wovon die Lehrerin einst gesprochen hatte?

Der Blick des jungen Soldaten glitt über die Ladenwand und blieb schließlich an den Öffnungszeiten hängen, die Madame Rémy mit weißer Farbe daraufgemalt hatte. Er studierte sie kurz, dann trat er mit einer Hand an der Schläfe nah an die Scheibe heran, damit er besser ins Innere sehen konnte. Er schien sich zu wundern, da das Geschäft ja eigentlich noch geöffnet sein müsste. Madame Rémy zischte »Psst!«, und Mathilde hielt den Atem an. Der Soldat drehte sich wieder um und ging zurück zu den anderen.

Gebannt starrte Mathilde auf seinen breiten Rücken,

die Uniform, die sich über seinen Schulterblättern straffte, seinen selbstbewussten Schritt und die schweren Lederstiefel. Als sie mit einem Seitenblick sah, dass Madame Rémy nichts von ihrer Aufregung mitbekommen hatte, atmete sie erleichtert auf. Sie blies sich die Locken aus der Stirn, um ihre glühenden Wangen zu kühlen.

Sie kannten jeden einzelnen Kunden, der über die Ladenschwelle trat, in Barfleur blieb einfach nichts dem anderen verborgen, und nur Krankheiten, Stürme und Springfluten störten den ruhigen, vorhersehbaren Fluss ihres beschaulichen Dorflebens. Und jetzt, dachte Mathilde, jetzt endlich kam frischer Wind in ihren verschlafenen Ort und brachte einen Hauch der großen weiten Welt zu ihnen. Ihr Herz flatterte wie ein junger Vogel und beruhigte sich lange nicht mehr.

Am nächsten Tag schon erschien derselbe Soldat wieder, in Begleitung von zwei weiteren Deutschen. Mathildes Pulsschlag erhöhte sich, kaum dass sie den Laden betreten hatten. Sie grüßten freundlich auf Französisch, mit hartem Akzent, schüchtern erwiderte Mathilde die Begrüßung. Der Blick des dunkelblonden Soldaten blieb einen ganzen Augenblick lang an ihr hängen, charmant lächelte er Mathilde an.

Madame Rémy nickte den Männern mit zusammengekniffenen Lippen zu, sie schien mit dem Schlimmsten zu rechnen, und ihre Hände krampften sich um die Kasse, so dass die Knöchel weiß hervortraten. Der Soldat mit dem Grübchen riss sich von Mathildes Anblick los, und die drei besahen sich ausführlich das Angebot in den Regalen, redeten und scherzten miteinander. Sie fragten nach Preisen, obwohl die Waren wegen der durchgeführten Kontrollen ausgezeichnet waren, und Mathilde gab dem Soldaten mit niedergeschlagenen Lidern Auskunft, da sie es nicht wagte, ihm in die Augen zu sehen. Er schien ein wenig Französisch zu verstehen und übersetzte seinen Kameraden den Betrag, den sie ihm nannte, in Mark.

Wie alt mochte er sein? Zwei, drei Jahre älter als sie? Höchstens zwanzig, entschied sie, so alt wie Auguste, ihr älterer Bruder.

Da fiel eine Konserve zu Boden, Mathilde schreckte auf und bückte sich, um sie sogleich aufzuheben. In dem Moment, als ihre Hand nach vorne schoss, griff auch der Soldat danach, und ihre Hände berührten sich. Es war ihr, als gäbe es einen Kurzschluss, als hielte die Welt um sie herum den Atem an. Langsam erhoben sie sich, der Deutsche hielt die Dose mit den in Sirup eingelegten Früchten einen Moment lang in der Hand.

Mathilde hörte leises Gelächter im Hintergrund, dann ertönte Madame Rémys giftige Stimme: »Die hat bestimmt eine Delle, das müssen Sie ersetzen.«

»Kein Problem«, sagte der Soldat, ohne die Augen von Mathilde zu nehmen, »wir nehmen sie.« Er griff sich noch zwei weitere Konserven und stellte sie mit auf den Tresen. Dazu kamen zwei Flaschen Weißwein und drei Stück Marseillaise-Seife.

Mathilde wickelte die Waren in Zeitungspapier. Der Blonde bedankte sich höflich bei ihr, worauf sie wieder errötete, da sie sein Grübchen angestarrt hatte und sich ertappt fühlte.

Madame Rémy brachte die Kasse zum Klingeln, doch der Soldat verlangte noch nach Streichhölzern.

»Die gibt es derzeit nicht«, sagte sie, bevor Mathilde überhaupt reagieren konnte.

Er zeigte über den Kopf der Ladenbesitzerin hinweg auf das Regal. »Und was ist damit?«

»Die sind für meine Kunden«, sagte sie bestimmt.

»Madame, wir sind hier, um Ihr Land gegen die Tommys zu verteidigen, und Sie verweigern mir eine Schachtel Streichhölzer?« Er sah sie ungläubig, wenn auch ein wenig belustigt an.

Die Besitzerin gab sich unnachgiebig und verschränkte die Arme vor der Brust. Doch als sie bemerkte, dass er einen Packen Franc aus der Uniformjacke zog, reichte sie ihm mit zusammengekniffenen Lippen die kleine Schachtel und kassierte den Gesamtbetrag der Einkäufe.

»*Au revoir,* Madame, Mademoiselle.« Der Blonde zwinkerte Mathilde zu, bevor er sich an den Helm tippte und mit den beiden anderen den Laden verließ.

Madame Rémy sah ihnen mit aufgerissenen Augen nach. »Was ist nur in sie gefahren, dass sie sich so tadellos benehmen?«

Mathilde zuckte mit den Schultern und linste an ihrer Chefin vorbei nach draußen.

Die Soldaten tauschten ein paar Worte miteinander aus, lachten und machten sich gleich auf dem Trottoir daran, eine Dose mit dem Bajonett zu öffnen. Sie klappten den Konservendeckel hoch und verzehrten die aufgespießten Früchte. Dann tranken sie genüsslich den Sirup aus.

Als sich dann der Soldat mit den blaugrauen Augen umdrehte und ihr zuwinkte, wich Mathilde mit einem Satz von der Scheibe zurück. Der Mund stand ihr noch immer offen.

Zuerst quartierte man die Besatzungssoldaten im neu umgebauten Rathaus ein, worauf der Verwaltungsbetrieb der *mairie* ins Augustinerkonvent ausgelagert wurde. Allerdings war die Renovierung noch nicht abgeschlossen, da sämtliche Maler im Ort abgezogen waren und die Arbeiten stagnierten. Dann wurden leerstehende Ferienhäuser der reichen Pariser und Italiener konfisziert, so wie die Villa Caracciolo am Quai Henri Chardon, in der die deutsche Ortskommandantur untergebracht war. Ihr Chef war ein Mann mit wollig gelockten Haaren, es hieß, man nannte ihn *»mouton«*, das Schaf. Auf dem Dach des Hauses, das einem reichen Neapolitaner gehörte, wehte weithin sichtbar die Hakenkreuzfahne. Soldaten zogen durch den Ort und machten Bestandsaufnahmen der vorhandenen Unterkünfte, beschlagnahmten freie Zimmer in Privathäusern und Hotels, wobei sie darauf bedacht waren, den Familien und Gästen ausreichend Raum zu lassen.

Die Präsenz der graugrünen Uniformen im Ort war übermächtig, doch für die Frauen ergaben sich neue, vielfach besser bezahlte Arbeitsstellen in den Haushalten der Deutschen, um deren Vermittlung sich Madame Pignot kümmerte. Sie war eine energische Person mit spitzer Nase und gepuderten Wangen und die Pächterin des *Moderne,* des Restaurants mit Hotelbetrieb am südlichen Hafenbecken, in dem Mathildes Freundin Adeline arbeitete. »Dumm ist doch, wer diese Chance nicht nützt«, sagte sie zu den Frauen, die zu ihr kamen. Sie kochten, putzten, wuschen das Geschirr und die Wäsche der Besatzungssoldaten, dolmetschten und schnitten Haare.

Auch Mathildes Mutter hatte einen neuen Verdienst gefunden. Sie half bei der Essensausgabe, die aus einer mobilen Küche heraus im Hof Sainte-Catherine organisiert wurde. Die Soldaten standen ordentlich in einer Reihe und ließen sich mittags die Tagesmahlzeit in ihr zweistöckiges

Essgeschirr schöpfen: Jeden Tag gab es Fleischragout, Kartoffeln, braune Sauce und auf den Deckel einen Klecks Marmelade, am Abend schwarzes Brot mit Margarine und Wurst, das sie meist auf ihren Zimmern verzehrten.

Von der Abenddämmerung bis zum Morgengrauen mussten die Innenräume der Häuser verdunkelt werden, und die deutsche Ortskommandantur verhängte bei Missachtung empfindliche Geldbußen. Einmal hatte sich der Schuss einer Nachtwache gelöst und war in die Badezimmerscheibe der Köchin vom *Moderne* geschlagen, die gerade bei ihrer Abendtoilette gewesen war und das Fenster schlecht abgedunkelt hatte. Sie war unverletzt geblieben, hatte aber einen Riesenschreck bekommen.

Wenn die Leute abends noch rausmussten, zählten sie tagsüber ihre Schritte, um sich bei Dunkelheit zurechtzufinden, denn gerade in einer mondlosen, bewölkten Nacht konnte die Finsternis fatal sein. Einmal fiel Madame Choisy, eine Kundin aus dem Laden, spätabends in den Hafen, als sie ihren Eimer leeren wollte, da sie sich mit den Schritten verzählt und die Orientierung verloren hatte. Zum Glück war gerade Flut und das Hafenbecken voller Wasser, und so gelang es ihr, ein Büschel Seegras zu fassen und nach einem Metallring zu greifen. Madame Choisy rief um Hilfe und konnte schließlich von drei Fischern herausgezogen werden.

Mathilde ging mit ihren siebzehn Jahren arg sorglos mit der Sperrstunde um, befand ihre Mutter, und die Eltern schärften ihr immer wieder ein, sich ja an das Verdunklungsgebot zu halten und die dicken Vorhänge ordentlich zuzuziehen, damit sie keine Schwierigkeiten bekämen. Mathilde hatte das Kanapee im Salon verlassen und war in das Zimmer der verstorbenen Großeltern im ersten Stock gezogen. Sie liebte es, sich nebenan bei Paulette ein Buch auszuleihen, sich damit vor dem Schlafengehen zurückzuziehen und in die Welt der Worte und Bilder abzutauchen. Paulette war eine belesene, intelligente Frau, und Mathilde schätzte ihre Gesellschaft sehr. Ihre verhärmte Mutter hatte nichts für Kunst und Bücher übrig, und so konnte sie erst zu später Stunde nach ihrer Lektüre greifen, wenn alle Arbeit geleistet war und sie Ruhe fand.

Es war ungewöhnlich windstill gewesen an diesem Abend, und Mathilde hatte den Sessel vors Fenster geschoben und den Laden einen Spalt weit offen gelassen, damit etwas Frischluft ins Zimmer kam. Sie tauchte ins Paris des vergangenen Jahrhunderts ab, gesellte sich zu der feinen Aristokratie, deren Abgründe und Ausschweifungen sie mitunter erschauern ließen. Gedankenverloren wickelte sie sich eine Haarsträhne um den Finger, das Buch ruhte auf ihren angezogenen Knien.

Zuerst dachte Mathilde, die Schritte der schweren Stiefel auf Kopfsteinpflaster gehörten irgendwie zur Geschichte, doch als sie schließlich in nächster Nähe draußen verstummten, dämmerte ihr, dass eine Patrouille vor dem Haus angehalten hatte.

Mathilde erstarrte und sank tief in ihren Sessel hinein. Sie machte ihr Bein lang und versuchte, die Stehlampe mit dem Fuß auszuknipsen. Das Licht war kaum erloschen, als ihr der Strahl einer Taschenlampe durch die Lamellen hindurch ins Gesicht leuchtete. Schützend hielt sie sich die Hand vor Augen.

»*Qui est là*? Wer ist da?«, hörte sie eine tiefe Stimme mit dem unverkennbaren Akzent.

Mathilde lugte durch den Spalt. Draußen in der Dunkelheit standen zwei Soldaten, mit Helmen und geschulterten Gewehren. Sie glaubte, in einem der beiden den großen Dunkelblonden wiederzuerkennen.

»So zeigen Sie sich doch, das ist ein Befehl!«, ertönte es von draußen.

Mathilde stand auf und drückte zaghaft den Laden auf. Tatsächlich, es war der Deutsche aus dem Laden, der sie so sehr verwirrt hatte. Sie schluckte.

»Hier wohnen Sie also, Mademoiselle! Ich kenne Sie doch aus dem Geschäft! Wissen Sie, Ihr Verhalten ist gefährlich. Haben Sie noch nichts vom Verdunklungsgebot gehört?«

»Doch, doch, *excusez-moi*, entschuldigen Sie bitte.« Mathilde nickte mit gesenktem Kopf, die dunklen Locken fielen ihr ins Gesicht, sie spürte, wie sie errötete, und der Blonde sagte etwas zu seinem Begleiter. Die beiden Männer lachten leise, dann wünschten sie ihr eine gute Nacht.

Mathilde schloss den Laden und lauschte flach atmend im dunklen Zimmer, bis die Stimmen und die Schritte der beiden Männer die einsame Straße hinunter verklungen waren.

Am nächsten Abend schon kam er wieder, diesmal jedoch allein. Mathilde lag schon im Bett, als kleine Steinchen an ihren Laden flogen. Zwei-, drei-, viermal. Starr lag sie unter der Decke, und eine Weile geschah gar nichts. Als wieder Steinchen flogen, sprang sie hastig aus dem Bett. Durch die Lamellen hindurch sah sie, dass es tatsächlich wieder er war. Er würde noch die ganze Straße aufwecken, wenn er nicht endlich damit aufhörte!

Mathilde griff nach dem geblümten wattierten Morgenmantel, den sie von ihrer Großmutter geerbt hatte, und tastete sich leise Stufe um Stufe die Treppe hinunter, wobei sie darauf achtete, die knarzenden Stellen zu umgehen. Auf Zehenspitzen schlich sie am Schlafzimmer ihrer Eltern vorbei, um schließlich mit aller Vorsicht den Riegel der Eingangstür aufzudrücken.

Imposant und aufrecht stand er in Uniform und schweren Lederstiefeln vor dem Gartentor. Sie hielt sich den Kragen zu, ging hinaus und öffnete das Tor. Schüchtern sah sie zu ihm auf. Er war einen ganzen Kopf größer als sie.

»Ich hoffe, ich habe dich nicht geweckt«, flüsterte er und nahm den Helm ab.

Sie schüttelte den Kopf. »Nein, nein.«

»Mein Name ist Johann. Wie heißt du, schönes Fräulein?«

»Mathilde.«

»Mathilde …«, wiederholte er, wobei er das stumme »e« betonte, was sie ein wenig schmunzeln ließ. »Was für ein schöner Name! Ich wollte dich gestern nicht maßregeln, Mathilde, aber die nächste Wache ist bestimmt strenger. Es muss alles dunkel sein, damit die Engländer von oben die Küste nicht sehen. Du musst das mit dem Verdunkeln ernst nehmen, zu Hause und auch unterwegs. Hast du ein Fahrrad?«

Sie nickte.

»Dann fahr in Zukunft ohne Licht. Taschenlampen und Fahrradbeleuchtung sind auf der Straße auch verboten.« Er senkte den Kopf, um ihr in die Augen zu sehen. »Was ist, passt du auf? Es wird sonst gefährlich für dich werden«, sagte er und lächelte sie an. »Und das möchte ich nicht.«

»Ja, versprochen. Ich werde aufpassen.«

Mathilde dachte an die Köchin, die fast angeschossen wurde, weil sie zu leichtsinnig gewesen war, und beschloss, dass es wohl tatsächlich besser wäre, sich zukünftig gewissenhaft an das Verdunklungsgebot zu halten.

Sie fielen in ein kurzes Schweigen, bis Johann sich schließlich räusperte. »Ich bin in der Rue du Puits einquartiert, privat, zusammen mit einem Kameraden. Kennst du die kleine Straße? Sie führt direkt zum Meer, Richtung Leuchtturm. Da hört man nachts die Wellen rauschen. Hier am Meer ist es ganz anders als bei uns in der Stadt. Ich komme aus Berlin, weißt du. Da sieht man viele Menschen, ganz unterschiedliche, und selten mal die Sterne. Es ist einfach zu hell …«

Sie hoben beide die Köpfe zum Himmel, und Mathildes Blick fiel auf das weitläufige Kreuz des Nordens, inmitten der dicht gepunkteten Milchstraße. Man musste nur die Augen ein klein wenig zusammenkneifen, dann wurden die Eckpunkte des Kreuzes deutlich. *»Le cygne*, der Schwan«, sagte sie und zeigte ihm die Sternenkonstellation. »Oder das Kreuz des Nordens.«

Johann trat dicht zu ihr und folgte ihrem Finger mit den Augen. »Ja, ich kann es sehen«, murmelte er. »Wie schön das ist …« Er senkte den Kopf und sah sie an, und ihr Gesicht fühlte sich trotz der frischen Nachtluft heiß an. »Du hast sanfte braune Augen, Mathilde. Wie ein Reh.«

Sie lächelte ihn an. Eine Brise kam auf und strich ihr über die nackten Waden. Sie fröstelte.

*»Pardon«*, sagte Johann, »verzeih mir. Ich rede hier, und du willst sicher zurück ins warme Bett. Komm uns doch mal besuchen, wenn du magst. Vielleicht auch zusammen mit einer Freundin? Ihr müsst keine Angst vor uns haben, wir beißen nicht …«

Johann schnappte zur Untermalung mehrmals wie ein Hund und schüttelte dann den Kopf, und sie lachte leise hinter vorgehaltener Hand. Die Deutschen waren womöglich wirklich besser als ihr Ruf, dachte sie.

»Wir teilen auch gerne unser bescheidenes Mahl mit euch«, fuhr er fort. »Werner wohnt mit mir auf dem Zimmer, er spielt ganz hübsch Mundharmonika …«

»Nein … Ich weiß nicht …« Sie schlang die Arme um den Leib.

»Ich würde mich jedenfalls wirklich freuen, dich wiederzusehen, Mathilde. Geh nun schnell ins Haus zurück. *Bonne nuit*!«

Johann legte ihr kurz die Hand an die Wange, dann setzte er sich den Helm auf. Er tippte daran und machte eine elegante Drehung um die eigene Achse. Und noch eine Pirouette im Anschluss. Schließlich winkte er ihr über die Schulter hinweg zu.

Mathilde schmunzelte und verabschiedete sich mit glühenden Wangen. »*Au revoir*, Johann!«

Und als er in der dunklen, menschenleeren Gasse verschwand und sie den Kopf noch einmal zu den funkelnden Sternen hob, dachte sie, dass sie gleich morgen zum *Moderne* gehen würde, um es Adeline zu erzählen.

## Barfleur, Herbst 1940

»Stell dir vor, Mathilde«, sagte Adeline und griff sich ihren Mantel. »Gerade kamen noch Gäste, obwohl wir geschlossen haben und die Köchin schon weg ist. Ein deutscher Offizier mit einem Mädchen aus dem Dorf wollte noch etwas essen, aber Madame Pignot weigerte sich, die beiden zu bedienen.«

Sie traten durch den seitlichen Dienstboteneingang auf die Straße hinaus. Es dämmerte bereits.

»Daraufhin fingen sie an, Madame Pignot wüst zu beschimpfen«, fuhr Adeline fort, »und das Mädchen meinte schnippisch, sie solle sich vorsehen, immerhin könne ihr Begleiter das Restaurant von heute auf morgen schließen lassen.«

Mathilde pfiff durch die Zähne. »Und, ist deine Chefin darauf eingegangen?«

Adeline schaute über die Schulter zurück. »Ich weiß es nicht, das Licht in der Küche ist jedenfalls noch an. Madame Pignot meinte nur, ich könne ruhig gehen, sie würde schon mit den beiden fertig werden.«

Sie gingen zum Hafen hinunter, und Adeline knöpfte sich den Mantel zu. Die Luft war frisch, kaum dass die Sonne sich dem Horizont genähert hatte.

»Bei uns hat es bisher keine Probleme gegeben«, sagte Mathilde. »Die Deutschen kommen oft in den Laden, kaufen alles Mögliche, am liebsten aber Wein und Süßes. Ich glaube, sie schicken auch Sachen nach Deutschland, so viel Seife, wie die kaufen. Gut, sie haben mehr Geld und Marken als wir, aber sie bezahlen immer den vollen Preis und verhalten sich höflich und korrekt. Madame Rémy hat mittlerweile auch eingesehen, dass sie keine Barbaren sind und sich mit ihnen ein ganz gutes Geschäft machen lässt.«

»Ja, du hast recht«, sagte Adeline. »Die allermeisten sind charmant und geben gutes Trinkgeld. Und schwarze Schafe gibt es schließlich immer.«

Mathilde blieb stehen und fasste ihre Freundin am Arm. »Meinst du wirklich, wir sollen zu ihnen aufs Zimmer gehen?« Johann war ihr in den letzten Wochen immer wieder über den Weg gelaufen oder in den Laden gekommen, und schließlich hatte sie zugesagt, zu ihm nach Hause zu kommen.

»Was soll schon dabei sein, Mathilde? Sie beißen nicht, hat Johann doch selbst gesagt, und wir wollen uns nur ein bisschen amüsieren. Das ist doch nicht verboten, oder?«

»Aber gern gesehen ist es auch nicht«, wandte sie ein.

Adeline zuckte mit den Schultern. »Das wird gar keiner mitbekommen.«

Sie sahen über das Hafenbecken und beobachteten, wie ein Trupp Soldaten ein vollbeladenes Schlauchboot am Quai entlud. Ihre Uniformen waren völlig durchnässt und dampften. Über dem Becken lag leichter Nebel, der Himmel war tiefblau.

»Kannst du dir vorstellen, dass die Deutschen anfangs allen Ernstes glaubten, sie könnten den Ärmelkanal bis nach England durchwaten?«, sagte Mathilde. »Ich kann das gar nicht glauben.«

»Und wennschon, Mathilde, sie leben in Städten! Sie

wissen ganz andere Dinge als wir und haben völlig unterschiedliche Erfahrungen gemacht! Wie sollten sie die Gefahr von Strömungen kennen? Die meisten sind wahrscheinlich zum allerersten Mal am Meer …«

Mathilde sah zu dem Schlauchboot hin. »Na ja, immerhin scheinen sie es jetzt mit Booten zu versuchen. Mein Onkel Théodore hat sie auch mal rausfahren müssen, und er hat zugegeben, die *Saint-Louis* an der Pointe absichtlich ins Schlingern gebracht zu haben, um ihnen ein bisschen Angst einzujagen.«

Adeline zog die Stirn in Falten. »Was erwarten die Leute denn von ihnen? Es sind doch auch nur Menschen mit ganz normalen Gefühlen.« Sie stupste Mathilde an. »Ich habe mal beobachtet, wie sie sich nach einem Manöver am Strand ausgezogen haben und ins Meer gesprungen sind. Sie hatten einen Heidenspaß, das hättest du mal sehen sollen!«

Mathilde nickte. »Weißt du, einmal haben wir Waren im Ort ausgeliefert und kamen auf dem Rückweg am Dorfbrunnen vorbei. Ein paar Soldaten wuschen sich ganz ungeniert und standen da mit blankem Oberkörper. *Heidiheida*, haben sie gesungen, und die Wasserperlen glitzerten nur so in der Sonne auf ihrer Haut … Ich habe ganz deutlich gesehen, wie Madame Rémy ein Auge riskiert hat, und zwar eindeutig länger als unbedingt notwendig!«

Die beiden Mädchen kicherten.

»Man könnte fast glauben, sie hätten nur die schönsten und muskulösesten Männer hergeschickt«, sagte Adeline.

Plaudernd gingen sie weiter, und als sie in die Rue du Puits einbogen, fragte Adeline: »Hat Johann dir eigentlich gesagt, bei wem sie wohnen?«

»Nein, ich …« Bevor Mathilde weitersprechen konnte,

vernahmen sie vom Ende der kurzen Straße die Töne einer Mundharmonika, die gegen das Meeresrauschen anzuspielen schien. »Hier muss es sein«, flüsterte sie und spürte heftig ihren Herzschlag. »Warte, noch haben sie uns nicht gesehen …«

Doch Adeline ging schon zu dem kleinen Fischerhaus und klopfte an das Fenster, das einen Spalt weit geöffnet, aber vorschriftsmäßig abgedunkelt war. »Wir bleiben nicht lang, keine Sorge …«

Die Musik verstummte, und Johanns gescheiteltes dunkelblondes Haar erschien am Fenster.

»Wie schön, ihr seid tatsächlich gekommen!«, rief er freudig. »Kommt herein!«

Die Mädchen sahen sich hastig um, ein Schatten mit einer Schubkarre schob sich durch die im Dämmerlicht daliegende Rue Saint-Nicolas. Sie drängten sich einen Moment lang an die Hauswand. Adeline strich sich den Mantel glatt und drückte auf die Klinke, und schon standen sie im gekachelten Hausflur.

Johann öffnete die Zimmertür. Groß und elegant ragte er vor ihnen auf. Diesmal trug er nicht seine Uniform, sondern ein schlichtes weißes Leinenhemd mit Bundhose. Er sah ganz normal aus, sehr freundlich und gar nicht wie ein typischer Deutscher, wie der Feind, stellte Mathilde fest.

»*Bonsoir*, Fräulein.« Johann bat sie mit einer einladenden Geste herein und schloss die Tür hinter ihnen.

Ein junger Mann erhob sich im Hintergrund, auch er war in Zivil gekleidet. Vor sich auf dem spärlich beleuchteten Tisch lag die silber glänzende Mundharmonika. Eine Zigarette qualmte im Aschenbecher, ein angebrochenes Päckchen Gitanes lag daneben.

Johann streckte ihrer Freundin die Hand hin. »Sie müssen Adeline sein, aus dem Hotel *Moderne*, Mathilde hat mir von Ihnen erzählt. *Enchanté*, es freut mich, Sie kennenzulernen!«

Adeline warf Mathilde einen schnellen Blick zu, dann gab sie Johann die Hand. »Ich hoffe, sie hat nur Gutes von mir erzählt.«

Johann nickte amüsiert, dann wandte er sich Mathilde zu und reichte ihr die Hand. Sie fühlte sich warm und trocken an. »Ich bin froh, dass wir uns hier wiedersehen«, sagte er zu ihr, und sie spürte, wie sie errötete. »Darf ich vorstellen, das ist Werner. Wir teilen uns das Zimmer.«

Werner kam auf sie zu und reichte ihnen ebenfalls die Hand. Auch er war groß gewachsen, wenn er auch ein wenig kleiner war als Johann, hatte welliges braunes Haar und ein freundliches Lächeln. Über den Rand seiner runden Metallbrille hinweg musterte er die beiden Mädchen, wobei sein wohlwollender Blick eine Spur länger an Adeline hängenblieb, wie es Mathilde schien. Aus dem Augenwinkel sah sie das Glitzern in den Augen ihrer Freundin. Er schien ihr auch zu gefallen.

»Sind Sie auch bei der Abendpatrouille?«, fragte Adeline Werner, doch der blickte hilfesuchend zu Johann, er schien nur das Wort »Patrouille« verstanden zu haben.

Die beiden Männer wechselten ein paar Worte auf Deutsch, Werner lächelte und nickte ihr bestätigend zu. Er sprach so gut wie kein Französisch, und Johann übersetzte für ihn.

Überhaupt fand Mathilde, dass Johann überaus souverän und weltgewandt wirkte, und sie sah bewundernd zu ihm auf.

Johann wies auf die beiden Stühle am kleinen Tisch. »Wollt ihr etwas essen und trinken?« Er schob ein paar kleine Papierfiguren zur Seite und drückte die Zigarette im Aschenbecher aus. »Setzt euch doch!«

Sie nahmen Platz, und Adeline hob einen gefalteten Fisch auf. »Haben Sie den gemacht?«, fragte sie.

Mathilde beugte sich vor und griff nach einer Papierblume. »Sie sind sehr hübsch.«

»Eine Spielerei von mir«, sagte Johann und machte eine auffordernde Geste. »Ein Zeitvertreib. Ihr könnt sie gerne haben.«

»Danke.« Die beiden Mädchen warfen sich einen Blick zu und suchten sich eine Figur aus.

Werner hatte inzwischen einige Scheiben schwarzes Brot von der Anrichte geholt, Margarine und Wurst sowie Camembert und eine Flasche Rotwein. Er nahm den Aschenbecher weg und ließ die Mundharmonika in seiner Hosentasche verschwinden. Als er die Flasche mit einem lauten Plopp entkorkte, lachten die Mädchen verlegen auf.

Mathilde spürte, wie hungrig sie war. Beim Anblick der deftigen Mahlzeit lief ihr das Wasser im Mund zusammen. Wie lange hatte sie schon keine Wurst mehr gegessen? Adeline aß ja öfter im Restaurant, aber bei ihr zu Hause gab es nun mal in erster Linie, was das Meer und der Streifen Acker hergaben.

Noch während Mathilde darüber nachdachte, füllte Werner zwei kleine Gläser und reichte sie ihnen. Dann schenkte er für sich und Johann ein.

»Welch Glanz in unserer Hütte«, sagte Johann und prostete ihnen zu. »Strahlend schön wie die Sonne. Das nenne ich wirklich mal eine Abwechslung.«

»Sie sprechen unsere Sprache sehr gut«, sagte Adeline zu ihm.

»Danke, ich hatte das Glück, Französisch in der Schule

zu lernen«, sagte Johann und schnitt die Wurst mit seinem Taschenmesser in Scheiben auf. »Ich mochte die Sprache immer gerne, hatte Französisch als Wahlfach bis zum Schluss. Wenn hier Not am Mann ist und sie einen Übersetzer brauchen, holen sie mich manchmal in die Kommandantur. Aber auch als Wachmann sollte man mit der Bevölkerung reden können.« Er zwinkerte Mathilde zu und strich dick Margarine auf die Brotscheiben. »Greift zu, bitte.«

Die Mädchen ließen es sich nicht zweimal sagen und langten zu. Das schwarze Brot schmeckte süßlich und gehaltvoll, die Margarine zerfloss auf Mathildes Zunge.

Seit die Rationierungen griffen, mussten sie die im Geschäft einkassierten Streifen der Lebensmittelkarten bei der Präfektur abgeben und bekamen dafür vom Grossisten neue Ware. Und wenn dann der Lastwagen mit der Lieferung vor dem Laden hielt, strömten die Leute herbei, um sich einzudecken, weil sie befürchteten, sie könnten leer ausgehen, wenn sie zu lange warteten. Man konnte aber sowieso nicht unbegrenzt einkaufen, die angesetzte Tagesration wurde Monat für Monat kleiner.

»Schmeckt es dir, Mathilde?«, fragte Johann. Er hatte beobachtet, wie sehr sie jeden Bissen genoss. »Also, wenn du mich fragst, mir sind alle Varianten von Brot lieber als irgendwelche Krabben oder Muscheln. Vor allem wenn sich da noch was bewegt …« Er wackelte mit den Fingern in der Luft und verzog verschreckt das Gesicht.

Die Mädchen lachten.

»Ich mag beides.« Mathilde lächelte ihn an. »In Salzwasser gekochte Muscheln mit einer Petersilienbuttersauce sind wirklich vorzüglich.«

»Oder ein schöner Fisch mit *sauce normande* aus Zitrone, Weißwein, Sahne und gebratenen Champignons«, sagte Adeline.

»Da kann das deutsche Abendessen natürlich nicht mithalten«, sagte Johann und schenkte ihnen Wein nach.

»Wie gefällt es Ihnen denn hier?«, fragte Adeline und sah dabei Werner an. »Finden Sie es nicht furchtbar provinziell bei uns?«

»Nein, es ist schön hier, fast wie im Urlaub«, sagte Werner und wartete ab, bis Johann übersetzt hatte. »Und wenn uns so hübsche Fräulein Gesellschaft leisten und wir guten französischen Wein trinken, können wir uns auch nicht beklagen.«

»*Santé!*« Sie stießen miteinander an. »Prost!«

»Im Moment spielen wir ja auch nur Krieg«, sagte Werner. »Alles ist ganz friedlich.«

»Ja, zum Glück«, sagte Mathilde. »Aber ist nicht alles sehr fremd für Sie?«

»Na ja«, meinte Johann und warf Werner einen Blick zu, »wenn wir sehen, wie ihr hier die Hühner kopfüber und mit zusammengebundenen Füßen zum Markt transportiert oder die Hasen an den Ohren tragt, dann ist das in der Tat recht fremd für uns.«

Johann hatten bei dieser Erklärung die Vokabeln gefehlt, und so untermalte er seine Worte mit Lauten und Gesten, die die Mädchen zum Kichern brachten.

»Gleich am ersten Tag«, setzte er noch einen drauf, »hat uns ein Feldwebel angebrüllt: ›Ihr könnt die Blumen ansehen, ihr könnt daran riechen, aber auf keinen Fall dürft ihr sie pflücken!‹« Johann machte ein übertrieben verständnisloses Gesicht, worauf Mathilde und Adeline laut auflachten.

Da wischte sich Werner den Mund mit der Serviette ab

und nahm seine Mundharmonika heraus. Er stimmte eine Melodie an, es war ein fröhliches, schnelles Lied.

Mathilde und Adeline wippten mit dem Fuß im Takt dazu.

Johann stand auf und fing an, zuerst mit drei, dann mit vier Äpfeln zu jonglieren. Immer wieder drehte er sich auf dem Absatz im Kreis herum, wobei es ihm stets gelang, die Äpfel wieder aufzufangen und in der Flugbahn in Bewegung zu halten.

Die Mädchen klatschten bewundernd Beifall.

Dann legte Johann mit einer kleinen Verbeugung die Äpfel in den Korb zurück und verschwand nach draußen in die Küche, die sie sich mit dem Vermieter teilten. Kurz darauf servierte er ihnen einen frisch gebrühten Ersatzkaffee, dessen Duft sogleich das kleine Zimmer erfüllte.

Sie nippten am süßen Kaffee und erkundigten sich nach ihrer Herkunft, ihrem Leben in Berlin, und Mathilde erfuhr, dass Johann vor dem Krieg im metallverarbeitenden Betrieb seines Vaters mitgearbeitet hatte.

Als Werner ein trauriges Lied anschlug, das von Vaterlandsliebe und Heimweh handelte, wie Johann ihnen erklärte, hatten sie Tränen in den Augen, so sehr ergriff sie die melancholische Musik und die Hingabe, mit der Werner das Instrument spielte.

Als es Zeit war zu gehen, sie sich verabschiedet hatten und die Mädchen leise die Tür hinter sich schlossen, trat im selben Moment der Hausbesitzer in den Flur. Das Licht aus seinem Wohnzimmer fiel auf ihre erhitzten Wangen.

»Wohl dem, der keinen Fritz zu Hause hat!«, schimpfte der hagere Mann mit dem schütteren Haar. »Ich muss mich bei der Kommandantur beschweren, es kann ja kein

Mensch schlafen bei diesem Radau …« Er rückte seine Brille zurecht und stutzte. »Mathilde, was machst du denn hier? Du wirst doch nicht etwa mit dem Feind verkehren?«, zischte er und sah die beiden Mädchen scharf an. »Ihr dürft nichts annehmen von ihnen, rein gar nichts!« Er trat einen Schritt auf sie zu, Mathilde roch seinen abgestandenen Atem. »Ihr dürft euch nicht mit den Kartoffelkäfern verbrüdern, auf gar keinen Fall!«

»*Bonne soirée*, Monsieur!« Adeline fasste Mathilde an der Hand und zog sie hinaus auf die dunkle Gasse.

»Wie konnte ich ahnen, dass sie ausgerechnet bei Monsieur Henri einquartiert sind!«, sagte Mathilde mit einem gehetzten Blick zurück über die Schulter, während sie zum Hafen hinunterliefen. »Er und seine Frau kaufen doch andauernd bei uns ein! Das wird sicher Folgen haben …«

Als sie sich außer Atem in eine dunkle Ecke drückten, grinste Adeline Mathilde im Mondschein an.

»Aber es war nett, nicht wahr?«

»Ja, sie sind wirklich nett.« Mathildes Brust hob und senkte sich, und sie schaute verträumt auf den allerletzten Lichtstreifen am Horizont. »Besonders …«

»… Werner!«, vollendete Adeline.

Sie lachten leise hinter vorgehaltener Hand.

»Wenn ich mir vorstelle, dass mein Vater immer von den grausamen deutschen Kriegern gesprochen hat …« Mathilde schüttelte verständnislos den Kopf.

»… die gekommen sind, um die Französinnen und Franzosen niederzumetzeln, wie es so schön in der Marseillaise heißt«, vollendete Adeline. »Ich habe gleich gewusst, dass da nichts dran ist.«

Sie redeten noch ein bisschen über die vergangene Stunde, bevor sich ihre Wege schließlich trennten. Mathilde winkte Adeline noch einmal zu, bevor diese hinter der nächsten Hausecke verschwand.

Der Vollmond stand groß am Horizont. Es würde nicht schwer sein, den Weg nach Hause zu finden. Tagelang hatten sie auf eine helle Nacht wie diese gewartet, damit sie ihren abendlichen Ausflug antreten und sich endlich mal ein bisschen amüsieren konnten …

Mathilde erschrak, als sich plötzlich zwei Menschen aus einem Hausschatten lösten und verstohlen auseinanderhuschten. Sie verharrte ein paar Minuten reglos, bis alles wieder ruhig war. Dabei fiel ihr Blick auf einen Aushang gleich neben ihrem Kopf, und sie trat einen Schritt zurück, um die Abbildung zu betrachten. Ein fröhlich dreinblickender Soldat mit hellen Haaren warb mit einem Kind auf dem Arm um das Vertrauen der verlassenen Bevölkerung. Die Ecken des Plakates waren angekratzt und eingerissen, es sah so aus, als wäre jemand dabei gestört worden, den Aushang abzulösen.

Mathilde ging eilig nach Hause, nur eine streunende Katze kreuzte noch ihren Weg. Sie dachte an Johanns Kommentar über die Hasen und Hühner und musste grinsen. Wer so etwas nicht aushielt, konnte gar nicht böse sein.

Die Fischer hatten alle Hände voll zu tun und schaufelten jeden Morgen in kniehohen Stiefeln und gefetteten gelben Wachsjacken Tausende von Heringen aus ihren Booten. Der Fang war immer wieder aufs Neue überwältigend. Der Quai glitzerte vor abgelösten Schuppen, Möwen kreisten kreischend über den vollen Netzen. Nachdem die Deutschen sich ausgiebig bedient hatten, machten sich die Frauen daran, die Fische zu zählen, dann räucherte oder salzte man die, die nicht verkauft wurden. Es herrschte eine außergewöhnlich geschäftige, aufgeladene Atmosphäre im Ort, der Fang war nie so gut gewesen.

Die Cafés waren gut besucht und boten der Nachfrage entsprechend eine erweiterte Speisekarte an. Matrosen gönnten sich ihr tägliches *steak frites*, deutsche Soldaten mischten sich unter die Gäste. Es schien, als hätte man sich irgendwie mit der Gesamtsituation arrangiert. Reporter der *Wochenschau* berichteten über den wunderbaren Fischfang biblischen Ausmaßes, der einen kurzfristigen Wohlstand über den Küstenlandstrich brachte. Großhändler kamen aus Dieppe, Caen und Fécamp nach Barfleur, um ihre Lager aufzufüllen. In der Werft wurde so viel repariert wie nie zuvor, manch einer kaufte sich ein neues Boot, wenn das eigene beschlagnahmt worden war. Der Schwarzmarkt blühte, und Mathildes Vater Alain legte sich einen beachtlichen Weinvorrat im Kartoffelkeller an.

Während Célène die Heringe in der näheren Umgebung im Schubkarren von Hof zu Hof schob, um den Fisch zu verkaufen oder ihn gegen Butter und Eier oder bestenfalls gegen ein Stück Fleisch einzutauschen, klapperte Mathilde mit ihrem Fahrrad die entfernter liegenden Bauernhöfe ab. Manchmal musste sie zu drei verschiedenen Höfen, bis sie endlich einen Liter Milch zusammenhatte. Am großzügigsten war immer Sylvaine, ihre Patin, die sie regelmäßig aufsuchte.

Mathilde trat in die Pedale, ihr Herz flatterte, denn am Ende ihrer heutigen Hamstertour stand ein Rendezvous mit Johann an. Sie hatten sich noch ein paarmal gesehen und sich nun zum Sonnenuntergang weit hinter dem Ortsausgang Richtung Gatteville verabredet, an einem kleinen gebogenen Bachlauf. Ob er sie richtig verstanden hatte und die Stelle hinter der Hecke finden würde, die sie ihm beschrieben hatte? Es war seit einiger Zeit verboten, die Strände zu betreten, das Küstengebiet war nun »Kampfzone«. Die Bauern hatten das Seegras, das sie im Frühling dazu benutzten, ihre Felder zu düngen, teuer von den Fischern erwerben müssen, anstatt es sich selbst im Marschland zu holen. Überhaupt war es ratsam, sich außerhalb des Ortes möglichst unauffällig zu verhalten.

Mathilde sah sich um, Haarsträhnen peitschten ihr ins Gesicht. Zwei Kutter kamen mit der einlaufenden Flut vom Fischfang an der Pointe de Barfleur zurück – sie hatte vorhin die gehisste Flagge an der Kirche gesehen, das Zeichen für die Fischer, auf direktem Weg in den Hafen heimzukehren.

Vor ein paar Tagen war sie am Haus des Malers in der Rue Saint-Nicolas vorbeigekommen und hatte durchs Fenster gesehen, wie Soldaten am offenen Kamin ihre Heringe grillten. Was wohl Monsieur Signac dazu gesagt hätte? Er war Antifaschist gewesen und wäre sicher ganz und gar nicht begeistert davon gewesen, dass die einquartierten Deutschen seinen Salon bevölkerten und gänzlich einräucherten. Was wohl mit den ganzen Zeichnungen und Aquarellen aus dem Atelier geschehen war?

Dies alles schoss Mathilde durch den Kopf, als sie eilends den holprigen Kiesweg an der Küste entlangfuhr, den Leuchtturm an der Landspitze fest im Auge. Ihre Hände kribbelten am gebogenen Lenker, der Wind fuhr ihr unerbittlich ins Gesicht und ließ ihre Augen tränen. Als sie am Bachlauf ankam, sprang sie ab und schob ihr Rad schwer atmend bis zur Biegung hinauf. Da tauchte auch schon Johanns Kopf hinter der Hecke auf, er musste sie herannahen gesehen haben. Die Haare an seinem Hinterkopf sträubten sich vom Wind. Mathilde ließ ihr Fahrrad fallen und lief mit roten Wangen auf ihn zu. Ihr Herz klopfte schnell, als sie einen Moment lang dicht vor ihm stand und in seinen graublauen Augen versank. Mit dem Ärmel ihrer groben dunkelroten Strickjacke wischte sie sich einen lästigen Tropfen von der Nase.

»Mathilde …« Johann strich ihr eine gelockte Strähne aus dem Gesicht und nahm ihr den Rucksack ab. Dann zog er sie auf seinen ausgebreiteten Armeemantel hinunter. Der Platz hinter der Hecke war windgeschützt, Spatzen zwitscherten im dichten Geäst. Johann nahm ihre Hände, um sie zu wärmen, aber seine waren auch schon ausgekühlt. Sanft zog er sie an sich.

Mathilde schmiegte sich an ihn, doch als er sie ein wenig nach hinten drängte, versteifte sich ihr Rücken. Sie blieb still sitzen und streichelte seinen sehnigen gebräunten Handrücken, strich über sein dunkelblondes festes Haar. Der Wind pfiff über die Hecke, ein Vogel setzte sich vor sie auf die Erde und legte den Kopf schief. Das brachte sie zum Lachen. Mit dem Zeigefinger zeichnete Mathilde das Grübchen in seinem Kinn nach, Johann sah auf ihren Mund. Als sich ihre Lippen schließlich trafen und sie seine Hand an ihrem Nacken spürte, schloss Mathilde die Augen. Sie küssten sich, erst behutsam und zart, dann entschlossen und willig, und Mathilde spürte seine Zunge an ihren Zähnen und seinen Atem an ihrer Wange.

Und auf einmal löste sich etwas in ihr, als ob ein Scharnier aufsprang oder der Faden durch die Öse fand, sie lehnte sich zurück und versank in Johanns Armen, gab sich ganz seinen Küssen hin. Sie spürte seine Hand an ihrer Jacke, wie sie hineinfuhr und sich unter dem Unterhemd nach oben tastete. Seine kalten Fingerkuppen trafen auf ihre harte Brustwarze, seine Zunge fuhr in ihren Mund.

Sie schauderte und weitete sich. Ein nie gekanntes Hochgefühl erfasste sie, ihr Körper begann sich zu dehnen und zu prickeln, als wäre sie unversehens in einen angenehm beheizten Raum gelangt. Groß und stark war er über ihr, sie fühlte sich geborgen und beschützt. Es war, als wären sie allein auf dieser Welt, als gäbe es kein Gut und kein Böse, keinen Feind in Uniform und keine Vorschriften der Kommandantur, keine Nazis und keine Besatzer, keine spionierenden Nachbarn und keine misstrauischen Kunden, keine Einwände aus der Familie und kein schlechtes Gewissen, es war, als gäbe es nur sie hier in der Natur, eine junge Frau und einen jungen Mann – ihre Gefühle und die Liebe. Was kümmerte es sie schon, welche Nationalität er hatte? Das Meer rauschte ihr in den Ohren, als er schließlich in sie eindrang.

Die Sonne neigte sich dem Horizont entgegen, und Bodennebel kam auf. Heftig atmend und mit wirren Haaren ließen sie voneinander ab. Minutenlang sahen sie den Wolken hinterher, bis Mathilde sich aufsetzte und mit klammen Fingern nach ihrem Rucksack griff. Sie musste lachen, als sie die Kordel lockerte und hineinsah.

»Was ist?«, fragte Johann und strich sich das Haar zurück.

»Die Butter ist geschmolzen!«

»Was? Bei diesen Temperaturen? Und ich dachte schon, dein Herz wäre geschmolzen!« Johann fiel in ihr Lachen ein, und seine Augen tanzten unter den dichten Wimpern.

Er reichte ihr die Hand und zog sie hoch, der Wind fuhr ihnen ins Gesicht. Als Mathilde sich ihr Unterhemd in den Bund stopfte und sich ihr braunes Wolltuch umlegen wollte, riss Johann es ihr aus den Händen und lief damit davon.

Er sprang mit einem Satz über die Hecke, das breite Tuch wie eine Fahne hinter sich herziehend.

Mathilde lief dem wehenden Stück Stoff lachend hinterher, suchte die Hecke flink nach einer Lücke ab. Doch kaum war sie hindurchgeschlüpft, setzte Johann mit seinen langen Beinen gelenkig wieder darüber. Sie lachten sich über das Buschwerk hinweg an, täuschten Bewegungen an, bis Johann ihr zurief: »Was hältst du davon, wenn ich eine Akrobatikgruppe gründe? Für die Disziplin des Körpers!«

»Das wäre wunderbar!« Mathilde lachte. Sie fühlte sich gut. Sie fühlte sich geliebt.

Es ging noch eine Weile hin und her, schließlich fanden sie zueinander, er hob sie in die Luft und wirbelte ein paarmal herum. Mathilde zappelte mit den Beinen und quiekte, bis er sie wieder auf der Erde absetzte. Johann schlang ihr das Tuch um den Nacken und zog sie eng zu sich heran. Dann zeichnete er ihre vollen Lippen mit dem Finger nach.

Mathilde war außer Atem und schnaufte heftig.

»Dein Mund, deine Zähne … die Zahnlücke, das ist zauberhaft … absolut *magique*.« Fasziniert sah er sie an.

»Man nennt sie *dents de bonheur*, Zähne des Glücks.«

»Wie poetisch!« Johann nahm ihren Kopf in beide Hände und küsste sie zärtlich. »Im Deutschen heißt es nur ganz profan Zahnlücke.« Er deutete mit Zeigefinger und Daumen einen Spalt an. »Wie wenig Phantasie wir doch haben!«

»Aber dafür seid ihr sehr diszipliniert«, sagte Mathilde und ahmte den militärischen Gruß nach.

Johann verzog das Gesicht und hob ihr Fahrrad auf. »Und was nützt es uns, *ma biche*, mein Reh?« Er sah aufs Meer hinaus. »Lass uns hoffen, dass uns das Glück nicht schon bald wieder verlässt.«

## 15.

Ich fuhr mit dem Auto ganz nach vorne zu dem Wegkreuz, das dem Wind ausgesetzt am Hafen stand, und sah über die große Mole hinweg auf das Meer hinaus. Mein dritter Tag in Barfleur, dachte ich, und nichts war mehr wie vorher. Die aufgebauschten Wellen hatten einen grünblauen Farbton, die Sonne stach zwischen den Wolkenbergen heraus, ihre Strahlen fielen durch die Windschutzscheibe und wärmten mein Gesicht. Ich griff nach meiner Sonnenbrille im Handschuhfach. Zwei Fischkutter kamen in den Hafen zurück, Möwen verfolgten zielstrebig ihre Bahn. Ein älterer Mann stand am Quai, er telefonierte und hielt sich die Kappe fest, seine Hosenbeine flatterten im Wind.

Mein Großvater Johann hatte also im Krieg eine Liebschaft gehabt. Diese Neuigkeit ließ alles in einem völlig neuen Licht erscheinen. Auf einmal bedauerte ich, dass ich so wenig aus seiner Vergangenheit erfahren hatte. Zu Beginn der Besatzungszeit 1940 war er gerade mal zwanzig Jahre alt gewesen. Bei meinen Großeltern in Grunewald hing in der Ecke mit den Erinnerungsfotos auch ein Soldatenporträt von ihm. Schneidig hatte er in seiner grauen Wehrmachtsuniform ausgesehen, als Kind schon hatte das Bild Eindruck auf mich gemacht. Er hatte feste dunkelblonde Haare gehabt und den für die Zeit üblichen akkuraten Schnitt. Das markante Grübchen im Kinn machte sein

Gesicht besonders, mein Vater hatte es von ihm geerbt. Mir hatte er nie etwas von der Frau erzählt, und ich denke, auch mein Vater wusste nichts von der Beziehung. Hatte meine Großmutter eine Ahnung gehabt, und war sie deswegen nur ungern nach Frankreich gekommen? Waren das die alten Geschichten gewesen, von denen sie gesprochen hatte? Oder hatte er ihr seine vorehelichen Erlebnisse in Herzensdingen verschwiegen? Ich würde es wohl nicht mehr erfahren.

Zwar wusste ich, dass er erst drei Jahre nach Kriegsende aus Russland freigekommen war. Er hatte einen Streifschuss am Oberschenkel erlitten, der im Laufe der Gefangenschaft ausgeheilt war. Das hatte er mir mal erzählt, als wir den Zweiten Weltkrieg in der Schule behandelt und ich ihn danach gefragt hatte. 1948, das Jahr seiner Rückkehr, ging durch die Währungsreform in die Geschichte ein, sie hatte die Basis für die Marktwirtschaft in Deutschland gebildet, es herrschte Aufbruchstimmung in den Städten. Vom Krieg und seinen Wunden wollte da sicher niemand mehr etwas wissen. Und da erst war er in sein altes Leben zurückgekommen, und die Eltern hatten ihn sofort gedrängt, in den Familienbetrieb einzusteigen. Es war von ihm erwartet worden, eine nicht zu diskutierende Bedingung für den ältesten Sohn, hatte er erzählt und behauptet, er hätte gar keine andere Möglichkeit gehabt. Dabei hatte sich mein Großvater noch in späten Jahren so angehört, als hätte dies nicht unbedingt seiner innersten Leidenschaft entsprochen. Ich hatte das immer nur auf seine Berufswahl bezogen.

Mathilde war in jungen Jahren die Freundin meines Großvaters gewesen, der Signac war sein Bild und nicht das meines Vaters. Ich war total auf dem Holzweg gewesen!

Die Liebe war gegenseitig, davon zeugte die innige Widmung. Wie hätte ich ahnen sollen, dass die Jugendliebe zu Mathilde der Grund dafür gewesen war, dass mein Großvater ausgerechnet hier nach Barfleur kam und mit Beginn der Rente Jahr für Jahr in sein Ferienhaus fuhr? Hatte er damit an alte Zeiten anknüpfen wollen? Aber er war ja im Kreise seiner Familie gewesen, in Begleitung seiner Ehefrau, womöglich hatte er all das ein Leben lang mit sich alleine ausgemacht. Er hatte mit einem Geheimnis gelebt, genau wie mein Vater. Hatte er Mathilde gesucht, sie womöglich nicht mehr gefunden und gehofft, er würde ihr an diesem Ort zufällig wieder über den Weg laufen? Hatte er ihr Elternhaus aufgesucht? Hatte er gehofft, sie am Hafen, am Strand, am Friedhof wiederzusehen?

Ich haute mit der flachen Hand aufs Lenkrad. Der Friedhof! Ich hatte doch das Grab dieser Mathilde Reynel gefunden, und Tessa hatte recherchiert, dass sie Bühnenbildnerin in Paris gewesen war. Ich wollte mir die Inschriften auf dem Grabstein noch einmal genauer ansehen, womöglich ging es wirklich um diese Mathilde. Ich ließ den Motor an und rangierte rückwärts in die Parklücke an der Kirchenmauer. Ein junges Paar kam händchenhaltend aus dem Tourismusbüro und stieg in das Auto neben mir. Sie küssten sich und scherzten miteinander. Ich fragte mich, wie sich Johann und Mathilde damals kennengelernt hatten, wo sie sich trafen, wie sie ihre Gefühle ausleben konnten. Es musste eine heimliche Liebe gewesen sein, sicher war Französinnen die Beziehung zu deutschen Soldaten verboten, und ob sich Deutsche mit einheimischen Frauen einlassen durften, wagte ich zu bezweifeln. Ich wusste wenig über die Besatzungszeit und beschloss, mich darüber zu informieren.

Mathilde war Französin, Valérie auch. Und mich hatte

es auch erwischt, vor fünfzehn Jahren schon, und jetzt war ich nahe dran, mich wieder meinen Gefühlen für Matthieu hinzugeben. Es ist wie verhext, dachte ich, die Berger-Linie schien dem Charme der Franzosen verfallen zu sein. Da hatte ich etwas mit meinem Großvater und meinem Vater gemeinsam. Kein Wunder, dass meine Mutter sich ausgeschlossen gefühlt hatte. Auf einmal tat sie mir leid. Es war für sie sicher nicht immer leicht gewesen, zu meinem Vater und mir durchzudringen. Wir beide hatten uns auch ohne Worte verstanden.

Spontan griff ich zum Telefon und rief sie an. Sie hob sofort ab.

»Hallo, Mama«, sagte ich, »ich bin es wieder.«

»Charlotte! Bist du zurück oder immer noch – an diesem Ort?«

Ich musste schmunzeln. Meine Mutter konnte es einfach nicht lassen. »Ja, ich sitze im Auto, direkt am Hafen von Barfleur … Mama, ich weiß, dass es mich eigentlich nichts angeht, aber ich würde dich gerne etwas fragen …« Ich holte tief Luft. »Wusstest du, dass Papa eine Geliebte in Le Havre hatte?«

Meine Mutter schwieg, dann räusperte sie sich. »Wer hat es dir gesagt, Anna? Sie hat mir damals versprochen, es für sich zu behalten. Ich wollte, dass du deinen Vater in guter Erinnerung behältst.«

Plötzlich musste ich gegen die Tränen ankämpfen. Meine Mutter hatte mich vor einer Enttäuschung bewahren wollen, und ich hatte ihr all die Jahre Vorwürfe gemacht. Ich schluckte, dann sagte ich: »Nein, es war nicht Tante Anna.« Ich entschied mich für die Wahrheit. »Patrice und Nicole, Matthieus Eltern, haben es mir erzählt. Sie haben ihn damals zufällig in Honfleur gesehen – mit der Frau.«

Meine Mutter seufzte. »Tja, so etwas kommt immer irgendwann raus. Und dann tut es weh. Ich habe es damals nur durch Zufall entdeckt. Ein Zettel mit einer Nachricht von ihr steckte in seiner Hosentasche.«

»Das ist furchtbar«, sagte ich und verzichtete darauf nachzufragen, was draufgestanden hatte. »Es muss sehr schlimm für dich gewesen sein, so betrogen zu werden.«

»Weißt du, Charlotte, ich habe immer wieder daran gedacht, mit dir darüber zu reden, aber es erschien mir nicht förderlich. Aber jetzt nach all den Jahren ist es gut, dass du es weißt.«

»Es tut mir leid, dass ich dich verkannt habe«, sagte ich.

»Du konntest es ja nicht wissen. Du warst verletzt, verstört, hattest Angst, wie es weitergehen würde. Und ich konnte dir nicht den Halt geben, den du so bitter nötig gehabt hättest, weil ich viel zu sehr mit meinem eigenen Schmerz beschäftigt war. Mir tut es leid.«

»Mama«, sagte ich, »wollte Papa dich verlassen?«

»Eigentlich glaube ich das nicht, aber vielleicht bin ich ihm auch nur zuvorgekommen. Ich wollte ihn nämlich verlassen. Am Vorabend seines Verschwindens habe ich es ihm gesagt …«

»Dann hat Papa sich vielleicht doch etwas angetan?«

»Nein, bestimmt nicht, dafür hat er das Leben viel zu sehr geliebt. Ich weiß nicht, was damals passiert ist. Und ich habe beschlossen, darauf keine Antwort finden zu müssen. Es ist besser für mich … Ist Matthieu bei dir?«, fragte sie plötzlich.

»Nein … also im Moment nicht. Aber er ist auch hier.«

»Dann grüß ihn bitte von mir. Ich habe ihn immer sehr gemocht.«

»Das mache ich gerne …«

Ich verabschiedete mich von meiner Mutter, stieg aus und schloss den Wagen ab. Das Telefonat war hilfreich gewesen. Ich ging durch das dunkelrote Holztor des Friedhofs zielstrebig auf Mathildes Grab zu, das mich bei meinem ersten Besuch buchstäblich zum Stolpern gebracht hatte. Es war ein schlichtes, breit angelegtes Familiengrab, ein in den Stein gemeißeltes Kreuz zierte auf unaufgeregte Weise die flache Platte. Hier mussten die Angehörigen die Gräber nicht aufwendig unterhalten und pflegen, wie es die Friedhofsgestaltung in Deutschland erforderte. Die schon etwas verwitterte und verblasste Inschrift nannte zuerst Joséphine und Louis, 1864 und 1862 geboren, beide gestorben in den dreißiger Jahren des letzten Jahrhunderts. Darunter stand eine *Célène Duval, geborene Jourdan,* die von 1898 bis 1968 gelebt hatte, also die nächste Generation, dann *Alain, geb. 1899*, wohl Célènes Mann, und *Alphonse Duval, geb. 1921*, vielleicht der Sohn, beide im Jahr 1944 verstorben.

*Mathilde Reynel, geborene Duval,* stand in der letzten Zeile, die bordeauxrote Inschrift war noch am deutlichsten. Sie wurde 1923 geboren, konnte also durchaus Alphonses Schwester gewesen sein. Sie war drei Jahre jünger als mein Großvater gewesen und 1978 verstorben, damit wurde sie nur fünfundfünfzig Jahre alt. Wie wohl ihr Leben nach dem Krieg verlaufen ist?, fragte ich mich. Wenn sie noch leben würde, könnte sie mir sicher einiges erzählen. Sie hatte einen Monsieur Reynel geheiratet, war aber im Familiengrab beigesetzt. War die Ehe geschieden worden, kam sie am Ende ihrer Tage nach Barfleur zurück? Es war müßig, sich darüber Gedanken zu machen, ich konnte ja nicht einmal sicher sein, dass es überhaupt die Mathilde war, die ich suchte.

Mein Blick fiel auf die Porzellanrose, die ganz in der Nähe ihres Namens auf der Grabplatte lag. Es war hier üblich, dass Angehörige dauerhaften Blumenschmuck hinterließen, der zeitlos war und nicht verwitterte. Ich ging in die Knie und nahm die Rose mit den Blütenblättern in die Hand, sie lag auf einer verzierten Inschriftentafel. Darauf stand in geschwungenen angelaufenen goldenen Lettern: *Ton fils Jean*, dein Sohn Jean … Mathilde Reynel hatte einen Sohn gehabt.

Ich lief noch einmal durch die Grabreihen um Saint Nicolas herum, konnte aber keine weitere Verstorbene namens Mathilde mehr auftun. Als eine weißhaarige Frau mit einem Gehstock auf der anderen Seite den Friedhof betrat, lief ich spontan auf sie zu.

»*Excusez-moi*, Madame, entschuldigen Sie, sind Sie ursprünglich aus Barfleur?«, fragte ich sie und strich mir die Haare zurück.

Die Frau schaute mich misstrauisch an und hielt sich die Jacke zu. »Nein, ich komme aus Caen. Wir sind erst in den siebziger Jahren hierhergezogen.« Sie deutete auf ein Grab mit verblühten Blumenbuketts. »Mein Mann ist vor drei Monaten gestorben.«

»Oh, das tut mir sehr leid«, sagte ich. »Ich wollte Sie nicht belästigen …«

»Was wollen Sie denn wissen?«, fragte sie.

»Ich interessiere mich für Geschichten aus dem Krieg«, sagte ich und lächelte sie an, »aus der Besatzungszeit, um genau zu sein. Ich bin Deutsche, und ich hätte gerne gewusst, ob es zwischen Französinnen und deutschen Soldaten Liebesbeziehungen gegeben hat, ob das bekannt war.«

»Das glaube ich kaum«, sagte die Frau und reckte das

Kinn in die Luft. »Die Soldaten verkehrten nicht da, wo die Franzosen verkehrten. Die waren etwas Besseres.«

»Dann kennen Sie auch nicht zufällig eine Familie Duval?«

»Nein.«

Ich bedankte mich bei der Frau und wünschte ihr noch einen schönen Tag. Das scheint ja immer noch ein Tabuthema zu sein, dachte ich. Gerade als mein Blick auf den Leuchtturm von Gatteville fiel, klingelte mein Handy. Ich verließ den Friedhof und ging die Treppen hinunter zum Hafen. Es war Matthieu.

»*Oui, allô?*«

»Charlotte, hier ist Matthieu. Wo bist du gerade?«

»Ich war noch mal auf dem Friedhof …«

»Kannst du zu uns kommen? Meine Mutter kennt eine ältere Dame, die sich ganz gut mit der Besatzungszeit auskennt. Und auch mit verbotenen Liebschaften … Also?«

»Du weißt schon Bescheid?«, fragte ich ihn, aber das hätte ich mir eigentlich denken können. Bestimmt hatte meine Cousine schon alle Hebel in Bewegung gesetzt, um etwas über die Geschichte herauszufinden.

»Sophie war vorhin da, sie hat mir alles erzählt«, sagte Matthieu prompt.

»Bin schon unterwegs …« Ich lief los. »Bis gleich!«

Als ich auf den Parkplatz der Segelschule fuhr, stand Matthieu schon vor dem Haus. Ich stieg aus und ging auf ihn zu. Er grinste mich über die Pforte hinweg an.

»Was ist? Was hast du?«, fragte ich ihn.

»Hübsch siehst du aus. Ich freue mich einfach, dich zu sehen.« Er öffnete das Tor und begrüßte mich. »*Ça va*? Geht es dir gut?«

Ich sah ihm in die grüngrauen Augen. »*Oui, ça va bien*, es geht mir gut.«

»Charlotte«, er umfasste meine Schultern, »wenn dein Großvater den Signac von dieser Mathilde geschenkt bekommen hat und du den Herkunftsnachweis hast, dann gehört das Gemälde offiziell dir.«

Ich pfiff durch die Zähne. »Darüber habe ich mir bisher noch gar keine Gedanken gemacht.«

»Komm«, sagte er und griff nach meiner Hand, »wir schauen mal, wo meine Mutter sich rumtreibt.«

Nicole war im hinteren Garten und schnitt gerade ihre Rosen. Sie trug eine Steppweste über einer Fleecejacke und grüne Handschuhe. »Kommt ihr zur Gartenarbeit?«, fragte sie, als sie uns sah.

Ich ging auf sie zu und begrüßte sie. »Ein andermal gerne. Es ist erstaunlich, dass die Rosen noch immer blühen.«

»Sie sind unermüdlich«, sagte Nicole und musterte mich über den Rand ihrer roten Brille hinweg. »Was hast du auf dem Herzen? Du siehst gehetzt aus.«

»Die Ereignisse überschlagen sich, *maman*«, sagte Matthieu.

»Nicole, Matthieu hat gesagt, du kennst eine ältere Dame, die sich gut mit der Besatzungszeit auskennt. Mein Großvater war im Krieg mit seiner Einheit in Barfleur stationiert, und wie es aussieht, hatte er eine Liebschaft mit einer jungen Französin …«

Nicole sah mich überrascht an. »Und das hast du jetzt erst erfahren?«

»Ja. Ich bin hergekommen, um Aufschluss zu bekommen über das Verschwinden meines Vaters, und nun geht es nahtlos über in die Geschichte meines Großvaters …«

»Dann hat sich dein Besuch ja wenigstens gelohnt«,

sagte Nicole lächelnd und mit einem Seitenblick auf Matthieu. »Die Dame heißt Simone. Sie wohnt in Barfleur.« Sie zog sich die Handschuhe aus. »Soll ich sie gleich anrufen?«

»Ja, das wäre wahnsinnig nett«, sagte ich strahlend.

Wir gingen ins Haus, und Nicole zog sich zurück, um Simone unseren Besuch anzukündigen.

»Ich bleibe hier, mach du das mal mit ihr alleine«, sagte Matthieu. »Es ist bestimmt besser, wenn ihr *entre filles*, unter Mädchen bleibt …«

Ich lächelte ihn an. »Wenn du meinst …«

Nicole kam zurück. Sie hatte sich umgezogen und trug einen dunklen Rollkragenpullover mit einer bunten Kette. »Erstaunlich, wie spontan alte Leute mitunter sein können«, sagte sie und zog sich ihren grauen Wollmantel an. »Simone erwartet uns zum Tee.«

Im Auto erzählte mir Nicole, dass die alte Dame um die achtzig war und ihre Mutter eine verbotene Liebesbeziehung zu einem deutschen Offizier gehabt hatte. Sie war damals zwar ein Schulkind gewesen, hatte aber recht lebhafte Erinnerungen an die Zeit. Ich war gespannt.

Wir parkten am Hafen, das Wasser floss gerade ab, die Boote neigten sich zur Seite. Der Anblick war mir langsam wieder vertraut, aber er war immer wieder aufs Neue überwältigend. Ich atmete tief ein. Bis zur Rue des Fours waren es um die dreihundert Meter zu Fuß, dort wohnte Simone.

Die Tür zu dem renovierten Fischerhaus mit den weißen Fensterläden war nicht verschlossen. Nicole drückte sie auf und rief in den Hausflur hinein: »Simone, sind Sie da? Ich bin es, Nicole.«

»Kommen Sie nur herein!« Die Stimme klang erstaunlich fest. »Ich bin im Salon.«

»Ich habe Charlotte mitgebracht, die deutsche Freundin meines älteren Sohnes Matthieu«, sagte Nicole, als wir eintraten, und begrüßte die vornehm aussehende Dame, die ihr Buch auf das Beistelltischchen legte und aus ihrem Sessel aufstand.

»Bleiben Sie doch sitzen, Madame«, sagte ich und gab ihr die Hand. Die Nägel der Dame waren zart rosafarben lackiert, das silbergraue Haar toupiert. Sie hat sich zurechtgemacht, dachte ich. Ihr Einstecktuch passte in den Farben genau zu ihrer weichen Strickjacke. Eine Katze strich mir um die Füße. Ich bückte mich, um sie zu streicheln.

»Ich mache Ihnen jetzt erst einmal eine Tasse grünen Tee. Den mögen Sie doch, oder?« Simone schaltete die Leselampe aus und sah mich freundlich aus grünbraunen Augen durch ihre Goldrandbrille an. »Das ist für mich der verträglichste.«

»Ja, sehr gerne«, sagte ich.

»Setzen Sie sich doch, ich bin gleich zurück.«

»Ich helfe Ihnen, Simone.« Nicole nickte mir zu und verschwand mit der alten Dame in der Küche.

Am Ende des Holztisches lagen stapelweise Bücher und Zeitschriften. Überhaupt gab es viel Literatur im Salon, die Wände waren bedeckt mit raumhohen Bücherregalen. Die Katze sprang auf den Tisch, ich streichelte sie, bis sie schnurrte, dann trat ich an ein Regal und las die Namen der französischen Klassiker auf den Buchdeckeln: Voltaire, Stendhal, Proust, Gide, Flaubert, Maupassant und viele andere, aber auch Existenzialisten wie Sartre und Camus waren darunter, dazu neuere Autoren wie Le Clézio, Simone Weill und Patrick Modiano.

»Die Literatur war immer mein Leben.« Simone kam in den Salon zurück, hinter ihr Nicole mit einem Tablett. »Das habe ich von meiner Mutter. Pscht, gehst du wohl vom Tisch runter …« Sie verscheuchte die Katze, die sich daraufhin hinaustrollte.

»Ich habe auch eine Leidenschaft für Bücher«, sagte ich und setzte mich auf einen Stuhl mit samtener Sitzfläche und geschwungener Rückenlehne.

Nicole stellte Teekanne und Tassen, Kandiszucker und ein Glasschälchen mit bretonischen Keksen auf den Tisch. »Aber auch für Geschichte, nicht wahr, Charlotte?« Sie nickte mir auffordernd zu und setzte sich neben mich.

»Ja, das ist wahr«, sagte ich. »Ich bin Historikerin, also eigentlich Kunsthistorikerin. Aber ich habe auch ein persönliches Interesse. Ich würde gerne mehr über die jüngere Geschichte Barfleurs wissen. Mein Großvater war während des Krieges als Soldat hier im Ort stationiert. Wie es aussieht, kam er direkt zu Beginn der Besatzung, wahrscheinlich zwei Jahre lang, dann wurde er an die Ostfront nach Russland versetzt.«

Simone nahm den Deckel der Kanne ab, zog das Teesieb heraus und legte es auf ein Tellerchen.

Nicole stand auf und schenkte den Tee ein.

»*Merci*«, sagte ich zu ihr und wandte mich wieder an Simone. »Und nun habe ich erfahren, dass er in dieser Zeit mit einer Französin liiert war. Sie hieß Mathilde.«

Simone legte den Kopf schief. »Mathilde, sagen Sie …« Sie löffelte etwas Kandiszucker in ihre Tasse und rührte bedächtig um. »Ich will Ihnen mal meine Geschichte erzählen, Charlotte. Ich war acht Jahre alt, als die ersten Deutschen im Sommer 1940 nach Barfleur kamen. Sie wurden überall einquartiert, man konnte ihnen gar nicht ausweichen.

Dauernd liefen sie einem über den Weg, auf einen Einwohner kamen drei Deutsche, das muss man sich mal vorstellen!« Sie nahm ihre Tasse und trank einen Schluck. »Die Bevölkerung war schwer dezimiert. Bis auf wenige Männer, die sich aus beruflichen oder gesundheitlichen Gründen dem Militärdienst entziehen konnten, waren überwiegend Frauen im Ort geblieben. Sie kochten, putzten, wuschen das Geschirr und die Wäsche der Besatzungssoldaten, sie übersetzten, dolmetschten und schnitten ihnen die Haare. Zwangsläufig kamen sie da miteinander in Kontakt … Nehmen Sie sich doch einen Keks, Charlotte.«

»Ja, danke.« Ich griff in das Schälchen, hing weiterhin an den Lippen der Frau.

»Mein Vater ist im Krieg gefallen, er war fünfzehn Jahre älter als meine Mutter, sie war siebenundzwanzig, als die Deutschen kamen. Paulette, so hieß meine Mutter, war eine bezaubernde Person mit rotbraunem welligem Haar und grünen Augen, ihre Haut war blass und seidenweich.« Simone trank wieder von ihrem Tee. »Sie war eine melancholische junge Frau mit Sehnsüchten und Träumen, gefangen in der Phantasiewelt ihrer Bücher. Bis sie eine Arbeit als Haushaltshilfe in der Villa Caracciolo bekam, der Ortskommandantur, die sie herausforderte und bei der sie gut verdiente. Bei dieser Gelegenheit lernte sie Hermann Wolf kennen, einen deutschen Offizier aus Hamburg. Er war korrekt und respektierte sie.«

Endlich biss ich in meinen Keks. Buttrig zerging er auf meiner Zunge.

»Ich war wie gesagt ein Schulkind«, fuhr Simone fort, »aber die Erinnerungen an die Zeit sind noch sehr lebendig. Meine Mutter war glücklich, wenn ihr Hermann sie ausführte und beschenkte, sie fühlte sich als Frau akzeptiert und auch begehrt. Und um mich und meinen jüngeren Bruder nicht alleine zu lassen, hat sie das Nachbarmädchen öfter gebeten, auf uns aufzupassen.« Sie machte eine bedeutungsvolle Pause, dann sagte sie: »Die Duvals wohnten gleich im Haus nebenan. Das Mädchen, das sich damals um uns gekümmert hat, hieß Mathilde.«

Ich verschluckte mich und musste husten.

»*Ça va?*« Nicole legte mir die Hand auf den Rücken.

»Jaja, danke, es geht schon wieder.« Ich räusperte mich.

»Sie war ein junges Mädchen, zehn Jahre jünger als meine Mutter«, fuhr Simone fort. »Ist das Ihre Mathilde?«

»Ich vermute es. Es scheint zumindest dieselbe Mathilde zu sein, deren Grab ich auf dem Friedhof entdeckt habe.«

»Mathilde war nicht nur Kindermädchen«, sagte Simone, »sie war meiner Mutter auch eine richtige Freundin. Sie haben die Liebe zur Literatur geteilt. Und meines Wissens hat sie das gleiche Schicksal ereilt wie meine liebe Mutter. Mathilde hatte nämlich auch einen deutschen Soldatenfreund.«

»Wissen Sie seinen Namen?«, fragte ich und sah Simone mit angehaltenem Atem an, die ihren Tee austrank.

Sie schüttelte den Kopf. »Nein, leider nicht. Man hat damals kurzen Prozess gemacht mit den Frauen, die sich während des Krieges mit dem Feind eingelassen hatten«, erzählte sie weiter. »Immer mehr Menschen zählten sich nach der Befreiung durch die Amerikaner im Juni 1944 zur Résistance, obwohl sie vorher rein gar nichts von Widerstand hatten wissen wollen. Sie schwangen sich zu Richtern auf, urteilten über die Frauen, die sie quasi hintergangen hätten. Durch die Bestrafung glaubten sie, die männliche Ordnung wiederherzustellen.« Simone schüttelte den Kopf. »In Barfleur hat es zum Glück nur wenige Frauen getroffen, in anderen Orten waren es, soviel ich weiß, um ein Vielfaches mehr. Man holte sie zu Hause ab und schor ihnen öffentlich die Haare. Anschließend trieb man sie wie eine Jahrmarktsensation zum Hafen hinunter. Es war ein archaischer Racheakt, die Männer wollten den Frauen ihre weibliche Identität nehmen, indem sie ihnen die Haare abrasierten.«

»Aber was genau warf man den Frauen vor? Wieso wurden sie angeklagt?«, fragte ich mit erhitzten Wangen. »Nur weil sie geliebt hatten?«

»Sie haben den falschen Mann geliebt«, sagte Simone und drehte ihren dünnen Goldring am Finger. »Der offizielle Vorwurf lautete ›Horizontale Kollaboration‹, und genau so ging es in die Geschichtsbücher ein.«

# 16.

»›Horizontale Kollaboration‹, sagen Sie? Die Frauen wurden öffentlich gedemütigt, weil sie liebten?«, ereiferte ich mich.

»Und dabei ging es nicht nur um sexuelle Kontakte«, sagte Simone. »Auch Frauen, die alltägliche Dienste für die Deutschen verrichteten oder dem Vichy-Regime nahestanden, wurden bestraft.«

»Es ist furchtbar, wie man mit ihnen damals umgegangen ist.« Nicole sah bekümmert aus. »Man kennt das Thema, es gibt seit zehn, zwanzig Jahren Dokumentationen dazu, aber vielerorts wird heute noch darüber geschwiegen. In Osteuropa hält die Tabuisierung sogar immer noch an, habe ich gelesen.«

Nachdenklich nickte ich ihr zu. »Was ist aus Mathilde geworden?«, fragte ich Simone. »Leben die Duvals noch nebenan?«

»Nein, seit vielen Jahrzehnten ist von der Familie niemand mehr hier.« Die alte Dame schüttelte den Kopf. »Mathilde ist meines Wissens nach Paris gegangen.« Sie lehnte sich im Stuhl zurück. »Meine Mutter hätte das besser auch getan, sie ist allein geblieben und hat sich ihr Leben lang von der Stigmatisierung nicht mehr erholt. Bis zum Schluss hatte sie Alpträume.« Simone senkte den Kopf. »Ich werde den Tag nicht vergessen, als ich sie das erste Mal mit kahlgeschorenem Schädel gesehen habe, ohne ihr schönes welliges Haar, das in der Sonne rötlich geschimmert hatte. Sie hat geweint und sich so vor uns geschämt.«

Nicole legte ihr eine Hand auf den Arm. Man konnte spüren, wie sehr das Erlebnis der alten Dame auch heute noch naheging.

»Wie sah Mathilde denn aus?«, fragte ich. »Welche Erinnerungen haben Sie an sie?«

Simone lächelte. »Sie war ein hübsches Mädchen, hatte dunkle Locken und braune, sanfte Rehaugen. Wir waren gerne mit ihr zusammen, sie konnte aus einfachen Dingen etwas basteln. Aus dürrem Brennholz und ein bisschen Moos, aus Packpapier, immer fiel ihr etwas ein, womit sie uns beschäftigen konnte.«

Ich stellte mir Mathilde vor und sah im Geiste, wie ihre dunklen Locken zu Boden rieselten und ihr Schädel kahl und rund zum Vorschein kam. Sie war bei der Befreiung gerade mal einundzwanzig Jahre alt gewesen. Ich schluckte.

»Wir können froh sein, dass wir heute lieben können, wen wir wollen«, sagte Simone und lächelte mich an. »Schon meine Generation hatte da mehr Möglichkeiten.«

Ich nickte und errötete, weil ich einen Seitenblick Nicoles spürte.

»Wenn Sie noch mehr darüber wissen wollen, Charlotte«, sagte Simone, »ich kenne da einen pensionierten Archivar, der sich hervorragend mit der Thematik auskennt. Er hat ein Buch über die Geschichte der Besetzung und der Befreiung des Val de Saire geschrieben. Dafür hat er jahrelang Zeitzeugen befragt, Fotos gesammelt und historische Quellen ausgewertet. Er heißt Monsieur Blin. Vielleicht erwischen Sie ihn ja zufällig im Rathaus, er ist im Stadtrat und hält nachmittags manchmal die Bürgersprechstunde ab.«

»Das ist eine gute Idee«, sagte ich und trank aus. »Ich will gleich versuchen, ihn zu erreichen.«

»Wenn du möchtest, begleite ich dich«, sagte Nicole.

»Das ist nett, vielen Dank.« Ich lächelte sie an.

Wir standen auf, und die alte Dame geleitete uns zur Tür.

»Ich hoffe, ich habe Ihnen weiterhelfen können.«

»Das haben Sie, Simone, vielen Dank auch für den Tee«, sagte ich und gab ihr die Hand.

Als wir schon vor dem Haus standen, kam sie uns nach und hielt mich noch einmal zurück. »Warten Sie, da fällt mir noch etwas ein …« Sie sah die Straße hinunter. »Wenn mich nicht alles täuscht, ist Mathilde damals nicht allein nach Paris gegangen.«

Ich stutzte. »Wie meinen Sie das?«

»Sie kam zu uns ins Haus, um sich zu verabschieden. Das muss unmittelbar danach gewesen sein. Sie hatte ihren Koffer dabei – und ja, sie war in Begleitung ihres kleinen Sohnes.«

Die Sonne neigte sich dem Horizont zu, als wir vor dem ebenerdigen granitfarbenen Rathausgebäude vorfuhren.

»Also doch«, sagte ich und schnallte mich ab. »Ich hatte da ja schon so eine Vermutung, nachdem ich vorhin das Andenken auf Mathildes Grab gefunden hatte. Aber war das wirklich ihr gemeinsamer Sohn, den Mathilde da mit nach Paris genommen hat?«

Nicole stieg aus. »Und jetzt fragst du dich, warum dein Großvater sich nie auf die Suche nach ihm gemacht hat?«

»Wenn es sein Kind war, ja.« Ich dachte einen Moment

darüber nach. »Aber er hatte wahrscheinlich nicht genügend Angaben, und das Elternhaus in der Rue des Fours war nicht mehr im Besitz der Familie.«

»Früher war es nicht so leicht wie heute, jemanden zu finden. Es gab kein Internet, man konnte nicht einfach einen Namen googeln.« Nicole stand vor dem Schaukasten des Rathauses und schaute auf die Uhr. »Wir haben Glück, es ist kurz nach fünf, und die Bürgersprechstunde findet jeden Dienstag- und Donnerstagnachmittag bis 17.30 Uhr statt.«

»Na, dann mal los«, sagte ich und sprang die wenigen Stufen zum Eingang hinauf, der von zwei Fahnen, der Europaflagge und der Trikolore, flankiert war.

Rechts war das Sekretariat mit dem Zimmer des Bürgermeisters, an der linken Glastür hing ein Schild, *»Permanence citoyenne«*, Bürgersprechstunde. Ich klopfte, und als ein *»Oui«* herausdrang, traten wir ein.

Ein schmächtiger Mann mit schütterem Haar und lebhaften Augen saß hinter einem Schreibtisch. Er musste über siebzig sein. *»Bonjour,* Mesdames«, sagte er freundlich und wies auf die zwei Stühle vor sich.

*»Bonjour,* Monsieur.« Wir setzten uns.

»Sind Sie Monsieur Blin?«, fragte ich ihn.

»Ja, was kann ich für Sie tun?« Interessiert sah er uns an.

»Madame Doucet schickt uns, Simone Doucet«, sagte Nicole. »Es geht um ein historisches Thema. Sie hat Ihr Buch gelesen über die Zeit der Besatzung und Befreiung und Sie empfohlen als absolute Koryphäe auf diesem Gebiet.«

»Na, dann bin ich mal gespannt, was Sie auf dem Herzen haben.« Seine Augen blitzten, und man sah ihm an, dass das Thema ihn faszinierte.

»Es geht um die französischen Frauen«, sagte ich, »und darum, was sie nach der Befreiung erleiden mussten.«

»Sie meinen den Akt der *épuration sauvage*?«, fragte er, und ich sah fragend Nicole an, das Wort kannte ich nicht.

»Das bedeutet so etwas wie ›wilde Säuberung‹«, sagte sie zu mir. »Gemeint ist damit das Scheren der Frauen …«

Monsieur Blin nickte. »Haben Sie einen persönlichen Bezug zu dem Thema, wenn ich fragen darf?«

»Oh, entschuldigen Sie, ich habe mich noch nicht mal vorgestellt. Mein Name ist Charlotte Berger, ich komme ursprünglich aus Berlin. Mein Großvater war ein deutscher Besatzungssoldat und mit seiner Einheit hier in Barfleur stationiert. Ich nehme an, zwei Jahre lang, von Beginn der Besatzung bis 1942. Ich bin erst vor kurzem darauf gestoßen.«

Monsieur Blin hörte mir aufmerksam zu.

»Wir nehmen an, dass er in dieser Zeit eine Beziehung zu einer jungen Französin gehabt hat. Sie hieß Mathilde. Bei Duval, dem Nachnamen, bin ich mir allerdings nicht hundertprozentig sicher.«

»Charlotte braucht Gewissheit«, warf Nicole ein. »Es geht um eine private Familienangelegenheit.«

Monsieur Blin nickte. »Ich habe viele Jahre damit verbracht, die *archives départementales* zu durchforsten, das Thema war noch nicht bearbeitet, als ich meine Recherchen begonnen habe. In Barfleur selbst waren es nur sechs oder sieben Frauen, die von einer Art Zivilpolizei abgeholt und vorgeladen wurden. Die Familiennamen kenne ich leider nicht. Es war egal, ob diese Frauen den Deutschen Kaffee serviert hatten oder tatsächlich eine sexuelle Beziehung mit ihnen unterhielten, die Festnahme erfolgte ohne Beweise und ohne Gerichtsurteil. Meist waren sie aus Eifersucht angeschwärzt worden. Nachdem man ihnen öffentlich die Haare geschoren und sie durch den Ort hinweg verfolgt hatte, ließ man sie wieder gehen. Der damalige Pfarrer Abbé Gaslonde und der Bürgermeister Louis Gosselin hatten sich für ihre Freilassung eingesetzt. In anderen Ortschaften inhaftierte man die geschorenen Frauen manchmal unter erbärmlichen Verhältnissen in Lagern, von Stacheldraht umgeben. Darin waren auch andere Insassen gefangen gehalten, die in irgendeiner Hinsicht eine Gefahr für die nationale Verteidigung darstellten, so hieß das damals.«

»Dann haben die Frauen in Barfleur ja Glück im Unglück gehabt, dass ihnen jemand zur Seite stand«, sagte ich.

»Ja.« Monsieur Blin nickte. »Ich weiß auch nur von zwei vollstreckten Todesurteilen im Val de Saire. Durch das Scheren der Haare wurden sie allerdings sanft enthauptet, wenn Sie so wollen.«

»Haben Sie zufällig irgendwelche Listen, auf der die angeklagten Frauen aus Barfleur stehen?«, fragte Nicole. »Gibt es so was überhaupt?«

Monsieur Blin schüttelte den Kopf. »Es waren Nacht-und-Nebel-Aktionen. Haltlose Aktionen in einem rechtsfreien Raum. Es gibt kaum etwas Offizielles. Ich habe die Quellen und Zeitzeugenberichte wie ein Puzzle zusammengetragen, aber ich habe wie gesagt keine näheren Informationen zur Identität der Frauen.« Er lächelte uns über seine Goldrandbrille hinweg an. »Ich hoffe, ich konnte Ihnen trotzdem helfen.«

»Das haben Sie, Monsieur, vielen Dank.«

Wir standen auf und verabschiedeten uns von ihm.

»Dann wollen wir Sie nicht weiter aufhalten«, sagte Nicole.

»Na ja, die Tür rennt man mir hier ja nicht gerade ein.« Lächelnd brachte er uns hinaus.

Die Lichter am Quai Henri Chardon brannten bereits, als wir zurück zur Segelschule fuhren.

»Komm doch noch mit zum Aperitif«, sagte Nicole.

»Matthieu freut sich sicher«, fügte sie hinzu, als ich nicht gleich reagierte. »Er fährt am Mittwochabend.«

»Was, morgen schon?«, entfuhr es mir. Das hatte ich in der ganzen Aufregung glatt vergessen. Matthieu hatte tatsächlich nur drei zusätzliche freie Tage zum Wochenende beantragt.

»Ja, morgen Abend geht sein Flieger in Cherbourg«, sagte sie. »Er mag dich immer noch, Charlotte. Ich sehe es daran, wie er dich ansieht.«

Jetzt wurde ich richtig rot. »Ja, ich mag ihn auch noch.« Ich sah in den Rückspiegel und überholte einen Mopedfahrer.

Nicole seufzte. »Die Trennung von seiner Freundin hat ihn mitgenommen, auch wenn er behauptet, es wäre besser gewesen. So zufrieden und glücklich wie die letzten Tage habe ich ihn schon lange nicht mehr erlebt.«

»Hat er Schluss gemacht oder sie?«, fragte ich und biss mir sofort auf die Lippe. »Es tut mir leid, das sollte ich ihn besser persönlich fragen. Du bist immerhin seine Mutter.«

»Ja, deswegen weiß ich auch, dass er sich eingeengt gefühlt hat. Susan wollte um jeden Preis eine Familie, dafür war er einfach nicht bereit.« Nicole sah aus dem Fenster. »Schade eigentlich, ich hätte nichts gegen Enkelkinder einzuwenden, natürlich von der richtigen Frau.«

»Du bist noch jung, Nicole«, sagte ich. »Geduld, das wird schon noch kommen.«

Sie lächelte mir zu, als ich vor der Segelschule in die Kieseinfahrt fuhr.

Matthieu stand am Sprossenfenster und winkte uns zu. Warmes Licht fiel vom Haus auf die Hortensien. Er schien schon auf uns gewartet zu haben.

Ich merkte, wie gut mir sein Anblick tat und wie ich mich innerlich entspannte. Schon damals hatte er eine beruhigende Wirkung auf mich gehabt. Ein Lächeln legte sich auf meine Lippen.

Wir stiegen aus und gingen auf die Eingangstür zu. Matthieu öffnete uns und nahm seiner Mutter und mir den Mantel ab.

»*Merci, mon fils*, danke, mein Junge.« Sie rief die Treppe hinauf: »Patrice? Zeit für den Aperitif! Kommst du?«

Während Nicole in der Küche verschwand, fragte mich Matthieu: »Was ist, warum lächelst du so?«

»Ach, ich musste gerade daran denken, wie sehr mich deine Nähe damals in all der Aufregung beruhigt hat.«

Matthieu sah mich eindringlich an, und mein Herz schlug schneller. »Heute kann ich mir nichts Schöneres vorstellen, als dir in unserer unruhigen Welt Halt und Ruhe zu geben, Charlotte«, sagte er.

Ich seufzte. »Wie machst du das bloß? Ich sehe dich an, und sofort geht es mir besser.«

»*Tant mieux*, umso besser.« Matthieu küsste sanft meine Stirn. »Und jetzt sag schon, was gibt es Neues? Was sagt Simone? Wart ihr so lange bei ihr?«

Ich brauchte einen Moment, um mich wieder zu fassen. »Wir … wir waren noch im Rathaus bei einem ehemaligen Archivar, der sich gut mit der Besatzungszeit und der Befreiung auskennt«, sagte ich und bemühte mich, meine Stimme fest klingen zu lassen.

Matthieu fasste meinen Arm und führte mich in den Salon, wo wir uns auf dem breiten Sofa niederließen. Im Kamin flackerte ein Feuer. Er zog ein Knie an und sah mich aufmerksam an.

»Stell dir vor, Mathilde war eine der geschorenen Frauen von Barfleur. Ist das nicht furchtbar? Sie war eine Freundin von Simones Mutter Paulette und hat als junges Mädchen sogar auf sie aufgepasst. Und das Beste kommt noch … Mathilde hatte einen Sohn, Matthieu! Weißt du, was das heißt?«

»Dass dein Großvater der Vater war?«, fragte er.

Ich nickte. »Davon gehe ich aus.«

Patrice kam in den Salon. Er hatte einen Pullover locker um die Schultern geschlungen. »Was macht ihr denn für Gesichter?«, fragte er und setzte sich auf den Sessel gegenüber.

»Charlotte hat so einiges über die Vergangenheit ihres Großvaters herausbekommen«, sagte Matthieu. »So wie es aussieht, hatte er während der Besatzungszeit mit einer jungen Französin ein Kind.«

Patrice pfiff durch die Zähne. »Das hat es oft gegeben. Die Kriegskinder von damals sind heute um die siebzig Jahre alt. Und viele haben nie erfahren, wer ihr unbekannter Soldatenvater gewesen ist …« Er zog die Augenbrauen hoch und rief in Richtung Küche: »Nicole, kann ich dir helfen?

Matthieus Mutter kam in den Salon. »Wollt ihr Bier, ein Glas Weißwein oder einen Whiskey?«

»Ich nehme ein Bier.« Matthieu hob die Hand.

»Für mich auch bitte«, sagte ich.

»Ich kümmere mich selbst um meinen Whiskey.« Patrice stand auf, und Nicole verschwand wieder nach draußen.

»Dass man die Frauen der *Horizontalen Kollaboration* bezichtigt hat und ihnen zum Gespött der Leute öffentlich die Haare geschoren hat, finde ich unfassbar«, sagte ich.

Matthieu griff nach einem iPad, das auf dem Sideboard neben dem Sofa lag. »Ich bin vor Jahren mal über dieses Foto hier gestolpert ... Warte, ich muss es nur eben raussuchen.«

Nicole kam mit zwei kleinen Flaschen Bier, ein paar Pistazien und einem Glas Weißwein zurück. Patrice setzte sich mit seinem Whiskey dazu.

»Hier ist es ... Die berühmte Fotografie von Robert Capa, aufgenommen am 18. August 1944 in Chartres.« Matthieu hielt mir das iPad hin.

Die historische Aufnahme schockierte mich zutiefst. Eine junge weißgekleidete Frau lief zwischen zwei Häuserzeilen über Kopfsteinpflaster, auf dem Arm hielt sie schützend einen Säugling, ihr Kopf war geschoren und dem Kind zugewandt. Sie war umringt von Menschen, die sie auslachten und anglotzten.

Eine Träne lief mir über die Wange.

»Das ist so grausam«, sagte ich und wischte sie mir mit dem Handrücken ab. Dann gab ich das iPad an Nicole weiter, die kopfschüttelnd das Bild betrachtete.

»Ich kenne es«, sagte sie und reichte es an Patrice weiter. »Es ist wirklich unglaublich.«

»Es gab sogar Frauen, denen man ein Hakenkreuz auf den geschorenen Schädel gemalt hat«, sagte Patrice und legte das iPad zur Seite. »Aber jetzt ist es genug mit diesen grausamen Geschichten. Lasst uns anstoßen.«

»Männer und Gefühle.« Nicole zwinkerte mir zu.

»Ich habe nur Durst«, verteidigte sich Patrice. »Außerdem ist das Leben immer für eine Überraschung gut, nicht wahr? Charlotte, habe ich es schon gesagt, es ist schön, dass du wieder da bist.« Er hielt mir sein schweres Glas hin.

»*Merci*, Patrice«, sagte ich und stieß mit ihm an.

Als Nicole Patrice von unserem Besuch bei Simone erzählte, fragte ich Matthieu: »Könnten wir vielleicht nachher noch nach Mathildes Sohn suchen?«

»Klar«, sagte er. »Was haben wir denn für Angaben?«

»Er heißt Jean Reynel, lebt hoffentlich noch in Paris, ist ungefähr Jahrgang 1942, und seine Mutter hieß Mathilde Duval, ehemals wohnhaft in der Rue des Fours in Barfleur, aber das wird wohl nicht viel bringen.«

»Weißt du, was das heißt, Charlotte?« Matthieu trank von seinem Bier und legte mir die Hand auf die Schulter.

»Was meinst du?« Abwartend sah ich ihn an.

»Das heißt, dass der Mann, der hier vor ein paar Tagen in Begleitung zweier Mädchen aufgetaucht ist, wahrscheinlich dein Onkel ist«, sagte er.

Überrascht sah ich ihn an, aber mir war sofort klar, dass Matthieu vermutlich recht hatte.

Sophie hatte hier in Barfleur nicht meinen Vater gesehen, sondern seinen älteren Halbbruder.

## Barfleur, Winter 1941

Mathilde starrte auf Paulettes wippenden Fuß. Sie trug neue Schuhe, das war ihr gleich aufgefallen. Die modisch geschwungene Sohle mit Absatz war aus Holz gearbeitet, das aufgesetzte Leder mittig geschnürt. Die Schuhe würden sich in der feuchten Winterluft nicht so schnell abnutzen, dachte sie, und zudem sahen sie richtig schick aus. Sie beäugte ihre eigenen abgewetzten Lederstiefel und stopfte einen ausgeleierten dünngestrickten Socken in den Schaft. Seit sie beim Schuster eine Punktekarte vorzeigen mussten, um einen Absatz oder eine Sohle richten zu lassen, war es schwer geworden, sein Schuhwerk ordentlich in Schuss zu halten. Der Werkstatt wurde kaum Leder nachgeliefert.

Mathilde hatte ihrer Nachbarin ein Buch zurückgebracht und saß nun bei einem Apfellikör mit ihr zusammen. Sie hatte zuerst abgelehnt, da sie heute noch den Fisch räuchern wollten, aber Paulette hatte auf einem gemeinsamen Gläschen bestanden. So viel Zeit müsse sein, hatte sie gesagt, und schon beim ersten Schluck merkte Mathilde, wie der süße Alkohol ihr das mulmige Gefühl in der Magengegend nahm. Sie entspannte sich und lehnte sich zurück. Paulette hatte ein Feuer gemacht, es war warm in der Stube, doch der Rauch wollte nicht so recht abziehen. Zu windig und regnerisch war es draußen. Es kratzte

Mathilde im Hals, sie räusperte sich und nahm noch einen kleinen Schluck.

»Wie hat dir das Buch denn gefallen?«, fragte Paulette.

»Einfach großartig.« Mathilde klopfte auf den Buchdeckel der *Kartause von Parma*. »Stendhal ist ein Meister der Beschreibungen. Es wird so mitfühlend geschildert, wie Clélia um ihr Glück kämpft. Woher hast du nur all diese Klassiker?«

»Ich habe sie geerbt«, sagte Paulette und stand auf, um einen Holzscheit nachzulegen.

Da bemerkte Mathilde die Naht hinten an ihrer Wade und machte große Augen.

»Ja, du siehst ganz richtig«, sagte Paulette lächelnd, als sie an den Tisch zurückkam. »Das sind keine richtigen Seidenstrümpfe. Ich habe den Strich nur aufgemalt, mit Jodtinktur. Das hält ganz gut und sieht gleich viel edler aus, findest du nicht?«

»Ja … das … das sieht richtig echt aus«, sagte Mathilde und stieß einen Pfiff aus. »Und die Schuhe hast du von Hermann bekommen?«

»Richtig. Zusammen mit der Seidenwäsche aus einem Geschäft in Cherbourg, das neu aufgemacht hat.« Sie zog ihre Strickjacke über die Schulter und zupfte an dem Träger unter ihrer Bluse. »Er hat mich im Auto dorthin mitgenommen.«

»Mit der Bahn dauert die Fahrt ja auch ewig. Er ist richtig großzügig, dein Hermann.« Mathilde zog anerkennend die Augenbrauen hoch. »Johann steckt mir immer wieder Bons zu, die er für mich aufgespart hat. Sich selber gönnt er kaum etwas, so viel Lebensmittel, wie er nach Deutschland schickt.«

»Ja, das tun sie alle. Auch Hermann unterstützt seine

Familie. Heute Abend will er mich zum Essen ausführen.« Paulette strahlte und steckte sich die rötlich schimmernden Haare hoch. »Ich habe die Kinder extra zu meiner Schwester gebracht.«

»Ich hätte doch auch auf sie aufpassen können«, sagte Mathilde.

»Das hast du doch schon so oft gemacht, *ma chérie*. Sie sind dort gut aufgehoben mit all ihren Cousins und Cousinen, auch wenn Louise es nicht lassen kann, mich bei jeder Gelegenheit zu kritisieren.«

Es gab sehr wohl Missgunst unter den Leuten, besonders da es manchen Frauen augenscheinlich besser ging. Paulette machte seit einiger Zeit den Haushalt in der Villa Caracciolo, und seit sie mit einem der Offiziere aus der Kommandantur verkehrte, hatte sich ihr ganzes Auftreten verändert. Sie sah vornehmer aus und schien richtig aufzublühen. In keinem Moment hatte sie Mathilde gegenüber ein Hehl aus ihrem Verhältnis gemacht, und so hatte sie sich ihr schließlich auch anvertraut und von Johann erzählt. Die beiden verband also nicht nur ihre Liebe zur Literatur und den schönen Künsten. Auch ihre Gefühle für einen deutschen Soldaten hatten sie gemeinsam.

»Ich bewundere dich wirklich dafür, dass du dich so gar nicht um das Geschwätz der anderen kümmerst«, sagte Mathilde. »Seitdem Johann von seinem Vorgesetzten Arrest angedroht wurde, sind wir vorsichtiger geworden. Wir lassen uns so gut wie gar nicht mehr zusammen blicken.«

»Es liegt wohl an Hermanns Position, dass wir bisher nicht belangt wurden«, mutmaßte Paulette. »Er hat Freunde im Ort.«

»Kannst du dir vorstellen, dass wir vor ein paar Monaten noch zusammen getanzt haben? Sogar zum Aperitif haben wir uns getroffen.« Mathilde schüttelte ungläubig den Kopf, als wenn sie es selbst nicht glauben könnte.

»Ja, an dem einen Abend, als sie im *Café du Port* kurzerhand das Klavier auf die Terrasse gestellt haben. Alle waren fröhlich miteinander ...« Paulette sah Mathilde an. »Hat nicht Johann auch Klavier gespielt?«

»Ja, und irgendwann ist er sogar auf Händen zwischen den Tischen umhergelaufen und hat Pirouetten gedreht«, sagte Mathilde und lachte.

»Ich wusste gar nicht, dass er so etwas kann!«

»Doch, doch, er trainiert so oft wie möglich, fast wie ein richtiger Akrobat«, sagte sie nicht ohne Stolz. »Ab und zu nimmt er mich auf die Schultern, und wir machen zusammen Gleichgewichtsübungen.«

»Weißt du, Mathilde, du solltest dich nicht aus der Ruhe bringen lassen und deine Liebe so gut du kannst genießen.« Paulette schenkte noch einmal zwei Finger breit nach, obwohl Mathilde abwehrend die Hand hob. »Die erste Liebe ist etwas ganz Besonderes. Lass uns auf die Liebe trinken!«

»Auf die Liebe!« Mathilde nippte an ihrem Glas und merkte, wie sich ihr Inneres erwärmte. »Johann ist so charmant und höflich, nicht so ungehobelt wie meine Brüder. Außerdem behandelt er mich immer wie eine Dame. Er hält mich für weltgewandt und erfahren, das muss man sich mal vorstellen! Ausgerechnet mich! Wo war ich denn schon? Ich bin doch kaum aus Barfleur herausgekommen. Er bringt mich zum Lachen und ...« Ihr Blick wurde starr. »Wenn ich mich dann auf den Heimweg mache, wartet schon Monsieur Henri im Hausflur auf mich. Der hat nichts Besseres zu tun, als mir aufzulauern. Weißt du, wie schnell mich das wieder auf den Boden zurückholt? Noch bevor ich wieder unter freiem Himmel stehe!«

»Diese impotenten alten Männer!«, rief Paulette empört. »Sie sind doch nur neidisch auf ihre gutaussehende, sportliche Konkurrenz in schicker Uniform.«

»Meine Mutter hat auch schon Wind davon bekommen, aber bisher konnte ich die Sache herunterspielen. An ihrer Reaktion habe ich aber gemerkt, dass sie Johann wohl kaum unter unserem Dach empfangen wird. Die Lebensmittel, die wir über ihn bekommen, nimmt sie aber gerne. Wie gut, dass sie nicht alles mitkriegt …« Gedankenverloren sah Mathilde aus dem Fenster. Der Regen ging langsam in Schnee über.

Je weiter das Jahr zur Neige ging, desto mehr schränkten die Deutschen die Fischerei ein, Netze und Benzin wurden zunehmend Mangelware. Den im Dorf verbliebenen Fischern wurde aufgegeben, eine ihnen zugewiesene gut lesbare Ziffer auf weißem Hintergrund sowie die Trikolore auf die Bootsplanken zu malen, damit die Hafenwache einen Überblick über den Bootsbetrieb hatte. Die wenigen Ausfahrten unternahmen die Fischer überwiegend mit Segel oder Ruder, um Treibstoff zu sparen. Nach Rückkehr der Boote überprüfte die Hafenbehörde umgehend den eingebrachten Fang, wobei zuerst immer ein Pflichtanteil an die Besatzer abgeführt werden musste.

Ihr Vater hatte sich als Fischer dem Militärdienst entziehen können. Er hatte sich zunehmend zurückgezogen, war melancholisch und weit weniger gesprächig als sein älterer Bruder, ihr Onkel Théodore. Von ihm wusste Mathilde, dass die Fischer die Kontrollen zu umgehen versuchten, indem sie mit Fischen gefüllte Säcke entlang der Außenwand des Bootes ins Wasser hängten und nur einen einzigen Sack offen deklarierten. Während die deutschen

Wachen Brücke, Schiffsbauch und Motorraum der Boote überprüften, ohne etwas zu finden, fand die abgezwackte Ware zu stark erhöhten Preisen genügend Abnehmer auf dem Schwarzmarkt. Auch Théodore selber profitierte offenkundig von diesem Dreh, er legte sich ein eigenes kleines Boot zu und fuhr nach Paris, um sich und seiner Mannschaft neue kniehohe Lederstiefel zu kaufen. Ihre Tante Geneviève bekam einen nagelneuen, blitzmodernen Wintermantel mit passender Fellmütze. Ihr Vater bestückte weiterhin seinen Weinkeller.

Permanenter Frost überzog gegen Ende des Jahres die kahlen Feldfurchen. Weihnachten stand unmittelbar bevor, und es wollte gar nicht mehr so recht hell werden. Bereits am frühen Nachmittag schien es schon wieder zu dämmern. Mathilde zog sich die Mütze über die Ohren und starrte nach draußen. Der Wind pfiff durch die zerbrochenen Fensterscheiben, obwohl sich der *Tue-Vaques* nur im Schritttempo fortbewegte. Der Zug hatte seinen Namen bekommen, weil er früher immer wieder gegen Kühe geprallt war, die sich auf die Schienen verirrt hatten. Diese Zeiten waren längst vorbei, das braun-weiße Fleckvieh stand in den Ställen, um verbotenen Raubschlachtungen zu entgehen.

Erst hatte sich Mathilde stundenlang am Bahnhof von Cherbourg beim Warten auf den Tue-Vaques die Beine in den Bauch gestanden, und nun hielt der Bummelzug alle naselang an oder fuhr so langsam, dass sie nebenher hätte Blumen pflücken können, wenn es noch welche gegeben hätte. Sie hatte keine Wahl gehabt und den Zug nehmen müssen, da ihr Fahrrad schon vor Monaten beschlagnahmt worden war. Außer Passagieren wurden auf der Strecke hauptsächlich Kies und Sand befördert, wobei der Materialtransport immer Vorrang hatte, deswegen kam es auch zu diesen unsäglichen Verzögerungen. Und seit Eisenbahner vor ein paar Wochen die Dampflokomotive in Fermanville hatten entgleisen lassen, um den Bau der Abwehranlagen an der Küste zu verzögern, wurde der Zug ständig von bewaffneten Soldaten bewacht.

Mathilde hatte Madame Rémy um zweitägige Freistellung gebeten, damit sie nach Cherbourg fahren konnte. Sie übernachtete bei Berthe, einer Cousine ihrer Tante Geneviève, da allein die Anreise schon einen ganzen Tag in Anspruch genommen hatte. Aufgeregt hatte sie dem Termin entgegengesehen und sich dem Abendessen mit Berthe geflissentlich entzogen, indem sie Müdigkeit vorschützte. Aber sie war auch wirklich müde und hatte schwere Beine. Paulette hatte ihr den Termin arrangiert, sie hatte die Anonymität der benachbarten Stadt einem kleinen *cabinet* in Barfleur vorgezogen.

Die karge Landschaft zog im Schritttempo an ihr vorbei, dunkle Felder und knorrige Bäume, dazwischen spitzte das eisgraue Meer hervor. Doch Mathilde nahm kaum etwas davon wahr. Minutenlang sah sie zu der schwankenden Petroleumlampe an der Decke empor, die in ihrer Verankerung quietschte und das Abteil nur spärlich beleuchtete, und dachte über all das nach, was ihr im vergangenen Jahr widerfahren war. Sie war Johann begegnet, hatte Liebe auf den ersten Blick erfahren und unglaubliche Glücksmomente mit ihm erlebt, hatte entdecken dürfen, was Liebe, Zuneigung und wahre Gefühle sind, hatte mit ihm den Geschmack der weiten Welt gekostet, hatte ihren Körper und ihr Herz gespürt und begriffen, dass es auch noch etwas anderes gab als den Mikrokosmos Barfleur und die Nabelschau der Dorfbewohner. Zum ersten Mal hatte Mathilde selbst etwas erlebt, über das sie vorher nur in Paulettes Romanen gelesen hatte.

Doch die abschätzigen Blicke und die Missbilligung im Dorf hatten sie hart getroffen, sogar in der eigenen Familie spürte sie rauen Gegenwind. Wenn ihre Brüder laut überlegten, wie sie die Baumaßnahmen der *boches*, wie die Deutschen geringschätzig genannt wurden, verzögern konnten, und sich mit dem Vater beim restlichen Rotwein oder Calvados mit hitzigen Gesichtern in Rage redeten, hatte sie nur geschwiegen, um den Ärger nicht auf sich zu lenken, und mit ihrer Mutter still die Küche und die Stube aufgeräumt.

Mathilde ließ ihren Blick durch den Waggon schweifen. Das Abteil war voll besetzt. Die Menschen starrten resigniert und verfroren vor sich hin, Mütter versuchten, ihre Kinder zu besänftigen und bei Laune zu halten. Viele dämmerten einfach vor sich hin. Wer sich auf eine Fahrt im Tue-Vaques einließ, musste Zeit aufbringen und sich in Geduld üben. Normalerweise gelang dies Mathilde ganz gut, doch heute fiel ihr die erzwungene Untätigkeit ausgesprochen schwer.

Unruhig rutschte sie auf der zerschlissenen Bank hin und her, bewegte rhythmisch die kalten Zehen in ihren alten Lederstiefeln. Vielleicht sollte sie doch beim nächsten Halt aussteigen und neben dem Zug herlaufen, wie manch anderer es machte, um sich ein wenig aufzuwärmen. Sie musste unbedingt schnell zurück nach Barfleur, und ihrer Einschätzung nach blieben noch ungefähr zehn Kilometer, bis sie den ersten Wachturm vor dem Ort passieren würden. Wenn sie die Zähne zusammenbiss, würde sie es zu Fuß in ungefähr zwei Stunden schaffen. Schlimmstenfalls konnte sie ja wieder zusteigen, wenn es doch zu mühsam für sie werden sollte.

Mathilde griff nach ihrem Rucksack, zog ihr braunes Wolltuch fest und sprang auf, dabei rempelte sie versehentlich den schlafenden alten Mann neben sich an. Er sah sie unter seiner verfilzten Baskenmütze aus tiefliegenden Augen an. Sie entschuldigte sich bei ihm, aber er schloss schon wieder die Augen und ließ den Kopf nach vorne fallen. Mathilde stieg über seine ausgestreckten dünnen Beine und schlängelte sich an Menschen und Gepäck vorbei zur Tür. Sie steckte den Kopf durch den scheibenlosen Türrahmen, blickte mit zusammengekniffenen Augen in Fahrtrichtung und sah, dass der nächste Ort nicht weit war. Sie trat von einem Fuß auf den anderen, bis der Zug endlich in Saint-Pierre-Église einfuhr und am Bahnsteig hielt. Mit voller Kraft stemmte sie die Tür auf, noch bevor das Quietschen der Bremsen ganz aufgehört hatte. Mathilde machte einen Satz nach draußen, ein Stich fuhr ihr in den Knöchel, als sie auf der harten Erde aufkam. Sie zuckte zusammen und atmete tief die kalte Luft ein. Wenigstens muss ich jetzt nicht mehr untätig herumsitzen, dachte sie und machte sich mit schnellen Schritten daran, vor der Lokomotive das Bahngleis zu überqueren. Sie ging durch den Ort und schlug den Weg Richtung Osten ein, nicht weit von den Gleisen entfernt. Der Boden war gefroren, sie kam gut voran.

Nach ein paar Minuten schon spürte Mathilde, wie die Energie in ihre Muskeln zurückkam und ihre Zehen wieder zum Leben erwachten. Sie stieß die Luft aus, Atemwölkchen stiegen vor ihrem Gesicht auf. Der Schmerz im Knöchel verlagerte sich, das Knie tat ihr nun weh. Sie versuchte es zu ignorieren. Ein Blick zurück über die Schulter zeigte ihr, dass die dampfende Lok schon bald im Dunst hinter ihr lag. Wer weiß, ob sie überhaupt so bald wieder anfahren würde.

Als der Arzt sie vorhin über den Rand seiner Metallbrille hinweg strafend angesehen und ihre Vermutung bestätigt hatte, war ihr einen Moment lang schwarz vor Augen geworden. Seine Stimme war nur noch gedämpft zu ihr gedrungen, ihre Augen hatten minutenlang nichts gesehen, obwohl sie sie weit aufgerissen hatte. Man hatte ihr die Beine angehoben, sie niedergebettet und ihr eine Decke übergelegt. Es war ihr oft schlecht gewesen in letzter Zeit, aber diese Nachricht hatte ihr buchstäblich den Boden unter den Füßen weggezogen. Mathilde konnte sich nicht erinnern, wie sie aus der Praxis wieder auf die Straße gekommen war. Wie mechanisch war sie zum Bahnhof gelaufen und hatte sich zu den wartenden Menschen auf den Bahnsteig gestellt.

Hatte der Arzt nicht auch von einem Entbindungsheim für ledige Mütter gesprochen? Doch wie sollte sie dort hinkommen, wo Cherbourg doch so weit weg von Barfleur war? Um Himmels willen, was würde ihre Mutter nur dazu sagen? Sie hatte ihr doch hoch und heilig versprochen, nicht zu weit zu gehen! Doch es war einfach so passiert, und in dem Moment war es ihr ganz natürlich vorgekommen. Was würde der Vater sagen, was die Brüder, wenn sie es erfuhren? Besonders Auguste neigte zu heftigen Reaktionen, das wusste sie. Mathilde schluckte. Ihre Kehle war staubtrocken. Sicher würden sie sich Johann vorknöpfen, so unnachgiebig und cholerisch, wie sie waren … Sie würde versuchen müssen, es so lange wie möglich vor ihnen zu verheimlichen. Wie lange würde das möglich sein, noch zwei, vielleicht drei Monate? Wie würde ihre

Chefin reagieren? Wie die Kunden? Würde sie ihre Stelle verlieren?

Mathilde stolperte, verlor das Gleichgewicht, der Rucksack rutschte nach vorne, sie stützte sich mit den Händen auf der Erde ab. Der Schmerz stach ihr wieder ins Knie, als sie sich aufrappelte. Tränen rannen ihr über die Wangen. Und Johann? Ihr geliebter Johann … Wie würde er reagieren? Würde er sich über die Nachricht freuen? Sie wollten doch zusammenbleiben, auch nach dem Krieg. Sie hatten eine gemeinsame Zukunft, oder etwa nicht? Mathilde schluchzte laut auf, sah sich um, weit hinter ihr hatten sich noch andere Leute zu Fuß auf den Weg gemacht. Sie hob die Augen zum wolkenverhangenen Himmel. Es begann zu nieseln, und sie schlang sich ihr Tuch um den Kopf. Ein Gutes hatte das Ganze ja, dachte sie, sie hatte endlich Gewissheit. Ein Leben wuchs in ihr, sie hatte es gespürt und es sich nicht nur eingebildet.

Mathilde wischte sich die Nase ab. Sie würde ein Kind bekommen. *Ihr* Kind.

## Barfleur, Sommer 1942

Mit dem letzten Glockenschlag huschte Mathilde in die hinterste Kirchenbank unter der Orgelempore. Sie liebte den Geruch von Weihrauch, die kühle Luft im Inneren der Kirche tat ihr gut. Sie schlüpfte aus ihren Galoschen und stellte die heißen Fußsohlen auf den gemusterten Steinboden. Die Orgel verstummte, und Abbé Gaslonde richtete das Wort an seine Gemeinde. Nach einer Zeit der stillen Andacht wurde ihr bewusst, dass sie die Hände schützend auf ihren gewölbten Bauch gelegt hatte. Reflexartig sah sie sich um und vergewisserte sich, dass niemand davon Notiz genommen hatte, dann faltete sie ihre Hände zum Gebet. Aus den Augenwinkeln bemerkte sie, dass die alte Frau neben ihr sie müde aus faltigen Augen anlächelte. Mathilde erwiderte dankbar das Lächeln und bekreuzigte sich.

Mittlerweile konnte sie ihre Schwangerschaft kaum noch verbergen. Sie kam nicht mehr oft nach Barfleur, der Besuch der Sonntagsmesse war eine seltene Gelegenheit geworden. Unangenehmen Begegnungen ging sie lieber aus dem Weg. Es war im Lauf der Monate immer schwieriger geworden, die Leute sprachen schlecht über die Deutschen, das Misstrauen in der Bevölkerung war gewachsen. Denunziationen waren an der Tagesordnung, man verdächtigte sich gegenseitig der Kollaboration und versuchte, sich selber nichts zuschulden kommen zu lassen. Und in diesen Zeiten war sie schwanger geworden. Schwanger vom Feind. So sahen es zumindest die Leute, das spürte sie.

Mathilde versuchte, an den Hinterköpfen der Besucher einzelne Personen auszumachen. Schräg vor ihr saß die alte Madame Choisy, die damals ins Hafenbecken gefallen war, weiter vorne konnte sie Mademoiselle Simon erkennen, ihre alte Lehrerin, die inzwischen ergraut war. Ihre Mutter konnte sie nicht entdecken, dafür aber Tante Geneviève mit einem großen Hut.

Abbé Gaslonde stimmte ein Lied an, und die Gemeinde fiel in den monotonen Gesang ein: »*Ma Lumière et mon Salut, c'est le Seigneur!* Mein Licht und mein Gruß ist der Herr …«

Normalerweise verfolgte Mathilde andächtig die Messe, auch schätzte sie Abbé Gaslonde sehr, aber heute konnte sie sich nicht recht konzentrieren. Ihre Gedanken zogen dahin. Seit sie auf dem entlegenen Bauernhof ihrer Patin Sylvaine untergekommen war, ein paar Kilometer nordwestlich von Barfleur an der Straße nach Quénanville, fühlte sie sich sicherer. Ihre Mutter hatte für ihren Umzug gesorgt, um sie dem täglichen Gespött und Gerede der Leute zu entziehen. Im Gegenzug hatte sie Sylvaine Mathildes Arbeitskraft angeboten, solange es eben noch möglich war. Schon früher hatten sie Naturalien miteinander getauscht, Heringe gegen ein paar Eier oder ein bisschen Sahne. Irène und Raymonde, Sylvaines halbwüchsige Töchter, waren ihr wie die Schwestern, die sie nie gehabt hatte. Raymonde, die ältere der beiden, war eine dickliche Brünette mit Stupsnase, die eine geistige Behinderung hatte und schnell mit allem überfordert war. Ein Missgeschick bei der Geburt, erzählte man sich hinter vorgehaltener Hand.

Mathilde fasste sich an den Bauch, an so etwas dachte sie im Moment nicht gerne. Jedenfalls fiel sie auf dem kleinen Hof nicht weiter auf und reihte sich einfach unter die Mädchen ein. Sie half bei der Stallarbeit und auf dem Feld mit und bekam dafür freie Kost und Logis. Sylvaine hatte auf dem Hof alle Hände voll zu tun und wurde nur noch von zwei alten Knechten unterstützt. Sie machte sich große Sorgen um Mathildes Zukunft und hatte Mitleid mit ihrem Patenkind. Daher drückte sie schon mal ein Auge zu, wenn Johann Mathilde nach Einbruch der Dunkelheit noch in ihrer Kammer besuchen kam. Sylvaine war überhaupt ein gütiger Mensch und hatte ein großes Herz. So manches Mal goss die Patin einem bettelnden Kind an der Tür etwas Milch in seinen Blechnapf mit den Worten »*Mon pauv' petiot*, mein armer Kleiner« und »Der Herr wird es mir schon vergelten«, und das, obwohl sie die Hälfte des Ertrags schon einem deutschen Soldaten hatte abgeben müssen, der bewaffnet in der Stube gewartet hatte, bis sie ihm die Milch aushändigte.

Von der Predigt bekam Mathilde nicht viel mit, zu viele Gedanken wirbelten in ihrem Kopf herum, und das Kind strampelte heute besonders heftig gegen ihre Bauchdecke. Als die Kollekte durch die letzte Kirchenbankreihe kam, kramte sie eilig zwei Münzen hervor und ließ sie in den geflochtenen Sammelkorb fallen. Misstrauisch beäugte der Messdiener den Inhalt, bevor er zurück an den Altar schlurfte. Mathilde bewegte die Zehen, ihre Beine waren angeschwollen, der Fußweg in den Ort wurde immer beschwerlicher. Sie war vorhin am neuen Fußballplatz vorbeigekommen, den die verbliebene Dorfjugend auf einem eigens präparierten Feld angelegt hatte. Erst hieß es, der Verein würde wieder ins Leben gerufen, um die sportliche

Disziplin der Burschen zu stärken, doch Mathilde vermutete, dass es ihnen schlicht um die Abwechslung ging. Monatelang hatten sie Geld für Fußballschuhe gesammelt, waren beim Abbé und den Lehrern vorstellig geworden, und ihre Brüder hatten ausgemusterte Fischernetze besorgt und sie mit viel Hingabe geflickt, um sie dann in die Torbalken einzupassen. Einmal hatte die Mannschaft während eines Freundschaftsspiels in Deckung gehen müssen, weil englische Flugzeuge einen gerade vorbeifahrenden Lastwagen beschossen. André, ein Freund ihrer Brüder, war durch Granatsplitter so schwer verletzt worden, dass er ein paar Tage später daran starb.

Die Gemeinde ging nach vorne zur Kommunion, und Mathilde trat mit gesenktem Kopf zur Seite, um die Alte neben sich durchzulassen. Sie wollte heute auf den Leib Christi verzichten, um sich nicht noch mehr ins Blickfeld der Leute zu bringen. Schwerfällig ließ sie sich wieder auf der Bank nieder. Die Orgel über ihr ertönte. Zu ihrer Überraschung hatte sich auch Johann mit großem Eifer ans Fußballspielen gemacht. Das Herumbolzen auf dem Platz passte gar nicht zu ihm, hatte sie zuerst gedacht. Die deutschen Soldaten wollten gegen die Franzosen antreten, aber der hiesige Präsident des Klubs hatte von Anfang an ein gemeinsames Spiel der Franzosen mit den Besatzungssoldaten abgelehnt. Also spielten die Deutschen unter sich, mit vollem Körpereinsatz und großer Brutalität. Sie trugen regelrechte Kämpfe gegeneinander aus, und auch Johann mischte kräftig mit, wie es sonst eigentlich gar nicht seine Art war. Er hatte sich zum Ziel gesetzt, sich dabei ein Bein zu brechen, damit er nicht an die Ostfront musste. Dieses Szenario, vor dem alle Soldaten Angst hatten, drohte in erster Linie denen, die sich ein grobes Vergehen erlaubt hatten. Wenn die Kommandantur Wind davon bekam, dass Johann Vater wurde, war die Gefahr groß, dass man ihn nach Russland schickte. Der Himmel möge ihnen beistehen, dass es nicht so weit käme.

Die alte Frau im dunklen Gewand war zurückgekommen und hatte sich an ihr vorbeigedrückt. Mathilde zog ihr Kleid über den Knien zurecht. Mit dem erzwungenen Beinbruch hatte es noch nicht geklappt, Johann war bis auf ein paar tiefblaue Flecken bei bester Gesundheit, und sie hatte Sorge, dass er sich wirklich so schwer verletzten könnte. Jedenfalls war es für alle Beteiligten besser gewesen, dass sie aus Barfleur weggegangen war. Sie würde niemandem zur Last fallen und sich um ihr Kind kümmern, so gut es eben ging.

Mathilde schrak auf, als Abbé Gaslonde zum Segen ansetzte. Die Messe war wie im Flug vergangen. Sie hatte die Zeit nicht für die Andacht genutzt, schalt Mathilde sich, sondern nur ihren Gedanken nachgehangen. Hastig schlüpfte sie in ihre Galoschen, was sich als einigermaßen schwierig herausstellte, denn ihre Füße waren dick geschwollen. Sie sprang auf, fasste flink in die Weihwassermuschel, machte das Kreuzzeichen und drückte die schwere Kirchentür auf. Mathilde wollte noch rasch ans Grab ihrer Großeltern, bevor sie sich wieder auf den Weg zum Hof der Prévots machte. Das Scharnier des Holztors quietschte, als sie den Friedhof betrat, der um die Kirche herumführte. Hinter den zum Hafen gelegenen Gräbern ragte nun eine stattliche Mauer auf, die in der Verlängerung den Quai vom Ort abschottete und mit Stacheldraht versehen war. Nur autorisierten Personen war der Durchgang zum Hafen und an den Strand durch kleine, grüngestrichene Rolltore erlaubt. Am Ende der Mauer stand ein Wehrturm mit Schießscharten. Sie hatte gehört, die sterblichen Überreste eines bei den Bauarbeiten verunglückten Polen wären im Mauerwerk eingeschlossen, mochte das aber nicht so recht glauben.

Mathilde ging in die Knie und berührte die Steinplatte des Grabes. Mit zusammengekniffenen Augen sah sie aufs Meer hinaus. Der Strand sah schlimm aus, Unmengen von Sand und Kieseln waren abgetragen worden, große dunkle Fallgruben starrten ihr entgegen. Mathilde legte den Kopf in den Nacken und schirmte die Augen gegen das gleißende Licht ab. Wo früher vom Flachdach des Kirchturms aus der Wetterhahn das Dorf überblickt hatte, ragte nun ein riesiges Maschinengewehr zwischen Sandsäcken in die Luft. Das Monstrum war ihr schon auf dem Hinweg aufgefallen. Die Zeichen standen eindeutig auf Abwehr.

Kiesel knirschten, und Mathilde fuhr herum. Ausgerechnet Monsieur Henri und seine Frau kamen geradewegs auf sie zu! Da ihr Johanns Vermieter noch nie wohlgesonnen war, duckte sie sich hinter einen dürren Rosenbusch, um sich dann gebückt um die Kirche herum fortzuschleichen. Seit der älteste Sohn der Henris vermisst wurde, waren sie noch unausstehlicher geworden. Mathilde schickte ein Stoßgebet gen Himmel, dass sie noch einmal ungeschoren davonkommen möge. Monsieur Henri hatte ihr weiß Gott schon genug Standpauken verabreicht …

Doch da hörte sie auch schon die hasserfüllten Schimpftiraden in ihrem Rücken. Die beiden liefen ihr erstaunlich flink hinterher und riefen: »Deutschenflittchen!« und »Sünderin!«. Monsieur Henris vor Erregung zitternde Stimme war laut und unbarmherzig, er schwenkte drohend seinen Stock in der Luft. Das Gekeife seiner Frau stand ihm in nichts nach.

Mathilde zog den Kopf ein, murmelte »*Pitié, pitié*, Mitleid, Mitleid« vor sich hin und drückte sich durch das vordere Friedhofstor nach draußen. Sie drängte sich die Stufen hinunter an den Kirchgängern vorbei, die gaffend stehen blieben und ihr strafende Blicke hinterherschickten. Sie spürte sie wie Pfeile in ihrem Rücken …

Später in ihrer Kammer brach Mathilde in Tränen aus. Ihre Füße und ihr Rücken schmerzten. Rastlos war sie den kilometerlangen Weg zurückgehetzt, den Blick zurück über die Schulter auf der Flucht vor weiteren Anfeindungen, dann wieder zum Himmel schauend aus Sorge vor Bombardierungen. Wieso war Johann nicht da, wenn sie seines Schutzes bedurfte? Wenn sie sich derart ausgeliefert vorkam und sich Unbeteiligte das Recht herausnahmen, sie zur Rede zu stellen? Er war doch der Vater ihres ungeborenen Kindes, und sie liebten sich! Schluchzend zog sie ihr Sonntagskleid, das schon jetzt arg am Bauch spannte, über den Kopf und hängte es auf einen Bügel. Ihre Haut war klebrig. Sie wischte sich mit der Hand über die laufende Nase, legte sich in Unterwäsche aufs Bett und streckte die Beine lang von sich. Der Bauch ragte hoch vor ihr auf. Ihre Wangen glühten, Mathilde war erschöpft und strich sich eine verschwitzte Haarsträhne aus dem Gesicht.

Natürlich wusste sie, dass sie mit der Schwangerschaft eine große Schande auf sich und die Familie geladen hatte und dass sie es als ledige Mutter schwer haben würde. »Charakterschwach«, hatte Auguste sie bei ihrem Auszug aus dem Elternhaus genannt, und »erbärmlich«. Alphonse hatte nur die Arme verschränkt und das Kinn in die Luft gereckt. Ihr Vater hatte sie stumm angeblickt, das hatte ihr mindestens genauso weh getan. Sie hatte ihm angesehen, wie enttäuscht er von ihr war.

Aber sie konnte doch nichts dafür, dass sie sich in einen Mann mit der falschen Nationalität verliebt hatte! Johann und sie, sie waren beide heimatlos. Die Zeiten waren unbarmherzig, und niemand wusste, wie sich die Dinge weiterentwickeln würden. Zwar hoffte Mathilde, dass sich das Blatt wendete und Frankreich befreit wurde, doch zuallererst betete sie darum, dass die Deutschen noch ein Weilchen hierblieben und sie Johann nicht verlor.

Stunden später wachte Mathilde mit knurrendem Magen und einem argen Pochen in den Schläfen wieder auf, ihre Wange klebte auf dem nassen Kissen. Sie schnäuzte sich ausgiebig, bevor sie sich mühsam erhob, in ihre Holzpantinen schlüpfte und den brüchigen Arbeitskittel überzog, den sie schon lange nicht mehr zuknöpfen konnte. Am Waschbecken unter der Treppe schaufelte sie sich ein paar Hände voll Wasser ins Gesicht, dann band sie sich ihr Kopftuch um, das in der Kitteltasche gesteckt hatte, und stopfte ihre Locken darunter. Mit schweren Beinen ging sie hinüber in den Stall. Die Tiere warteten sicher schon auf sie.

Ganze vier Milchkühe waren ihnen noch verblieben. Sie durften aber nicht hinaus auf die Weide, da der angrenzende Küstenstreifen schon bald kilometerlang vermint werden sollte. Es war eine Anweisung des Bürgermeisters gewesen, das Vieh bis auf weiteres im Stall zu behalten. Eine Handvoll Hennen gab es auch noch, aber keinen Hahn, dazu zwei Stallhasen, der Ackergaul war längst zu Transportzwecken beschlagnahmt worden. Der alte Knecht hatte erst vor kurzem das letzte Schwein geschlachtet und zu Braten und Pastete verarbeitet, aus dem Blut hatten sie *boudins noirs*, schwarze Blutwürste, gefertigt. Die in Salz eingelegten und für den Eigenbedarf vorgesehenen Fleischstücke hielten sich über Monate.

Mathilde schob das Kopftuch zurück und lehnte sich an den warmen Hals ihrer Lieblingskuh. Sie spürte das weiche braun-weiße Fell unter ihren Fingern, es vermittelte ihr Trost und Hoffnung. Eine Zeitlang hörte sie den malmenden Geräuschen des Fleckviehs zu, dann machte sie ihren Arm lang und tastete nach dem Herzschlag der Kuh, bis sie ihn schließlich in einem Fellwirbel auf der Brust spürte. Nachdem sie von ihrer Schwangerschaft erfahren hatte, hatte sie in den ersten Wochen gehofft, das Herz ihres ungeborenen Kindes würde von alleine aufhören zu schlagen. Sie hatte schwere Waren durch den Laden geschleppt und die Wäschekörbe ihrer Mutter, hatte geputzt und wie wild die Böden gescheuert, hatte in ihrem Zimmer Brücke und Kopfstand gemacht, nur damit es wieder wegging. In ihrer anfänglichen Verzweiflung hatte sie sogar daran gedacht, den Weg zu einer Engelmacherin anzutreten, um der Schande zu entgehen. Darauf standen jedoch Zwangsarbeit und lebenslange Haftstrafen, und bevor sie eine solche Frau ausfindig machen konnte, die durch ihr Tun den Tod durch die Guillotine riskierte, hatte Mathilde der Mut verlassen. Und so war es gekommen, dass sie die Hände in den Schoß legte und alles auf sich zukommen ließ.

Als Mathilde Johann von dem Kind erzählt hatte, hatte er ihr Gesicht in die Hände genommen und sie mit seinen graublauen Augen ganz fest angeblickt. »Das ist wunderbar«, hatte er geflüstert, und *»Je t'aime«*. Das musste sie sich einfach immer wieder in Erinnerung rufen.

In diesem Moment klopfte es hart an der Scheibe, und Mathilde zuckte zusammen. Zögerlich trat sie an das fast blinde Stallfenster, an dem sich die Fliegen nur so tummelten, konnte aber draußen nichts erkennen. Da tauchten auf einmal vor ihr in der Luft tanzende Stiefel mit fliegenden Schnürsenkeln auf, ein großer blauer Fleck am Schienbein kam zum Vorschein, und die Silhouette von Johanns Handstand zeichnete sich gegen das orangefarbene Dämmerlicht am Horizont ab.

Mathilde musste lachen und stemmte sich eine Hand ins Kreuz. Sie hörte, wie er nun kopfüber auch noch anfing zu pfeifen. »Johann!«, rief sie freudig, und mit einem Ruck sprang er auf die Beine und strahlte sie an. Er trug Zivilkleidung, was eigentlich verboten war, und bewegte einen gefalteten Vogel durch die Luft. Manchmal kam es ihr so vor, als verberge er seine Sorgen vor ihr, damit die wenigen Momente, die sie noch zusammen hatten, weitgehend unbeschwert blieben.

Mathilde riss sich das Tuch vom Kopf und eilte zur Stalltür. Sie hatte sie kaum entriegelt, da fielen sie einander auch schon in die Arme. Mathildes gewölbter Bauch war ihnen im Weg, und sie drehte sich ein wenig zur Seite, um ganz nah bei ihm zu sein.

»Es ist gefährlich hierherzukommen, *mon amour*«, sagte sie und sah zu ihm auf.

»Ich kann auch nicht lange bleiben.« Er streichelte ihr über die erhitzte Wange. »Ich habe mir das Rad nur für kurze Zeit ausgeliehen.«

Sie schmiegte sich an ihn, und sie standen eine Weile eng umschlungen, bis die Welt um sie herum verschwamm.

»Wie geht es dir?«, fragte Johann schließlich und küsste ihren Scheitel. »Schaffst du die ganze Arbeit noch?«

Sie sah ihm in die Augen. »Ja, es geht schon. Aber ich glaube, ich gehe nicht mehr ins Dorf. Es ist einfach zu mühsam geworden.« Mathilde erzählte ihm nichts von der unangenehmen Begegnung auf dem Friedhof. Sie wollte ihn nicht damit belasten.

»Du musst auf dich aufpassen«, sagte er und legte seine Hand auf ihren Bauch.

»Was macht der Theaterabend?«, fragte Mathilde.

»Wir üben im großen Saal vom *Moderne*. Es braucht noch etwas Übung. Madame Pignot wacht streng darüber, dass alles seine Ordnung hat und kein Stuhl dabei zu Bruch geht.«

Mathilde schmunzelte. »Willst du was essen?« Sie löste sich von Johann und verscheuchte eine Fliege von der Butterbrotscheibe, die auf einem Schemel lag. »Raymonde hat sie mir vorhin gebracht, sie ist noch warm.« Dann wies sie auf die Kühe, die schnaufend das Gras vertilgten, das sie ihnen gerade hingeschoben hatte. »Und Milch gibt es kostenlos dazu.«

»Mein Rehlein, du musst doch für zwei essen.« Er nahm sie bei der Hand und führte sie nach draußen. In der offenen Scheune neben dem Stall ließen sie sich auf einen Heuballen fallen. Johann reichte ihr den Papiervogel, den er für sie gefaltet hatte. Mathilde nahm ihn lächelnd und zwirbelte ihn am Flügel.

»Sie holen mich in letzter Zeit immer wieder in die Ortskommandantur zum Übersetzen«, sagte er. »Das *Schaf* ist eigentlich ein ganz umgänglicher Typ, aber irgendwie habe ich das Gefühl, unter Beobachtung zu stehen. Kontakte zur Bevölkerung würden nicht nur der Sprache zugutekommen, sagte er beim letzten Mal zu mir.«

Mathilde wollte nicht über mögliche Gefahren nachdenken, bald würde es mit der Geburt so weit sein. Sie wollte nur an Johann und sich denken, an ein gemeinsames

Leben. Sie sahen sich viel zu selten, ihre Zeit war begrenzt. Sie wollte nach vorne schauen, Pläne machen für eine Zeit nach dem Krieg, wenn eine Heirat zwischen Franzosen und Deutschen wieder erlaubt sein würde. Und im Augenblick wollte sie einfach nur Johanns Nähe genießen.

Mathilde steckte den Vogel in ihre Schürzentasche, nahm Johanns Hände in ihre und streichelte seine gebräunten Handrücken mit den feinen sonnenhellen Härchen. »Wie wird es weitergehen, mit uns beiden, mit uns dreien?«, fragte sie und versenkte ihren Blick in seinen. Noch nie hatte sie so konkret nach ihrer Zukunft gefragt, doch so kurz vor der Geburt fasste sie sich ein Herz.

»Ich weiß ehrlich gesagt nicht, wie lange ich noch hierbleiben kann«, sagte Johann. »Aber später, da kommst du dann nach Deutschland, ja?«

»Ich weiß nicht … Vielleicht … Ich war noch nie weg von hier.« Der Gedanke machte ihr Angst.

Sie beobachteten eine Weile die rasanten Flugkurven der Mauersegler, die mit schrillem Ruf über ihre Köpfe hinwegglitten.

»Wie geht es eigentlich Adeline?«, fragte Johann schließlich. »Werner hat nach ihr gefragt.«

»Sie hat mich vor einer Woche besucht. Stell dir vor, sie hat sich Hals über Kopf in einen Belgier verliebt. Sie wollen sogar heiraten! Er ist mit seinem Bruder schon vor Monaten hergekommen, sie arbeiten freiwillig hier. Besser, als nach Deutschland geschickt zu werden, haben sie gesagt. Die Corbets, Adelines Eltern, sind ganz und gar nicht damit einverstanden, aber sie macht, was sie will. Das war schon immer so! Sie wollen nicht mal das Ende des Krieges abwarten …«

Mittlerweile waren nicht nur Arbeiter aus dem Großraum Paris, sondern auch unzählige Ausländer an die Küste gekommen, um die immensen Baumaßnahmen am Atlantikwall zu bewältigen. Kriegsgefangene und Zwangsarbeiter arbeiteten unter deutscher Aufsicht zusammen. Außerhalb des Dorfes waren Lager für die Arbeiter entstanden, wobei es den Russen am schlechtesten ging. Sie lebten in armseligen Baracken hinter Stacheldraht, und einmal hatte Mathilde schmächtige russische Frauen dabei beobachtet, wie sie in der Mittagshitze einen riesigen Berg Sand auf einen Lastwagen schaufeln mussten.

»Da wird Werner aber traurig sein«, holte sie Johann aus ihren Gedanken zurück. »Er hat sich immer noch Hoffnungen gemacht.«

Mathilde zuckte mit den Schultern. »Ich kann es nicht ändern. Adeline amüsiert sich einfach gerne. Sie hat mir erzählt, dass es neulich einen Tanzabend im Restaurant gegeben hat. Mit Musik aus dem Grammophon …«

»Ja, und ihre Chefin wurde daraufhin von der Kommandantur verwarnt«, sagte Johann. »Es war eindeutig ein Verstoß gegen das Versammlungsverbot, mehr als drei Personen dürfen nicht …«

In diesem Moment kam einer der beiden alten Hofknechte mit einer Handvoll Löwenzahn um die Ecke geschlurft.

»Vorsicht, *conspiration*, Verschwörung!« Johann zwinkerte ihr zu und verabschiedete sich hastig. »Ich muss jetzt sowieso wieder los …«

Missbilligend schnalzte der Knecht mehrmals mit der Zunge, als er sie zusammen sah. »Jetzt weiß ich auch, wem das Fahrrad gehört. Ich habe es mir zwar schon gedacht … Wie sagt man so schön? *Les chiens ne font pas de chats*, Hunde kriegen nun mal keine Katzen …« Er starrte auf

Mathildes Bauch und verschwand schimpfend in Richtung Hasenstall.

In ihrer Kammer zog Mathilde die unterste Schublade der Kommode auf und hob die gestärkten Laken an. Sie nahm die kartonierte Mappe heraus und setzte sich damit aufs Bett. Als sie den Deckel anhob und ihr geliebtes Ölbild zum Vorschein kam, merkte sie, wie ihre Anspannung sich löste. Sie hatte das Bild mitsamt ihren wenigen Habseligkeiten mit auf den Hof genommen, und je größer ihr Leibesumfang wurde, umso öfter holte sie es hervor. Sie fand Kraft und Zuversicht, wenn sie das Bild ansah. Die Begegnungen mit dem Maler kamen ihr wieder in den Sinn. Es war so lange her, dass Monsieur Signac ihr das Bild verkauft hatte. Sie war ein Kind gewesen, gerade mal zehn Jahre alt!

Im übernächsten Sommer war er verstorben. An Lungenversagen, hatte es geheißen, er hatte keine Luft mehr bekommen. Wochenlang hatte Mathilde von Beginn der warmen Jahreszeit an in der Nähe seines Hauses herumgelungert und darauf gewartet, dass sich die Fensterläden öffneten oder sie ihn irgendwo am Hafen umherstreifen sah. Doch das Haus war über die Sommermonate unbewohnt und bis in den Spätherbst hinein verschlossen geblieben.

Sooft es Mathilde möglich gewesen war, hatte sie im Sommer zuvor dem Maler bei der Arbeit zugeschaut, und noch heute erinnerte sie sich lebhaft an die Gespräche, die sie miteinander geführt hatten. Monsieur Signac war der erste Mensch gewesen, der mit ihr über Kunst und Politik gesprochen hatte, er hatte sie mit ihren elf Jahren schon ernst genommen. Einmal hatte er ihr seine Sammlung von Bildern anderer bedeutender Künstler gezeigt, darunter Zeichnungen von Degas und Landschaftsbilder von Monet und Cézanne, die er trotz seiner Geldprobleme nie hatte veräußern wollen. Es war für ihn zunehmend schwierig geworden, die beiden Haushalte in Paris und Barfleur zu unterhalten, das hatte sie schon mitbekommen. Er hatte ihr auch von seiner Besorgnis angesichts Hitlers Machtergreifung erzählt. Monsieur Signac war überzeugter Pazifist gewesen und hatte den Krieg damals schon vorausgesehen …

Mathilde bewahrte in ihrem Herzen das Bild eines feinsinnigen, warmherzigen Mannes, der sich ihr gegenüber viel mehr wie ein normannischer Fischer als wie ein berühmter Pariser Maler verhalten hatte. Und ausgerechnet er, der die Zukunft so düster gesehen hatte, malte in diesen bunten und lichthellen Farben.

Ihre Augen glitten über die blaugrünen kurzen Meereswellen und die aufgebauschten Wolken hinweg bis hin zum Leuchtturm von Gatteville, der sich klein und hell gegen den sattblauen Himmel abhob. Als sähe sie das Gemälde zum ersten Mal, erforschte sie jeden einzelnen Farbfleck. Zwischen den bewegten Pinselstrichen gab es immer wieder Stellen, an denen der Karton durchschimmerte, wie wenn ein kurzer aufflammender Augenblick festgehalten wurde, der sich im nächsten Moment schon wieder verflüchtigen konnte.

Mathilde lehnte sich ins Kissen zurück und schloss die Augen. Wie gern würde sie wieder einmal leichtfüßig den Strand entlanglaufen, den warmen Sand zwischen ihren Zehen spüren, dem sanften Plätschern der Wellen am Ufer lauschen. Sie stellte sich vor, wie ihre Füße ins Meer eintauchten und wie sie die Luft anhielt, wenn die Kühle nach und nach ihren erhitzten Körper umfing. Sie leckte sich über die trockenen Lippen und glaubte, Salzkristalle darauf zu spüren. Im Geiste schwamm Mathilde ein paar Züge, sie atmete tief aus und ein, die Gischt spritzte ihr ins Gesicht, die Sonne blendete sie. Sie lachte. Und auf einmal glitt das Gewicht ihres schweren Körpers von ihr und mit ihm eine große Last …

## Barfleur, Herbst 1942

»*Pour le bébé*. Für das Baby.«
Würdevoll überreichte Raymonde Mathilde ihren Teddy, die ihn gerührt entgegennahm. Das alte Plüschtier hatte nur mehr ein Glasauge. Es konnte Raymonde nicht leichtgefallen sein, sich von ihrem vertrauten Kuschelgefährten zu trennen. »*Merci, ma chère* Raymonde«, sagte Mathilde zu dem großen plumpen Mädchen und umarmte es umständlich. Wahrscheinlich war es das, dachte Mathilde. Auch ihre eigene kleine Familie würde nicht perfekt sein. Aber es würde ihnen nicht an Liebe fehlen.

Eine Hupe ertönte, und Mathilde wandte den Kopf. »*Oui, oui, j'arrive*! Ich komme gleich!«, rief sie, aber Irène wollte ihre Hand nicht loslassen. »*Au revoir, minette* …« Mathilde küsste das Mädchen auf den Scheitel und entwand ihm mühsam ihre Hand. Sie wandte sich Sylvaine zu, die ihr mit feuchten Augen das Kreuzzeichen auf die Stirn zeichnete.

»*Que Dieu te bénisse*, Gott schütze dich«, sagte sie und steckte ihr ein warmes Leinenbündel zu. »Dich und das Kind.« Der Duft von frischem Brot stieg Mathilde durch das Leinen hindurch in die Nase. »Es sind auch getrocknete Apfelscheiben dabei«, sagte Sylvaine und strich ihr über die Wange. »Sie sollen dir Kraft geben.«

Mathilde lächelte schief. »*Merci*, Sylvaine.« Ihr war

elend zumute. Sie hatte Angst, weil sie nicht wusste, was auf sie zukommen würde, und sie war so unförmig, dass sie sich kaum bewegen konnte. Als es wieder in ihrer Lende stach, zuckte sie zusammen.

»Komm, *ma fille*, mein Mädchen«, sagte Sylvaine und nahm sie am Arm. Raymonde und Irène trugen ihr das Gepäck hinterher.

Um Mitternacht herum hatte es angefangen, es hatte Mathilde gezwickt wie ein heftiges, kurzes Seitenstechen, ganz aus heiterem Himmel heraus. Panisch hatte sie den jüngeren Knecht geweckt und zu ihrer Freundin Paulette in die Rue des Fours geschickt, wie sie es ausgemacht hatten, damit diese ihren Hermann in der Kommandantur informieren konnte.

Paulette war es mit ihren Kontakten irgendwie gelungen, sie im Entbindungsheim für ledige Mütter in Cherbourg unterzubringen, damit sie in guten Händen war. Mathilde hatte ihre wenigen Habseligkeiten zusammengerafft und die Stunden bis zum Morgen gezählt. Sie hatte kein Auge zugetan und fühlte sich wie gerädert.

Der schwarze Citroën Traction mit dem deutschen Kennzeichen stand quer in der Hofeinfahrt. Hermann hatte einen Fahrer geschickt, einen unnahbar wirkenden Deutschen in Uniform, der ihnen nun ungeduldig entgegensah. Er war Gott sei Dank früh gekommen, er hatte die Anweisung erhalten, im Morgengrauen loszufahren. Der Himmel färbte sich orangefarben. Schwerfällig ließ sich Mathilde auf das kalte Leder der Rückbank fallen. Sylvaine reichte ihr den Koffer, die Mädchen winkten ihr zum Abschied zu.

»Schreib uns, was es geworden ist!«, rief Irène, als der Wagen schon anfuhr.

Mathilde nickte und winkte stumm zurück, sie biss sich auf die Lippen, um nicht loszuweinen.

Kilometerlang blinzelte sie angestrengt ihre Tränen weg. Als sie dann einen Wegweiser nach Cherbourg erblickte, es waren noch zwanzig Kilometer, setzte sie sich so, dass ihre Augen nicht mehr im Rückspiegel die des Fahrers trafen. Er hatte sie bis dahin immer wieder schweigend gemustert. Sie kamen an eine Straßensperre, und Mathilde beobachtete, wie der Fahrer mit dem Wachmann sprach und ihm ein Papier aushändigte. Der blickte interessiert ins Innere und ließ sie passieren. Als der Wagen wieder anfuhr, atmete Mathilde erleichtert auf. Während draußen die Sonne aufging, klammerte Mathilde sich krampfhaft ans Leder, manchmal wusste sie nicht, ob das Ziehen von einer Wehe oder einem Schlagloch kam.

Eine freundliche Krankenschwester nahm sie eine halbe Stunde später im Entbindungsheim in Empfang, schickte sie aber nach eingehender Untersuchung durch die diensthabende Hebamme wieder nach Hause, weil der Muttermund noch fest verschlossen war. Mathilde war furchtbar enttäuscht und brach in Tränen aus. Damit hatte sie nicht gerechnet. Und sie war gar nicht dazu gekommen zu sagen, dass sie nicht in Cherbourg zu Hause war.

Eine Weile stand Mathilde mit ihrem schon abgesenkten Bauch und dem Teddy unter dem Arm unschlüssig vor dem Heim herum, den abgewetzten Koffer zu ihren Füßen. Sie konnte nicht wieder zurück auf den Bauernhof, der Citroën hatte umgedreht, kaum dass sie mit beiden Füßen auf dem Trottoir stand. So ging sie in ihrer Not zu Berthe, der Cousine ihrer Tante Geneviève, die nicht weit vom Heim entfernt wohnte und bei der sie vor einem halben Jahr schon einmal übernachtet hatte, als sie den ersten Arzttermin gehabt hatte. Der Weg war mühsam, jeder Meter war ein Kampf, und immer wieder musste sie sich an einer Hausecke oder einem Sims festhalten, bis sie wieder Luft bekam. So früh waren jedoch kaum Menschen unterwegs, die von ihr hätten Notiz nehmen können.

Am Haus angekommen, klingelte Mathilde Berthe heraus. Sie schien noch geschlafen zu haben. Die Glocke schellte schrill durchs Haus, dennoch dauerte es eine Ewigkeit, bis ihr die ältere Dame mit offenem Haar und im verblichenen Morgenmantel öffnete.

»Mathilde?« Berthe rieb sich die verquollenen Augen. »Was machst du denn hier in aller Früh … Um Himmels willen!« Sie riss die Augen auf und schlug die Hände über dem Kopf zusammen, als sie Mathildes Schwangerschaft bemerkte. »Kind, wie ist das möglich … Ich meine, bist du allein hergekommen in deinem Zustand?«

Mathilde nickte und stützte sich am Türrahmen ab.

»Du bist ja ganz blass … Jetzt komm erst mal rein.« Sie führte Mathilde in den Salon, nahm ihr Mantel und Bündel ab und holte den Koffer herein. Mathilde ließ sich auf dem Kanapee nieder. Berthe kam mit einem Glas Wasser zurück und legte ihr die Füße hoch. Sie kramte ein paar Haarnadeln aus ihrer Manteltasche und steckte sich das dünne graue Haar hoch.

»Ist es denn bald so weit?«, fragte sie und reichte ihr das Glas.

Mathilde trank ein paar Schlucke. Sie war völlig erschöpft. »Es muss bald losgehen«, flüsterte sie. »Aber es war noch zu früh, sie haben mich wieder heimgeschickt …« Sie schloss für einen Moment die Augen.

»Weißt du, ich hatte eine Vorahnung«, sagte Berthe und

strich ihr eine verschwitzte Haarsträhne aus der Stirn. »Dir war damals so schlecht, du wolltest gar nichts essen.«

Mathilde schlug die Augen auf. »Kann ich solange hierbleiben, Berthe?«

Ihre Verwandte lächelte sie an. »Ich denke schon, dass das möglich ist. Und wenn es so weit ist, bringe ich dich hin. Es ist bisher noch jedes Kind auf die Welt gekommen.«

Mathilde lauschte auf den regelmäßigen Atem des Säuglings, der vor ihr im Bettkasten lag. Wie winzig seine Fingernägel immer noch sind, dachte sie und strich sachte über den blonden Haarflaum. Sie zog einen Stuhl heran und setzte sich zu ihm. Ein paar Minuten hatte sie noch, dann würde ihre Schicht beginnen.

Zwei Tage nach ihrer Ankunft in Cherbourg war ihr mitten in Berthes Wohnstube die Fruchtblase geplatzt, und sie hatte panisch einen Lumpen gesucht und auf allen vieren das Wasser notdürftig aufgewischt, bevor sie eilends nach Berthe gerufen hatte. Die hatte sich sofort mit ihr auf den Weg gemacht, aber sie kamen nur langsam voran, weil sie beim Gehen die Beine zusammenpressen musste. All das war schon fast wieder vergessen. Jean war jetzt drei Monate alt und ihre ganze Freude. Er hatte Johanns dichten Haaransatz an der Stirn und seine hellen Augen, die sie zwar noch verschwommen, aber voller Zuversicht und Vertrauen ansahen. Für ihn war sie der Mittelpunkt der Welt. Endlich hatte er auch sein ursprüngliches Gewicht wieder erreicht. Ganze sieben Pfund hatte er am Anfang auf die Waage gebracht, die Geburt war schwer gewesen und hatte Mathilde einiges abverlangt. Sie hatte viel Blut verloren und erst nach drei Tagen ohne Schwindelgefühl wieder aufstehen können. Nach all der körperlichen Arbeit, die sie bis zuletzt auf Sylvaines Hof geleistet hatte, war sie froh darüber gewesen, sich nach der Geburt noch ein wenig im Entbindungsheim von den Strapazen erholen zu können.

Neben der Säuglingsstation gab es dort auch gleich eine Adoptionsvermittlungsstelle. Ganz formlos könnte man alles abwickeln, hatte die Hebamme ihr gesagt, als es losgegangen war, und selbst als die stakkatoartigen Wehen ihr fast den Verstand raubten, hatte man sie noch ins Gebet genommen. Doch Mathilde war bei ihrem Entschluss geblieben, auch als sie ein allerletztes Mal versuchten, sie umzustimmen, kaum dass sie nach der Geburt genäht worden war.

Noch bevor Johann seinen Sohn das erste Mal zu Gesicht bekommen hatte, hatte sie Jean schon beim Bürgermeisteramt angemeldet. Beim Vermerk zum Vater hatte sie »unbekannt« angegeben, das hatte man ihr dringend nahegelegt, damit sie keine weiteren Schwierigkeiten bekam. Dass Mathilde ihr Kind behalten wollte, hatte ihr unter den Krankenschwestern und Hebammen Respekt eingebracht, und so hatte man ihr angeboten, sich nach dem Wochenbett auf der Säuglingsstation nützlich zu machen und die anonym geborenen Babys mitzuversorgen. Sie konnte sich damit einen kleinen Notgroschen verdienen und durfte mit Jean eine freie Kammer neben der Säuglingsstation beziehen. Zum ersten Mal seit vielen Wochen und Monaten hatte Mathilde aufgeatmet.

»Ich muss los, mein Engel«, flüsterte sie und drückte dem Kind einen sanften Kuss auf die Stirn. Sie ging auf den Gang hinaus und schloss leise die Kammertür hinter sich.

Auf der Säuglingsstation roch es nach Äther und Phenol. Es biss in der Nase, und Mathilde wischte sich mit dem Ärmel übers Gesicht. Die diensthabende Hebamme Françoise, eine hagere Frau mittleren Alters, war gerade dabei, ein winziges blasses Neugeborenes zu versorgen.

»Mathilde!«, rief Françoise, als sie ihre schnellen Schritte auf dem Gang herannahen hörte. »Wo bleibst du denn?«

»Ich bin schon da, was kann ich tun?« Pflichtschuldig kam Mathilde angelaufen.

»Bring schnell warmes Wasser, ich muss den Nabel noch säubern.« Die Hebamme sah sie müde an.

Mathilde lief zum Kohlenherd im Vorzimmer, nahm eine der desinfizierten Schüsseln und goss dampfendes Wasser aus dem Kessel hinein. Dann eilte sie zurück und stellte Françoise das Wasser hin.

»Ist das das Kind der rothaarigen Frau, die gestern Abend erst herkam?«, fragte sie und sah Françoise über die Schulter. »Es hat jedenfalls die gleichen feinen Gesichtszüge und ihre rötlichen Haare.«

»Ja, das ist es. Es ist ein Mädchen.« Die Hebamme tupfte den blutverkrusteten Nabel mit einem Wattebausch ab.

Im Hintergrund wimmerte ein Kind, Mathilde wandte den Kopf, doch dann verstummte es wieder.

»Die Mutter ist heute in aller Frühe wieder gegangen«, sagte Françoise.

»Vielleicht überlegt sie es sich ja doch noch mal und kommt wieder zurück.«

»Das glaube ich kaum.« Françoise warf die blutverschmierte Watte in den Abfallbehälter. »Sie wirkte trotz aller Strapazen erleichtert und wollte keine Stunde länger hierbleiben. Obwohl ich sie ausdrücklich darauf hingewiesen habe, dass sie das Recht hat, sich erst einmal ein wenig auszuruhen.«

Im Vorjahr war ein Gesetz in Kraft getreten, so hatte

eine Krankenschwester es Mathilde erklärt, das Frauen die kostenfreie Geburt in einem Krankenhaus oder Entbindungsheim garantierte, ohne dass sie Angaben zu ihrer Person machen mussten. Seitdem wählten immer mehr Schwangere diesen Weg. Sie hatten so die Hoffnung auf eine bessere Zukunft für ihr Kind, gleichzeitig blieb ihre Identität ein Geheimnis.

Aber konnte man das einfach hinter sich lassen?, fragte sich Mathilde und dachte an ihr eigenes Baby. An seine Wärme, die zarte Haut, an seinen Blick aus den blauen Augen, der bereits voller Vertrauen war. Schon jetzt konnte sie sich nicht mehr vorstellen, dass es einmal eine Welt ohne Jean gegeben hatte. Genauso wenig wie sie den Gedanken zuließ, dass Johann jemals wieder von ihr weggehen könnte.

»Aber irgendwie verstehe ich die Frau auch«, sagte Mathilde und strich mit dem Zeigefinger über die Wange des kleinen Mädchens. Die Haut fühlte sich wächsern an. »Es ist sicher noch schwieriger, von seinem Kind Abschied zu nehmen, wenn man sich erst einmal an seine Existenz gewöhnt hat. Und wenn es nur ein paar Stunden oder Tage sind.«

»Dir geht es gut mit deiner Entscheidung, nicht wahr?« Françoise warf ihr einen schnellen Blick zu, dann machte sie sich an der winzigen Windel der Kleinen zu schaffen.

Mathilde lächelte versonnen vor sich hin. »Ja, ich bin froh, dass ich Jean habe …« Dann stutzte sie auf einmal. »Moment mal, was ist das denn hier?« Sie zeigte auf eine Spitzenbordüre, die mit einer Ecke aus der Stoffwindel herausragte.

»Ich weiß nicht … Lass mal sehen …« Françoise hob den Säugling vorsichtig an und zog an dem Stoff, bis sie ein feines weißes Taschentuch in Händen hielt, verziert mit einem gestickten Monogramm.

»*A.M.*«, las Mathilde. »Die Initialen der Frau?«

»Vermutlich. Sie muss es ihrer Tochter im letzten Moment noch in die Windel gesteckt haben, kurz bevor sie das Haus verließ.«

»Als wollte sie noch eine Spur hinterlassen«, sagte Mathilde nachdenklich. »Aber wir wissen ja nicht mal ihren Vornamen! Was machen wir jetzt damit?«

Françoise faltete das Taschentuch fein säuberlich zusammen und strich es glatt. »Wir heben es auf. Wenn die leibliche Mutter sich nicht innerhalb der nächsten acht Wochen bei uns meldet, kann das Mädchen adoptiert werden, und wir geben das Tuch zusammen mit den Unterlagen an die Adoptiveltern weiter.«

»Dann wird das Taschentuch die einzige Erinnerung sein, die das Mädchen von ihrer Mutter haben wird«, sagte Mathilde. »Sie wird es hüten wie ihren Augapfel, versuchen, den Anflug eines Geruchs zu finden, die Wange darauf betten und die Kreuzstiche mit dem Finger nachzeichnen …« Sie seufzte. »Falls sie es überhaupt jemals ausgehändigt bekommt.«

»Die leibliche Mutter hat keine Perspektive für sich und das Kind gesehen«, sagte die Hebamme. »Das ist ihr gutes Recht. Legst du noch zwei Kohlen nach? Es kühlt langsam aus hier. Und dann sieh bitte noch nach den anderen …«

Mathilde nickte und ging auf den Gang hinaus. Vor dem weißen Sprossenfenster blieb sie stehen. Ein großer grauer Lastwagen fuhr dröhnend draußen vorbei und ließ die dünnen Fensterscheiben mit den eingeschlossenen Luftblasen erzittern. Pfützenwasser spritzte auf und klatschte auf das dunkle Herbstlaub.

Johann kam später. Mit langen Schritten ging er durch die Kammer auf Mathilde zu, küsste sie und nahm sie fest in die Arme. Sein kaltes, starres Revers kratzte an ihrer Wange. Sie roch kalten Zigarettenrauch. Eine Weile lehnten sie nur aneinander, unverrückbar, dann schob er sie auf Armeslänge von sich, um sie eingehend zu begutachten. Als wollte Johann ihre Gesichtszüge in sein Gedächtnis einbrennen, dachte Mathilde mit einem Mal, und ihr wurde angst.

»Gut siehst du aus!« Er lächelte sie an und legte den Kopf schief. »Du blühst richtig auf hier, wie eine schöne Blume. Ich bin froh darüber.«

Sie lächelte zurück, sagte aber nichts. Seine Augen unter den dichten Wimpern blickten trauriger als sonst. Er machte keinen Scherz und schien irgendwie bekümmert.

In den letzten Wochen war Johann so oft gekommen, wie er nur konnte, und immer hatte er darauf geachtet, zuerst ihr seine Aufmerksamkeit zu schenken, bevor er das Bajonett ablegte und sich Jean zuwandte. Die Besatzungssoldaten konnten sich inzwischen nur noch in Uniform und bewaffnet durch den Ort bewegen, die Anschläge gegen Deutsche häuften sich, wobei die Vergeltungsmaßnahmen der Wehrmacht die Stimmung unter der Bevölkerung nur noch mehr aufheizten.

»Und mein Junge, wie geht es ihm heute?« Johann hob das Kind heraus und wiegte es auf seinem Arm. Dabei pfiff er eine Melodie vor sich hin und kitzelte den Kleinen unter dem Kinn. Jean quäkte vor sich hin und steckte sich die kleine Faust in den Mund.

»Er nimmt endlich zu«, sagte Mathilde und schmiegte sich an Johanns Rücken. *»Mon amour …«*

»Das ist gut so, es wird ein schlimmer Winter werden.

Am Bahnhof in Barfleur prügeln sich die Leute um ein paar heruntergefallene Kohlen.« Er sah sich in der Kammer um. »Hier könnte es auch ein bisschen wärmer sein.«

Mathilde trat vor ihn hin. »Johann – was hast du? Du hast doch irgendetwas.«

Er ging um sie herum und setzte sich aufs Bett, die Metallfedern quietschten. Seinen Blick hielt er auf das Kind in seinen Armen gerichtet.

Sie ließ sich neben ihm nieder.

»Ich … Ich muss in die Bretagne.« Er sah sie an. »Schon übermorgen, Mathilde.«

Ihre Augen weiteten sich, es war ihr, als setzte ihr Herzschlag aus.

»Und dann … dann geht es nach Russland …«

»Nein!« Mathilde sprang auf und schlug sich die Hand vor den Mund.

Jean fing an zu weinen.

Johann reichte ihn ihr wortlos und stand auf.

»Aber … aber das geht nicht! Du musst hierbleiben, hier bei mir, bei deinem Kind!«

Panik machte sich in ihr breit. Gleichzeitig mit dem heulenden Windstoß, der draußen um das Gebäude fegte, erfüllte sie eine Eiseskälte. Mathilde ahnte, dass sie nichts dagegen ausrichten konnte, und diese Erkenntnis traf sie wie ein Stockschlag.

Johann versuchte sie zu umarmen, aber Mathilde wandte sich ab. Sie lief in der winzigen Kammer auf und ab, vier Schritte vor und vier zurück, und sprach gebetsmühlenartig auf Jean ein: »*N'aies pas peur*, hab keine Angst, *on va y arriver*, wir schaffen das schon …«

Johann stellte sich ihr in den Weg, doch sie wich ihm aus und bedeckte das Kind unaufhörlich mit tränennassen

Küssen. Und bevor ihr die Augen endgültig überliefen, riss sie die Kammertüre auf und lief mit Jean hinaus auf den gekachelten Gang.

Als Johann am nächsten Tag wiederkam, um Abschied zu nehmen, hatte Mathilde schon auf ihn gewartet. Stundenlang hatte sie hinter der Scheibe gestanden, bis man nicht mehr hatte hindurchschauen können, war von einem Bein auf das andere getreten und hatte mit dem Ellbogen Sichtlöcher in den Dampf gerieben. Sie hatte mit ihrem Schicksal gehadert, hatte gebetet, geweint und gezetert.

Und einen Entschluss gefasst.

Mathilde wollte Johann etwas mitgeben. Und zwar das Liebste, das sich in ihrem Besitz befand. Etwas, das ihr all die Jahre wie ein guter Freund gewesen war, der ihr stets Hoffnung und Frohsinn vermittelt hatte.

Ihr Bild. Ihren Signac.

Sie wollte es ihm geben als Erinnerung an den Ort, an dem sie sich kennengelernt und ihre Liebe gelebt hatten.

»Jean ist das größte Geschenk, das du mir machen konntest«, sagte Mathilde nun, nachdem sie eine Weile stumm beieinandergesessen und sich an den Händen gehalten hatten. »Und jetzt, in dieser schweren Stunde, will ich dir auch etwas schenken.« Sie hob das Kopfkissen an und zog das kleine Ölbild hervor. »Das hier, das ist für dich.«

»Mathilde, das ist wunderschön! Ich kann es nicht annehmen. Wie … wie soll ich es denn überhaupt mitnehmen?« Hilflos sah er sie an.

»Ich habe das Bild vom Maler selbst bekommen, vor vielen Jahren, als ich noch ein kleines Mädchen war«, sagte Mathilde. »Es ist von Paul Signac, siehst du die Signatur hier? Er hat ein paar Sommer lang in Barfleur gewohnt, ich war erst zehn, als ich mich mit ihm angefreundet habe.« Auf ihren Lippen zeigte sich ein verhaltenes Lächeln.

Der Name des Malers schien Johann nichts zu sagen, denn er reagierte nicht darauf. Sie sah ihm aber an, wie tief gerührt er über ihr Geschenk war.

»Die Stimmung, das Meer, der Leuchtturm …« Johanns Augen huschten über das Bild und blieben dann wieder bei ihr hängen. »Genauso haben wir es zusammen erlebt, nicht wahr? Ganz am Anfang, als alles noch so leicht schien …«

Mathilde nickte und schluckte den Kloß in ihrem Hals hinunter. »Das Bild wird uns irgendwann wieder zusammenführen, Johann, nicht wahr?«

Johann nickte und sah ihr in die Augen. »Ich liebe dich, Mathilde. Dich und Jean. *Je vous aime*. Ich komme wieder zu euch zurück, wenn Frieden ist.«

Sie lagen sich in den Armen, minutenlang, weinten bittere Tränen und wussten nicht, wie ein Wiedersehen nach Kriegsende aussehen könnte. Und ob es überhaupt jemals stattfinden würde.

Bis zur letzten Minute saß Johann am Bettchen seines Sohnes, den Kopf in die Handfläche gestützt, die andere Hand ruhte auf der Decke des Kleinen.

Mathilde stand auf und nahm seine Uniformjacke von der Stuhllehne. Sie zog die Schublade des Beistelltisches auf und entnahm ihr eine kleine Schere, eine Nadel und eine schwarze Garnrolle sowie ein Passbild. Eingehend betrachtete sie das Foto. Mit großen Augen sah ihr ein blasses Mädchen mit dunklen Locken entgegen. Ernsthaft, aber auch neugierig war ihr Blick. Was das Leben wohl für sie bereithalten würde? Mathilde hatte das Foto letztes Jahr für ihren neuen Ausweis anfertigen lassen und einen zweiten

Abzug bekommen. Sie war froh, das Duplikat nicht ihrer Mutter ausgehändigt zu haben, wie sie es ursprünglich vorgehabt hatte, sondern es nun Johann mitgeben zu können.

Langsam strich Mathilde Johann über den Hinterkopf, über sein gestutztes dickes Haar. Kurz fasste er nach ihrer Hand. Dann setzte sie sich auf den Stuhl, küsste das Revers der Uniform und drehte die schwere Jacke auf ihrem Schoß herum. Vorsichtig trennte sie die untere Naht des grüngrauen Innenfutters auf, Stich für Stich, auf mehreren Zentimetern. Und während Mathilde das Foto hineinschob und das Futter wieder zunähte, musste sie ununterbrochen ihre Tränen wegblinzeln, damit sie sich nicht in die kalten, gefühllosen Fingerspitzen stach.

## Barfleur, Winter 1943

Mathilde hustete und zog sich das Wolltuch fester um die knochigen Schultern. Ihre Lungen rasselten noch immer. Als der Bodennebel sich auch tagsüber nicht mehr verzogen hatte, war Mathilde krank geworden. Aus einer verschleppten Lungenentzündung hatte sich eine tuberkulöse Infektion mit blutigem Auswurf entwickelt, die ihr trotz Docteur Davourys fürsorglicher Behandlung nach einigen Wochen Bettlägerigkeit Gewicht und Zuversicht geraubt hatte. Sie war selbst wieder zu einem Kind geworden, bedürftig und schwach, ein Kind, das seine dünnen Beine unter den elterlichen Esstisch stellte. Auf einmal schien ihr die Mutterrolle mit ihrer ganzen Verantwortung für ihr geliebtes Kind eine kaum zu bewältigende Aufgabe zu sein.

Célène setzte ihr einen dampfenden Ersatzkaffee vor und bedachte sie mit einem sorgenvollen Blick. Sie legte ihr kurz die Hand auf die Schulter, dann zog sie den Hocker an den Ofen und machte sich daran, Kartoffeln und Kohlrüben über einer Schüssel zu schälen.

»*Merci.*« Mathilde wärmte sich die Hände an der Schale. Der Kaffee war noch zu heiß zum Trinken. »Kohlrüben haben wir im letzten Jahr noch den Schweinen auf dem Hof vorgesetzt.«

»Solange wir noch zu Sylvaine durchkommen, haben

wir wenigstens ein bisschen Kuhmilch«, sagte ihre Mutter. »Und Kartoffeln von unserem Acker.«

Vielleicht konnte sie ja zwei, drei gekochte Kartoffeln abzweigen und heimlich über den Gitterzaun des Gefangenenlagers werfen, dachte Mathilde. Als sie neulich daran vorbeigekommen war, hatte sie der Anblick der nackten Apfelbaumzweige zutiefst schockiert. Die ausgemergelten Insassen hatten sämtliche Blätter gegessen, die sie erreichen konnten. So etwas Furchtbares hatte sie vorher noch nie gesehen.

Mathilde drehte die Porzellanschale so, dass die angeschlagene Kerbe von ihr wegzeigte. Seit Monaten schon tranken sie diesen Ersatzkaffee aus gerösteten Graupen oder Bohnen, eine dünne, braune Brühe. Es war schwer, sich vernünftig zu ernähren, auch wenn die Versorgung in ihrem Landstrich noch vergleichsweise gut funktionierte. Immerhin durften sie noch an der Küste fischen und Kaninchenfallen aufstellen. Mathilde tunkte ein schmales Stück Kuchen hinein, den die Mutter mit einem einzigen Ei und der Haut von gekochter Milch gebacken hatte.

»Genau vor einem halben Jahr ist das Entbindungsheim bombardiert worden.« Mathilde schauderte, obwohl es langsam wärmer wurde in der Stube. »Zum Glück gab es damals rechtzeitig einen Alarm.«

»Mit Gottes Hilfe«, sagte die Mutter.

Mathilde stützte den Kopf in ihre Hand. Er fühlte sich schwer an. Ein halbes Jahr war es jetzt her, dass die Säuglingsstation über Nacht ausgelagert worden war. Der Schaden war immens gewesen, der Dachstuhl komplett ausgebrannt. Mathilde hatte sich den kleinen Jean mit ihrem Wolltuch umgebunden und war mit ihrem Koffer zum Bahnhof gelaufen. Stundenlang hatte sie auf den Tue-

Vaques nach Barfleur gewartet. Wohin hätte sie auch sonst gehen sollen? In der Notunterkunft im Hospital gab es keinen Platz mehr für sie, jedes Bett wurde dringend benötigt. Die Rückkehr in ihr Elternhaus war schwierig gewesen, ihr Herz hatte arg gescheppert, als sie an die Tür geklopft hatte. Der Vater hatte ihr zwar die Tür weit geöffnet, aber in seinem leeren Blick sah sie kein Entgegenkommen. Ihre Brüder hatten ihr schlimmste Vorwürfe gemacht und das Kind nicht einmal angeschaut. Nur ihre Mutter hatte Jean mit ihren schwieligen Fingern über den Kopf gestreichelt, ihm einen Milchbrei gemacht, und sie hatten beide bittere Tränen geweint, als die Männer gegangen waren.

»Er fehlt mir an jedem einzelnen Tag, *maman*«, sagte Mathilde, und ihre Stimme klang verzweifelt. »Ich vermisse sein Strahlen, seinen Eifer, sein Lachen. Ich bekomme ja gar nicht mit, wie Jean größer wird! Seine Abwesenheit tut mir weh, körperlich weh. Bis in die Fingerspitzen tut es mir weh.« Sie rieb ihre Finger aneinander. »Ich kann doch nicht so tun, als ob nichts gewesen ist!«

»Es tut mir so leid, Kind. Aber es ist einfach nicht möglich, dass wir alle zusammen unter einem Dach wohnen. Das hast du doch eingesehen.« Mathilde konnte der Mutter ihr Unwohlsein ansehen. »Eine alleinstehende Frau mit einem blonden, blauäugigen Kind … Du weißt doch, wie argwöhnisch die Leute sind!«

Mathilde verschluckte sich an ihrem Kaffee. Sie hustete. Ja, natürlich hatte sie es eingesehen, wenn auch mit großer Trauer. Zu groß war die Schande, die sich in kürzester Zeit wie ein Schatten auf das elterliche Fischerhaus in der Rue des Fours gelegt hatte, zu groß war die Angst, dass sie alle gegen sich aufbrachte. So hatte sie ihren sieben Monate alten Sohn zu einer Pflegemutter geben müssen, und es hatte sie schier zerrissen. Doch nur so konnte sie den Fragen zur Herkunft ihres Sohnes aus dem Weg gehen. Ohnehin beäugte jeder im Ort jeden misstrauisch, man wusste nie, wem man noch vertrauen konnte. Wer sich mit den Deutschen eingelassen hatte, tat gut daran, zukünftig ein unauffälliges Leben zu führen.

Im französischen Programm der BBC, das ihr Onkel nebenan trotz aller Verbote und Störgeräusche hörte, sagten sie, dass all diejenigen, die für die Deutschen gearbeitet hatten, streng bestraft werden sollten. Charles de Gaulle schwor aus dem Exil die Franzosen darauf ein, gemeinsam gegen den Feind und die Kollaborateure vorzugehen. Wie viele betraf das hier im Ort? Die halbe Bevölkerung?

Unzählige Arbeitskräfte waren rekrutiert worden, um gespitzte Holzpfähle rund um das Dorf in die Erde und ins Wasser zu pflanzen, die die Landung der alliierten Flugzeuge und Boote verhindern sollten. Betonblöcke und eiserne Tschechenigel wurden in geringen Abständen in einer Linie am Strand deponiert. Woche für Woche benötigte man mehr Arbeitskräfte. Manch einer versuchte, seinen Einsatz so klein wie möglich zu halten, und brüstete sich hinter vorgehaltener Hand damit, absichtlich den einen oder anderen Pfahl schief eingesetzt zu haben, damit er schon bald darauf von alleine wieder umfiel. Mathilde konnte sich vorstellen, welcher Gefahr sich die Männer durch solche Aktionen aussetzten.

Ihre Mutter sah fahl aus im Morgenlicht, fand sie und bewegte die kalten Füße unter dem Tisch. Sie nahm noch ein zweites Stück Kuchen und steckte sich ein Stück davon in den Mund. Um die *nourrice*, die sich um Jean kümmerte, bezahlen zu können, hatte sie auf die Schnelle einen Verdienst finden müssen. Madame Rémy war wegen ihrer jüdischen Herkunft die Führung des Gemischtwarenladens verboten worden. Die Stelle im Verkauf kam daher für sie nicht mehr in Frage. Sie hatte an einen neuen Geschäftsführer abgeben müssen, Monsieur Fichet, der mit seiner Familie den Laden nun betrieb, er stand angeblich dem Vichy-Regime nahe.

Schließlich war Mathilde als Hilfskraft im Herrenfriseursalon unten am Hafen untergekommen. Adeline, die mittlerweile verheiratet war und mit Bruno, ihrem belgischen Ehemann, ein kleines Zimmer im *Quartier de la Bretonne* bewohnte, hatte die Idee gehabt, im Salon nachzufragen, nachdem der alte Friseur verstorben war. Die im Ort stationierten Wehrmachtssoldaten nahmen regelmäßig die Dienste der beiden Friseusen in Anspruch, um ihre akkuraten Kurzhaarschnitte in Form zu halten. Und während Mathilde die abgeschnittenen Strähnen und Stoppeln zusammenkehrte und die Waschbecken und Böden sauber wischte, hatte ihr stets ein Ziel vor Augen gestanden: Jean bald wieder zu sich nehmen zu können. Nur deswegen hatte sie die abfälligen Bemerkungen ihrer Kollegin Yvonne ertragen können.

Nach ein paar Wochen entschied Madame Renet, die Chefin des Salons, dass Mathilde Yvonne bei der Haarwäsche und Kopfpflege der Kunden zur Hand gehen sollte, und mehr als einmal hatte ihr Herz heftig zu schlagen begonnen, als sie auf den blonden Scheitel und die breiten Uniformschulterklappen eines Kunden hinuntergesehen und die kräftigen Männerhaare in ihren seifigen Händen gespürt hatte.

»Weißt du, ich bin immer wieder in die Rue du Puits gegangen«, sagte sie und pickte die Kuchenbrösel mit dem Finger auf. Ihre Mutter sah sie fragend an.

»Johann wohnte dort zur Untermiete«, fuhr Mathilde fort. »Ich wollte sehen, ob er nicht doch wieder zurückgekommen ist. Ich weiß, es klingt verrückt, aber … Jetzt leben andere Soldaten dort, keine Deutschen, sie sprechen nur polnisch! Sie kommen aus den eroberten Ostgebieten und kämpfen unter deutscher Flagge …«

Über ein Jahr war es nun her, dass Johann von hier weggegangen war, und Tausende Wehrmachtssoldaten waren zur Invasionsabwehr an die Küste nachgerückt. Die jungen athletischen Soldaten von damals waren durch ältere Männer in verwaschenen Uniformen und junge Burschen ersetzt worden, von denen viele wenig robust aussahen. Es schien so lange her zu sein, dass sie die muskulösen, athletischen Körper der ersten Deutschen im Ort bewundert hatten … Mathilde wollte sich nicht ausmalen, was mit Johann in Russland passiert sein mochte. Sie wusste nicht einmal, ob er überhaupt noch lebte.

»Vielleicht hat er aber auch ganz einfach nicht die Möglichkeit, mir eine Feldpost nach Frankreich zu schicken«, sagte sie schließlich, und an diesen Gedanken klammerte sie sich so sehr, wie sie jetzt ihren *bol* mit dem Ersatzkaffee festhielt.

Ihre Mutter stand auf und setzte einen großen Topf mit Wasser auf.

Mathilde kratzte sich die Kopfhaut und strich sich mehrmals durch das strähnige Haar. Sie besah sich ihre Hand, nur noch einzelne Haare verfingen sich zwischen den Fingern. Gott sei Dank, der Haarausfall schien endlich nachzulassen. Es war schlimm für sie gewesen, war sie doch immer stolz auf ihre füllige Lockenpracht gewesen. Mathilde zwirbelte eine kleine dunkle Kugel aus den Haaren und schnippte sie in das dürre Brennholz.

Im vergangenen Februar hatte es einen Erlass gegeben, der auch das Leben ihrer Brüder verändern sollte. Der *Service du Travail Obligatoire* verpflichtete sämtliche jungen Männer der Jahrgänge 1920 bis 22, die sich noch auf französischem Terrain befanden, zum zweijährigen Arbeitsdienst in Deutschland anzutreten. Als sich auch Auguste und Alphonse mit ärztlichem Attest bei der Unterpräfektur melden mussten, versteckten sich die beiden kurzerhand bei Sylvaine auf dem Bauernhof. Der alte Knecht gewährte den Fahnenflüchtigen Unterschlupf. Sylvaine wäre in größte Schwierigkeiten geraten, wenn man die beiden bei einer Razzia auf ihrem Hof gefunden hätte.

Es hieß, dass Madame Pignot vier Zwangsarbeitern, die im Hotel *Moderne* untergebracht waren und nach Deutschland mussten, Rückendeckung gegeben hatte, um aus der Hintertür hinaus zu verschwinden. Mathilde hatte keine Ahnung, aus welchem Grund Alphonse sich schließlich aus seinem Versteck nach Barfleur zurückgewagt hatte, aber sie vermutete, dass die Androhung der Todesstrafe bei Missachtung des Einberufungsbefehls ihn nicht kaltgelassen hatte. Er packte warme Sachen ein und sang auf dem Weg zum Bahnhof die Marseillaise, so hatte es die Mutter ihr erzählt. Mit ihm gingen noch zwanzig andere aus Barfleur. Auguste blieb verschwunden, man vermutete, dass er sich der Résistance angeschlossen hatte.

Als sich Mathilde endlich wieder stark genug fühlte, überzog morgendlicher Raureif die Grande Rue. Sie zwickte sich in die Wangen, um etwas Farbe zu bekommen, und machte sich auf den Weg in den Salon. Vorsichtig setzte sie einen Fuß vor den anderen, um nicht auf ihren blank gelaufenen Sohlen auszurutschen.

»Mathilde!«, rief Madame Renet ihr erfreut zu, als sie die Ladentür aufdrückte. Die Chefin trug die Stirnhaare zu Löckchen gedreht, die Deckhaare waren eingerollt.

Die neue Friesur stand ihr gut, stellte Mathilde fest.

»Wie geht es dir? Bist du wieder gesund?«

Sie zog sich die Mütze vom Kopf. »*Bonjour*, Madame, danke, es geht mir gut. Es ist schön, wieder hier zu sein.« Mathilde sah sich im Laden um, alles sah auf den ersten Blick aus wie immer.

Die rotblonde Yvonne saß auf einem gepolsterten Frisierstuhl und blätterte in einem abgegriffenen Journal. Sie murmelte etwas vor sich hin, das sich anhörte wie »Heil, Hitler«, aber Mathilde war sich nicht ganz sicher, ob sie sich nicht getäuscht hatte. Ihre Ohren fühlten sich immer noch wie unter Watte an.

»Du siehst blass aus, Kind.« Madame Renet nahm ihr den Mantel ab. »Bist du sicher, dass du wieder mithelfen möchtest?«

Mathilde lächelte sie an und nickte heftig. Schlagartig wurde ihr so schwindelig, dass sie sich an einer Stuhllehne festhalten musste.

»Was hältst du davon, Mathilde«, schlug die Chefin ihr vor und fasste sie am Arm, »dass Yvonne dir erst einmal die Haare wäscht und schneidet? Jetzt, solange es noch ruhig ist? Dann fühlst du dich auch gleich wieder besser.«

Mathilde zögerte einen Moment. Hatte die Chefin ihren kurzen Moment der Schwäche mitbekommen und wollte ihr eine anfängliche Schonzeit genehmigen? Oder sah sie nur so entsetzlich aus?

»Ja, gut … wenn Sie meinen … Warum nicht?«

»Yvonne, bist du so gut?«, fragte Madame Renet.

Ihre Kollegin stieß hörbar die Luft aus und erhob sich

in Zeitlupe. »Na, dann wollen wir mal … Dass du mir aber nichts anhängst.«

Mathilde setzte sich vor das Waschbecken, und Yvonne begann, ihr mit ruppigen Bewegungen die Haare zu waschen. Das Wasser war kalt, aber Mathilde wagte nicht, etwas zu sagen. Gänsehaut überzog ihre Unterarme unter dem dünnen Kleid.

Auf einmal stieß Yvonne einen Schrei aus. »Iiiih! Ich hab's gewusst!«

Mathilde sank in sich zusammen. Hatte sie etwa kahle Stellen am Kopf?

»Um Himmels willen, was ist denn los?« Madame Renet kam zu ihnen gelaufen.

»Madame, Mathilde ist nicht sauber, sehen Sie nur! Sie hat Läuse!« Angeekelt warf Yvonne ihr ein altes Handtuch über den Kopf. »Ich weigere mich, diese Deutschenschlampe weiter zu bedienen.«

»Yvonne! Was fällt dir ein?« Madame Renet stemmte die Hände in die Hüften.

»Ist schon gut, Madame.« Mathilde stand auf und zog sich das Handtuch vom Kopf. »Ich glaube, ich fühle mich doch noch nicht stark genug.« Sie nahm ihren Mantel vom Haken und schlüpfte hinein. Dann zog sie die Mütze heraus und stopfte sich ihre nassen Haare darunter. Sie war sich sicher, dass sie keine Läuse hatte.

»Das kannst du doch nicht machen, Kind. Du wirst dich erkälten. Warte, ich könnte noch schnell …«

Das Glöckchen an der Ladentür unterbrach die Chefin. Ein Deutscher in Uniform trat ein und griff sich salutierend an die Mütze.

Mathilde ergriff die Gelegenheit und schlüpfte an ihm vorbei hinaus auf die Straße.

»Halt, halt, nicht so hastig, Mademoiselle!«, rief er.

Mathilde blickte zurück und sah in die hell erleuchtete Vitrine des Friseursalons. Dabei bemerkte sie, dass etwas fehlte. Vor ihrer Krankheit hatte noch ein Schild im Ladenfenster gestanden. *Les allemands sont prioritaires*, stand darauf, *Deutsche werden bevorzugt behandelt*. Jemand hatte es herausgenommen.

»So etwas habe ich mein Lebtag noch nicht gesehen.« Madame Pignot wischte sich die Hände an einem Geschirrtuch ab und setzte sich zu ihnen. Adeline und Mathilde waren ihr beim Aufräumen des *Moderne* zur Hand gegangen und hatten stundenlang Böden und Tische des Restaurants geschrubbt.

»Ihr müsst euch vorstellen, der ganze Saal hier war mit Weihnachtsbäumen und Kerzen dekoriert. Es war unglaublich stimmungsvoll.« Sie lächelte versonnen. »Schon nachmittags haben die deutschen Soldaten die Küche in Beschlag genommen. Sie haben mit hochgekrempelten Ärmeln unzählige Mengen an Fleischbuletten aus Mehl und Hack geformt. Und die haben sie dann in siedendem Wasser in großen Töpfen gekocht. Einfach widerlich!« Angeekelt rümpfte sie die Nase. »Vergangenen Samstag erst hatten wir eine Hochzeit mit bestem Menü, das war ein Festessen! Es gab *cœur de filet aux champignons* mit Waffelkartoffeln.« Sie schnalzte mit der Zunge. »Das war was, nicht wahr, Adeline?«

Adeline rollte genießerisch mit den Augen. Sie hatte an dem Abend den Service übernommen. Doch seit sie schwanger war, machten ihr die Essensgerüche zu schaffen. Ihre Chefin wusste allerdings noch nichts davon. Sie war erst im dritten Monat.

»Na ja, was soll's«, sagte Madame Pignot und deutete auf das Klavier in der Ecke des Saals. »Ein Offizier spielte eine Menge Weihnachtslieder, die Soldaten sangen alle mit, und die Stimmung wurde auf einmal ganz sentimental.«

Mathildes Augen fingen an zu glänzen, und sie musste schlucken. Vor ihrem inneren Auge sah sie Johann am Klavier sitzen, draußen auf der Terrasse des *Café du Port*. Es schien Ewigkeiten her zu sein.

»Dann jedoch artete die Weihnachtsfeier in ein gewaltiges Zechgelage aus«, fuhr Madame Pignot fort. »Nach dem Essen kümmerten sich die Soldaten höchstpersönlich um die Töpfe und wischten sie mit Geschirrtüchern aus. Und dann machten sie den Rotwein darin heiß! Es war ein Château Larose, den hatten sie kistenweise mitgebracht. Und wisst ihr was? Im Glühwein schwammen Fettaugen. Das muss man sich mal vorstellen!«

Angeekelt verdrehte Adeline die Augen und legte sich die Hand auf den Bauch.

»Um Mitternacht waren alle sternhagelvoll«, erzählte Madame Pignot weiter. »Es wurde flaschenweise Cognac und Anisette getrunken, jemand spielte Jazz und Swing. Wenn ihr mich fragt, hätten die Engländer ein leichtes Spiel gehabt, wenn sie ausgerechnet in dieser Nacht zu Besuch gekommen wären.« Sie hob ihr Glas und prostete den Mädchen zu. »*Joyeux Noël, les filles.* Frohe Weihnachten.«

## Barfleur, Sommer 1944

Mitten in der Nacht sah Mathilde in die Herzen der Apfelbaumblüten. Man hätte eine Nadel auf der Erde finden können, so hell war alles erleuchtet. Sie stand mit ihrer Mutter vor dem Haus und schirmte sich die Augen ab. Hunderte von Flugzeugen zogen dröhnend über den rot gefärbten Himmel. »Wie Falter im Licht«, sagte sie, doch ihre Worte gingen im Lärm unter. Sie spürte den Klammergriff der Mutter an ihrem Unterarm. Weiter unten an der Calvados-Küste waren donnernde Kanonenschläge zu hören, Leuchtraketen schossen wie Blitze durch die Nacht. Es war faszinierend und erschreckend zugleich.

Mathilde schauderte. Was als dumpfes Grollen und undefinierbares entferntes Surren kurz vor der Sperrstunde begonnen hatte, schwoll im Laufe der Nacht zu ohrenbetäubendem Krach an. Pulverdampf füllte ihre Lungen. Man hätte glauben können, ein Jahrhundertfeuerwerk würde nachts um drei Uhr abgefeuert werden.

Es war der 6. Juni.

»*Ça y est*! Es ist so weit!«, schrie Docteur Davoury ihnen von der Straße her zu und eilte mit seinem Koffer am Gartentor vorbei. Er schien von einem Einsatz zu kommen. »*Rentrez vite, c'est le débarquement*! Geht schnell hinein, sie landen!«

Ihre Mutter erwachte aus ihrer Starre und stolperte über

die Schwelle zurück ins Haus. Mathilde kam ihr nach und verriegelte die Tür hinter ihnen. Seit Tagen schon hatten sie keinen Strom mehr, weder Licht noch Radio. Sie konnten nur abwarten, was als Nächstes passieren würde. Sollte auf den Feldern, Wegen und Straßen direkt vor ihrer Haustür gekämpft werden? Würden auch sie unter Artilleriebeschuss geraten? Bisher waren die deutschen Küstenanlagen Ziel der alliierten Bomben gewesen, dazu manche Landstraße und die Bahnlinie nach Cherbourg.

»Es ist furchtbar«, klagte Célène und zündete mit zittrigen Händen einen Kerzenstummel auf dem Eichenbuffet an. »Wenn die Männer uns nur nicht alleine ließen!« Ihr Vater Alain und Onkel Théodore hatten schon vor zwei Wochen einen Graben im hinteren Garten ausgehoben, in dem sie Nacht für Nacht Schutz suchten und gemeinsam mit anderen Nachbarn die Stellung hielten.

Mathilde duckte sich unter den Vorsprung und setzte sich zu ihrer Mutter auf die Holzbank, die sie unter die Treppe geschoben hatten. An Schlaf war nicht mehr zu denken. Célène zog den Rosenkranz hervor und machte das Kreuzzeichen, bevor sie ihre Litanei von vorhin wieder aufnahm: *»Je vous salue, Marie, pleine de grâce …«* Wie in Trance schaukelte sie vor und zurück. Mathilde betete ein Gesätz mit, dann schweiften ihre Gedanken ab.

Sie dachte an Jean, rief sich sein Gesichtchen in Erinnerung und musste mit Entsetzen feststellen, dass seine Züge vor ihrem geistigen Auge zu verschwimmen begannen. Tränen stiegen ihr auf, und Mathilde betete darum, ihr Kind noch einmal in die Arme schließen zu dürfen und seinen kleinen warmen Körper an ihrem Leib zu spüren. Sicher war Jean zutiefst verunsichert in dieser lauten Nacht, die kein Ende nehmen wollte, und sie hoffte inständig, dass es der Pflegemutter gelang, ihn zu beruhigen und zu trösten. Seine Abwesenheit schmerzte sie in dieser Stunde so sehr, dass sie das Gefühl hatte, ein eiserner Panzer lege sich ihr um den Brustkorb und hindere sie am Luftholen.

Mathilde tat einen tiefen Atemzug und erhob sich taumelnd. Ihre Beine fühlten sich steif an und kribbelten in den Gelenken. Sie hielt sich am Geländer fest und wartete blinzelnd, bis der Druck in ihren Schläfen nachließ. Es war fünf Uhr morgens. Ihre Mutter hob fragend den Kopf, Mathilde legte ihr kurz die Hand auf die Schulter, bevor sie die Treppe hoch bis ins Dachgeschoss stieg. Zentimeterweise tastete sie sich zur kreisrunden Luke unter dem Giebeldach vor. Sie hielt sich am Rahmen fest und sah hinaus. Die gleißende Helligkeit war verschwunden, über den Hecken und Apfelbäumen lag dichter Rauch. Der Himmel war schwarz von Flugzeugen, die in V-Formation nach wie vor dröhnend Richtung Süden flogen. Der Schwarm schien kein Ende zu nehmen.

Irgendwann war sie doch müde geworden und auf den Boden gesunken. Und als sie sich im Morgengrauen wieder aufrappelte und an die Luke trat, traute sie ihren Augen kaum. Der Rauchvorhang löste sich langsam auf, und draußen auf dem Meer kam durch die Nebelschlieren hindurch eine ganze Armada von Booten zum Vorschein. Von der Pointe de Barfleur bis weit hinunter nach Süden, vielleicht bis nach La Vire, wimmelte es nur so von Seeschiffen. Frachtkähne, Ozeandampfer, Panzerkreuzer, was wusste sie, was sich da so zielstrebig den Weg hinunter zur Calvadosküste bahnte. Was für ein Schauspiel!

Seit Wochen schon waren die Deutschen nervös gewesen, die Landung der Alliierten schien nur noch eine Frage der

Zeit zu sein. Man vermutete die Ankunft am frühen Morgen bei Flut, weil da das Ufer schneller erreichbar war. Die Besatzer hatten die Ausgangssperren und Patrouillen ausgeweitet, die Bevölkerung zog sich in ihre Häuser zurück. In den letzten Tagen noch waren im *Quartier de la Bretonne* am südlichen Hafen ganze Häuserzüge gesprengt worden, die in der Sichtachse zum Meer lagen. Zum Glück war Adelines Unterkunft nicht betroffen gewesen. Aber auch die Post und das Hotel *Moderne* standen in der Schusslinie, und gestern noch hatten Soldaten damit begonnen, die hintere Mauer des Restaurants abzureißen, bis sie schließlich alles stehen und liegen lassen mussten und den Ort Hals über Kopf verließen.

Oberbefehlshaber Rommel hatte zu Beginn des Jahres dem Cotentin einen Besuch abgestattet und angeordnet, das Verteidigungssystem am Atlantikwall noch einmal zu verstärken. Die Küste war kilometerlang vermint worden, der Beton für die Bunkeranlagen floss in Strömen, Tag und Nacht. Im Süden von Barfleur betonierte man kurzerhand eine Brücke an der Saire zu und inszenierte damit eine riesige Überschwemmung der Felder. Auch die Ebene nördlich des Ortes wurde künstlich geflutet. Am Waschhaus von Quénanville stauten eingesetzte Türen den Crabec-Bach, so dass die Weiden nur auf dem Rücken eines Pferdes passiert werden konnten. Es war verrückt, die neuen Binnenseen mit ihren Spiegelungen veränderten das Landschaftsbild komplett.

Voller Sorge hatte Mathilde verfolgt, wie die Überschwemmung sich ausbreitete, aber Gott sei Dank blieb Sylvaines Hof trocken, das Wasser versickerte, und der Binnensee hörte irgendwann auf zu wachsen.

Seit dem Frühjahr waren die Luftschläge zur täglichen

Gewohnheit geworden, das dumpfe unaufhörliche Grollen der Fliegerstaffeln verängstigte die Bevölkerung. Kurz vor der Landung der Alliierten hatte es nachts so sehr geknallt, dass die Leute aus den Häusern liefen und Schutzgräben in ihren Gärten aushoben.

Auch nach dem 6. Juni riss der Bombenhagel nicht ab. Die Flugzeuge kreisten unter ständigem Beschuss über dem Land, sie pausierten nur zur Mittagszeit und bei schlechtem Wetter. Panisch verfolgten die Menschen ihre Bahnen, sie konnten nie wissen, wem die Bomben galten. Sie lebten abgeschnitten wie auf einer Insel, waren aber auf einmal bestens versorgt, da die Lieferungen der Großhändler in die Städte wegen der hohen Bombardierungsgefahr unterblieben und sie endlich wieder selber über alle Grundnahrungsmittel wie Fleisch, Milch, Rahm, Butter, Eier und Frühkartoffeln verfügten.

Ihr Vater und sein Bruder Théodore verbrachten weiterhin ihre Nächte im Graben, mal in Gesellschaft von Nachbarn, mal nur zu zweit. Sie hatten ihn mit Geäst abgedeckt und sich fast schon häuslich darin eingerichtet.

Eines Nachts schreckte Alain auf, als sich in nächster Nähe die ausladenden, silbrig grün gefächerten Artischockenblätter in der Dunkelheit bewegten. Zu seiner großen Überraschung tauchte kurz darauf ein Soldat in fremder Uniform im Garten auf. Alain schob das Geäst über sich zur Seite und pfiff Théodore wach. Sie stiegen hinaus und standen sich Auge in Auge gegenüber, bis der behelmte fremde Soldat sie schließlich etwas verunsichert fragte: »*Où est boche*? Wo ist der Deutsche?«

Théodore schüttelte sogleich den Kopf und wackelte mit dem Zeigefinger heftig abwehrend in der Luft, als er die amerikanische Flagge auf dem Uniformärmel des Soldaten sah. »Hier gibt es keine Deutschen mehr«, machte er ihm deutlich. »Die Infanteristen sind weg. Sie haben den Ort von einem Tag auf den anderen verlassen wie verängstigte Hasen«, gab er ihm zu verstehen. »Sie sind weitergezogen zu den Truppen an den Landungsstränden.« Théodore zeigte nach Süden in Richtung Calvadosküste. In Barfleur waren nur noch vereinzelte Deutsche zurückgeblieben, darunter ein Dutzend Soldaten der Kriegsmarine unten am Hafen, die angeblich schon damit angefangen hatten, Dokumente zu verbrennen.

»Sie können hier bei uns bleiben …« Mit glänzenden Augen und großer Gestik bot Théodore dem Amerikaner Unterschlupf, der fremde Soldat stellte für ihn die lang erwartete personifizierte Befreiung dar. Seit ein paar Tagen schon durchkämmten die verbliebenen Deutschen die Gegend auf der Suche nach versprengt gelandeten Fallschirmspringern.

Der Amerikaner schien erst skeptisch, nahm aber dann das Angebot dankbar an, sich hier zu verstecken, bis die Deutschen vollständig abgezogen waren.

Am nächsten Tag, als Mathilde und ihre Mutter zu ihren Verwandten gingen, war Alain schon da. Die drei Männer saßen über eine Landkarte gebeugt da, die Howard, so hieß der großgewachsene Amerikaner, dabeihatte. Sie zeigten ihm, wo er sich genau befand, und es stellte sich heraus, dass er versehentlich viel zu weit nördlich gelandet war, über dreißig Kilometer vom Zielort entfernt. Die Sprache kam auf die Notfallverbandtasche, die er im Tarnnetz seines Helmes mit sich führte, und er zeigte ihnen die zwei Dosen Morphium. »Eine gegen Schmerzen, die andere für *eternity*«, sagte er. *Éternité*, die Ewigkeit, folgerten sie. Howard war jedoch bis auf eine leichte Verstauchung am Fuß unverletzt geblieben und musste zum Glück nicht davon Gebrauch machen.

Er öffnete in ihrem Beisein seinen Proviantbeutel, und mit großen Augen verfolgten sie, was er alles zutage förderte und vor sich auf den Holztisch legte: Ein kleingefalteter Regenponcho kam zum Vorschein, dazu eine Decke, vierundzwanzig Blätter Klopapier, Zigaretten, Feuerzeuge, ein Reisenecessaire mit Rasierzeug, Essgeschirr und eine Metallschüssel, Tabletten zur Trinkwasseraufbereitung und sechs K-Portionen, abgepackte Essenspakete zum Überleben …

Howard bot den Männern Zigaretten an, und Mathilde, Célène und Geneviève kamen in den Genuss einer echten Tasse Nescafé, den die Tante sogleich aufbrühte. Sogar seinen eigenen kleinen Löffel zum Umrühren hatte er dabei, entdeckte Mathilde.

Als in dieser Zeit die letzten Deutschen überhastet Barfleur verließen, auf Lastwagen, Fuhrwerken, Pferden oder Fahrrädern, sich die Tore der Lager öffneten und die Zwangsrekrutierten sich zu Fuß auf den Weg machten, durchstöberten die Menschen die leeren Wohnstätten der Besatzer und rissen sich die übriggebliebene Marmelade und das säuerlich schmeckende Kommissbrot unter den Nagel. Ein Machtvakuum tat sich auf, die Besatzer waren weg, die Befreier noch nicht da, Befehle galten nicht mehr und nichts war verboten.

So kam es zu einem Ereignis, das Mathilde zutiefst schockierte: Eine Frau, die sie vom Sehen kannte, musste auf bloßen Knien die Grande Rue bis zum Rathaus hinunterrutschen. Man sagte, sie habe als Sekretärin für die Besatzer gearbeitet und mit deutschen Offizieren verkehrt. Das Gesicht der Frau war schmerzverzerrt, ihre Knie waren blutig, man hatte sie zu diesem persönlichen Kreuzweg gezwungen. Die gaffenden Leute standen Spalier, einige applaudierten.

Mathilde hatte ihren Kopf an zwei von ihnen vorbeigestreckt, um zu sehen, was da unter Gejohle vor sich ging, und war entsetzt zurückgewichen und nach Hause gelaufen.

Nur Tage später, am 18. Juni, war es dann so weit. Der Amerikaner Howard war vor zwei Wochen bei Nacht und Nebel wieder verschwunden, in Zivilkleidung, die Théodore ihm zur Verfügung gestellt hatte. Er hatte sich auf den Weg gemacht, um sich weiter südlich seiner Einheit anzuschließen. Nachmittags um drei Uhr rollte bei schwungvollem Glockengeläut und gehisster Trikolore am Kirchturm von Saint Nicolas eine beachtliche Kolonne von Jeeps, Lastwagen und Panzern aus dem *Quartier de la Bretonne* kommend an der Mauer entlang in den Ort hinein. Die Leute liefen zusammen, um die GIs willkommen zu heißen. »*Les voilà*! Da sind sie ja!«, riefen sie, winkten und warfen ihnen Blumen zu, während die Amerikaner noch misstrauisch in die Fenster der oberen Stockwerke blickten. Die bärtigen, mit Maschinengewehren bewaffneten Soldaten sahen müde und erschöpft aus, wirkten aber zunehmend zufrieden angesichts des triumphalen Empfangs, den man ihnen bereitete.

Mathilde stand etwas abseits, doch als die Kolonne auf der Kreuzung zur Grande Rue stehen blieb, war sie mitten drin im Freudentaumel. Sie wurde angerempelt, jemand trat ihr auf die Füße. Sie war mit Adeline hergekommen, die kurz vor der Geburt stand, hatte sie aber im Getümmel aus den Augen verloren. Die GIs steckten sich die Blumen in die Tarnnetze ihrer Helme und machten sich daran, Kaugummis, Schokolade und Zigaretten zu verteilen. Alle drängten sich um sie. Wie damals bei den Deutschen, dachte Mathilde. Sie sah sich als junges Mädchen, wie sie mit glühenden Wangen hinter der Scheibe im Geschäft von Madame Rémy gestanden hatte, als die Wehrmachtssoldaten in Barfleur eingetroffen waren. An diesem Tag hatte sie Johann zum ersten Mal gesehen. Sie spürte heute noch die Euphorie, als endlich frischer Wind zu ihnen kam und die Eintönigkeit ihres vorhersehbaren Lebens vertrieb …

Als auf einmal ein Panzer mit ein paar Soldaten ganz in ihrer Nähe stehen blieb, wollte Mathilde zurückweichen, fand aber keine Ausweichmöglichkeit. In beachtlicher Größe ragte das Kettenfahrzeug mit seinem Geschützrohr vor ihr auf. Ein kräftiges Mädchen drängelte sich entschieden nach vorne in ihre Richtung. Mathilde beobachtete, wie das Mädchen mit dem rotblonden Schopf sich ihr näherte, die Hand des schwarzen GIs ergriff und nicht einmal einen Meter von ihr entfernt am Panzer nach oben stieg. Yvonne, das war doch Yvonne!, dachte Mathilde. Ihre alte Friseurkollegin wurde oben in Empfang genommen und schmiss sich dem GI dort sogleich an den Hals. Mathilde traute ihren Augen kaum, als sie sah, wie Yvonne ihn überschwänglich auf beide Wangen küsste und sich dann bei ihm unterhakte. Die Leute klatschten, die Kinder hüpften unten um den Panzer herum. Yvonne stand mit geröteten Wangen über der Menge und winkte. Sie fasste sich ins Haar, sie schien den Moment richtig zu genießen.

Nach kurzer Zeit sprang sie wieder hinunter und landete geradewegs vor Mathildes Füßen. Sekundenlang starrten sich die beiden Frauen an. Yvonne hat Einsprengsel in der Iris, das ist mir so noch gar nicht aufgefallen, dachte Mathilde und blinzelte irritiert.

»Ich habe genau gesehen, wie halbherzig du geklatscht hast«, zischte Yvonne und funkelte sie an. Dann spuckte sie vor ihr auf den Boden. »Du wirst deine Strafe schon noch bekommen.« Sie wirbelte herum und peitschte ihr die volle Mähne ins Gesicht.

Bevor Mathilde reagieren konnte, tauchte schon eine kräftige dunkle Männerhand vor ihren Augen auf, und als sie den Kopf hob, grinste der GI sie mit weißen Zähnen an. Er forderte sie mit einer Geste auf, zu ihm heraufzukommen. »*Come on, lady*«, sagte er. Doch Mathilde schüttelte nur lächelnd den Kopf und trat einen Schritt zur Seite. Sogleich nahm ein anderes Mädchen ihren Platz ein und schickte sich an, die Hand des Amerikaners zu ergreifen.

Plötzlich ertönte ein Dröhnen aus der anderen Richtung, und die Leute wandten die Köpfe. Ein Panzer hatte eine Runde im Ort gedreht und kam nun über den Quai Henri Chardon wieder zu den anderen zurück. Obenauf stand ein einzelner deutscher Kriegsgefangener, ein junger Bursche, Mathilde schätzte sein Alter auf höchstens achtzehn. Er war leichenblass und hielt die Hände hinter dem Nacken verschränkt.

Drei Männer aus dem Ort bauten sich sogleich vor dem Panzer auf. Sie trugen allesamt eine FFI-Armbinde, das Abzeichen der Résistance. Ganz offen bekundeten sie ihre Absicht, den Jungen zu verprügeln und zu misshandeln: »*He, sale petit boche, tu nous le paieras!* Dreckiger kleiner Boche, das wirst du uns büßen!« und »*On va pas te laisser partir!* Wir lassen dich nicht davonkommen!« Drohend reckten sie die geballten Fäuste in die Luft.

Die umstehenden Leute fielen augenblicklich in das Geschrei mit ein und machten ihrer Wut Luft, die der Anblick des Burschen bei ihnen auslöste. Als einer der Männer mit der Armbinde sich anschickte, den Panzer zu erklettern, drängten die Amerikaner den Deutschen kurzerhand aus der Schusslinie nach hinten auf den Boden.

Die beiden anderen zeigten auf das Haus von Monsieur Fichet, des Ladenbesitzers, am Anfang der Rue Varengue. »*C'est des boches*! Das sind Boches!«, riefen sie.

Die Amerikaner richteten das riesige Panzerrohr auf das Haus, doch da schaltete sich Abbé Gaslonde vehement ein und erklärte den Amerikanern, dass dort Franzosen wohnten, die unbewaffnet seien und garantiert keine kriegerischen Absichten hätten.

Der Aufruhr beruhigte sich langsam, und nach einer halben Stunde begann die Kolonne, weiter nach Norden Richtung Saint-Pierre-Église zu ziehen.

Da löste sich auf einmal ein junger Mann mit längerem Haar aus der Menge und sprang kurzerhand auf den letzten abziehenden Panzer auf. Kaum stand er sicher, zog er eine FFI-Armbinde heraus und streifte sie sich über.

Mathilde stand der Mund offen. Es war ihr Bruder Auguste, den sie im Untergrund vermuteten und den sie seit über einem Jahr nicht gesehen hatten.

Ende August zog man die Frauen zur Rechenschaft. Auf einmal gehörte jeder zur Résistance, die sogenannten Widerstandskämpfer übten sich in Schnelljustiz und schwangen sich zu Richtern über die Frauen auf, die sich in Abwesenheit der Männer mit den Deutschen eingelassen hatten. Man warf ihnen vor, sich prostituiert zu haben, »Horizontale Kollaboration« hieß die offizielle Anklage.

Drei Männer holten am Ende des Tages Mathilde von zu Hause ab und zwangen sie, mit ihnen zu kommen. Sie hatten sich die Trikolore um den Kopf gebunden und standen auf einmal bei ihnen im Hausflur. Ihre Mutter wollte Mathilde zu Hilfe kommen und stellte sich den Männern in den Weg, doch die stießen sie einfach zur Seite und packten Mathilde am Arm.

»*Faites quelque chose*! So tut doch etwas!«, schrie Célène den Leuten auf der Straße zu, als Mathilde abgeführt wurde, doch sie bewegten sich nicht.

Paulette stand schon draußen, sie hatten sie zuvor geholt. Ihre rotbraunen Haare leuchteten in der tiefstehenden Abendsonne. Mathilde warf ihr einen angstvollen Blick zu, und sie drückten sich kurz die Hände, bevor man sie ihnen auf dem Rücken zusammenband.

Auf dem Weg zum Rathausplatz holten die Männer noch vier weitere Frauen ab. Die aufgebrachten Dorfbewohner bildeten einen engen Kreis um sie herum und pferchten sie so auf wenigen Quadratmetern zusammen. Nur der Himmel über ihnen bot noch Raum. Mathilde sah nach oben in die Wolken. Ihr Kopf war leer, sie konnte nichts mehr denken.

Da trat ein Mann mit einer Haarschneidemaschine hervor und griff nach der Erstbesten. Es war Mathilde. Er drückte sie grob auf einen Holzschemel, setzte den Rasierer an, und zu dem sägenden Geräusch des Apparats regneten ihre dunklen Locken zu Boden. Bahn für Bahn pflügte der Haarschneider über ihren Kopf. Gedemütigt hielt Mathilde den Schädel gesenkt, bis dieser komplett rasiert war. Als der Mann sie hochriss und die Nächste drankam, stellte sie sich hinter die anderen Frauen. Sie vermied den Blick in die Gesichter der umstehenden Menschen.

Nach einer halben Stunde hatten alle sechs Frauen ihre Haare verloren. Wie eine Jahrmarktssensation führte man sie durch den Ort. Die Leute geiferten und klatschten, johlten und pfiffen. *»Putains de boches«*, schrien sie, »Deutschenhuren«. Sie wurden ausgelacht, beschimpft und bespuckt, und Mathilde versuchte sich vorzustellen, dass Watte in ihren Ohren steckte und sie nichts von alledem hörte.

Da fiel ihr Blick auf einen kleinen blonden Jungen am Straßenrand, der sich an die Beine einer älteren Frau klammerte. Man drängte sie zum Weitergehen. Es hätte Jean sein können, dachte Mathilde entsetzt und glaubte, ihr Herzschlag würde aussetzen. Als sie sich nach dem Kind umdrehte, konnte sie es nicht mehr sehen. Tränen liefen ihr übers Gesicht, sie wischte sich mit dem Handrücken über die Wangen.

Es war der beschämendste Augenblick ihres jungen Lebens. Innerlich legte Mathilde ein Geständnis ab über das einzige Verbrechen, das sie je begangen hatte: in Kriegszeiten den Feind zu lieben.

# 17.

*»Oui, allô?«*, fragte eine Männerstimme.

Mein Herz klopfte heftig. »*Bonjour*, entschuldigen Sie, dass ich Sie störe … Spreche ich mit Monsieur Jean Reynel?«

»Ja, am Apparat.«

»Mein Name ist Charlotte Berger, ich komme aus Deutschland. Ich hoffe, ich störe Sie nicht, aber ich hätte ein paar Fragen an Sie.«

»Ja?« Die Stimme klang misstrauisch.

»Verzeihen Sie meine Indiskretion, aber … ist es vielleicht möglich, dass Sie Jahrgang 1942 sind und Ihre Mutter Mathilde Duval hieß?«

Ich hörte den Mann atmen und befürchtete, er würde gleich wieder auflegen.

»Ja«, sagte er schließlich. »Aber ich verstehe nicht ganz, was Sie von mir wollen.«

Er war es! »Das kommt jetzt bestimmt sehr überraschend für Sie, Monsieur, aber Johann Berger war mein Großvater.« Ich sprach den Namen französisch aus, damit er mich besser verstand.

Er räusperte sich. »Johann Berger aus Berlin?«

»Ja, richtig. Johann Berger aus Berlin.«

»Hören Sie, falls wir tatsächlich von derselben Person sprechen …« Er unterbrach sich selbst. »Ich bin immer davon ausgegangen, dass Johann Berger im Krieg gefallen ist.«

»Nein, das stimmt nicht.« Ich spürte, wie Hitze in mir aufstieg. »Er war in Gefangenschaft und kam erst drei Jahre nach Kriegsende wieder frei. Er war verwundet, das ja, aber er hat Russland überlebt und ist erst 2001 gestorben. An Herzversagen.«

»2001 erst, sagen Sie?« Er machte eine Pause. »Wissen Sie, Madame Berger, dass ist jetzt alles ein bisschen viel für mich …«

»Das verstehe ich gut, Monsieur, und es tut mir auch sehr leid, Sie so zu überfallen.« Ich machte eine Pause. »Sie leben doch in Paris, oder? Könnten wir uns nicht treffen, dann wäre es vielleicht einfacher …«

»Ja, warum nicht?«, antwortete er gedehnt, als wäre er dabei, diese Möglichkeit zu überdenken. »Wann passt es Ihnen denn?«

»Eigentlich am besten gleich morgen Mittag. Im Moment bin ich noch in Barfleur, aber ich muss übermorgen wieder zurück nach Köln, und da liegt Paris …«

»In Barfleur, sagen Sie?« Er klang überrascht, die Ortsangabe schien seine Zweifel zu beseitigen.

»Ja, ich bin hier auf Ihre Spur gestoßen. Sagen Sie, waren Sie vor ein paar Tagen auch hier? In Begleitung zweier Mädchen?«

»Ja, das ist richtig, wir haben unsere Tochter besucht, sie wohnt in Saint Vaast La Hougue, ganz in der Nähe von Barfleur. Wie kommen Sie darauf? Haben Sie mich gesehen?«, fragte er.

Ich biss mir auf die Lippe. »Ich nicht, aber man hat es mir erzählt.«

»Hören Sie, wir können uns treffen«, sagte er. »Ich bin

ja in Rente, ich habe Zeit. Wir treffen uns morgen Mittag um zwölf, sagen wir im Café *La Rotonde* am Boulevard de Montparnasse … Kennen Sie das?«

»Nein, aber das ist kein Problem, das finde ich schon.«

»Ich werde einen Tisch auf meinen Namen bestellen. Ist das für Sie in Ordnung?«

»Ja, das ist großartig. *Merci beaucoup*, Monsieur, vielen Dank für Ihre Spontanität.«

»*A demain alors*, bis morgen, Madame.«

»*Au revoir.* Vielen Dank. Bis morgen.«

Minutenlang saß ich da, mit vor Anspannung geballter Faust. Bis mir siedend heiß einfiel, dass ich ihm meine Handynummer gar nicht gegeben hatte, falls er es sich doch anders überlegen sollte. Vielleicht war sie aber auch mit meinem Anruf auf seinem Apparat eingespeichert, dachte ich, dann hatte er sie sowieso.

Ich umkreiste mit einem Kugelschreiber die Telefonnummer, die mich zu Jean Reynel geführt hatte, und faltete die aus den Gelben Seiten herauskopierte Liste zusammen. Es war nicht schwer gewesen, ihn zu finden, ich hatte mit der Suche in Paris begonnen, und schon der dritte Teilnehmer, der abgehoben hatte, war der richtige gewesen. Reynel schien zum Glück kein besonders häufiger Familienname zu sein, im Gegensatz zu dem Vornamen Jean, der französischen Form von Hans – oder Johann. Er lebte im vierzehnten Arrondissement in Paris, und morgen würde ich ihn kennenlernen. Wir würden essen gehen, und das Puzzle würde sich endlich zusammenfügen. Ich spürte ein Glücksgefühl aufsteigen und blieb auf der Treppe sitzen, um mich zu sammeln. Meine Hände waren noch feucht vor Aufregung, ich rieb sie mir an meiner Jeans trocken.

Tante Anna lag dick in eine Decke eingewickelt in einer

sonnigen, windgeschützten Ecke und hielt Mittagsschlaf. Ihre weißen Haare leuchteten auf dem blauen Polster der Gartenliege, das Sonnenlicht fiel ihr ins Gesicht. Hinter mir ging die Tür auf.

»Hier bist du.« Sophie setzte sich zu mir. »Hast du ihn gefunden?«

Ich nickte. »Ja, stell dir vor, ich habe mich morgen mit ihm in Paris verabredet.«

»Das ist wunderbar, Charlie.« Sie umarmte mich. »Du strahlst richtig!«

»Ich werde euch vermissen.« Ich streichelte ihr über den Arm und sah hinüber zu Tante Anna auf ihrer Liege. »Was aus meinem Vater geworden ist, werde ich wohl nie erfahren.«

Sophie legte ihren Kopf auf meine Schulter. »Es tut mir leid, ich dachte wirklich, er ist es.«

»Hör auf, ich bin dir unendlich dankbar, dass du mich angerufen hast. Die Reise nach Barfleur war ungemein wichtig für mich, in vielerlei Hinsicht. Und die Sache mit meinem Vater ... Wer weiß, vielleicht lebt er wirklich mit seiner Geliebten in Südfrankreich? Ich werde aufhören, nach ihm zu suchen, Sophie. Es fällt mir schwer, es auszusprechen, aber entweder ist er tot, oder er hat sich für ein Leben ohne mich entschieden ... Ich muss jetzt für mich ein paar Entscheidungen treffen – und ich bin total aufgeregt, Jean morgen zu treffen und etwas über Mathilde und meinen Großvater zu erfahren ...«

»Du musst mir alles genau berichten. Und dann treffen wir uns bald wieder – in Köln, Frankfurt oder in Barfleur.«

»Das machen wir, versprochen.«

Sophie stand auf. »Der Espresso ist fertig. Kommst du?«

»Ja, ich komme.« Ich folgte ihr ins Haus.

In der Küche öffnete Sophie den Kühlschrank und ging davor in die Knie. »Ich habe Omas Geheimversteck der *macarons* entdeckt. Hier, ganz hinten, im untersten Fach hinter einer quer liegenden Milchflasche, man sieht sie wirklich kaum.«

Ich lachte. »Und ganz ohne Zettelchen hast du sie gefunden?«

»Ja.« Sophie griff nach dem doppelstöckigen Schächtelchen mit dem bunten Mandelgebäck und legte es auf den Tisch. »Sie hat sie aber auch wirklich gut versteckt.«

Ich setzte mich und wählte einen grünen *macaron* aus.

»Wie hat Jean denn reagiert?«, fragte Sophie und goss den Espresso in kleine Tassen.

»Er war sehr überrascht, klang misstrauisch und skeptisch, aber das ist ja auch klar nach so einer langen Zeit. Stell dir mal vor, du kriegst einfach so einen Anruf, dein Vater hätte all die Jahre noch gelebt, obwohl du dein Leben lang von seinem Tod ausgegangen bist …« Ich hielt mir die Hand vor den Mund und sah Sophie mit großen Augen an.

»So ähnlich ist es doch bei dir auch gewesen, Charlie.« Sie lächelte mich an. »Was für ein Glück, dass wir uns auf diese Weise wiedergetroffen haben.«

Ich nickte und biss in das Mandelgebäck. Es schmeckte herrlich nussig nach Pistazie. »Das kannst du laut sagen, Cousinchen.«

Sophie trank vom Espresso. »Was ist jetzt mit Matthieu?«

Ich zuckte mit den Schultern. »Ganz ehrlich, ich weiß es nicht. Wir treffen uns gleich noch, dann sehen wir weiter.«

»Liebst du ihn denn?« Sophie nahm die Schachtel und wählte einen beigefarbenen *macaron* aus. Karamell vielleicht.

»Gute Frage. Es wird sicher nicht mehr so sein wie vorher, wenn ich zu Gregor nach Hause komme. Dort anzuknüpfen, wo wir aufgehört haben, erscheint mir im Moment schwierig. Ich bin ziemlich verwirrt, aber – tief im Inneren erkenne ich langsam, dass Gregor nicht der Richtige ist.«

»Und Matthieu?«

Ich zuckte mit den Schultern. »Es fühlt sich zumindest so an …«

»Das ist doch schon mal was«, sagte Sophie und grinste.

Ich trank meinen Espresso aus. »Er überlegt, nach Barfleur zurückzukommen, die alte Bootswerft zu übernehmen und mit Antoine zusammenzuarbeiten. Es passt zu ihm, finde ich … Wie ist es denn bei dir? Bist du glücklich mit der Fernbeziehung, die du mit Antoine führst? Reicht es dir, ihn nur sporadisch zu sehen?«

»Wenn ich bei ihm bin, ja. Dann ist alles so intensiv, so genussvoll. Aber manchmal liegen die Besuche einfach zu weit auseinander, und ich habe solche Sehnsucht, dass ich kurzerhand einen Flug nach Cherbourg buche. Ich habe schon mehrmals versucht, die Sache zu beenden, aber ich werde immer wieder rückfällig …«

Die Haustür ging auf, und Anna kam herein.

»Na, Siesta schon beendet?«, fragte Sophie.

Sie nickte und kam zu uns an den Tisch. »Aha, ihr habt also meinen Vorrat gefunden. Vor euch kann man ja auch nichts geheim halten.«

Sophie sah mich verschwörerisch an. »Wir finden alles heraus, nicht wahr, Charlie?«

Ich legte unauffällig meinen Zeigefinger an die Lippen. Ich wollte nicht, dass Tante Anna von Jeans Existenz erfuhr, noch nicht. Er war zwar ihr Neffe, aber ich wusste ja noch gar nicht, ob er mit dem Rest der Familie überhaupt etwas zu tun haben wollte. »Tante Anna, ich mache mich morgen wieder auf den Heimweg nach Köln«, sagte ich.

Sie setzte sich. »Du fährst schon zurück? Musst du wieder arbeiten?«

»Ja, am Montag. Und vorher möchte ich noch jemanden auf halber Strecke besuchen. Sag mal – hast du zufällig ein paar Fotos von Großvater hier?«, fragte ich.

»Ja, oben in der Kammer ist eine Schachtel mit alten Bildern«, sagte sie. »Da müssten auch welche von Johann dabei sein. Du kannst dir nehmen, was du willst.«

»Das mache ich, danke.«

»Und vergiss die Mappe und die Erdbeermarmelade nicht.«

»Nein, keine Sorge.« Jetzt wollte ich es noch mal wissen. »Sag mal, Tante Anna, was weißt du von Mathilde … Hat Großvater nie versucht, sie wiederzufinden?« fragte ich sie.

»Johann war nie sehr gesprächig. Ich weiß aber, dass er nach Kriegsende hergefahren ist, um nach ihr zu suchen.« Sie überlegte einen Moment. »Niemand wusste etwas von ihr oder ihrer Familie, so ging er davon aus, dass sie den Krieg nicht überlebt hatte.«

Ich sah sie an, und mir fiel wieder auf, dass ein feiner Schleier über ihren Augen lag. Ich griff nach ihrer Hand und drückte sie fest. »Ich komme dich bald in Frankfurt besuchen«, sagte ich, »und diesmal lasse ich keine fünfzehn Jahre mehr ins Land gehen, das verspreche ich dir.«

»Das würde ich auch garantiert nicht mehr erleben.« Anna lachte.

Ich sah auf die Uhr, es war schon nach vier. In zwanzig Minuten wollte ich mich mit Matthieu treffen. »Ich muss euch jetzt alleine lassen.« Ich stand auf. »Zum Abendessen bin ich wieder zurück. Ich will morgen ganz früh los. Sophie, möchtest du, dass ich noch was mitbringe?«

»Nein danke, es ist alles da.« Sophie lächelte mich an. »Genieß du mal die Zeit mit Matthieu.«

Ich war natürlich zu früh da, es war ja nicht weit. Ich parkte an der Rue du Phare und stieg aus. Der Wind pfiff mir um die Ohren, es war nur noch ein anderes Auto auf dem Parkplatz. Ob der Leuchtturm überhaupt noch geöffnet hatte?, fragte ich mich. Immerhin war die Saison so gut wie vorbei. Die Sonne war verschwunden, die Wolken färbten sich fliederfarben. Ich knöpfte mir den Mantel zu und ging über den breiten Steg auf den granitfarbenen massiven Leuchtturm zu, der hoch vor mir aufragte. Das Meer rauschte gurgelnd, Möwen kreischten auf Felsbänken. Tief sog ich die salzige Luft ein, ich wollte mir am liebsten eine Nase davon mitnehmen.

Ich drehte mich um die eigene Achse, es war aber kein weiteres Auto gekommen.

Am Sockelgeschoss angekommen, öffnete sich auf einmal die Tür des Leuchtturms. Vincent stand vor mir.

»Da bist du ja«, sagte er.

»Ich verstehe nicht … Wussten Sie, dass ich komme?«

»Man hat es mir verraten«, sagte er geheimnisvoll.

»Und … und was machen Sie hier?«, fragte ich.

»Ein kleiner Zuverdienst.« Er rieb Zeigefinger und Daumen aneinander, dann steckte er sich eine Zigarette an und blies den Rauch in die Luft. Der Wind zerfetzte ihn sogleich wieder. »Eigentlich schließen wir bald«, sagte er. »Aber ich will mal ein Auge zudrücken.«

»Das ist nett.« Unschlüssig stand ich da. Eigentlich hatte ich mir vorgenommen, die Suche nach meinem Vater aufzugeben, aber es juckte mir in den Fingern, Vincent doch noch mal nach ihm zu fragen.

»Hast du gefunden, was du gesucht hast?« Er lächelte mich mit seinen braun verfärbten Zähnen an.

»Ja, nein … Sagen wir mal so, ich habe etwas gefunden, was ich nicht gesucht habe. Aber es ist in Ordnung. Sagen Sie mal, wie gut kannten Sie eigentlich meinen Vater? Sie haben ihn das letzte Mal einen Banditen genannt und gesagt, Sie hätten ihn immer gemocht.«

Vincent nahm einen Zug und kratzte sich am weißen Bart. »Will heißen, wir haben das eine oder andere Geschäft miteinander gemacht.«

»Was meinen Sie damit, welche Art von Geschäften?«

»Nichts Besonderes. Ich kenne die besten Muschelbänke, weiß, wo sich die Hummer verstecken – und wie man große Fische aus dem Meer zieht.«

»Sie haben ihm Fisch verkauft?«

Er grinste, und seine Augen blitzten. »Glauben Sie tatsächlich, er hat geangelt, wo er sich doch anderweitig vergnügt hat?«

Ich schüttelte ungläubig den Kopf, dachte an Yves, an Valérie. An all das, was ich in den letzten Tagen über ihn erfahren hatte.

»Er war ein Bandit, aber ein sympathischer.« Vincent blickte über meine Schulter. »Ah … da kommt er ja.«

Ich drehte mich um und sah, dass Matthieu den Kragen hochschlug und das Auto abschloss.

»Eine Frage hätte ich noch«, sagte ich zu Vincent, der mich aufmerksam mit glasklaren Augen betrachtete. »Sie sind doch aus Barfleur. Haben Sie als Kind etwas von den Besatzern mitgekriegt?«

Vincent trat die Zigarette aus. »Von den Besatzern nicht direkt, aber von den sogenannten Befreiern. Nein, das stimmt so auch wieder nicht, meine Mutter hatte eine unschöne Begegnung mit einem Amerikaner«, sagte er und spuckte auf den Boden. »Und ich bin das Ergebnis.«

Bevor ich weiterfragen konnte, kam Matthieu zu uns. Er begrüßte mich und strich mir eine Haarsträhne aus dem Gesicht. »*Ça va?*«, fragte er.

»*Oui, ça va*, es geht mir gut.«

Matthieu gab Vincent die Hand. »*Ça roule*? Alles im Griff?«

Vincent zog sich die Fischermütze ins Gesicht. »Wir sprachen gerade über die feinen Amerikaner … Kennt ihr das Graffito am Hafen? Ein paar von ihnen haben sich 1944 im frischen Beton verewigt. Wolynski, Benson, Shepherd, so hießen sie. Ich weiß das so genau, weil ich als Kind und Jugendlicher immer wieder hin bin und mir die Signaturen angeschaut hab. Sie gehörten wohl zu der Einheit, die sich um die Befestigung des Quais und den Nachschub an Munition, Fahrzeugen und anderem Material im Hafen gekümmert hat. Es ist vielleicht die einzige Spur meines Erzeugers.«

Ich pfiff durch die Zähne. »Das habe ich mir noch gar nicht überlegt, dass es auch französisch-amerikanische Paare in Barfleur gegeben hat.«

»Paare ist gut«, sagte Vincent und spuckte noch mal aus. »Ich kann froh sein, dass mein Erzeuger wenigstens kein Schwarzer war, sonst hätte ich mich auch noch mit Rassismus herumschlagen müssen«, sagte er. »Ich will nichts mehr davon wissen, ich habe deswegen schon genug gelitten in meinem Leben.«

»Ich kenne die Stelle am Quai«, sagte Matthieu und legte mir einen Arm um die Schultern. »Sie wollten sie sogar schon mal zubetonieren.«

»Man müsste sie vielmehr schützen als Zeugnis der Geschichte«, sagte ich und wandte mich wieder an den alten Mann. »Es tut mir leid, was passiert ist.« So wie es sich anhörte, schien es sich nicht gerade um eine einverständliche Liaison gehandelt zu haben. Im schlimmsten Fall war es sogar eine Vergewaltigung.

»Vincent, Sie haben immer einen Platz in meinem Herzen«, sagte ich. »Sie haben mir das Leben gerettet.«

Er grinste und entblößte wieder seine bräunlichen Zähne. »Ihr habt eine halbe Stunde«, sagte er. »Und fünf Minuten länger, falls es nicht ausreichen sollte.«

»Danke.« Matthieu griff nach meiner Hand und zog mich durch den Ausstellungsraum mit den Petroleumlampen und optischen Linsen, durch den man zur Wendeltreppe gelangte. Wir mussten hintereinandergehen, so eng waren die gewundenen Granitstiegen.

»Nach dir«, sagte Matthieu und machte eine Geste. »dreihundertfünfundsechzig Stufen, für jeden Tag des Jahres eine.«

Ich nickte und machte mich ans Treppensteigen. Zehn Minuten würde es dauern, hatte unten gestanden. Erst war es mir ein wenig unangenehm, dass ich vor ihm hinaufstieg, aber dann konzentrierte ich mich einfach auf den Marsch. Jede fünfundzwanzigste Stufe war mit roter Farbe markiert. Ich war aufgeregt wie damals, mein Herz klopfte mit jedem Höhenmeter mehr. Fünfundsiebzig, hundert. Durch die Schießscharte sah ich, wie viel wir schon nach kurzer Zeit an Höhe gewonnen hatten. Der kleine Sandstrand von Gatteville tauchte in meinem Blickfeld auf. Der Leuchtturm war der zweithöchste in Europa, hatte ich mal gelesen, zweiundsiebzig Meter war er hoch. Man konnte an klaren Tagen bis hinüber zur Calvadosküste sehen. Die Deutschen hatten nicht umsonst diesen Landstrich für ihre Bunker gewählt. Von hier konnten sie die ganze Küste überblicken. Angeblich hatten sie Baumpfähle küstennah ins Wasser gerammt, um die Landung alliierter Boote zu verhindern, das musste man sich mal vorstellen. Diese Verzögerungstaktik konnte doch nie und nimmer aufgehen …

Zweihundert, zweihundertfünfundzwanzig. Ganz früher gab es hier noch Leuchtturmwärter, das war sicher ein einsamer Job. Sie mussten die Kohlefeuer die ganze Nacht lang am Brennen halten, bis ein Öllampensystem und schließlich die automatische Beleuchtung, die elektronisch gesteuert wurde, sie ersetzten. Genau hier war die legendäre Raz de Barfleur, an der im Lauf der Jahrhunderte so viele Boote gekentert waren.

Ich hatte in den vergangenen vier Tagen viel Neues erfahren, aber alles hatte ich nicht klären können. Wann würde ich wohl wiederkommen?, dachte ich. Gab es eine gemeinsame Zukunft für Matthieu und mich?

Dreihundertfünfundzwanzig, dreihundertfünfzig, da war die Tür zur Plattform hinaus. Ich sah mich zu Matthieu um, der mit gleichmäßigen Schritten hinter mir herkam, und legte die Hand an den Messinggriff.

»Pass auf …«, sagte er schwer atmend, »dass dich keine Böe mitnimmt.«

Ich grinste. »Keine Angst, so leicht verliere ich nicht den Boden unter den Füßen.«

Wir traten durch die Tür, die sich wegen des Windes nur mit Kraftaufwand öffnen ließ. Der Anblick überwältigte mich. Vor uns lagen die Weite des Ärmelkanals, das grünblaue, klare Meer und die zerklüftete Küste. Dicht unter der Meeresoberfläche sahen wir die abgeflachten Steinplatten der hellen Felsen.

Matthieu stellte sich mit dem Rücken zum Wind und umfing mich von hinten mit seinen Armen. Er sagte nichts, ich spürte nur seinen festen Griff, mit dem er mich hielt.

Als ich mich zu ihm umdrehte, lächelte er mich an. Seine Haare wehten im Wind, er kniff die Augen zusammen und legte mir die Hand an die Wange. »*Je t'aime*, Charlotte. Ich liebe dich. Ich möchte dich nicht ein weiteres Mal verlieren. Wir sind jetzt fünfzehn Jahre weiter, wir sind erwachsen. Meinst du, wir kriegen das hin?«

Ich lächelte ihn an und umfing seine schmale Taille unter der dicken Cabanjacke. Auf einmal fühlte sich alles ganz leicht an. *Mit ihm* fühlte sich alles ganz leicht an. Ich war zuversichtlich. »Du wirst zurück nach Barfleur gehen, nicht wahr?«

»Ja, mein Leben ist hier. Ich spüre es, es wird Zeit für einen Wechsel.«

Ich sah auf das Meer hinaus, dann in Matthieus grüngraue Augen, und tiefe Ruhe breitete sich in mir aus. Er war mein Hafen, ich war angekommen. Ich wäre verrückt, wenn ich ihn wieder loslassen würde.

»Dann komme ich auch nach Barfleur«, sagte ich und konnte nicht fassen, wie leicht mir diese Worte über die Lippen kamen. »Ich möchte mit dir zusammen sein.«

»Das würdest du für mich tun?«

»Für uns, Matthieu. Für uns. Vielleicht finde ich einen Job im Museum in Cherbourg. Oder ich mache mich als Personensucherin selbständig, wer weiß? Irgendwer sucht doch immer irgendjemanden.« Ich hielt eine Haarsträhne fest. »Ich liebe dich, Matthieu. Ich habe dich immer geliebt.«

Er umfasste mein Gesicht mit beiden Händen, sah mir tief in die Augen und küsste mich, erst sanft, dann voller Leidenschaft. Der Wind pfiff um uns herum, wir drückten uns aneinander, unter uns toste das Meer.

Eine Möwe flog dicht an uns heran, sie kreischte, und wir sahen beide auf. Unsere Augen trafen sich.

Er sah mich forschend an.

»Du willst wissen, was ich gerade denke?«, fragte ich und lachte. »Nichts, Matthieu. Ich bin einfach nur glücklich.«

# Paris, Frühling 1949

Mathilde zündete vier dünne weiße Kerzen an und steckte sie in das mit Sand gefüllte Blech. Sie kniete sich vor die Chapelle de la Vierge im Scheitelpunkt von Saint Sulpice und gedachte ihres Vaters und ihres jüngeren Bruders Alphonse, die im September 1944 bei einer Minenexplosion ums Leben gekommen waren, kaum dass sie selber Barfleur verlassen hatte. Mathilde hatte die schreckliche Nachricht erst Wochen später erfahren, da auch in der Zeit nach der Befreiung die Nachrichtenvermittlung nur schleppend lief. So hatte sie ihrer Mutter nicht beistehen können.

Niemand hatte sagen können, warum Alain und Alphonse die Stacheldrahtabsperrungen an der Küste überwunden hatten. Sie verstand bis heute nicht, warum sie die mit Totenköpfen versehenen Warnschilder ignoriert hatten. Alphonse hatte zwar davon gesprochen, dass er die Verminung der Küste für einen Bluff hielt, aber warum der Vater ihn auf diesem gefährlichen Gang begleitet hatte, hatten sie und die Mutter nie herausgefunden. Vielleicht war Alain betrunken gewesen, und sein jüngster Sohn hatte ihn überredet, diesen Weg zu den Bunkern von Gatteville zu nehmen, um sich für das Fischerboot etwas von dem Treibstoff zu sichern, den die Deutschen dort angeblich zurückgelassen hatten.

Der ersten Explosion war eine zweite gefolgt, bei der

Abbé Gaslonde verstorben war. Es hatte ihn regelrecht in der Mitte zerfetzt. Ein Arbeiter hatte ihn wohl noch abhalten wollen, dorthin zu gehen, doch der Pfarrer von Barfleur hatte darauf bestanden, Vater und Bruder, die am Strand im Sterben lagen, die Letzte Ölung zu geben. Abbé Gaslonde war in guter Absicht, aber offenen Auges in sein Schicksal gelaufen.

Die dritte Kerze galt ihm.

Mathilde sah zur Skulptur der Heiligen Jungfrau Maria hinauf, die sich mit dem Jesuskind auf dem Arm imposant zwischen den Marmorsäulen über die Schlange des Bösen erhob. Die Mariendarstellung wirkte dramatisch wie ein Theaterbild. Der Abbé ist ein außergewöhnlich couragierter Mann gewesen, dachte sie. Knapp fünf Jahre war es jetzt her, dass er sie und die anderen Frauen vor einer Haftstrafe bewahrt hatte. Redegewaltig hatte er sich für sie eingesetzt, hatte ihre Würde verteidigt und gemeinsam mit dem Bürgermeister dafür gesorgt, dass die wütenden Bürger von Barfleur die geschorenen Frauen freiließen.

Dass sie damals in aller Öffentlichkeit so gedemütigt worden war, setzte Mathilde immer noch zu. Noch so manches Mal sah sie sich wie in einem Alptraum von den hämischen Gesichtern umringt, die sie auf der Straße bedrängt hatten. Mathilde war froh über die Anonymität der Großstadt, die Leute wussten nichts über ihre Vergangenheit, und ihre Locken waren längst wieder nachgewachsen. Sie trug die Haare nun schwingend bis über die Schultern, die Spitzen mit einem Rundstab nach innen eingedreht. Noch gut erinnerte sie sich an ihren ersten Friseurbesuch im Quartier, als sie sich einen Kurzhaarschnitt schneiden ließ. Ihre Locken hatten ihr einen Strich durch die Rechnung gemacht, denn die Frisur entsprach nicht ganz dem

Ideal eines glatten Bubikopfes. Dennoch hatte sie sich um Längen besser gefühlt.

Gleich nach ihrer Freilassung damals hatte Mathilde Jeans Pflegemutter den verbliebenen zweiten Goldzahn gebracht und damit ihre Betreuungsschulden beglichen. Sie hatte Jean buchstäblich ausgelöst, die Koffer gepackt und sich mit ihrem zweijährigen Sohn kurzerhand auf den Weg nach Paris gemacht. Im provinziellen Barfleur hatte Mathilde keine Zukunft mehr für sich und ihr Kind gesehen. Alle kannten sie. Sie musste raus. Sie wollte leben, sie wollte atmen. Auch wenn es weit weg vom Meer wäre und sie eine ledige Mutter bliebe, hatte sie sich gesagt, könnte sie dort wenigstens ganz neu anfangen. »Verkaufe das Gold erst, mein Kind, wenn du dir damit einen Traum erfüllen kannst.« Mathilde lächelte bei dem Gedanken an diese Worte. Sie waren vor so langer Zeit gefallen, aber sie hatte sie sich zu Herzen genommen.

Die vierte Kerze im Sand war für ihre Großmutter Josephine.

Mathilde hatte mit ihrem Sohn zusammen ein Zimmer zur Untermiete in der Rue Férou im sechsten Arrondissement bezogen. Die Wurzeln der Vermieterin Madame Marin lagen im Cotentin, deswegen war sie ihre erste Anlaufadresse in Paris gewesen. Mathildes Auftritt mit Kind und kaschierendem Kopftuch sprach Bände, aber Madame Marin war diskret und hatte ihr eine peinliche Befragung erspart. Sie verfügte über eine Handvoll Zimmer auf der oberen Etage und hatte sicher schon viele Leute kommen und gehen sehen.

Mathilde erwies sich als zuverlässige und seriöse Untermieterin, sie hatte keinerlei Herrenbesuch und bezahlte die ersten Monatsmieten im Voraus von dem Geld, das ihre Mutter ihr beim Abschied zugesteckt hatte. Célène hatte ihre Tochter nur ungern ziehen lassen, musste sie doch fortan ihr Leben ganz allein bestreiten. Der Mutter blieb aber eine gewisse finanzielle Grundlage, denn Alain hatte ihr so manche Flasche teuren Alkohol aus Schwarzmarktgeschäften hinterlassen, die sie nach und nach unauffällig, aber gewinnbringend unter die Leute brachte. Mathilde hatte ihrer Mutter angeboten, nach Paris nachzukommen, aber Célène hatte abgelehnt. »*On ne déracine pas un vieil arbre*«, hatte sie gesagt, »einen alten Baum verpflanzt man nicht«, und war doch im nächsten Jahr zu ihrer Schwester Philomène ein paar Kilometer weiter die Küste hinunter nach Saint Vaast La Hougue gezogen. Es war ihr im Haus zu einsam geworden.

In der ersten Zeit war Mathilde oft an die Seine hinuntergegangen, meist bis zum Pont Neuf. Der sich träge durch die Stadt bis nach Le Havre dahinziehende Fluss hatte sie magisch angezogen. Reglos hatte sie an die steinerne Brüstung gelehnt dagestanden, den Blick starr nach unten auf das Wasser gerichtet, und einmal hatte sie ein Mann angesprochen, ob sie Hilfe brauche. Er schien zu befürchten, sie würde sich hinunterstürzen, und war schnellen Schrittes herbeigeeilt und hatte sie am Arm gefasst. Mathilde hatte ihn zuerst nur verständnislos angesehen, dann hatte sie den Kopf geschüttelt und ihn beruhigt, dass alles in Ordnung sei. Dass sie nur das Wasser und seine fließenden Bewegungen so schrecklich vermisste, hatte Mathilde ihm nicht gesagt.

Die Rue Férou war eine kleine ruhige Straße, die zwischen Saint Sulpice und dem Jardin du Luxembourg lag. Gern ging Mathilde mit Jean in den großen Stadtpark, er war ihnen wie ein riesiger animierter Garten. Sie setzten sich bei schönem Wetter auf eine lackierte Bank im Schatten einer ausladenden, mächtigen Kastanie, Mathilde zeichnete ein wenig, während Jean seine Hausaufgaben machte, dann wieder schauten sie den Männern beim Schachspiel über die Schulter. Und wenn Mathilde etwas Kleingeld übrig hatte, gingen sie zum Marionettentheater oder zum Modellbootverleih am zentralen Bassin mit der Fontäne. Jean suchte sich dann ein schmales Boot mit weißem Segel aus, das er stolz vom Beckenrand aus ins Wasser ließ und mit einem Stöckchen wegstieß, sobald es sich wieder an anderer Stelle dem Rand näherte. Mathilde war glücklich, wenn sie ihre Hand ins kühle Wasser hielt, sich die Sonne in den kleinen Wellen brach und sie ihren Sohn inmitten der anderen kurzbehosten Jungen spielen sah.

Sie war selbst überrascht, wie schnell sie das großstädtische Leben lieben gelernt hatte, den geschäftigen Verkehr auf den Straßen, die breiten Avenuen und die reichverzierten Fassaden mit den schmiedeeisernen Balkonen. Sie bewunderte das hübsch aufgemachte Angebot in den Ladenvitrinen und die schmucke, vielfältige Garderobe der Damen. Mit tiefen Atemzügen nahm sie das Zusammenspiel der Farben und Stimmen in der Luft in sich auf.

Mathilde ging zum Putzen, bis sie im frisch renovierten Théâtre de l'Odéon gleich um die Ecke Arbeit an der Garderobe fand. Hier war im letzten Jahrhundert Sarah Bernhardt aufgetreten, dachte sie voller Ehrfurcht und nahm an mehreren Abenden pro Woche die Mäntel der Pariser Bourgeoisie entgegen. Voller Bewunderung strich Mathilde über die feinen parfümierten Pelzkragen und seidigen Schals, und wenn sie den Empfangsschein aushändigte und die Mäntel auf gepolsterte Bügel hängte, sog sie manchmal heimlich ihren Duft ein. Was machte sie nur unter all diesen vornehmen Leuten, wo sie doch aus der Provinz kam und mit ihrer Mutter jahrelang Fische geräuchert hatte?, fragte sich Mathilde manchmal, wenn sie ihren Kittel überzog und ihren Dienst antrat.

Ihr Kollege Eugène, ein schmaler Pariser mit hoher Stirn und festem dunklem Haar, machte Mathilde augenscheinlich Avancen. Er lud sie an freien Abenden ins Kino ein oder zu einem Spaziergang an der Seine entlang. Sie aber hielt sich mit Zusagen und Versprechungen zurück. Er war nicht der Richtige, das spürte Mathilde. Ihr Herz war noch immer nicht frei, auch wenn sie zugeben musste, dass ihr die Frage nach einer langfristigen Lösung mit einem Versorger im Haushalt durch den Kopf ging. Sie wollte ihrem Sohn aber nicht irgendeinen Stiefvater und sich selbst eine halbherzige Liebe aufbürden.

Jean sah seinem Vater so unglaublich ähnlich, dass ihr manchmal bei seinem Anblick schwindelig wurde. Er hatte ähnliche Gesten wie Johann, auch turnte er schon mal behände im Zimmer herum und brachte sie damit zum Lachen. Es kam vor, dass sich Mathilde in einsamer Stunde ihren Träumereien hingab und Johann spätabends im Schein der Straßenlaterne wie eine Fata Morgana in ihrem Zimmer auftauchen sah. Das verwirrte sie zutiefst und raubte ihr den Schlaf.

Eugène ließ nicht locker und versuchte es mit kleinen Geschenken und Gefälligkeiten. So manches Mal ließ er nach Vorstellungsbeginn die Tür zum Saal Luxembourg einen Spalt offen stehen, so dass Mathilde das Theaterstück mitverfolgen und dem Ensemble der Comédie Française zusehen konnte. Wenn nicht alle Plätze besetzt waren, ließ er sie auch schon mal ganz hinten unter der Empore sitzen. Aufmerksam und mit angehaltenem Atem verfolgte Mathilde dann die Wiederaufnahmen der Klassiker von Racine, Corneille und Molière, aber auch das moderne Repertoire von Pirandello und Cocteau hatte es ihr angetan. Sie bewunderte die Schauspieler in ihren Kostümen auf der Bühne und sog die reine Sprache in sich auf. Das Herz ging Mathilde auf, endlich saß sie an der Quelle und erhielt die geistige Nahrung, die sie so sehr beglückte.

Ein festes Mitglied des Comédie-Ensembles hatte es Mathilde besonders angetan. Mit einzigartiger Glaubwürdigkeit, wie sie fand, hatte er im letzten Jahr die Rolle des Sosie in Molières *Amphitryon* verkörpert. Der erste Preis für Klassisches Schauspiel, der ihm verliehen wurde, war in ihren Augen absolut gerechtfertigt, denn natürlich las sie auch die Kritiken nach der Premiere. Wenn der Vorhang fiel und Applaus erklang, huschte Mathilde schnell wieder zurück an ihren Platz und zog die Schranke an der Garderobe hinter sich zu. Meist machte sie sich nach der Aufführung mit klimpernden Münzen in der Tasche beschwingt auf den Nachhauseweg, wobei sie sich zuvor vergewisserte, dass Eugène ihr auf der kurzen Strecke nicht nachstellte.

Die Vermieterin Madame Marin, eine kinderlose Witwe mit einem gewissen Vermögen und einem großmütterlichen Herzen, hatte schon nach wenigen Tagen einen besonderen Draht zu Jean gehabt, er durfte sie in ihrer Wohnung besuchen und ließ sich auch abends von ihr umsorgen, wenn Mathilde außer Haus war. Madame Marin spielte mit ihm Schach und steckte ihm süße Karamellbonbons zu. Die beiden leisteten sich gegenseitig Gesellschaft. So kam es vor, dass Jeans Bett leer war, wenn Mathilde spätabends heimkam, und er unten auf Madame Marins Kanapee mit einem Samtkissen unter dem Kopf und einer Decke über den Knien eingeschlafen war.

Mathilde stieg die Treppe hinauf und drehte den Schlüssel im Schloss herum. Sie war in Gedanken, dachte noch über die Inszenierung nach, als sie die Tür aufdrückte. Da stand Jean im Pyjama vor ihr, das diffuse Licht des Hausflurs fiel auf sein sorgenvolles, verschlafenes Gesicht. Eine Haarsträhne stand nach oben, er blinzelte.

»Kind«, murmelte Mathilde erschrocken und schloss die Tür hinter sich. »Hast du schlecht geschlafen?« Sie ging vor ihm in die Knie und umarmte ihn.

Er umschlang sie einen Moment lang mit seinen Armen, dann drückte er sie auf einmal von sich weg. »*Maman,* wer ist mein Vater?«, fragte er. Seine Stimme war laut an ihrem Ohr.

»Jean, wie kommst du denn jetzt darauf?« Mathilde stand auf, zog sich den Mantel aus und hängte ihn an den Haken hinter der Tür.

»*Maman,* sie haben mich *fils de boche* genannt!«

Mathilde schluckte. Sie nahm ihn an der Schulter und führte ihn zu seinem Bett, das mit einem Vorhang von der Stube abgetrennt war. Jean legte sich hinein, Mathilde knipste die Bettlampe an und setzte sich zu ihm. Über dem Bett hing ein gerahmtes Aquarell aus dem Jardin du Luxembourg, es zeigte die Modellboote in leuchtenden Farben auf dem Wasser, durch die Perspektive wirkten sie wie die großen Schiffe auf dem Ärmelkanal. Mathilde hatte das Bild für Jean gemalt, und sie fand, dass es ihr ganz gut gelungen war. Auf dem Nachtkästchen standen noch immer die kleinen Papierfiguren, die sie vor Jahren für ihn gefaltet hatte. Jean hing daran, er spielte nach wie vor damit.

Er ist groß geworden, dachte Mathilde und strich die

Bettdecke glatt. Schon bald würde er die ganze Matratze ausfüllen. Sie würde es ihm sagen müssen. Er war sieben Jahre alt, er würde nicht lockerlassen. Seit einigen Monaten hatte er immer wieder Fragen zu seiner Herkunft gestellt, hatte wissen wollen, warum er nur eine Mutter hatte und keinen Papa wie die anderen und auch nur eine einzige Großmutter, die er nicht einmal richtig kannte. Sie war ihm ausgewichen.

»Jean …« Mathilde atmete tief durch. »Dein Vater … Er war ein Soldat. Ein deutscher Soldat.«

»Ah ja?« Etwas anderes sagte er nicht.

Mathilde strich ihm das Haar aus dem Gesicht und küsste ihn auf die Stirn. Mit seinen blonden Haaren und den blauen Augen war Jean schon länger Zielscheibe seiner Mitschüler gewesen. Er war von Anfang an ein eifriger Schüler gewesen, auch deswegen mochten ihn die anderen nicht besonders. Dass nun ausgerechnet sie es waren, die ihn auf die Spur des deutschen Vaters gebracht hatten, ärgerte Mathilde. Oder hatten die Lehrer damit angefangen? Wieder spürte sie die alten Ressentiments, die Vergangenheit schien sie einzuholen.

»Er hieß Johann und wohnte in Berlin«, fuhr Mathilde fort. »Als Krieg war, wurde er Soldat und kam mit den ersten Deutschen in die Normandie. Irgendwann liefen wir uns über den Weg, das Dorf war ja sehr klein. Johann war groß, hatte breite Schultern und eine schöne Uniform an.« Sie lächelte. »Er konnte jonglieren und auf den Händen laufen.«

»War er ein Akrobat?«, fragte Jean.

»Ja, so etwas Ähnliches«, sagte Mathilde. »Weißt du, ich war jung, wir haben uns geliebt. Er hat dich in den Armen gehalten, als du ein Baby warst.«

Jean hing an ihren Lippen. »Er wusste von mir? Warum ist er dann nicht bei uns geblieben?«

»Das ging nicht, *mon chéri*, es war Krieg! Er durfte nicht bleiben. Ein paar Monate nach deiner Geburt musste er nach Russland an die Front.«

Sie stand auf und stellte sich ans Fenster. »Ich habe nie wieder etwas von ihm gehört.«

»Ist er tot?«, fragte Jean.

»Ja, ich denke schon«, sagte Mathilde. »Wir müssen uns wohl damit abfinden. Alles was uns bleibt, ist ein Foto von ihm.«

# 18.

Ich ging an den roten Bistrostühlen draußen vorbei, Heizpilze standen auf der Terrasse bereit für die kühleren Abende. Mit Herzklopfen drückte ich die Tür zur Brasserie *La Rotonde* auf. Hinter dem starren Vorhang zögerte ich noch einen Augenblick, dann schob ich ihn auf und trat ein. Stimmengewirr umfing mich, einen Moment lang fühlte ich mich verloren, dann eilte auch schon ein schwarz-weiß gekleideter Kellner auf mich zu und begrüßte mich.

»*Bonjour*«, sagte ich. »Ein Tisch ist reserviert auf den Namen Reynel.«

»*Ah oui*, Monsieur ist schon da.« Der Kellner führte mich an vielen Tischen vorbei zu einer kleinen Sitzecke, in der ein Mann mit weißem Haar und schwarzer Brille die Speisekarte las.

Als er den Kopf hob und mich bemerkte, wurde mir schwindelig. Ich hielt mir eine Hand vor den Mund, mit der anderen griff ich nach der Stuhllehne. Es war der Mann von dem Foto, eindeutig …

»Charlotte!« Jean erhob sich und schob sich die Brille auf die Stirn. Er war schick angezogen, wie ein gutsituierter Pariser, stellte ich fest, hatte die gleiche imposante Größe, wie mein Vater und auch mein Großvater sie gehabt hatten. Ich ließ die Hand sinken, er griff nach meinen Schultern und drückte mir auf herzliche Art zwei Küsse auf die Wangen. »Ich freue mich sehr«, sagte er auf Deutsch mit französischem Akzent, und ich nahm an, dass er den Satz auswendig gelernt hatte. »Leider sind meine Sprachkenntnisse nicht so gut, dass ich unsere Konversation auf Deutsch bestreiten könnte.«

Ich lächelte ihn an. Wir standen uns gegenüber, um uns herum leises Stimmengewirr, und ich konnte kein Wort sagen, konnte den Blick nicht von ihm nehmen. Meine letzten Zweifel verflogen in diesem einen Moment. Am liebsten hätte ich mich in seine Arme geworfen. Aber obwohl mir sein Äußeres so vertraut war, war er ja ein fremder Mann. Eine verrückte Situation.

»Ich freue mich auch sehr«, sagte ich schließlich und schüttelte ungläubig den Kopf. »Sie sehen ihm so ähnlich – meinem Großvater, meinem Vater, der ganzen Berger-Familie.« Es ist derselbe Menschenschlag, dachte ich erschüttert.

Jeans Augen füllten sich mit Tränen, er schluckte sie hinunter, das sah ich. Er hatte die gleichen blaugrauen Augen, das glatte, feste Haar, das ein wenig in den Nacken hinunterwuchs, sogar das Grübchen fand ich in seinem Kinn wieder. Er war vielleicht eine Spur schlanker, als mein Großvater es zuletzt gewesen war, aber ich sah sofort, dass sie in direkter Linie miteinander verwandt waren.

»Wollen wir uns nicht duzen?« Jean nahm mir den Mantel ab.

»Gerne, das ist eine gute Idee.« Ich setzte mich auf die mit rotem Plüsch gepolsterte Bank und legte meine Handtasche ab.

»Liliane, meine Frau, lässt sich entschuldigen. Sie fühlt sich heute leider nicht sehr gut, ich soll dich aber herzlich grüßen.« Jean setzte die Brille auf.

»Ich hoffe, es ist nichts Ernstes«, sagte ich.

»Nein, nein, es wird schon wieder.«

»Kommen Sie … Kommst du öfter hierher?«, fragte ich und sah mich um. Ich wusste nicht so recht, was ich sagen sollte, und begann lieber mit etwas Unverfänglichem. Die kleinen Lampen im Gastraum verströmten warmes Licht, die holzgetäfelten Wände wirkten heimelig. An den Wänden hingen ausgewählte Kunstdrucke. »Es ist schön hier.«

»Ja, ich bin öfter hier, ich wohne nicht weit, im Vierzehnten. Das Café wurde früher oft von Künstlern frequentiert, vor allem die Surrealisten trafen sich hier in den zwanziger Jahren. Du bist Kunsthistorikerin, stimmt's?«

Ich sah ihn erstaunt an. »Ja, woher weißt du das?«

Er lachte. »Ich habe mich informiert, wollte ein bisschen vorbereitet sein, wenn wir uns treffen. Ich habe einen Artikel über eine Ausstellungseröffnung in einem Kölner Museum gefunden, und es war darin die Rede von einer gebürtigen Berlinerin Charlotte Berger. Leider haben meine Sprachkenntnisse nicht ganz ausgereicht, um alles zu verstehen …«

»Das hast du gefunden?«, fragte ich überrascht.

»Ich recherchiere einfach gern. Du musst wissen, ich bin Anwalt, oder besser gesagt, ich war es. Ich bin seit ein paar Jahren im Ruhestand und habe endlich genug Zeit, in Ausstellungen zu gehen. Meine Mutter interessierte sich sehr für Kunst. Sie malte, töpferte, machte eine Schneiderlehre, nachdem sie jahrelang im Theater an der Garderobe gesessen hatte. Sie wollte praktisch arbeiten und lernte dabei meinen Vater kennen, meinen Stiefvater vielmehr, Eric Reynel, einen Theaterregisseur …«

Der Kellner kam an den Tisch. »Möchten Sie einen Aperitif?«

»Ja, warum nicht. Was nimmst du?«, fragte ich Jean.

»Champagner?«

»Ja, sehr gerne.«

Jean bestellte und sah mich über seine gefalteten Hände hinweg an. Er trug einen dünnen goldenen Ehering. »Meine Mutter hat mit ihren Kontakten als Bühnenbildnerin Fuß fassen können, Eric hat sie immer gefördert … Er hat mich adoptiert und wie seinen eigenen Sohn behandelt. Ich hatte Glück in dieser Hinsicht. Meine Eltern haben geheiratet, als ich neun war, im Jahr darauf, 1953, wurde Catherine geboren.«

»Du hast eine kleine Schwester?«

»Klein ist relativ, sie ist auch schon in Rente! Sie lebt in der Bretagne, in Nantes, wir sehen uns nicht allzu oft.«

Sein Handy läutete. »Entschuldige bitte, Charlotte.«

»Kein Problem.«

Er nahm das Gespräch entgegen. »*Oui, oui, tout va bien.* Alles in Ordnung. *Oui, c'est bien lui.* Er ist es sicher … Bis später, *chérie.*« Er legte auf und steckte das Telefon wieder weg. »Das war Liliane. Sie hat sich Sorgen gemacht.«

»Das verstehe ich, immerhin bekommt man nicht jeden Tag einen solchen Anruf«, sagte ich. »Wann hat Mathilde dir gesagt, dass dein Vater ein deutscher Soldat ist?«

»Wir lebten in der Rue Férou, einer kleinen Straße zwischen Saint Sulpice und dem Jardin du Luxembourg, in einem winzigen Zimmer zur Untermiete, ich muss ungefähr sieben oder acht Jahre alt gewesen sein. Ich spürte, dass etwas mit mir nicht stimmte, weil meine Haare und meine Augen heller waren als die der anderen Kinder, ich war früher blond, musst du wissen. Die Mitschüler tuschelten über mich. Ich konnte keinen Vater vorweisen, der mich nach Schulschluss abholte oder beim Jahresabschluss mit dabei war. Ich habe meinen leiblichen Vater sehr vermisst. Zumindest in den ersten Jahren, später hatte ich ja meinen Stiefvater. In der Grundschule wurde ich wohl zum ersten Mal mit dem Vorwurf konfrontiert, ein *fils de boche* zu sein.« Er räusperte sich, die Beschimpfungen berührten ihn sichtlich noch immer.

Der Kellner brachte uns den Champagner und stellte ein Schälchen Oliven dazu.

»Santé, Charlotte!« Jean nahm sein Glas und stieß mit mir an. Er sah gerührt aus. »*A notre rencontre*, auf unser Kennenlernen.«

»*A ta santé*, auf dich, Jean!« Der Champagner perlte köstlich auf meiner Zunge, und ich spürte bereits nach einem Schluck, wie sich meine Anspannung löste. »Ich habe von heute auf morgen einen Pariser Onkel gewonnen, das ist doch großartig.«

Jean lächelte, der Bann zwischen uns schien gebrochen. »Und ich eine deutsche Nichte«, sagte er, »und eine so hübsche noch dazu.«

»Danke für das Kompliment«, sagte ich. »Wie ist es dir denn damit ergangen? Ich meine, weil du einen deutschen Soldaten als Vater hattest? War es schwierig für dich?«

»Nein, gar nicht«, sagte er und pikte eine Olive mit dem Zahnstocher auf. »Meine Mutter hat nur positiv über ihn gesprochen. Ich hab die Deutschen immer verteidigt, habe versucht, die Sprache zu lernen, leider bin ich dafür nicht sehr talentiert. Ich war sogar in Berlin, nach dem Mauerfall, zusammen mit meiner Frau … Nachdem sich Johann in den Jahren nach Kriegsende nicht mehr bei meiner Mutter gemeldet hatte, gab sie irgendwann die Hoffnung auf, dass er noch leben könnte. Sie war in großer Trauer gewesen, denn für uns war er im Krieg an der russischen Front gefallen.«

»Wie gesagt, er kam erst 1948 nach Berlin zurück«, sagte ich. »Und im nächsten Jahr schon hat er meine Großmutter geheiratet.«

»Da hat sie noch immer auf ihn gewartet.« Jean trank vom Champagner. »Auch wenn es weh tut, zu hören, dass er gleich eine neue Familie gegründet hat … Er hatte doch Kinder, oder?«

»Er hatte einen Sohn aus dieser Ehe, meinen Vater. Er hieß David, wurde 1950 geboren.«

»David …«, sagte Jean und blickte mich eindringlich an. »Er lebt nicht mehr, oder?«

»Er ist vor fünfzehn Jahren verschwunden. Ich weiß ehrlich gesagt nicht, ob er gestorben ist, er fuhr aufs Meer zum Raz de Barfleur hinaus und kam nicht mehr zu uns zurück … Mein Großvater, Johann, wollte sich nicht damit abfinden und ist noch wochenlang mit dem Boot rausgefahren, um nach ihm zu suchen. Man könnte es so sehen, als hätte er das zweite Mal einen Sohn verloren.«

Traurig schüttelte Jean den Kopf. »Das ist tragisch.« Er zog ein Taschentuch heraus und schnäuzte sich.

»Ein Jahr darauf ist er dann gestorben.«

»An Herzversagen, sagtest du?«

»Ja.«

Jean lächelte schief. »Das ist gut zu wissen, ein Grund mehr, regelmäßig mein Herz untersuchen zu lassen.«

»Ja, mach das, das ist wichtig!«

Wir schwiegen einen Moment, dann sagte ich: »Ich würde gerne noch etwas über Mathilde wissen, über die Zeit nach der Befreiung … Ich habe gehört, dass sie auch ein Opfer der ›wilden Säuberung‹ geworden ist, dass sie zu den geschorenen Frauen gehört hat.«

Jean machte eine abfällige Handbewegung. »Ein dunkles Kapitel in der französischen Geschichte. Es ist wirklich eine Schande, wie die sogenannten August-Widerstandskämpfer sich an den Frauen gerächt haben … Es sind schlimme Dinge geschehen in diesem Rechtsvakuum nach der Befreiung. Meine Mutter hat mir davon erst in ganz späten Jahren erzählt. Sie hat das Erlebnis ihr Leben lang mit sich herumgetragen.«

»Ich war schockiert, als ich Bilder davon gesehen habe«, sagte ich. »In Barfleur habe ich mit einer Frau sprechen können, deren Mutter mit Mathilde damals befreundet war. Kennst du Paulette?«

»Nein, nicht dass ich wüsste. Meine Mutter wollte damals so schnell wie möglich weg aus Barfleur, sie wollte neu anfangen in Paris.«

Ich aß eine Olive. »Um dann aber doch wieder in ihrem Heimatort begraben zu werden.«

»Ja, bei ihrer Mutter und ihrer Großmutter. Das war ihr irgendwie wichtig. Auch wenn sie zu Lebzeiten meines Wissens nie wieder nach Barfleur zurückgekehrt ist.«

»Sie ist früh gestorben, 1978 schon …«

Er nickte. »An einer verschleppten Lungenentzündung. Sie hat sich nicht mehr erholt.«

»Das tut mir leid …« Ich trank einen Schluck, und wir schwiegen einen Moment. »Hast du eigentlich jemals ein Bild von Johann gesehen?«

»Ja, ein einziges. Mein Leben lang habe ich nur dieses eine Foto gehabt, ein ganz offizielles in Soldatenuniform.« Er griff nach seiner Brieftasche, zog ein zerknittertes Foto heraus und schob es mir zu.

»Ich kenne es«, sagte ich lächelnd. »Das ist dann wohl der ultimative Beweis dafür, dass wir von derselben Person sprechen. Es ist das offizielle Armeefoto, das ich auch dabeihabe.« Ich holte den Briefumschlag aus meiner Handtasche und zog das erste Foto heraus, das tatsächlich identisch war mit seinem. »Da war er gerade mal zwanzig Jahre alt.«

»Ein schöner Mann …« Jean schnaubte und schob beide Fotos nebeneinander. »Jahrzehntelang habe ich mich an diesem Bild festgeklammert, und jetzt gibt es ein zweites davon.«

»Man sieht dem Foto an, wie wichtig es dir war«, sagte ich. »Es ist ganz zerknittert und verblichen …«

Der Kellner kam wieder an den Tisch. »Haben Sie gewählt?«

»Einen Moment noch«, sagte Jean zu ihm. »Willst du in die Karte sehen? Ich weiß schon, was ich nehme.«

»Gerne.« Während Jean die letzte Olive aufpikte, griff ich nach der Speisekarte und ging das Menü durch. Vieles hörte sich verlockend an, ich entschied mich schließlich spontan für ein Fischfilet, ein *filet de bar poêlé au citron* mit Wildreis, das machte mir Appetit und ließ sich leicht essen.

Als Jean hörte, was ich bestellte, sah er mich an. »Willst du keine Vorspeise?«, fragte er entrüstet. »Schau doch noch mal …« Er bestellte für sich sechs Austern und einen Kabeljau mit Gemüse als Hauptgericht.

»Gut, dann nehme ich … *velouté de potiron aux éclats de chataigne.*« Kürbissuppe mit Maronensplittern, das hörte sich gut an, auch wenn es sicher viel zu viel für mich war. Zumal ich mir ein Dessert nicht entgehen lassen wollte.

»Keine Austern?«, fragte er.

Ich schüttelte den Kopf. »Nein danke, nicht für mich.«

»Willst du Wein?«, fragte er.

»Nur Wasser.«

Der Kellner nahm die leeren Gläser mit, und ich legte die vier restlichen Fotos fächerartig vor ihn auf das weiße Tischtuch. Jean wurde ganz still, als er die Bilder der Reihe nach in die Hand nahm und sie sich andächtig besah. Ich hatte Fotos aus verschiedenen Jahrzehnten ausgewählt, die erstbesten, die ich gefunden hatte.

Jean zeigte auf das früheste Schwarzweißfoto, das aus den sechziger Jahren stammen musste und auf dem mein Großvater im weißen Hemd im Wohnzimmer meiner Großeltern in Grunewald am Klavier saß.

»Er spielte Klavier?«, fragte Jean.

Ich nickte. »Ja, er liebte Musik.«

»Ich habe Geige gelernt«, sagte er, »aber das war wohl nicht das richtige Instrument für mich. Ich habe nicht lange durchgehalten und hätte es wohl besser mit Klavier versuchen sollen. Es ist eigenartig, ihn so in Zivil zu sehen … Was genau hat er eigentlich beruflich gemacht?«

»Er hat den Betrieb seiner Eltern übernommen, gleich nach der Rückkehr aus der Kriegsgefangenschaft. Metallverarbeitung, Werkzeugbau, so etwas. Es war wohl mehr Pflichtbewusstsein als wahre Leidenschaft.«

»Meine Mutter hat mich in meinem Studium immer unterstützt«, sagte Jean. »Sie wollte, dass ich einmal bessere Startmöglichkeiten habe als sie.« Er zeigte auf das nächste Foto, auf dem mein Großvater mit bloßem Oberkörper Kopfstand machte, und studierte die Rückenpartie. Den Farben nach musste das Foto aus den achtziger Jahren sein. »Er war sehr muskulös«, sagte er, und Anerkennung schwang in seiner Stimme mit.

»Ja, bis ins hohe Alter machte er Kopfstand und achtete stets auf körperliche Disziplin. Auf dem Kopf könne man die Welt aus den Angeln heben, sagte er immer.«

»Daran könnte ich mir ein Beispiel nehmen.« Er schmunzelte. »Erst letztens hatte ich eine Diskussion mit Corinne, meiner Tochter. Sie ist Krankengymnastin und nörgelt ständig an mir herum. Sie meint, wenn ich nicht bald anfangen würde, etwas für meinen Rücken zu tun, könnte ich ernsthaft Probleme bekommen.«

Ich lachte. »Wie viele Kinder habt ihr denn?«

»Drei«, sagte er. »Ich bin mehr oder weniger als Einzelkind aufgewachsen, da wollte ich unbedingt eine größere Familie. Da ist Pierre, der Älteste, er ist Kulturreferent an der Nationalbibliothek, dann Corinne, die Krankengymnastin, die drei Jungen hat und mit ihrer Familie im Osten von Paris wohnt, und Isabelle, die Jüngste, die sich mit ihrem Mann und den zwei Mädchen ausgerechnet in Saint Vaast La Hougue niedergelassen hat.«

»Und mit deinen beiden Enkeltöchtern hat meine Cousine Sophie dich im Café in Barfleur gesehen.«

»Ja, so war das wohl. Hast du Geschwister?«, fragte er.

»Nein, leider nicht, aber ich habe meine Cousine.« Ich deutete auf das Foto mit dem Handstand. »Das ist übrigens in Barfleur aufgenommen, im Garten unseres Ferienhauses.«

»Das habe ich noch nicht richtig begriffen. Johann hatte dort ein Ferienhaus?«, fragte er und sah mich durch seine Brille mit großen Augen an.

»Ja, seine Schwester Anna ist dreiundachtzig und verbringt immer noch viel Zeit dort. Er hat das Anwesen Anfang der achtziger Jahre gekauft, es war eine ehemalige Bäckerei am nördlichen Ortsrand von Barfleur, in Richtung

Crabec-Bucht, wenn du das kennst. Er liebte Frankreich, die Normandie, die französische Sprache und die Mentalität der Franzosen … Wir konnten ja nicht ahnen, dass es auch eine Mathilde gab, die er anscheinend nicht vergessen konnte …«

Der Kellner brachte uns die Vorspeisen, Austern mit Zitronenscheiben und meine tieforangefarbene Kürbissuppe sowie ein Körbchen mit knusprig frischem Baguette.

»Bringen Sie mir doch bitte noch ein Viertel Weißwein, einen Chardonnay.« Er wandte sich mir wieder zu. »Du wirklich nicht?

»Na gut, ein Gläschen.« Ich hatte mir zwar vorgenommen, nichts mehr zu trinken, damit ich einen klaren Kopf bewahrte, aber wir aßen ja auch ordentlich dabei, da konnte ich eine weitere Ausnahme machen.

Jean gab dem Kellner eine Anweisung und sagte zu mir: »Dann ist er also doch zurückgekehrt.« Er drückte die Zitrone über den Austern aus und schlürfte die erste. »Anfang der achtziger Jahre, sagtest du? Da hatte ich schon meine Kanzlei …«

Ich kostete von meiner Suppe. Sie schmeckte köstlich. »Ich habe nicht mal gewusst, dass er in Barfleur stationiert war … Wie haben sich die beiden denn kennengelernt?« Danach hatte ich noch gar nicht gefragt.

Jean schlürfte zwei weitere Austern. Der Wein wurde serviert, wir stießen noch mal an.

»Sie war siebzehn und arbeitete in einem Gemischtwarenhandel, als die deutschen Besatzer im Juni 1940 in der Normandie eintrafen. Dorthin kam Johann immer mit seinen Kameraden zum Einkaufen. Dabei hat er meine Mutter kennengelernt. Und dann war Johann bei der Abendpatrouille. Er musste zusehen, dass die Fenster im

Ort verdunkelt waren. So trafen sie sich an den Abenden wieder. Er sprach wohl sehr gut Französisch, erzählte sie immer.«

»Ja, er hatte ein Faible für die französische Sprache.« Ich löffelte meine Suppe, nahm mir eine Scheibe Baguette und wischte mit einem Stückchen Brot das Porzellanschälchen aus.

Jean leerte seinen Austernteller und trank vom Wein. Er scheint ein Genussmensch zu sein, dachte ich. Oder eben einfach nur ein typischer Franzose …

Dann wischte er sich die Finger an der Stoffserviette ab und deutete auf das Farbbild aus den neunziger Jahren. »Auf dem Segelboot, das bist du neben ihm, nicht wahr?«

Ich nickte. »Ich muss ungefähr zehn gewesen sein, dann war es Mitte der Neunziger. Er war damals fünfundsiebzig.«

»Ja, ich muss zugeben, da ist wirklich eine verblüffende Ähnlichkeit mit mir … Aber du siehst Emma auch ähnlich, Charlotte. Emma ist Isabelles Tochter in der Normandie.«

Ich nickte und dachte an mein Einschulungsfoto. »Ich weiß.«

Jean griff nach dem letzten Foto, auf dem mein Großvater bei einem Küstenspaziergang abgebildet war, neben ihm mein Vater, kurz vor seinem Verschwinden. Auf dem Meer türmten sich Schaumkronen, zwischen ihnen stand der Leuchtturm von Gatteville. Mein Großvater trug ein Fernrohr um den Hals, mein Vater hatte sich seinen großen Zeichenblock unter den Arm geklemmt und die Hände in die Hosentaschen gesteckt.

»Mein Halbbruder David …« Jean runzelte die Stirn, der Anblick schien ihm zu schaffen zu machen.

Der Fisch kam, und ich steckte die Fotos in den Umschlag zurück. »Du kannst sie behalten«, sagte ich und schob sie ihm hin. Er nickte mir dankbar zu und steckte sie in die Innentasche seiner Jacke.

Wir stießen mit dem Chardonnay an, dann aßen wir eine Weile schweigend, beide in Gedanken vertieft.

»Schmeckt es dir?«, fragte Jean schließlich.

Ich nickte. »Ausgezeichnet.« Das Essen war nicht nur hübsch drapiert, es schmeckte auch wirklich hervorragend.

»Ja, sie kochen gut hier.«

»Weißt du, ich bin nach fünfzehn Jahren das erste Mal wieder nach Barfleur gekommen, nachdem meine Cousine dich dort vor ein paar Tagen im Café gesehen hatte. Sie hat mit dem Handy ein Foto von dir und deinen beiden Enkeltöchtern gemacht – und sie hat einen der Geheimnishüter eingesteckt, der auf den Boden gefallen war.«

»*Un gardien de secret*, ein Geheimnishüter, was soll das sein?«

Ich zog mein Handy hervor und zeigte ihm das Foto mit dem Schmetterling in Großaufnahme.

»Ah ja, das ist von mir!«, rief Jean aus. »Meine Mutter hat früher oft mit Papier gebastelt, als ich ein Kind war. Sie hatte es von Johann, sagte sie immer. Meine Kinder beherrschen die Faltkunst ebenfalls, und meine Enkelkinder üben es auch schon.«

Ich schmunzelte. »Ich kannte es von meinem Vater. Als meine Cousine mir das Foto geschickt hatte, war ich überzeugt davon, eine Spur von ihm gefunden zu haben«, sagte ich und schob den Reis auf dem Teller zusammen. »Ich habe all die Jahre seinen Tod nicht hinnehmen wollen.«

»Dafür bewundere ich dich.« Jean lächelte. »Du glaubst daran, dass dein Vater noch lebt, sozusagen aus Mangel an Beweisen. Aus dir wäre sicher auch eine gute Anwältin geworden. Ich hingegen habe mich nicht auf die Suche nach meinem leiblichen Vater gemacht. Ich habe mich mit der Aussage meiner Mutter zufriedengegeben, dass er verstorben ist.«

»Jean, er war in Russland, es war Krieg, das war etwas ganz anderes. Du solltest dir keine Vorwürfe machen.« Ich nippte an meinem Wein. »Möchtest du auch Wasser?«, fragte ich ihn.

»Ja, gerne.«

Ich schenkte uns aus der Karaffe ein. »Und bei dieser Spurensuche in Barfleur entdeckte ich, ohne im Geringsten damit gerechnet zu haben, die Vergangenheit meines Großvaters und seine Liebe zu Mathilde … Weißt du, wie ich überhaupt auf sie gekommen bin?«

Er schüttelte den Kopf, spießte eine Kartoffel auf, zog sie durch die Sauce und schob sie sich in den Mund.

»In der Zeichenmappe meines Vaters, er war Kunstlehrer und malte selbst gern, steckte ein Ölgemälde, ein wertvolles Original. Es stammt von Paul Signac. Er hat es 1933 während der Sommerfrische in Barfleur gemalt. Es befand sich vorher im Besitz von Mathilde, sie hat es meinem Großvater geschenkt und eine Widmung auf der Rückseite des Bildes hinterlassen.«

»Ich kenne die Geschichte«, sagte Jean und legte das Besteck ab. »Meine Mutter war als Kind eine glühende Verehrerin des Malers, sie hat ihm regelrecht aufgelauert, um ihn bei der Arbeit zu beobachten. Es ist ihr irgendwie gelungen, ihm ein kleines Ölgemälde mit dem Leuchtturm von Gatteville abzuschwatzen, nein, das stimmt nicht, sie hat immer behauptet, sie habe es ihm abgekauft. Ich weiß es nicht genau.«

»*À mon amour pour toujours*, hatte sie draufgeschrieben. Wie das Bild allerdings die Kriegswirren und die letzten

Jahrzehnte überlebt hat, kann ich mir nicht erklären. Das wird wohl immer ein Geheimnis bleiben. Jedenfalls wollte mein Großvater, dass ich es einmal bekomme.«

»Dann gehört es auch dir«, sagte Jean und wischte seinen Teller mit einem Stück Brot aus. »Es muss sehr wertvoll sein, du solltest es nur im äußersten Notfall veräußern.«

»Ich werde es in Ehren halten, ganz bestimmt«, sagte ich. »Vielleicht gebe ich es als Leihgabe an das Musée d'Arts Thomas Henry in Cherbourg, da hängt schon ein ganz ähnliches.«

Jean nickte. »Das halte ich für eine sehr gute Idee.«

»Übrigens habe ich die Mappe mit dem Signac nur gefunden, weil in deinem Schmetterling die Nachricht steckte: *Cherche dans l'armoir.* Jahrelang lag die Mappe unberührt auf einem Schrank im Familienhaus.«

Jean schüttelte den Kopf. »Das ist ja geradezu unheimlich! Anscheinend wollte irgendjemand, dass wir beide uns kennenlernen.« Er zwinkerte mir zu. »Schön, dass es geklappt hat.«

Ein warmes Gefühl durchströmte mich. Ich hatte eine Familie gefunden.

Der Kellner kam an den Tisch und brachte uns noch einmal die Speisekarte. »*Terminé*? Sind Sie fertig?«, fragte er.

»Ja, danke, es war sehr gut.«

Er stapelte die leeren Teller in seiner Armbeuge. »Wünschen Sie ein Dessert?«

»Ich denke schon.« Jean klappte die Karte auf. »Für mich eine *crème brûlée*.«

»Oh ja, für mich auch bitte.«

Der Kellner nickte und eilte davon.

»Du hast mir noch gar nicht erzählt, wie es in Herzensdingen für dich steht. Hast du eine Familie, Mann, Kinder?«

»Nein, noch nicht. Ich lebe zwar in einer Beziehung, aber es ist kompliziert.« Ich sah ihm in die Augen. »Ich bin in Barfleur meiner ersten Liebe wiederbegegnet, Jean … Er heißt Matthieu, stammt aus der Segelschule dort. Wir kennen uns seit ewigen Zeiten.« Ich machte eine kleine bedeutungsvolle Pause. »Er lebt noch in England, hat aber vor, zurück nach Barfleur zu ziehen. Und wer weiß, vielleicht lasse ich mich ja auch bald dort nieder …«

»Das ist wunderbar!«, rief Jean aus. »Das ist Völkerverständigung der ganz besonderen Art, in einem vereinten Europa von heute ist so etwas möglich. Dann werdet ihr ganz in der Nähe von Isabelle leben. Sie wird begeistert sein, wenn sie erfährt, dass sie eine deutsche Cousine hat. Und Paris ist ja auch nicht weit weg.« Er griff nach meiner Hand und drückte sie fest. »Ich freue mich sehr, Charlotte.«

Ich ließ mich von seiner Begeisterung anstecken und fühlte mich auf einmal sehr beschwingt. Meine Pläne fühlten sich abenteuerlich an. Auch wenn es mir vor der Aussprache mit Gregor graute …

Der Nachtisch wurde serviert. Ich versenkte meinen Löffel in der karamellisierten Zuckerkruste, so dass es leise krachte. Die vanillegelbe Eiercreme schmeckte köstlich.

»Ich überlege spontan, auf meine alten Tage noch die deutsche Staatsbürgerschaft zu beantragen«, sagte Jean. »Vor einigen Jahren erst hat man von staatlicher Seite den *enfants de boches*, den Kriegskindern, das Recht eingeräumt, mit dieser Möglichkeit ihre deutsch-französische Identität zu besiegeln. Ich glaube, das wäre eine Genugtuung für mich.«

»Wenn du da in administrativen Dingen Hilfe brauchst, stehe ich dir natürlich gerne zur Verfügung.«

Jean nickte und löffelte die *crème brûlée*. »Das weiß ich zu schätzen, ich danke dir sehr dafür … Wo schläfst du eigentlich heute Nacht?«

»Ich habe mir ein Hotelzimmer genommen«, sagte ich und kratzte das Schüsselchen aus.

»Willst du nicht bei uns übernachten?«, fragte Jean. »Liliane würde sich freuen, dich kennenzulernen.«

»Das ist sehr nett, vielleicht das nächste Mal. Ich komme sicher bald wieder.«

»Kaffee?« Schon wieder der Kellner.

Jean sah mich an, und ich nickte. »Zweimal, bitte.«

»Für mich einen *noisette*«, rief ich ihm noch hinterher.

Als wir unsere Adressen ausgetauscht hatten, machten wir auf der Straße noch ein Selfie-Foto, im Hintergrund der Schriftzug *La Rotonde*. Das wollte ich später Sophie und Tessa schicken. »Jean, mein neuer Pariser Onkel«, würde ich darunterschreiben, und »Ende gut, alles gut«.

»Ich bin sehr froh, dass du mich gefunden hast, Charlotte, und ich danke dir dafür.« Jean umarmte mich herzlich zum Abschied. »Wir sind eine große Familie, und alle werden sich freuen, dich kennenzulernen.«

Eine Träne schlich sich in mein Auge. »Das bedeutet mir wirklich sehr viel. Danke noch mal für die Einladung.«

»Soll ich dich wirklich nicht irgendwohin bringen?«, fragte er.

»Nein, danke, das ist nicht nötig. Viele Grüße auch an Liliane.«

»Ich werde es ihr ausrichten.«

»Und wenn du in Köln eine Ausstellung besuchen willst, führe ich dich höchstpersönlich und exklusiv.«

Er lachte mir zu und ging das breite Trottoir entlang, drehte sich noch einmal kurz um, um mir zuzuwinken.

Ich winkte zurück und sah ihm nach, bis er um die Ecke in der nächsten Querstraße verschwunden war.

Ich machte mich auf den Weg in die andere Richtung und kam nach hundert Metern an einem Briefkasten vorbei. Ich kramte in meiner Tasche und warf mit einem Lächeln die Postkarte mit dem Iglu für Tessa ein. Ich hatte ihr heute Morgen beim Frühstück noch schnell geschrieben.

Da läutete das Telefon in meiner Manteltasche. Ich zog es heraus und nahm das Gespräch an. Monsieur Laurent.

»Charlotte! Sind Sie noch in Frankreich?«

»Ja, ich bin in Paris. Morgen fahre ich zurück nach Köln.«

»Ah! Ich wollte Ihnen nur sagen, dass Henriette bei mir war. Sie werden es nicht glauben, aber sie hat spontan einen Flug gebucht und ist mit ihrer Tochter übers Wochenende nach Paris gekommen. Wir verstehen uns großartig, die Tage waren phantastisch.«

»Das freut mich wirklich sehr für Sie, Monsieur Laurent.« Ich konnte seine lachenden braunen Augen förmlich vor mir sehen.

»Wo übernachten Sie denn?«, fragte er.

Ich nannte ihm die Adresse des Hotels.

»Dann bringe ich Ihnen den Champagner dorthin. Vielleicht haben Sie ja heute Abend noch Zeit für ein gemeinsames Gläschen? Es gibt wirklich viel zu erzählen.«

Das gab es in der Tat. Er wusste ja nichts von meiner neuen französischen Verwandtschaft.

Ich verabschiedete mich von ihm und ließ das Telefon zurück in die Manteltasche gleiten. Da fühlte ich die gerillte Schale der großen Herzmuschel vom Strand in Barfleur, die Matthieu mir gegeben hatte.

Ich dachte an meinen Großvater Johann, der Mathilde nicht lieben durfte, an meinen Vater, der Valérie heimlich sah ... Ich aber war frei, ich durfte mich entscheiden und lieben, wen ich wollte. Die Welt stand mir offen. Mir wurde auf einmal bewusst, welch ein Glück ich hatte!

Die Sonne kam heraus. Ich drehte mich übermütig um meine eigene Achse, knipste ein Foto von mir und schickte es an Matthieu. Darunter schrieb ich:

*A mon amour pour toujours, Charlotte.*

# Danksagung

Wir danken

dem Literaturagenten Bastian Schlück für sein Engagement, der Lektorin Aylin Salzmann vom Ullstein Verlag für ihre wertvollen Anregungen, der Redakteurin Angela Leinen für ihr gewissenhaftes, gewinnbringendes Lektorat und Barbara Porpaczy für ihre erste Einschätzung und die freundschaftlichen Ermutigungen,
Jacques Houyvet, dem Altbürgermeister von Barfleur, für seine Gesprächsbereitschaft und die Zeitzeugensammlung *Chronique de l'Occupation et de la Libération du Val de Saire*, die uns für den historischen Teil eine wertvolle Quelle war,
Valentin Schneider, Historiker mit Schwerpunkt deutsche Besatzungszeit in der Normandie, für sein kritisches Lesen

und unseren Eltern.

Eva Philippon & Andrea Russo alias *Claire Bonamy*

Chartres am 16. August 1944. Die Menge treibt eine denunzierte kahlgeschorene Frau und ihr Baby durch die Stadt

# Literatur


Françoise Cachin, *Signac. Catalogue raisonné de l'œuvre peint*, Paris 2000

Ebba D. Drolshagen, *Nicht ungeschoren davonkommen. Das Schicksal der Frauen in den besetzten Ländern, die Wehrmachtssoldaten liebten*, Hamburg 1998

Dies., *Wehrmachtskinder. Auf der Suche nach dem nie gekannten Vater*, München 2005

Jacques Houyvet, *Chronique de l'Occupation et de la Libération du Val de Saire*, Cherbourg 2012

*Impression, soleil levant. L'Histoire vraie du chef d'*œuvre *de Claude Monet*, Connaissance des arts, Katalog zur Ausstellung im Musée Marmottan, Paris 2014

Jean-Paul Picaper/Ludwig Norz, *Die Kinder der Schande. Das tragische Schicksal deutscher Besatzungskinder in Frankreich*, München 2005

*Signac 1863–1935*, Katalog zur Ausstellung Galeries Nationales du Grand Palais, Réunion des Musées Nationaux, Paris 2001